在塬边上遥望

吕春文　著

中国出版集团　现代出版社

图书在版编目（CIP）数据

在塬边上遥望 / 吕春文著. -- 北京 : 现代出版社,
2024. 11. -- ISBN 978-7-5231-1115-4

Ⅰ. I267

中国国家版本馆CIP数据核字第2024J95N92号

在塬边上遥望
ZAI YUANBIAN SHANG YAOWANG

著　者　吕春文

责任编辑　毕椿岚
责任印制　贾子珍
出版发行　现代出版社
地　址　北京市安定门外安华里504号
邮政编码　100011
电　话　(010) 64267325
传　真　(010) 64245264
网　址　www.1980xd.com
印　刷　北京荣泰印刷有限公司
开　本　710mm×1000mm　1/16
印　张　19.25
字　数　276千字
版　次　2025年1月第1版　2025年1月第1次印刷
书　号　ISBN 978-7-5231-1115-4
定　价　88.00元

推 荐 语

　　吕春文的散文，题材独特，角度新奇，让我们得以窥见黄土高原上那些逝去的岁月，和普通却渐临灭绝的物事。他的文字是有温度的，以虔诚的心态，记录着乡村生活的点点滴滴。记忆，是他的主题词；热爱，是他文字的底色。可以说，他用文字，为这片土地立传，构建了一个充满蓬勃生命力的文学世界。

　　　　　　　　——**杨光祖** 著名文学评论家、教授、博士生导师

推 荐 语

这是一部深刻描绘西北地域风貌和独特文化的散
文集。庄稼地的因时之貌，土塬的自然形态，乡间生
活气息共同融汇成一副既广袤又细腻，既荒凉又生动
的图景。散文语言朴素但凝练，情感真挚而醇厚。

——杨 希 《广州文艺》编辑部副主任

推 荐 语

　　吕春文对万物有一种细腻的触感，这种细腻像太阳初升时弥漫在田间的晨雾，清晰又迷离地浸融在他的文字当中，使人既生出对生命更深层次的探究，又情愿向自然万物汲取更多的力量和智慧，以弥补人在俗世中身不由己的某种缺失。他的文字亦有一种不紧不慢的流动感，像一条婉转溯洄的河水，遇石是它的铿锵激勇，遇草是它的柔婉多情，却总也不停歇对生命理性的解读和对人生的终极询问，他原是将自己同万物视为一体，物我相忘，身心皆定。

——**黄　璨**　中国作家协会会员、
甘肃省文艺创作传播中心签约作家

目 录

村庄的温暖与薄凉

一

不得不说，饥就是鸡的宿命。

院子里的鸡被嘴巴牵引着，始终保持着啄食的姿势，每向前一步都探头探脑。勤快是人的天赋，却是鸡的天性。世上有不勤快的人，没有不勤快的鸡。人有赖床不起的，鸡却在万物昏冥之中第一个唤醒黎明。鸡的一举一动都在与饥饿对抗，对饥饿的恐惧让鸡无孔不入，院墙、栅栏等设防都无法奏效。偷屋内粮囤里的麦子，啄园子里的菜叶，刨门前的粪堆，翻场边的麦草垛。一旦发现食物，立即亢奋起来，哪怕一只小飞蛾，也穷追不舍。它们为一只小虫子扑棱着翅膀飞奔而去，争得不可开交。

太阳已经搁在了关山边上，母亲才从地里回来。一群鸡立即"噔噔噔噔"聚拢过来，跟在身后跑。母亲进门顾不上喝一口水，从粮囤里舀了半升玉米撒出去，空气立刻紧张起来，院子里雨点击打屋瓦的笃笃声不绝于耳。

大红公鸡也算妻妾成群，除呵护众母鸡之外，它显而易见的职责就是定时定点拉起一声声长鸣。为了把那片沉寂的黑夜叫醒，村子里的公鸡都在尽心竭力，叫醒天光之后，它们隔一个时辰高歌一曲，让单调寡淡的村落有了人烟辐辏的立体感。

　　黄土塬上的村庄，一年有三分之一沦陷在寒冬黑白二元的暗淡之中，大红大绿的女红和衣衫便是天地间最好的布白，日子的红火得以最大限度的彰显。华丽丰满的大红公鸡，也是一个个小景观，它们抛向旷野的一曲高歌，是高亢的、神性的和神秘的，否则会被风刮走。鸡鸣领导着人间阴阳的转换和晨昏的更迭，一天天，一月月，一年年，井然有序，周而复始。对于公鸡而言，荣耀与责任对等，把握好尺度，掐准时间点非常重要，掐得不准不要紧，可绝不能太离谱。从太阳落山到子夜前，是阴气渐重，万物归于静谧之时，决不能胡乱张声，该叫的时候不叫，不该叫的时候乱叫，破坏了昏与昼，搅黄了阴和阳，让人心神不宁，就得挨宰，死到临头了。

　　春天草芽露头时孵一窝小鸡，一个夏天就能长大，秋天里更加壮实。一群小鸡里，能成功晋级为领头大公鸡的只有一只，其余通通处理掉。

　　做一只昂首挺胸的大公鸡并非易事，大红冠子花外衣必不可少，还要唱功好，歌声高亢昂扬。一声长歌，腔调是关键，内容和意义更重要，必须负载了吉祥、发达、兴旺、富贵等盛大的意义。一曲"盖高楼——"，那是标准的好唱腔，如人愿，合人意，喊到了人的心坎上。如果一出腔就是一声"拐拐腿——"那就糟了，保证活不了几天。许多小公鸡，就因为一声不中听的唱腔，丢掉了卿卿性命。

　　一个小家庭里，二十多只母鸡算得上一小半家当了。所有人家都以每只母鸡隔天一个蛋的辛苦，解决了油盐酱醋等生活费用。生产从来都是苦难的。一两天，两三天临产一次，这是一只母鸡的生存状态。有的鸡蛋是带血的，这就意味着每几天，都要经历一次疼痛，活着真的不易！当然一把指头伸直了有长有短，出现不下蛋的母鸡也很正常，它们比下蛋的母鸡更加肥硕和逍遥，但那种逍遥自在持续不了几天。在日子紧绷绷的乡村小院里，没有人白白养活一只不下蛋的母鸡。"隔天一个蛋，菜刀靠边站"这是一只母鸡必须恪守的生存准则。谁也不能高估自己的长相和能力，唯不懈奋斗才是立于不败的硬道理。

　　母亲早上下地时刚跨出大门回头叮咛我们，毛毛头脸红了，要下蛋了，好好盯着。毛毛头是我家的一只大母鸡。母鸡圆溜溜的黑眼睛下面，那张小得可怜的脸，要下蛋时会涨得通红，它焦躁不安，不住地东瞧瞧，西瞅瞅，找寻下蛋的窝。它们很会揣摩人的心思，对人的想法心领神会，一番搜寻和探察之后，总能准确无误地找到地方。下蛋是生产的过程，更是疼痛的过程，应该得到尊重和理解。母亲专拣院子里温暖、干燥、隐蔽、僻静的角落，放一只底部破了洞的笼筐，垫上柔软的带着太阳气息的麦草，做成下蛋的窝。不用标记和指引，母鸡很快就能找到。

再低调的母鸡，下蛋后都会按捺不住兴奋，"呱呱蛋，呱呱蛋"迫不及待地叫喊着，一身轻松地扇着翅膀奔向院子中央，把自己一个子儿的功绩，用极其夸张的手段，及时宣传报道出去，这个时候，根本没有必要藏着，掖着，压着。这是一只母鸡的高光时刻，也是一户人家日子兴旺的一星闪光。必须张扬，必须兴高采烈，欢天喜地。收鸡蛋是同样很有成就感的事，每当这个紧要关头，我们姐弟几个都要撇下手头的活计，飞奔着抢过去，从鸡窝里抓出一只热乎乎的蛋。随后赶紧从粮囤里舀一瓢玉米撒出去，作为犒赏和补给。随着一道金光闪过，玉米在地上蹦蹦跳跳，一群鸡立刻从四处扑过来。能为鸡群争得饱食一顿的机会，下了蛋的那只母鸡一定是自豪的，至少鸡群里的那只大红公鸡能清醒地认识到这一点，在抢食结束仍然意犹未尽，鸡群迟迟不肯散去的时刻，那只早已陪伴在下蛋母鸡身边，气宇轩昂的大红公鸡，咕咕咕地叫着，亲昵地将头拧向下了蛋的母鸡，一扇翅膀打开，用力垂向地面，另一扇翅膀像扇子一样撑圆了，高高举起，不停地扇动着，绕那只刚刚下了蛋、立了功的母鸡旋转一圈，这是一种特别的舞蹈，也是一个隆重的表彰仪式。在鸡的世界里，这样最高规格的精神奖励，必须由作为首领的大公鸡亲自完成。

鸡群是院子里个体数量最多的群体，但它们并不是院子里除人之外的主体，猫、狗、猪、牛都在进进出出。

牛体格庞大却十分胆小，服服帖帖听从小孩子的驱使。据说是因为牛的大眼睛能把小小的人看得特别高大。狗认为自己才是这个院子里的主宰者，所以它总是极力排除异己，坚决驱逐任何一个造访者。狗眼看人低，据说狗的眼睛能把人缩小到几十分之一，所以狗尽管体格小却总是不怕人，陌生人进入院子或者企图进入，它都会狂吠一番，以示严重警告。如果还不能奏效，就奋不顾身冲上去，咬人的腿。不过，多数情况下，狗都是假装要咬人的腿。唬着也就够了。弓硬费弦，人硬费钱。这个世界本就是真真假假，虚虚实实的，老是真枪实弹，谁也受不了。

一个院子里那么多动物，它们对人都是忠诚的。即使缺吃少喝，生计惨淡，大半日子都食不果腹，可是每当天黑，它们照样回家。好狗不嫌家贫，它们做到了不离不弃。

畜禽走兽，它们不知道自己的命有多苦，寿有多短，也不去细想，不去计较，所以活得自在，自得。猫一出生就有胡子，可是到老了也没长长多少；猪生来就是为了长膘，直到浑身滚圆，步履维艰，也没因为肥胖而得高血脂、动脉硬化、脑梗死等病症，一下子晕倒；马驮五百斤，日行上百里，腰椎还是那么牢靠；绵羊一身雪白在烈日下无论怎样暴晒，也不会变黑。只有人活着活着头白了，活着活着头秃了，坐着坐着腰椎颈椎出了毛病，痛得龇牙咧嘴，头晕目眩。人吃香的喝辣的，却吃出了高血压、高血脂、高血糖。万物皆有定数，万事皆有其道，多占的迟早得让出来，多吃的迟早要吐出来。人费尽心机主宰世界，最终还是难以摆脱时间的主宰，一撒手，一闭眼，放弃了放不下的，丢下了丢不起的。身体只是灵魂的暂居之所，土地上的一切，最终都不得不将自己以一抔灰土还给了大地。创造和奉献才是人的灵魂，它有可能以精神的形态，留存后世。

二

那头麻叫驴很小就开始驮水了。

它虽然体格不大，身体单薄，可是脾气暴，性子急，越陡的坡跑得越快，一鼓作气呼啦啦往上冲。驮得再重步子依然利索，从不想着歇一歇，缓一缓。那时正值它的少年期，少年不知愁滋味，傻愣傻愣的。紧接着进入了青春期，雄性荷尔蒙让它突破了一头食草动物该有的温顺，变得焦躁而暴戾。投生畜生，若不以身捐躯，为人的餐桌添砖加瓦，就要乖乖俯下身子或拉或驮奉献力气。作为一头驴，你又能怎么样？拉磨、拉车、驮水、驮粮食柴草就是你的本分和天职。可是，那头健壮起来的小叫驴却不这么想，它渴望爱情，不甘心被一根缰绳束缚一辈子，它在桶一样粗的核桃树下不住地打转，用它那镢头般的蹄子把地面挖得稀巴烂。缰绳牢牢地牵引着它，羁绊着它，束缚着它。它伸长脖子仰面咆哮着，用极其难听的腔调"昂——唧，昂——唧"歌唱爱情，呼唤爱情。现实中叫驴的爱情直接指向了配种，它显然不具备那样的条件。村子里经常巡游的是一头皮毛黑黝黝，亮闪闪，俊俏挺拔的公驴和一匹枣红高头大马，它们项颈上戴着核桃大小的一串铜铃铛，辔头和鞍鞯十分讲究，额头上束着一绺红布条，这是专职配种者标志性的装扮。它们雄赳赳、气昂昂，藐视一切，方圆十几个村子里的草驴骒马都是它们的妻妾嫔妃。那头体格偏小，毛色下乘的小叫驴空有一腔热情，却没人理会它。随着年龄渐长、体格强壮，它摆脱束缚的欲望越来越强烈。

　　那是一个暖阳高照的春天，空气里的花香和雌性特有的气息撩拨得它焦躁不安，更要命的是它还目睹了三十米外，一头草驴配种的全过程。当然围观的人很多，透过七长八短的人的缝隙，它瞥见了关键环节，那场面深深刺痛了它。它的性情更加狂躁不安，不停地尥蹶子，跳跃，绕树奔跑，不几天就弄断一根新缰绳。它的烦恼，是大龄处男的烦恼，相信每一个雄性都能体会得到。

　　牵着它到沟里驮水，半路上，它不断地停下来嗅山道上一滩一滩草驴尿液的残迹，然后仰面朝天将牙齿露出来噗噗地吹气，怎么也拉不动。路上遇见或者远远看见草驴，它会一下子亢奋不已，突然向人发起攻击。好在它只是头蠢驴，或者它愚蠢的本性里还掺和着一些善良，总之，它并没有伤人的企图，只是想挣脱人的控制。它会突然从人的身后猛扑过来，用头撞击人的后背，一旦突如其来的惊吓迫使人扔掉了缰绳，它就飞也似的跑掉。那次，它发动突然袭击，一下子咬住了我的胳膊，我用手中的细棍打它的头，它才松了口。好在并没有咬伤，其实我也知道它只是为了让我丢掉手里的缰绳。它的每一次暴行都招致了闪电般的暴打，父亲将它拴在门前的槐树上，用皮鞭、麻绳或者随手可得的棍子狠狠抽它，皮肉之痛无法消解它肚腹里熊熊燃烧的烈火，它完全不打算吸取教训。许多人建议给它施以宫刑，否则难以驾驭。

那是一个雄性最为屈辱，也最为无奈的经历。那年正当万物交媾，胚胎萌动的时节，村子里来了骟匠。骟匠推一辆垂头丧气的破自行车，车子头上用红布条系着，挂满了一大团牲畜的睾丸。下面的已经风干，上面的仍然鲜红，滴着血水，几只苍蝇火箭般紧追不舍。骟匠在麻叫驴的蹄腕上套了绳子，从四面用力牵拉，绳套渐渐收紧，麻叫驴的四条腿被收缩在一起，滚圆的身子无奈地倒在了地上。双手劈开生死路，一刀割断是非根。大约一小时后，大功告成，骟匠松了绑。丢了蛋的疼痛，让它战栗着缩起了屁股，狼狈不堪。骟匠在它屁股上响亮地拍打了几下，它也懒得挪动脚步。它从此更了名，也改变了性情，从焦躁的麻叫驴变成了沉稳的麻骟驴。遵照骟匠叮嘱，我们牵着它在田间小路上不停地走步。绿波浩荡的小麦已经开始吐穗，它却视而不见，也不吃一口路边的青草。它头颅低垂，步履缓慢，只顾顺从地跟着人走走走，走个不停。那天夜里也没有停下来，父亲继续牵着它，在塬上麦田间的小路上转圈，一直走到天亮，我们又接替父亲牵着它走走走。一切都是宿命，自命不凡的人尚且无法摆脱命定的铁律，何况一头少脑筋的小叫驴。它抛弃了雄性的焦躁，也丢掉了对异性原本浓厚的兴趣，走在路上目不旁视，步履沉稳，被父亲饲养得浑身滚圆，膘肥体壮。

后来，它得了漏蹄病，一只蹄子不敢用力蹬地，走路一颠一颠的。父亲叫来了兽医，将那只蹄子抬起来，削掉了长蹄甲，蹄窝里露出一个小黑洞，清洗干净后将一铁勺烧得烟雾腾腾的麻油灌进了黑洞里，最后给它穿上半截破布鞋，保护那只生了病的蹄子，疼痛让它浑身打战。一年后漏蹄病又犯了，它成了一个跛子。父亲好几次请来兽医，治疗的法子也大抵如此，它的蹄病时轻时重，让人心生不忍。平淡的日子最消磨人，对于一头驴来说，更是如此，农忙时它驮运，拉车，耕地，老老实实；农闲时每天负责从山泉边驮水回来，供给全家人和院子里的所有畜禽。

上初中后，某个周末回家，那头麻驴不见了，我跑去问了父亲好几回，父亲最终长长地叹了口气说：卖了。

它老了，腿也跛得厉害，已经吃了两年闲饭，父亲为它梳理鬃毛，添加草料，精心饲养它，照顾它。父亲显然下了很大的决心，所有人都无法逃脱自己的宿命，何况一头年迈腿瘸的驴子。它的生命轨迹一定和其他牲畜一样，起先奉献力气，最终还是要奉献人的餐桌。那段时间，家里气氛很是沉闷，很少有人多说话。此后，再也没有人提起过它。

三

门前与公路相邻的一块地，三面是沟，崖边上长满了杏树、梨树、核桃树，后来将一半让给邻居做了碾麦场，只留了邻近崖边的一小块做菜园，周围的几棵大树枝叶丰茂，巨伞一样擎在那里，阳光的恩泽无法惠及那些弱小的菜蔬，母亲只好放弃了那个菜园，野草迅速蔓延，占据了那里的地盘。酷热的夏天，我常在那个山嘴上逗留，坐在树下，凉风习习，能看到许多有趣的东西。蝴蝶在飞舞。夏蝉将自己的金缕玉衣遗忘在树干或者草茎上。草叶上被叫着"新媳妇"的昆虫，一身花丽，让它仰面平躺在手掌上，将一颗羊粪蛋搁上去，它四条细长的腿就会倒腾起来，耍杂技一样，让羊粪蛋不停地转动。树荫里总有许多笛声一样的鸟鸣，一只比麻雀略小的白肚皮、红身子小鸟，在树枝间一蹦一跳，椒籽般又小又黑的眼睛清澈无比。看它的时候，它也在认真地看着我，也许它把我看成了一道风景，就像我专注地欣赏它一样。还有俗称"姑姑等"的戴胜鸟，它有肉乎乎的大冠子，叫声十分悲凄。有一种背着扁平硬壳的虫子，只要用手一捉，一种古怪而强劲的臭味就会十分顽固地沾染在手上。

蚂蚁将忙碌和纷乱淋漓尽致地展现给这个世界，它们还十分强悍地标榜了小纷扰中有条不紊的大秩序。蚂蚁最强大的方面就是它们总能汇聚成一条黑压压的河流，朝着一个方向汹涌而去。

红蚂蚁脾气暴躁，它们生活在少有人迹的荒地里，当脚步进入它们的领地，它们毫不客气地将你当作了自己的盘中餐，它们见人就直往裤腿里钻，用小小的铁钳一样的嘴巴衔住一块皮肉不放。那个凉风呼呼的山嘴上蚂蚁很多，更多的是那种脾性温顺、对人友好的黑蚂蚁，黑蚂蚁把大树当成了高速公路，它们在粗糙的树干上翻山越岭，遇见了碰一碰触须互致问候。有时候能看见蚂蚁的大部队，同一个蚁群的蚂蚁大小一致，分辨不出丝毫的个体差异。

　　草丛里，一只只蚂蚁搬运着一小截冰草，朝着相同方向急匆匆地赶路，不知它们要干什么，也不知道那些草茎有什么用。逆向搜寻，找到了它们伐木的地方。那是一个冰草滩，对蚂蚁而言，一根冰草就是一棵大树，它们用嘴钳咬住草茎，身子悬在空中绕着草茎转圈，左转右转，把草茎截断或者撕裂，裁成三寸小段。它们分工明确，各司其职，有伐木的，有搬运的。前来搬运的蚂蚁用嘴咬住草茎的一头，托起来倒着走，另一头拖在地上，这样省力，也能更好地把握方向。地上的一根树枝足以让它们历尽坎坷。一只蚂蚁拖着一截草茎，越过一根较粗的树枝要费很大周折。它先是拖着走，身子怎么也翻越不了，只好转回来，将草茎一端吃力地举起来，要搭上去，可是每一次都差那么一点点，它尝试了许多办法，都以失败告终。另一只和它一模一样的黑蚂蚁经过，隔着一段距离，它挥动着触须呼喊，召唤那个同伴帮忙，那只蚂蚁听到了，在下面用力一顶，终于成功翻越了那截树枝。蚂蚁个头太小，干起活来格外吃力。它们要把那些草茎搬到哪里去？顺着蚂蚁的队伍，在崖边的一块巴掌大的高地上，发现了一个蚂蚁洞，洞口四周堆积着细碎的土粒，这是他们的防洪工程，防止雨水灌入。这显然是一个新修的洞穴，它们正忙着把草茎搬进洞里，它们千辛万苦大肆砍伐那么多的草茎到底要干什么？无奈洞口太小，洞里乾坤再也无法窥探。

　　蚂蚁的数量远远超过了人类。它们生活在不易被人看见的荒草地里，总是奔跑着，忙碌着，一刻也不停歇。蚂蚁是强大的，它能把数倍于自己的东西搬走，一只大青虫或者一粒玉米，当一只蚂蚁无法撼动的时候，就会有另一只蚂蚁增援，一只拖，一只推。它们过着群体生活，每天的劳动内容和对象基本一致。遇见食物从不私藏，也不独吞，一个劲地死拉硬拽弄回去。有蚂蚁搬家的说法，其实它们并不是一直忙着搬家，而是不停歇地往家里搬东西。蜜蜂给人的印象是勤劳，而蚂蚁给人的印象却是忙碌。人们用小蚂蚁拉倒泰山来形容人多力量大，却不知道它们真正强大的是目标的一致性。没有冗长的会议统一思想，只用触须的轻轻碰触或者挥舞来表情达意，却把信息传达得清晰而准确。它们忙而不乱，没有分歧和纷争，没有内耗。不同蚁群也不相互掠夺和厮杀。人类创造了哲学，著述浩繁，却无法调和相互间的矛盾，常常闹得乌烟瘴气。蚂蚁能把利益之争解决得如此平和，也算得上世间奇迹了。普天之下，谁能与之相比？

四

麻雀不请自来，麻沙沙一大片。哗啦一声落下，哗啦一声飞起，却不远去，在空中打个旋，落在门边的柴垛上。一拍手、一跺脚，扔一截短棒，又哗啦一声飞上大柳树，隐身于枝叶间。它们的脑子联了网，遵从同一个无声的指令，每一次起飞和落下都步调一致。一大片麻雀就是一把折扇，始终绕在眼前，大开大合，大起大落。调动着院子里的情绪，像一根棍搅动着一池水，让人不得安宁。

麻雀虽小五脏俱全。这话强调麻雀在世间的地位不可小觑，也分明透露着无奈、不屑与歧视。站在麻雀的位置上想，还有点残酷。小是麻雀的现实，虽小，一只鸟该有的，比如眼睛、嘴巴、羽毛等，麻雀一样不少。小怎么了，麻雀的小不是残缺，而是精微、细密和紧致。虽小，却精敏、灵巧，走起路来一蹦一蹦，像个活性十足的弹力球。不像鸡鸭鹅那样迈八字步，摇摇摆摆，大大咧咧，自以为是，其实臃肿、笨拙、丑陋，不忍卒看。

身形小可当优点看，那么缺点呢？麻雀最大的缺点就是嘴碎，对，就是嘴碎，闲话多，叽叽喳喳不住嘴。但麻雀并不是随时随地都爱拉闲话，阴天，特别是冬日，冷风飕飕，天空越来越低矮，铅灰的云层在南风的驱使下，缓缓压过来，一场酝酿了好多天的大雪眼看就要铺天盖地，这对于就地捡食的鸟雀来说无疑是一场灾难。在大雪即将封门的那些天里，门前的柴垛成了一个公开的论坛，每一张小而尖利的嘴巴都不甘示弱，它们在争论、在伸张自己的主见。那么多的嘴巴都在发声，根本听不清谁在说什么。谁都知道越是规模盛大的论坛，越像个浑水塘，各种意见让本来明朗的事情更加混浊不堪，那样的论坛无非是虚张声势，搞形式而已。大家都知道，不管怎样争，决策只有一条，出路也只有一条。燕子那样的候鸟早就一声不吭地飞往南国去了，麻雀不想背井离乡，就只能坦然接受寒流的碾压，开多少会，举办多少场辩论，进行多少次研讨都解决不了过冬的问题。但它们总是崇尚空谈，这也是天意。上帝不让它们抓住眼前稍纵即逝的光阴，在有限的时间里，像松鼠一样囤积食物，而是让它们聚集起来争吵，争得面红耳赤，吵得沸反盈天。它们习惯用七嘴八舌的方式面对问题，这样做的最大意义无非是释放情绪，宣泄焦躁，让上天知道它们的困境。其实它们的天就是人。天寒地冻，灌木上的小果子已经啄食干净，荒地里的虫子早已销声匿迹，它们只能将目光转向院子里，向人讨生活。天地不仁，以万物为刍狗。抱紧人的大腿，是最好的出路，只是麻雀不知道人的难处。天空低沉灰暗，人也为生计发愁。

麻雀占据了门前的柴垛，或者落光了叶子，却依然虬枝婆娑的柳树。它们言尖嘴快，焦躁不安，用自己的焦郁织了一张巨大的密不透风的网。喳喳喳喳，就像密集的箭矢，让整个院落处在动荡之中，它们的吵嚷放大了人的焦虑，谁能受得了呢？

若说叽叽喳喳是一种乞食行为，尚能理解的话，那么它们偷食地里庄稼，就不能为人所容忍了。麻雀数量巨大，嘴巴锋利，地里的谷子、糜子和高粱根本招架不住。在秋庄稼成熟的季节，只好在地里扎许多草人，不幸的是，用不了几天麻雀就知道那不是人。它们吃饱了站在草人头上肩上休憩，将屎拉在草人的身上。人不得不满山跑着赶麻雀。赶麻雀最好的武器是"抬鞭"，用绳车合一根丈把长的麻绳，一头粗，一头细。粗的一头缚在一根短棒上，细的一头末端分岔，做成马镫一样的托盘。站在山边上，将坚硬的土块放在托盘上，挥动短棒，使劲抛甩鞭子，猛抛猛收，只听呜的一声，土块飞出去二三百米，直接射往山下的田地里。不求打中，就那落地的响声和溅起的尘土，惊得一片偷食的麻雀，雨点似的飞走。

因为小，也因为做贼心虚，麻雀总是缺乏安全感，它们对自己的认识十分到位，所以它们从不单独行动。黎明从天边泛起时，麻雀就早早出动了，它们飞出巢在门前的柴垛上集合，等待人起床开门，办理完个人手续后，给牛驴槽里添草，打开鸡埘，放一群鸡出来，然后给鸡撒食，糜子、高粱一道金光闪过，麻雀就扑闪一下飞落到院子里。鸡也顾不上别的，只管忙着自己啄食，也许鸡并不认为主人向院子里撒食只是为了喂鸡。院子里的鸡猪都不欺小，不赶走麻雀这样的蹭食者。天地之大，哪里容不下小小麻雀？人忙着自己的活，也不理会。中午和下午喂猪，往猪槽里倒了面汤或水，再倒入豆渣或者高粱、玉米等粗粮面粉搅拌。猪槽放在前院墙根下。又是一次蹭食的机会，麻雀知道浑水摸鱼，它们瞅准时机，飞到槽边，跟猪混食。日子就是这么混的。它们知道与人保持距离，不能跟得太紧，惹人烦，触怒了人没好果子吃，所以麻雀每啄一口食，都要抬眼打量一下人的动向。

麻雀知道，猪、鸡、羊让人心甘情愿地服侍着，它们的好光景并不长，膘肥体壮之后日子也混到了头，被人一刀捅了，大卸八块。跟着猫和狗学，大模大样地混吃混喝，也不行。你不能整天闲着，得有猫狗的本领和作为，猫有光滑柔软的皮毛，能捕鼠卖萌，撩拨老人，逗弄小孩。狗有英勇向前的忠诚和逼退危险的强悍，它从来都不离人，跑前跟后，临危不惧，稍有异常动静便箭一样冲出去。麻雀只好发挥自己小而滑的特点，打游击。一哄而上，一哄而散，突然袭击，能得多少就得多少，绝不贪恋。春种秋播，田里的浮籽；夏收秋收，遗落在田间、地头、路边的麦穗谷穗，撒在谷场麦场上的颗粒，还有田间地头的小虫子，都是麻雀容易得到的。麻雀只有核桃那么大，若不计蓬松的羽毛，就更小了，用不了多少麦粒就能撑满肠胃。肚量小，随便混，都能混个肚圆。所以麻雀从来不去深山老林里定居，它们跟着人混，日子滋润光鲜。

除了在觅食手段上各显神通，鸟类还是天赋异禀的建筑师，它们各持执念，从各自的身形和先辈的经验出发，相信自己才是筑巢的能工巧匠。燕子最为认真，它们找到干练人家，在屋檐下衔泥垒窝。喜鹊喜欢在睡梦中荡秋千，它们在高高的树杈上垒巢。麻雀机灵，它们知道不历尽艰险，飞越长空去热带躲避严寒，就得找准靠山。黏着人无疑是最明智的选择。在麻雀眼里，一个院落就是一个超级大国。人的震慑力足以让环绕在周围的小弟们内心安然。麻雀把自己的居所选在了人家窑洞的崖面上，或天窗敞开的磨窑、堆放杂物的窑洞里，找到胳膊粗的洞穴，或者裂缝就能安家定居。久不生火的烟囱，也是它们居所的最佳选址。衔来枯草和羽毛，在洞里层层铺垫，冬不冷，夏不热，绵软舒适，安全可靠。只是偶有顽皮小孩的袭扰。

那年春天，和几个堂弟抬来梯子，爬上院子一侧斜崖面上掏出了麻雀窝。那个窝很精致，一卷干树叶和蓑草打底，上面铺了柔软的牛羊毛。那天真是干了一件伤天害命的大坏事。几个精身子，黄嘴巴的雏雀正在里面安睡，它们嘴巴一张一合却叫不出声。这时候，传来了对面崖边上站着的大鼻子三爷的骂声：狗日的，遭罪呢，再胡弄就割耳朵。说着弯腰在裤兜里摸索，见我们不动，边骂边从斜坡紧走了下来，我们急忙跳下梯子撒腿逃窜。晚上遭到了父亲的责骂，以后再也没有打过鸟窝主意。偶尔看见麻雀从洞口出入，那里面有雏鸟还是有鸟蛋？想一想也就罢了。

大白天看见几只麻雀乱飞乱叫，吵闹不止，必然有野狐、野猫或者什么东西进了院子，那就得小心了。打麻雀主意的还有蛇，那天两只麻雀贴着崖壁上的洞口乱飞，不停地叫着，一条麻蛇前半截钻进了半崖上的一个麻雀窝里，看得人心惊肉跳。蛇爬进鸟窝，不是简单的一次探访，略等于下了肉馆子，鸟巢里的蛋和雏鸟都是蛇的一顿美餐。

世间险恶，太多的无常让人始料不及。《诗经·召南·鹊巢》"维鹊有巢，维鸠居之"，让人心里很不舒服。看到个短视频，说成语鸠占鹊巢，鹊其实是雀，是麻雀，鸠是体型比麻雀稍大的一种杜鹃。鸠活得潦草，没有学会筑巢，也不想费心劳力地孵卵和哺育雏鸠，就出损招，找到了麻雀窝，下只蛋混进去。麻雀辛辛苦苦孵育后代，却不知道悲剧已经开幕。鸠一破壳就光着身子干坏事，把麻雀蛋和刚刚出壳的雏雀一个一个拱出巢摔落到一丈开外的地上，麻雀觅食回来也不多想，把雏鸠当成了自己的孩子喂养。雏鸠长大占了巢穴，麻雀无处容身，却搞不明白到底咋回事。没有亲眼看过鸠占鹊巢的整个操作过程，却时常见到崖下有摔碎的蛋和刚刚出壳就掉落地上的雏雀。另一种说法认为鹊是喜鹊，鸠是红脚隼，是红脚隼强占了喜鹊的巢。世间的弱肉强食和阴谋诡计，不只是人类的专利。红脚隼是小型猛禽，俗名红腿鹞子。院子上空一旦有了鹞子的身影，麻雀立即住嘴，黑眼珠机灵地转动着，快速钻进柴垛，以树枝的遮挡避开鹞子的缉捕。

夺人居所，终不是好事。喜鹊也好麻雀也罢，作为受害者，不得不容忍了命运的摆布。朗朗乾坤，昭昭日月，种种堂而皇之的霸凌，其实都出自上帝之手，芸芸众生只是活在自己的宿命里，谁也无法超脱。

孩子们常常以猎捕麻雀取乐。他们用筛子扣，用弹弓打。弹弓作为打鸟的玩具，制作十分容易，用"Y"字形枝丫做弓架，缚上两根橡皮筋，橡皮筋的另一端扎在皮兜上。右手执稳弓架，左手捏住装了石子的皮兜，用力拉开橡皮筋，瞄准了猛地松开左手，石子便飞了出去。比我大六七岁的小叔是民兵连的神枪手，他的弹弓弓架是8号铁丝做的，橡皮筋结实，弹力好，他用弹弓打麻雀弹无虚发，只听嗖的一声，中弹的麻雀便像熟透的核桃一样，应声从树上掉了下来。

在粮食紧缺的年代，麻雀多得惊人，它们乱麻一样缠绕在院子里，让人不得安生。更可憎的是它们与人争食，山地里的秋庄稼常常被它们抢掠一空，留下空穗子轻飘飘地夥在空中。它们对人的生存造成了严重的压迫，人们把麻雀同苍蝇、蚊子、老鼠算在一起，发起了"除四害"运动。追赶、扑打，敲打着烂铁脸盆不让它们落地，它们在空中飞来飞去，疲累不堪，飞着飞着一头扎了下来。后来，麻雀少了，害虫剧增，更加危害人和庄稼，人们惊奇地发现了麻雀的好处，停止了对害虫天敌麻雀的追捕。

麻雀并没有被赶尽杀绝，它们在一段时间的犹豫之后又回来了，试探着靠近人，渐渐的，又像以前那样黏人，在人居住的地方找洞穴垒窝，在门前的柴垛上吵嘴，在院子里蹭食，似乎忘记了被穷追猛打的过往。它们对人不离不弃，人也懒得再去理会。

这些年，村庄空了。机械耕种节省人力，还让每一粒种子都十分妥帖地埋进了大地的母腹，地表没了浮籽，断了飞鸟的口粮。为了防止虫害，每一粒种子都穿上了毒药的盔甲，长出地面的玉米和麦苗都带着咒语，鸟雀啄食便会死光光。村子里只有少数老人守着空荡荡的院子，里里外外，再也见不到麻雀了。少了人烟的村庄，也不再是麻雀的家园。

立冬后的某天，下班沿河边走着，突然发现十几只麻雀在人行道上啄食，它们并不怕人。所有的脚步都带着风，匆匆来去，没人理会它们。它们一蹦一蹦，还是那样顽皮。原来麻雀也进了城，一直围绕在我们的身边，不曾走远。

五

"女人当家驴犁地，娃娃干活淘死气。"驴脚跟不稳，性子急，脾气又倔又犟，缺乏稳重和耐性。特别在耕地时，驴走在犁沟里，吹山风一样忽悠忽悠，时快时慢，深一脚浅一脚。穿地而行的铁铧犹犹豫豫，犁沟弯弯扭扭，土翻不起来，草根也斩不断，耕过的地坑坑洼洼，很不平整。

不是背着驴说它坏话，拉犁耕地历来是牛的长项，特别是那些陡坡地，两头牛并驾齐驱，步子踏得稳，力气施得匀，犁沟把得牢，地耕得通畅而平整。犁铧在田里来来回回，爽利地穿破僵硬的土地，土壤泛起浪花，舒心地铺展开来，形成了拥抱生命、滋养生命、孕育生命的波纹，这是一季收成的好开端。经历了雨水、日头的拍打，板结成一块的田地松软起来，呼吸顺畅，浑身自在，可以愉快地接纳更丰沛的雨水和阳光，积蓄旷古的力量，让禾苗茁壮，庄稼丰稔，人间五谷丰登。过日子必须从打理好土地开始，在地头上一眼望去，翻耕得扎实的土地就像泛着细浪的湖水，水光潋滟，让人舒心。

那个早晨，崖畔上鹅黄的草色如薄雾一样氤氲，生产队的牲畜集中在路边，队长指一头牲口，吆喝一个人过来牵走。那天之后，生产队改叫农业合作社，队长也叫社长了。分给我家的是一头土黄色母牛和刚刚断奶的麻叫驴，隔一道墙的邻居，分到的是一头高大壮实的犍牛。一头疲乏不堪的瘦母牛，让我们脸上无光，可是已经不好改变了。父亲淡淡地说，眼下是不行，但母牛能下牛犊，以后会好的。这牛瘦是瘦，却腰身舒展，肚腹宽大，是下犊的好坯子。是的，父亲的判断没错，邻居的大犍牛，就是我家母牛的头犊子，不用说，牛样子就在那里。每家只有一头牛，耕地时邻里之间搭对，我家的老母牛和邻居家的那头高大的犍牛配对成一犋。我家那头母牛走在犁沟里像是面临深渊或者大难临头，无精打采，任凭高声呵斥，任由皮鞭在头顶上闪烁，都打不起精神。任何严厉的警告，也是急切的催促，它却视而不见，还十分抗拒，步子更加缓慢了。鞭子闪电般抽在背上，就像打在了石头上，它不是躲闪或者加紧脚步摆脱鞭抽的厄运，而是伸长了腰身，以非常坦然的姿势接受暴力，仿佛那不是愤怒的惩罚，而是十分受用的爱抚。自家耕地倒不要紧，轮到邻居，就十分为难。鞭打一头牛，不只是牛的事，还关乎主人的面子和邻里之间的关系。牛不争气，让主家十分难堪。

　　凑合了两年，实在忍无可忍，只好卖掉。一头牛的好赖不能看站相，而要看走相。集市上人畜摩肩接踵，根本无法让一头牛放开了脚步展示它的好。它的疲，只有套在犁沟里使唤力气时才能显现出来。况且一肥遮百丑，精心饲养让它摆脱了消瘦，长了一身好肉，看着抢眼，出手就十分利索。卖掉了母牛，父亲在集市上转了一圈，一眼相中了一头刚满一岁的紫红色小母牛。那头小母牛长得俊俏，腿长蹄圆腰身长，也不那样漠然而疲惫地默默站立着，看见有人走近了注视它，似乎悟到了什么，瞪着铜铃一样的大眼睛看人，甩着耳朵摇着头，不停地打转，一心想挣脱束缚。只是饲养欠佳，长苗拔节的身体比较瘦削，并没有多少人看好它。回家的路上，它步履轻快，我牵着缰绳不得不一路小跑。这头牛后来和我家那头同样年轻的麻叫驴套在一起，成为一犋，十分利索地翻耕着二十多亩山地和五六亩塬地。小母牛长大了，连年产犊，我家的牛群迅速壮大起来，那头麻叫驴从犁沟里解放出来，专职驮水，驮粪，从塬下的山地里往回驮庄稼。

牲畜被人使唤，人又被土地使唤，年复一年，最终人和牲畜都被土地消磨掉了。一架九字形的曲辕犁，配备一个人和一对牲畜，这是耕地的标配，一亩地耗费大半天工夫，人扶着犁，驱赶着牲畜，来来回回。人对牲畜的驾驭主要靠一种单调的吆喝，"嗷——，嗷——"声音的高低、粗细和长短分别表示不同的指令。那也是一种默契，走在犁沟里的牛懂得人的意思。用脚步在田地里来来回回地丈量，人是孤独的，也是自在的，如果心里畅快，高声叫着，唱着，声音在山谷间弹跳，也不管唱得好不好。这样随心所欲的歌唱，有时候有腔调，有唱词；有时候没有固定的腔调，也没有唱词。"哎嗨嗨——，啊啦啦——，嗷嚎嚎——"牛听着舒心，也知道主人舒心。犁铧就不再沉重，步伐也格外轻快。人轻松了，牛也轻松。有时候人心里窝火，牛稍微不顺溜就又打又骂，人和耕牛就不能配合得自如了。一个好的庄稼汉，是不会被情绪操控，随便挥舞皮鞭棍棒的，他怜惜牲口，就像怜惜劳苦的自己。实在烦闷的时候，也有人放声咒骂，骂天，骂地，骂拉犁的牲畜。牲畜知道自己松懈了，就加紧了脚步。牲畜懂得人的烦，牲畜只是沉默着，愈加乖顺，愈加卖力。我扶犁耕地容易急躁，父亲说我不是种庄稼的料，他让我去放羊。我把羊群赶下沟，躺在山峁的草滩上，头枕一本书，仰望着蓝天上一座座巍峨的白云缓缓地飘来，又飘走。

如今耕种收割都用机械，一个山头的庄稼两三天便收回场院里。收割后的田地就像一个换了素装的思想者，沉静地等待下一季庄稼。

村庄里的牛群和羊群不断壮大，邻居家那头大犍牛在很长一段时间里，一直是最高大，最健壮，最引人注目的。它是我们全村的荣耀，特别对于孩子，我们每次放牛都走在一起，让牛群组成庞大的阵容，而邻居那头大犍牛始终处于领头位置。在塬下的河滩上，两个村子里的牛群迎面相遇，一场大战一触即发，一次力量的对决在所难免，邻居那头大犍牛在一场场大战中获胜，让对方闻风丧胆，这为我们赢得了面子，我们的牛群志得意满地抢占了最肥美的草滩。那头大犍牛有着短而粗壮的角，它在吃饱喝足、肚腹鼓起后，专找黄土崖磨自己的犄角，老碗一样有力的蹄子刨起地上的泥土。它伸长脖子长哞一声，地动山摇地宣示自己的威力。

浑圆的山岭和开阔的河滩草甸都是最好的牧场，绿毯一样的浅草总是保持着鲜嫩和芬芳，不等太阳偏西牛群就肚子滚圆了。晚间还要给耕牛添加夜草，夜草需要在深沟里、地埂上去割，每天至少一大捆。父亲种了一块苜蓿，春天里苜蓿刚刚破土的嫩芽是最好的菜蔬，初夏的苜蓿长到了半人高，紫花大开之际，营养最足，牲口也最爱吃。每年这个时候，一头头黄牛像披上了丝绸，毛色闪亮。盛夏再次长上来的二镰苜蓿也有二尺多高，只是茎秆细了，也绵软了。紧接着追秋骠，这是一年里的关键时节。天渐转凉，雨水充沛，夏末收割后的老茬上长出了鲜嫩的三镰苜蓿。清早雾大，露水如河，鲜嫩的苜蓿就成了牛羊的绝命杀手。看着寒潮来袭，岭墚上草色渐黄，有人直接把牛羊赶到绿茵茵的苜蓿地里放牧，这是十分危险的。我目睹过吃了带露的秋苜蓿胀死牛羊的场景。有些只偷吃了几口，赶回家，拴在门前，一会儿肚子便鼓胀起来，越鼓越圆。通常砍一截椿棍，横在牛嘴里，两端拴上细麻绳绕过牛头，不让掉落，牛不停地咀嚼着椿棍，胃里的胀气就会随着反刍渐渐消散。严重的时候这个方法并不管用。听说万不得已时，用尖刀在瘤胃处扎下去，放气消胀，可逃过一劫。

那是一个雾气袅袅的清晨，草上的露水亮闪闪的。邻居那头大犍牛在涝坝岭放牧时，偷偷溜到塬边苜蓿地里，苜蓿鲜嫩可口，它十分贪婪地大吃了一阵。中午拴在门前核桃树下，肚子渐渐鼓胀起来。我随父亲跑了过去，已经有几个人围着那头大犍牛，牛肚子像一根扁担担起的两个圆球，眼睛瞪得灯泡一样溜圆，几个人正用麻绳捆住牛滚圆的肚子，有人砍来了椿棍，但已经迟了，那头骄傲的大犍牛支撑不住，轰然倒地，四脚撑向天空，眼睛圆溜溜地瞪着一动不动了。没有想到一头斗败过无数公牛，体格如此健壮的生命就这样崩坍了。

对于一个普通家庭，一头牛算得上多半个家当了，邻居一家气得睡倒了。这个烂摊子怎么收拾，父亲和几个人蹲在门边上抽着旱烟叹息着，最后大家商议，将那头牛剥了皮，牛肉切成块分给了全村人，大家知道，这只是赈灾的一种方式，凡是前来拿走了一块肉的人家，都必须出钱，大家心照不宣，一个家庭的灾难一下子分解了，由全村人自愿承担，把损失降到了最低。老家塬上，牛温顺、耐劳，与人朝夕相处，耕地碾场，始终是人最有力的帮手，所以人是不愿吃牛肉的。一头牛一生劳顿，到老了主人宁可低价卖掉，也不跟猪鸡羊那样宰杀，牛身上附载着特殊的意义和特别的价值。

到如今，眼前还时常浮现这样的画面：黄土浩瀚的高原上，一犋耕牛迈着坚定的步伐走在犁沟里，后面紧跟着我的父老兄弟，他们扶着犁，脸庞黧黑，汗水涔涔……

六

始终陪伴在人左右的猫，看似悠闲，可没有猫，老鼠就反了天，让人不得安生。过去人住窑洞或者土木房，老鼠在人居室的角落或者粮囤背后打洞穴居。老鼠繁殖力惊人，养一只猫才能控制得住局面。人都缺吃少穿，猫只有拼命地捕猎才能活得滋润。曾经有一只猫，陪伴了我人生最灿烂的十几年，从童年贯穿少年，直至青年。那是一只土黄色、条纹披身的猫。它体型大，仔细看，全然一个缩小版的东北虎。它的性情具有截然不同的两面性，在家里藤蔓一样缠着人，特别温顺，到了捕猎的时候却异常凶猛。盘踞在粮囤后面的老鼠、门前山洼里的野兔、大树上飞窜的松鼠，还有柴垛上叽叽喳喳的麻雀都能被它一举拿下。

这二三十年，老家也先后养过不少猫，因为鼠药，风风火火抓老鼠的都活不长久。老鼠药一直更新换代，最初的三步倒、毒鼠强已经不再对老鼠有效。猫却不行，猫一旦捉了吃过毒鼠药的老鼠就等于在阎王殿领了盒饭。老鼠的进化主要表现在它们抗药能力不断强化，一种新上市的鼠药用不了多久就对老鼠不起作用了，而猫和其他动物在这方面根本没法与老鼠相比。大量杀虫药和除草剂让麻雀、喜鹊、野鸡和野兔几乎绝迹，害虫和田鼠却依然纵横天下。当下农村建起了混凝土房子，门窗密封严实，老鼠进不去，进去了也没法打洞定居。养猫也不再为了捕鼠，而是一种精神的陪伴，为了让一个乖巧而绵软的小动物，儿孙绕膝般的陪伴着，排遣人的寂寞。

村子里有人养了一只大狸猫，身上鳘黑油亮，嘴巴、肚皮和爪子雪白。它食量惊人，相当于一个成年人的饭量，在家里吃不饱，就跑出门四处讨食，在周围村庄里漂泊。在争夺食物的斗争中，它的智商让人既惊叹，又恼怒。白天的田间地头和丛林山道上都能看到它矫健的身影，夜间它走村串户，推门翻窗，揭开盛馍的盆盖。它的力气大，胆子更大，与一只威猛的土狗打斗，腾挪翻跃，抓得狗脸皮开肉绽。收不住，管不了，无拘无束的它成了一大公害。忍无可忍，主家将它装进一个蛇皮袋里，步行二十里山路，丢弃在一片深沟的林子里，让它自奔前程，自谋生路。可是当那人拖着疲惫的步子跨进大门时，那只大狸猫已经抢先回到了家里，从上房的窗台一跃而下。没办法，只好见了就打，逐出家门。知道人对它反感，那只猫从此不再靠近人，它四海为家，在田地里，荒山上流浪。

村庄里，屠狗杀猫是忌讳的。沟畔上一棵枝繁叶茂的槐树，因为吊死过一只狗，第二年春天，再也没有发芽。走山路或者夜路，狗时常跑前跑后地跟随着，给人做伴。人从远路上回家，还不到门前，狗已从遥远的脚步声中分辨出来，飞奔而来，欢快地摇着尾巴迎接。猫在家里跟小孩一样，卧炕头，钻被窝。所以人对待猫狗的态度要温柔得多。

在村子里待了二十多年，只见过一次处决狗的场面。有人得了胃痛病，在县上住院也没治好，回到家里，吃不上饭，严重的时候疼得嗷嗷叫，吃啥吐啥。请了阴阳安土，在院子里念经，在父母的坟头烧纸燃香，埋了谷子、糜子、小麦、荞麦、高粱等五谷和十全大补丸。还请法官驱鬼，折腾了许久，也只在刚刚感觉轻松一点之后，紧跟着又发作起来，而且越来越重。那些年许多端国家饭碗的人得了麻缠病，最后一步去西安，大多都是一番检查之后给出了确切的诊断，把家属叫去单独谈话，说已经晚期了，最多活不过四个月，想吃啥就给买啥吃，想去哪里就陪着去转转。那些大医院的医生很干脆，一粒药都不开，就让赶紧回去，他们的宣判很少有人逃脱。农村人看病顶多去县医院，那里也是大多数人的最后一站。那人的病拖延久了，村上的赤脚医生开的中药不知喝了多少，都没见效。后来，在高平找到一个老中医，他口头开了个偏方，很简单，就是用狗肉暖胃，必须是一只大黑狗，正好他家里就有这么一只。

那是一个干冷的冬天，学校刚刚放假，那天早上在离家不远的山沟里放羊，我看见一伙人站在沟边上张望，便跑了去。崖边上寒冷像利刺一样扎得人脸耳生疼，一只大黑狗蹲在那里，崖边上钉了一个铁桩，一根很长的麻绳，一端拴在铁桩上，另一端绕过狗的脖颈，打了活结。过来一个人在崖边上放了个白蒸馍，那只大黑狗摇着尾巴，趴下来，嘴巴伸到崖边上一点一点试探着吃，它吃得很慢，吃完了才缩回身子站了起来。那人从裤兜里又掏出半块白馍，抛向山崖，那只黑狗猛扑了过去，绳子瞬间绷紧。

一阵吱吱呜呜的叫声里，看热闹的大人小孩都默然后退，离开了寒冷如削的崖边。

浩荡的庄稼地

一

老家塬上。塬小，沟深，岭长，嵝岘多，山坡地广。

那些年，人被庄稼羁绊着，大把光阴耗在了庄稼地里，却依然填不饱肚子，走不出窘境，这到底是人的不幸，还是庄稼的悲哀？或者说，是人与庄稼共同的不幸与悲哀？

缺少了机械、农药和化肥，种地只能拼力气，碰运气。特别是那些陡坡地，收纳不了多少雨水，土壤处于饥渴中，哪里还有力气好好哺育一粒种子？地力不足，庄稼长得稀薄，收成也好不到哪里去。包产到户那年，所有土地按山地和塬地、坡地和平地、远地和近地搭配，分到各户。多数人宁愿要小一点的平地，也不要面积更大的陡坡地。伯父却把平地全部换成了陡坡地。在他看来，只要肯出力，坡地照样能多打粮食。分地的时候，陡坡地全用眼睛丈量，放眼一望，稍作盘算，一大块地报个小数字好让接手的人乐意。往往名为三亩，实际上足足五六亩。

魁伟的伯父，说话的嗓音和做事的派头，与他的长相高度契合。他喜欢让眼睛跑马的大片田地。他站在地埂上，一手叉腰，一手掌着长杆烟锅，放眼山川，最后将目光钉在自家大片的山地上，在烟雾缭绕中，享受着广袤给予他的满足和自信。显然，他不是空想者，而是躬行者。他绾起裤腿，一手扶着犁把，一手压着弓起的犁辕，匍匐着身子，让铁铧深深嵌入地里。他耕过的陡坡地，看不出犁沟，翻起的黄土哗啦啦散开，就像抖散的棉絮，松软、平整、浩荡，庄稼行当里的许多老把式也赞不绝口。

在父亲看来，平地的优势不言而喻。跟陡坡地相比，平地不光耕作省力，还兜得住雨水，保墒，增产潜力大。庄稼能否丰收，因素还有很多，天时也是决定因素。即将成熟时遇上连绵阴雨和突如其来的冰雹，都是毁灭性的灾难。即使籽粒饱满的庄稼，也不可能完全颗粒归仓，虫子、鸟雀，以及松鼠、野兔、豪猪、野猪、狍子和獾等在山林里虎视眈眈，它们都把自己当作山野里的主人，山地里一小部分庄稼是注定收不回来的，父亲依然年年耕种。

那是距离我家十里开外的一块山地，坡度不大，名为二亩，也只是站在高处用眼睛丈量的，其实足足三亩有余。地块下临高崖，崖下是汩汩流淌的清泉。干巴巴的山崖上，满是大小不一的深幽洞穴和竖向的道道裂缝，杂七杂八的鸟兽就栖身在这里。我劝父亲别白费力气，因为每年大半庄稼都被糟蹋掉了。父亲总是默不作声地同其他地块一样耕作，播种，施肥。他说那些走兽飞禽，都是张嘴货，都得讨生活，得给它们留点吃食。在山地里收麦，父亲从来不让拾麦穗。

对每一季庄稼的照管，父亲都很经心。在他看来，庄稼的一季也就是人的一生，不管怎样都是一个实实在在的过程，耕地、播种、施肥、除草、收割、打碾，直到颗粒归仓，每一个环节都得按部就班。那年秋季多阴雨，荞麦疯长，透出地皮长到一拃高就开始扬花，直到半人高，花絮依然繁密，香气也还是那么馥郁，一直开到了清冷的落雪时节，就是不结籽。一季收成彻底没指望了，父亲却不放弃，他带领我们把那些被霜雪摧残过的荞麦一丝不苟地收割回来，天晴后，摊开来晾晒、打碾，谁都明白根本没有一粒荞麦，父亲还是执意完成了最后一道程序。在庄稼行当里，韧劲是一个人对抗劳累和失败必须具备的素质，否则人还怎么活，打击、挫折和意外，你真不知道会在什么时候突然降临。种庄稼就是用一声不吭的劳作，与突然的霜冻、持久的干旱，以及来去匆匆、破坏力极强的洪涝抗争。是的，博大的地和神武的天，往往会辜负一个庄稼汉的满腔热忱和不辞辛苦，把他们的热望一下子踩在脚下，践踏得无以复加。父亲的信念是不轻易遗弃任何一季哪怕是最差劲的庄稼。对粮食的尊重，也是对自己辛劳的尊重。一个庄稼汉，哪怕没有收成，也要完成最后的收割，用真诚的劳作，将残酷的现实化作一剂镇痛的良药。

二

种地必先养地，得顺着土脉的性子，不能极尽功利。过分搜刮，弄到油尽灯枯，山穷水尽，彻底伤了地力，庄稼就长不好。保障水肥之外，深耕勤休，是基本的理念。一种是休耕，通常是远离村子，土肥难以运达的山坡地。一块山地连种了几年小麦，杂草渐渐滋生，颗粒不再饱满，就得有意撂荒半年，第二年春夏之交，杂草繁盛之时，开始连续翻耕，到白露秋播小麦之时已经深耕了三四次。每次翻耕后，在风的召唤、雨的浸润、日头的抚慰下，土脉恢复了元气。另一种是倒茬。连种几年小麦，无论怎样精耕，地力还是跟不上，草盛苗稀，穗小粒秕，通常在麦收后，立即翻耕，施肥，种上糜子或者荞麦，夹带油菜，秋庄稼收割完，油菜根还留在地里，第二年春天早早冒出了新芽，天气渐暖时，油菜花开，满山满洼泼了油彩一样一片金黄。油菜收割后，肥硕的块根留在土壤里蓄养了地力。初夏收了油菜，翻耕几遍，秋天再种小麦，第二年麦子穗大粒沉。这样的统筹安排，在两年时间里收获了粗粮、油籽，还让主粮小麦丰产增收。另有轮作的法子，麦收后翻耕，第二年春天种上玉米或者谷子，通常种三年小麦，再种一两年玉米或者谷子，每一年的每一样作物都有很好的收成。

麦收后，麦茬依然坚毅地密布着，烈日的光芒像无数金线在麦茬上跳动着，让丰收后的夏天更加炎热。太阳冒出火花之前，父亲便架起犁铧，翻耕了一半。父亲一手扶犁，一手迅捷把犁沟里的杂草拔出来抛向地边土埂上。手扶着犁把走，脚也不闲着，不停地踢踏，将刚翻起来，还未被太阳烤得铁硬的土块踩碎。远离村庄的山地，农家肥无法运到田地里去，土壤的肥力只能依靠一遍遍的深耕了，入伏前若能深耕一次，刚好赶在雨季前，让土壤像棉被一样翻个身，疏松的土地就能把连绵的雨水蓄积起来，入伏后再深耕一次。强烈的阳光，会打败土壤里一切对于孕育生命有害的东西，比如虫卵和草籽，这大概就是耕耘的意义所在。总之，深翻过几遍的土地，庄稼发苗旺，长得齐，籽粒更饱满，这是每一个庄稼地里劳作过的人近乎常识的经验。所以耕地就成了十分关键而重要的工作。

为了让山地获得更多的肥力，父亲每年在小麦打碾结束后，上午耕地，下午在丈把开外的田埂上开挖，把地埂上多年积聚的灌木落叶形成的腐殖土挖下来，给瘠薄的土壤增加肥力。这样的劳作对于一个人的体力是十分严峻的考验。

三

小麦是主粮和精粮，麦面好做也好吃。麦面做的面条盛半碗一会儿就变成了一满碗。盛到碗里还在生长，还在增多的粮食才是上等粮食，小麦最懂人的心。玉米、荞麦、谷子等杂粮都是种一粒，长一株，只有小麦一粒种子埋进土里，开始长出缝衣针般的一支小苗，过了冬，第二年返青拔节，会分蘖许多麦苗。种下一粒，长成了许多支，麦穗齐刷刷的，给人以力量和信心。一个麦穗上，层层排布了二三十颗麦粒，这些年，产量翻番，一个麦穗上已经突破了四五十颗麦粒。最贫瘠的土地上，麦穗有大有小，麦粒却一样饱满。在众多粮食里，小麦名至实归，王者的地位谁也无法撼动。这是小麦的宿命，也是庄稼自己的安排。

小麦是最诚实的庄稼。一粒花穗就是一粒小麦，它从来都不撒谎，从来都不会面热心冷，不会用艳丽的谎花敷衍耕耘者，给人一场空欢喜。小麦扬花的时节，能闻见淡淡的香，却不容易被它的艳丽所吸引。小麦的花朵为两性，雄蕊有三枚，雌蕊有一枚，开花只有一刻钟到半小时。这样的安排可以快速授粉，躲避各种意想不到的灾害。小麦绝不偷懒，绝不混日子，虚度光阴。秋天里，一粒麦子在土壤的襁褓里并没有贪睡，它吃饱喝足，向下扎根，向上发苗，七天便透出了地面。数九寒天，它在地下排兵布阵，第二年开春齐刷刷冒出一个方阵。拔节、出穗，一步一个脚印。走过了秋冬春夏，在火热的季节里燃起火热的激情，让一派金黄照亮大地。小麦也是最皮实的庄稼，它耐得住春旱，有点雨水就奋力向地下扎根。下种后得了一场透雨，第二年无论多么干旱，只要根扎得足够深，田地里麦子照样厚实，照样丰收。那年在收割完麦子的山地里修梯田，下掘近一丈深的土方，在垂直的切面上，看到那些白色的细如棉线的根须，扎进土壤足足有六尺多深，如此发达的根系，令人惊叹。麦出艳阳天，小麦越晒越精神。小麦的智慧让人始料不及，它深知世事维艰，下气力把细若游丝的须根往深里扎，再往深里扎，保证擎得起尽可能硕大的麦穗和尽可能饱满的麦粒。麦子是懂得感恩和善于表达感恩的庄稼，麦子的表达铺天盖地，岁月的富足和吉祥全写在金灿灿的麦田里，风过处，红火，热烈，汹涌澎湃，塬上的日子辉煌得没边没沿。

四

谷得雨而生，二十四节气里的谷雨，正是一年四季里，太阳威力勃发的青春期，黄土塬上，金子般的阳光，催生了每一粒埋在土壤里的种子。谷子、糜子也是十分耐旱的庄稼，只要根须嵌入泥土，春夏凶悍的阳光也很难打垮，一根根小苗吮吸夜间微风带来的潮湿，将细嫩的叶子缓缓舒展开来。等到一场雨来，吃饱喝足，攀着阳光投射下来的金线，迅速长高，一根苗在长高的同时，还在往深深的土壤里扎根，苗有多高，根就有多深。当然，野草也不示弱，它们野性十足，以更为强悍的雄心与庄稼竞赛，三两天就高出禾苗一头，压得禾苗喘不过气来。这时候就得锄头上场，将杂草从根部斩断，打灭它们的气焰。等到它们再次从地下钻出头，也只能在庄稼的脚下了，不得不低头屈尊，再也压迫不到庄稼。这些年除草更容易了，各类草都有相应的灭草剂，一片田地，用三轮车拉了水，到地头上兑了灭草剂，用喷雾器一喷，草就蔫下去了。喷雾器有手动的，也有电动的，电动的背起来一按电钮，就呜呜呜地转动了。种植几百亩的大户，已经用无人机，天女散花般喷洒农药，除草杀虫。

进入七八月，雨会隔三岔五地下，阴雨与晴天交替，每一天都是庄稼的好日子，谷子、糜子等秋庄稼迅速长起来，一天一个样子。立秋后，秋庄稼也有了土地和太阳的色泽，谷穗和糜穗成熟的日子，金灿灿的光芒在田地里铺展开来，麻雀再也无法淡定，它们按捺不住，毅然决然从各个院落里飞了出来，组成浩瀚的阵仗，飞向落霞一样金光闪闪的庄稼地。它们叽叽叽地争吵着掠过人的头顶，在人一时无法到达的地方落下，谷穗和糜穗低沉着头颅，它们毫不客气地站立在脖颈上，飞快地啄食，等看管庄稼的人走近，它们又机敏地起飞，向另一块庄稼地而去，整个秋天，人追逐着鸟雀跑，让天空变得吵杂而喧闹。日子就在你追我赶，打打闹闹里过去。一代代人跟一茬茬庄稼一样，经历过阳光甘露，风霜雪雨，雷电冰雹，有幸运，也有不幸，沐浴上苍的恩惠，挺过艰难的日子，才能走向金灿灿成熟的季节。成熟的季节是无比辉煌的，辉煌是一种极限，意味着生命完成了一个轮回，即将走向终点。

这些年，涝坝岭下比较平缓的山坡地，作为基本粮田和水土保持地，已经被机械整理成了一块块平展展的田地。弟弟用三轮车、拖拉机和收割机耕种了岭下的几十亩田地。收成时好时坏，庄稼的成败只能由变幻莫测的市场和同样变幻莫测的苍天决定，庄稼人有的是不屈不挠的韧劲和不计得失的努力。

五

黄土塬上，春旱是常态。这些年雨水渐多。春天里，吹几天南风，从东南和西南大洋上来的水气绵毡一样铺展开来，遮盖了高原，天空低矮，空气湿冷。到了谷雨，天明显暖和了，梨花皑皑如雪，正当玉米下种，若再有连绵阴雨，那就麻烦了。阴雨搅扰，错过了最佳播种时机，紧赶慢赶就迟了。山村里，人守着庄稼过日子，总是被时令追赶着天天辛劳，又被天气搅扰着，磕磕绊绊，这样的日子格外耗人气力和精神。

这些年农具也在更新换代，原来木制的纷纷淘汰。塑料与金属合伙，金属当锋刃当筋骨，塑料作衬垫作辅助。新式器具使用起来更加结实、轻巧，还趁手，即使寒冷的冬天，也能让手比较愉悦地握住把柄。

父亲扬起鞭杆在空中一抖，麻鞭一声脆响，惊得那头麻叫驴和枣红母牛加快了脚步。一头叫驴和一头母牛搭对套成一犋，拉着铁犁来来回回让苏醒后的土地翻腾起来，满心欢喜地接纳一粒粒种子。父亲扶犁，母亲跟在后面点籽，玉米种子从指缝滑落，均匀跌落在犁沟里，一粒与另一粒刚好一拃半。如果不出意外，这就是秋天里一个玉米棒子与另一个玉米棒子的距离。后来使用牛拉的木耧车，再也不用母亲跟在后面来来回回跋涉了。地里的活很多，苦还得下在地里，一样都不能少。这些年，弟弟在旋耕过的地里覆膜，白花花的地膜保温、保墒。铺膜比较麻烦，先是人工，后来用拖拉机一边旋耕一边铺膜，然后人工滴种，用一握粗的木头一端削尖，在地上插一个眼，滴一粒玉米种子，盖一锨土。之后使用一种立式插播器，一根铁管子，下面是鸭嘴一样的尖端，管子中段是小圆斗装着玉米种子，用力将鸭嘴插进地里，提起时一粒玉米籽就会掉进去。这样的操作比较快捷，但还相当费力。近两年用的是一种手推式滚轮播种机，铁轮子上焊接了一圈鸭嘴，轮子后面是推把，轮子上面有一个铁皮做的漏斗，一根链条将轮子和漏斗联动起来，当轮子行进时，漏斗下面的转轴跟着转动，将玉米籽一粒粒输送到轮子上的鸭嘴里，鸭嘴刺破地皮的瞬间，一粒玉米籽跟着掉下去。轮子前行，鸭嘴拔出，土壤合拢，种子就在土壤里安身立命了。弟弟说，推轮下种比较快，七八十亩地，四五天就完工了。机械的改进，让一家两口子包揽了那么大的庄稼，当然种和收的大忙时节还得雇人帮工，也少不了亲戚帮忙。

要让一株玉米长大，背上颗粒饱满的棒子，必须从伺候一粒种子开始。当雨水浸入地下，太阳的温暖抵达土壤深处，胚芽才能萌发，这个必然性里又埋伏着无数的偶然性，每一个偶然都有可能毁掉一株小苗。人是智慧而勤快的，人千方百计让有利的偶然性不断地转变为必然，把有害的偶然性革除掉。不事农桑的人，眼里只有风景，只有在土地上俯下身子劳作的人才能体会到庄稼在地里的波澜和风险。入伏后，骄阳似火，玉米趁势而起，把山坡和塬地变成了碧绿的森林。长势喜人预示着丰收，但还保证不了丰收，必须有天意的保障。风调雨顺才能让一粒种子在人的努力下，长成一株玉米，背上一两个玉米棒子，最终让棒子上的颗粒饱满。如果天时地利人和凑齐了，就能让一变成百，百变成万，一斤种子就有几十斤收获。庄稼的魅力在于，极度的辛苦后，让人得到成倍的回报。

春旱是黄土塬上千百年来无法摆脱的魔咒，这是大家的共识，没想到连绵的阴雨更是灾难。没有阳光照耀，天气冷，地气凉，种子一时发不了芽，就烂在了地里。不管哪个季节，好的天时都是在该下的时候下，该晴的时候晴；说下就下，说晴就晴，干脆利落。绝不阴沉着脸，盘算着，掂量着，犹疑不决，优柔寡断，这是最坏的。

种庄稼就像养孩子，种子下到了地里，人的心也就跟着去了。弟弟每天在山上的地头上巡视，野鸡刨，野猪拱，尽管地皮上覆了地膜，玉米籽拌了毒药，意外还是时时出现。当玉米芽透出土壤时，总有一些懵懂的孩子找不到门，错过了出口，在塑料薄膜下的透明牢笼里穿行。这是极其危险的。阳光火辣，薄膜下的温度很快就能达到四五十度，甚至更高，这时候必须进行干预和帮助。刚好周末，回到老家，和弟弟他们一起去地里拨玉米苗。自制的工具很简单，也很好用，将一根粗铁丝弯成直角，一端留四厘米长，一端缚在竹竿上。顺着白亮亮的玉米行搜索，一边走，一边扫视着每一个玉米苗，将错过了出口，在地膜下匍匐的玉米苗用钩子钩出来。这活计费力也费心，必须瞪大眼睛一个一个地搜寻过去。钩子从孔洞里伸进去时要掌握好角度和力度，找到玉米苗，钩子轻轻转动，将玉米苗拨出下种时形成的孔洞。动作幅度不能太大，大了会戳破地膜或者弄断脆嫩的玉米苗。春天里，开始发威的阳光照射在白花花的地膜上，人好像处在火焰的中心。在一条条地膜的行间，头低着，眼盯着，劳心劳力，头晕眼花，脖颈痛，不由得喟叹跟土地打交道太不容易。种庄稼就是在土地上织锦绣花，体力的消耗暂且不说，阳光的刺痛让人倍感煎熬。鞋窝里不时钻进黄土。尘土飞扬，身上、头上，汗水与尘土形成的污垢刺激人皮肤，让人的手和脸更加粗糙、黧黑、干巴，呈现病态。一个年轻时端正高挑的漂亮女人，在多年的田间劳作之后，身材、脸庞、肤色都会发生很大的变化，肩挑手提的重压让她腰身粗壮，双腿变形。更何况如此辛苦劳作还挣不了多少钱。供孩子上学，为孩子买车娶媳妇，在城里买房是这几年出现的新困境，农村的年轻人进城打工，挣得也不多，还得靠种地的父母接济才能勉强站得住脚。山地里的光阴历来都在为城市繁荣效力。农药、种子、化肥、地膜年年涨价，油价上涨引起机耕成本增加，而粮价一直原地踏步，有些年份还滞塞掉价，忠诚于土地的农民哪里能熬出好光阴？尽管如此，不光拴在庄稼地里的人离不开庄稼地，刚刚离开庄稼地的人，同样深情眷念着遥远的庄稼地。

六

站在塬边上遥望，浩荡的黄土大地将它的博大深沉，通过遥远的地平线表达出来。向遥远处走去，大地便将它的崎岖和坦荡摆在你面前，分明向你表明山的远方还是山，庄稼地的尽头还有庄稼。地平线其实只是天和地共同设置的一个骗局，你可以尽收眼底，却永远无法抵达。眼前的庄稼、树木、飞鸟、奔窜在山路上的野兔，还有汹涌在街道上的人流，都是永恒世界的一条闪电，一个幻影。在浩瀚的时间里，我们来过，又去了，来去匆匆。我们活着就要努力去实现自己的意义，像玉米、小麦、谷子、糜子和荞麦一样，努力寻找适合自己的土壤。丰满的麦穗和谷穗被纤细的秸秆高高举起，金灿灿的田野是我们最爱的人间盛景。

村居短章

喊不住的风

1

除了没边没沿的黄土和日头，风是塬上最寻常、最广阔、最浩瀚的了。四季流转，万象更新，大地上岁月滚滚向前的轮子全靠风推动。

立冬后，塬上的风渐渐坚硬起来，就像一堵带刺的墙，更像挥舞在大地上无形的皮鞭，从门里出来，人不由得要缩手缩脚，小心翼翼。对于那些娇嫩的、清鲜的花花草草，一场西北风真可谓摧枯拉朽，就连树上长了大半年的绿叶，也吓破了胆，面如土色，黄亮亮的，干枯了，纷纷散落。一夜之间，一切都失了色，变了形。跨过年，五九六九，南风徐徐而来，柔和、轻盈、温暖，如丝的柳枝结束了一个冬天的沉睡，睁开了惺忪的眼，迎风摇曳。

开春的那场大黄风，似乎要把天地弥合在一起，一连好几天，天地间一片昏黄，浩浩荡荡，浑浑噩噩，走在路上像飘荡在空中，或者浮游在洪水里，人的内心不由得产生一种压迫感。要不是依然感受到路面的坚硬，偶尔一个石块作用于脚掌隐约的痛感，把人从虚幻中一点点拉回来，真不知进入了幻境，还是依然行走在俗世里。风停后，雨来了，山桃花、杏花在山洼里喧闹起来，枯草丛里点点嫩绿露了头，大地又换了花衣裳，缤纷的画卷徐徐展开。

那年，大黄风无边无际，遮天蔽日三四天，天地间一片混沌。在那样一个黄尘浩荡的日子里，一个颇为魔幻的命案，给本来就浑浊的村庄增添了莫名压力，恐惧与不安压迫着人们。据传，附近乡镇的一个村庄，发生了一起凶杀案。尘烟笼罩，十步之外不辨牛马，罪恶就那么大摇大摆地发生了，屋子以外没留下任何蛛丝马迹。被杀的是个年轻女子，丈夫长期在外，她失血过多，倒在门边。不到一岁的儿子从炕上掉下来，邻居发现时被她家的大黄狗蜷护着。家里平时再无他人。那个命案最终成了悬案，多少年过去了逐渐被人淡忘，现在想起来，十分恍惚，甚至拿不准是不是发生过。隐约记得那些天里，人们不再外出，静悄悄待在家里。一个庄稼汉，全部的精神寄托都在劳作中，他们每天都把自己的脚印深深地印在田地里和山路上，谁也不轻易让自己的手脚闲着。困在家里，显然很不舒服。在家里待了两天，父亲急得团团转。他完全不顾劝阻，在母亲的唠叨中扛起镢头走出了家门。母亲大半早晨在焦虑中度过，她一边里里外外地忙碌，一边去大门外张望，直到那只大白狗摇着尾巴窜进了大门，母亲悬着的心才放下了，停止了唠叨，过了一会儿，父亲在门前摆好了他背回来的一大捆干柴，抹着额头上的汗水跨进了门，一脸愉悦而满足的神色。

这些年，天道平顺，雨水明显多了，黄风少了，也弱小了，偶尔刮起来，短暂的几小时也就过去了。

2

天也是有情绪的，天的情绪被风掌控着。天时而沉滞阴郁，阴云密布，时而豁达敞亮，晴空万里。天的情绪表达离不开风，天色的改变，都有风的参与，是风的安排和操控。天将何去何从，风是预言者，也是执行者，看云识天气，云被风推动着，指示着，统领着，构成了一个庞大的天气系统。风的方向，风的强弱，风的冷热，风的柔软或坚硬，最终决定了季节的转换，四季的更迭。正二月，在季节转换的节点上，南风依然冷硬，却似有若无，天光暗淡，让人感受到许多不确定性。老人说天在争节气呢。所谓争，就是蜕变。日子一下到了十字路口。这是天气的十字路口，可能雨雪降临，也可能转入晴朗，谁也无法凭经验断定。这更是季节的十字路口，未来的走向十分明确，没有过不去的冬，也没有来不了的春，季节转换是天道，天道就是铁律。过了惊蛰，天空明澈了，季节的走向更明朗，更清晰了。南风轻柔，暖阳温泉一般倾泻下来，明媚的春光打开了。

风挥舞着鞭子，把大洋上的水汽赶到旱塬上，在我们头顶上时而堆积如山，时而铺展开来，天空有了跟地面一样的起伏，山川河流，森林湖海，时而暗淡，时而热烈，不停地变幻着脸谱，演绎着沧海桑田。天幕是大地的倒影，夏日更加壮阔，抬眼望去，蓝天上白皑皑的雪山、缓步慢行的象群、跃出海面的座头鲸，或者散布在草原上的羊群。某个清晨或者傍晚，风把云片均匀排布开来，如一块块屋瓦，抗拒着我们目光的探测，数不清它有多少。立冬后，天渐冷，风在天上铺了一层棉被，天光暗下来，而且愈来愈暗，几天之后，棉被被缓缓掀掉，或者棉被愈来愈厚，愈来愈沉，轰然坍塌，下雪了，我们的世界白茫茫一片。

风是雨的头。夏天里，风向一转，翻云覆雨，天气非大变不可。麦收时节，南风轻悠悠地吹起来，越来越紧，越来越湿重。过了几天，突然间北风来了，来得很紧很急，一个扫堂腿，紧贴地面横扫过来，凉飕飕的，饱满圆润的南风栽了个跟头。被摞倒的南风，不是趴在了地上，而是翻腾在空中，乌云滚滚，雷霆震怒，大雨筛豆子一般洒落下来。雨季来了，一下就是好些天。伏里的雨，缸里的米。刚刚收完麦子，回茬的糜子、荞麦和豆子，咕咚咚吃饱喝足了，新苗一下子蹿出了麦茬地。父亲的脸上满是笑意。天随人愿，好运气挡也挡不住。那些年我们家的庄稼一年收两茬。按照父亲的部署，麦田以羊粪打底，羊粪性热，庄稼长得快，成熟早，麦子早半个月就翻起了金浪，赶紧抢收回来，摞在麦场边上，再抓紧往近便的塬地里运羊粪，这时候，南风波浪一样涌了上来，忽悠忽悠，越来越紧。父亲说，雨要来了。塬边上最能看清天气的变化，父亲是除电视上的气象预报员之外，这个世界上我见过的最好的天气预言家。秋庄稼刚种到了麦茬地里，一倒北风，雨扑唰唰下开了，时下时晴，连绵数十天，白刷刷的麦茬地里又是一片绿茵茵的盛景。

施多了尿素的田地，麦子黄得迟，没等到收割就遭了雨，阴雨过后，麦子全部趴倒了，平展展地铺在地里，麦粒秕了，或者长了芽。种庄稼跟打拳或者写文章一样，套路众所周知，紧要处就那么一点点，迟以毫厘，差之千里，跟不上没办法。

碾麦也得抓紧时机，前一天下午太阳落山时，抬头向西边的关山望去，只要太阳放了空，顺顺当当从山边上落下去，第二天就是大晴天。如果关山上聚拢了黑云，那第二天必然有雨。碾麦得看风向，看天气，否则，一年的收成就泡了汤。塬上的白雨多半是从关山上发起的，"太阳落进了云口，不到半夜雨吼"。麦子碾完，将麦草挑出场边，摞起了麦草垛，最后一个环节就是扬场了。父亲说，只要耳根咝咝的有了凉意，就得赶紧扬，锨头一扬，麦粒、麦衣、草屑和尘土唰地飞向天空，一股风刚好嗖地蹿过来，麦衣和尘土等轻飘飘的杂物被风掳走，缓缓散落在麦场的另一边，金灿灿的麦子，粒饱身重，直上直下，落在眼前的空麦场上。晴朗的下午，风金贵得像人的呼吸，一丝一缕地吹，一波一波地来，看见树梢动，再动锨，麦子扬起时，风已经过去了，放了马后炮。

3

早上立了秋，晚上凉飕飕。中午还十分炎热，但风向变了，北风一吹，天上就万马奔腾，一场场连绵不绝的雨，被风赶着，在昏暗的天空里纷纷扬扬。雨过了，天晴了，一场风，一层霜，树叶悄悄地黄了。又来了一场风，又抓又揪，又撕又扯，树叶一片不剩，树枝光秃秃，树也傻呆呆的了。山沟里，峁墚上灰嗒嗒，空落落，一片静默，一派肃杀景象。

小小的塬上，风就是上帝的手。手一挥，春天合拢了，夏天展开了。手再一挥，秋天合拢了，冬天又打开了。

风把四季铺展在 365 个日日夜夜里，让平淡的岁月有了无穷的变数。没有风，日子就不会摇曳多姿，色彩斑斓了。像日出日落一样，风在塬上来来去去。风一吹，天空阴郁了，风再一吹，天空又明澈了。塬上的春夏秋冬旗帜鲜明，不含糊，不拖沓，全仰仗了风。风的流动中，四季转换，冷热交替，往往热起来十分徐缓，冷起来干脆利落。季节的车轮被风推着走，从春走到冬，走过了一年又一年。风把花开的消息透漏给了蜂和蝶，最终让桃杏缀满了枝头。风扬起了麦穗上的白色花粉，促成了麦子愉快地交合，最终成全了丰收的美梦。春种一粒粟，秋收万颗子，这是庄稼汉的万丈豪情，却必须得到风的一波又一波的推动。塬上的日子，不管酸甜苦辣，都浸在风里。日子被风揉皱了，又被风捋展了；日子被吹得暖洋洋，又被风吹得病恹恹，凄惨惨，白茫茫。塬上的人，一代又一代，享受着风的爱抚和滋养，性情中便有了风的温柔和博爱；塬上的人，默默承受着风的打磨，男男女女，都有了风的骨骼，风的棱角和风的性子。

4

塬上的风总是那么理直气壮，扬着尘土，卷着树梢，拍着屋顶，如车轮轰隆隆辗过，捋着高压电线发出尖利的嘶叫，你想让它停下来却怎么也喊不住。也并不是所有的风就急匆匆地南来北往。你在土路上走着，不经意间眼前会树起树桩一样的一道风柱，那就是旋风。空旷寂寥的一条路上，突然起了旋风，顺着路快速地旋转着迎面而来，有时候旋风还会跟着人走，人走多快，旋风就走多快，想甩却甩不掉。按照一贯的说法，旋风就是某个亡故的亲人或者孤魂野鬼，若是已故亲人，他在路上遇见了你，他就以这种形式现身了，让你知道他看见了你，他想问候你。孩子白天在外面玩，遇上了旋风，夜间突然发烧，这正是亲人问候的结果，哪个新近去世的亲人最有可能对这个孩子十分挂念，孩子妈用男人左脚上的布鞋，在头上左三圈，右三圈地绕圈，一边嘴里念念有词，大概是说些安慰的话。他爷，你就不要问了，孩子好着呢，有什么好问的，你就放心走你的路吧。如果家里男人不在，就用黄纸点燃在头顶上绕圈。路遇旋风，跟着人甩不掉，就呸呸地啐唾沫，一口唾沫一个钉，很有杀伤力，这种祛除鬼魂的办法能为人壮胆，也能很快摆脱旋风的纠缠。

我宁愿相信旋风就是某个已故亲人的魂魄。这给人一种温暖的力量，让人不再孤单和绝望。走在村子的土路上，一个小小的旋风迎面缓缓而来，在眼前突然消失，或者与人擦肩而过，我会猜想他是谁？如今山野全部被茂密的树林占据，夏天一派绿，冬天一片黑。山上的小路也满是荒草，黄土被牢牢把控住，起不了风尘，门前的公路穿上了水泥沙石的盔甲，旋风无声无息地消失了，再也难以遇见。

5

风让世间物事流转，让山河不断改变容颜，也让一种思想或观念向外传播，让一个地方的气息和文明外溢。我遇见过许多人，他在一个地方做事或者做官，一段时间后，就会对这个地方的其他人产生影响，特别是那种修为高的人，他会让一个原来是非不断的乌合之众由消极冥顽慢慢地开化，最后变得积极而充满活力。我相信一个人有他特定的气息，这种气息很大程度上是后天形成的。不断地读书行走思索，踏遍山河，阅历人世坎坷。他俯下身子，凝心敛气地做事，成就了一个独特的个体。他走到哪里，就像一股清新的风吹到了哪里。我一直不知道怎样去概括一个人肉体之外的他自己，也许可以用精神气质一类的词，这是一个人的另一面。在某种程度上，一个关键人物的精神层面影响着一个群体的价值取向。一个群体的关键岗位上如果有一个读书人，那么这个群体也会慢慢变得好读书，好学习。上有所好下必甚焉：齐王好紫衣国中无异色，楚王好细腰宫中多饿死，上行下效，一个地方的风气不好，也不能怪小老百姓，那些呼风唤雨和一言九鼎者，他们的言行向来都是风向标。他们是引领风尚的人，他们有责任。

文化是一种强劲持久的风。从南吹到北，从古吹到今，教化人，规劝人，让人们心地更加慈善，性情更加敦厚。不管生活在哪里，都需要外面的风不断地吹进来。风吹来，衰草枯木返青，静水泛起涟漪，人就活络起来了。

没有尽头的路

黄土被西北风鼓荡起来，以海啸和山洪的形态，浩浩荡荡而来，广袤的高原，挫败了它们的气焰，它们疲惫不堪，放慢了脚步，最终驻留下来，雪一样沉积在这里，越积越厚，从几十米到上百米，薄厚不一。黄土是松软的，也是厚重的。黄土更是轻盈的，有了风的教唆，便如烟如雾腾空而起。不幸的是，无尽的岁月里，被风操持的瓢泼大雨，挥舞着利刃，一次次切削，把平整的塬面肢解得破碎不堪，到处都是深的沟、窄的梁，突兀的峁和形状万千、大小不一的塬。偶尔回到老家那个小小的塬上，路、树、人已经面目全非，塬边不断坍塌，山坡上的那一条条小路，在暴雨冲击下，像踩上了西瓜皮一样，突然间溜下沟底。崖边上的路也滑到了沟底，通向山里的路被灌木淹没了，一切都变了，路也变了。原来平缓的山洼变成了陡立的深壑，塬面变小，两个塬之间的崾岘，也渐渐瘦成了一道闪电，崾岘上的路异常险峻。

老家在县域最西边很小的塬上，外婆家在北边另一个更小的塬下向阳的山湾里，大姑家在南边一个溪流如带的小川道里。农闲季节，我跟随父亲去大姑家，跟随母亲去外婆家。去大姑家向南走，去外婆家向北走，都是时宽时窄的山路，走出了塬边，都要下山，过河。去外婆家还要再上山，一直走到半山腰的一个山湾里。去大姑家下到了川道，路与河流像两根绳子相互缠绕着，绕来绕去，顺着川道走，要过好多次河。

塬下的深沟就像半开的一把折扇，灌木和树林隐在一道道褶皱里。溪流穿针引线，形成了一道轴线，两面山坡被划成了阴阳两半。阳山的山桃花开得正艳，阴山的山桃才长出花骨朵；阳山的麦子收割结束后，阴山的麦子才泛黄。河南与河北的时令有差距，河南与河北的树木种类也略有不同。或大或小的河流切断了从两扇坡上下来的路。人们砍树伐木，在大河上架起吊桥，在小溪流上横搭两棵树干就是一座简易的桥，桥把从两面山上下来的路连接起来。春天也是沿山路走来的，从阳山的小路上下来，跨过小河，从阴山一路上去，大地上，春暖花开的画卷就这样缓缓打开了。

那些叫喊声并不顺着路走，但会顺着沟溜。赶着羊群下了塬边，在沿路崖边上对着深沟大声叫喊同桌的名字，他的名字就像弹豆一样在山沟里碰撞着，被深沟里通往枣子川的溪流引向了沟口，那里放羊的一群孩子也能听得见，他们立即应声，只是回声里的一个个字，被山崖撞得七零八落，模模糊糊，听不明白是谁在喊谁。

一代代人的童年、少年、青年和老年就消磨在这样的山路上。最终，路把人走老了，路自己也疲惫了，沧桑了。顶着日头在山路上行走，我看到了大地本来的面目。一座山峁上，有个断面，堆积了许多鹅卵石，核桃大的，鸡蛋大的，碗大的，碌碡大的，混杂着，埋在黄土下，被树木荒草覆盖着，看得出来许多年前这里曾经是河滩或者海滩，否则谁能把这么多的本该沉积在水里的石头堆积成高山呢？那么，又是什么力量改变了曾经的河滩和沧海，这样的变化是瞬间完成的，还是经历了许多年，我们不得而知。我不愿看到那是瞬间的变化，但我更相信那是瞬间的变化，比如，闪电一样的强地震，几秒钟、几分钟改变了山河的模样。有些地方，似乎是一整块石头，像是从地下长出来的，它们不断地出现裂缝，慢慢地分化破碎，石块不断从断崖上滑落到路上。不管怎样的山，都有许多小路像带子一样曲曲折折地缠绕着。许多山路其实并不是修出来的，而是各种各样的脚踩出来的，人和牛群羊群走出了宽阔的大路，兔子和松鼠在灌木丛中穿梭，蹚出来的路只有仔细看才能让目光捕捉到。羊有羊道，狼有狼道。一条条深深浅浅，犹犹豫豫，纵纵横横的山路，穿过山沟里的灌木林。那么多的动物各自走在自己的路上，仿佛鱼游在水里，灵活自如极了，而且还不被人轻易发现。有些路太小了，穿过草丛，就像一条小小的管道，不断吞吐着一个个小小的活物。山沟里蛛网一样的小路，千头万绪，最终却汇聚到一处，直接指向了庄稼地。

跟父亲去砍柴，割草，随母亲去摘花椒，打杏子，挖柴胡。走过曲曲折折、形形色色的小路，路消磨了多少代人，谁也说不清。地势的复杂多变，直接造就了路的隐秘和神出鬼没，行走的艰难就可想而知了。

到如今，我还固执地觉得破碎而沧桑的黄土高原，它神性和诗意的地方，就在于那里有褶褶皱皱的山和迂回曲折的路。

时代走向快速和简捷，柏油路、水泥硬化路、高速路从田野里穿过。不得不说，越高级的路，功能越单一，行走的成本越高。开车疾驰在高速公路上，平直的路面常常让人犯困：灵魂出窍，瞌睡打盹。或者容易急躁，在飞快的行驶中还想更快。这样的情绪和状态，将行程置于危险的境地。在沟壑间、山岭上彳亍，人永远是乐陶陶的，精神百倍的，从来不会因为行程单调而生出不良情绪来。旧时光里的路，不光走人，还送信，传递信息。如今信息变成了电波，路就再也无法承载了。

山里的玉米地，总有一条条隐秘的小路，从灌木林里伸过来，野猪就是这条路上最顽固的侵略者。

野猪大的足有几百斤，体格庞大，长嘴利齿，有猛虎的凶悍，也兼具了狼的灵巧和凶残。它们对人有着与生俱来的仇恨。出去觅食，往往总动员，倾巢出动，一伙少则三五只，多则十几只，体格庞大的公猪在前面开路，母猪断后，中间是一绺猪崽子，它们通常在天黑后出动，浩浩荡荡，穿过灌木丛林，向长满庄稼的田地走去。出于庄稼的本能，入伏后炎热天气里，背了棒子的玉米，也会炫耀自己的美丽和丰盈，玉米并没做错，是风走漏了消息，风的窃窃私语，把庄稼的许多秘密宣扬得到处都是。立秋后，山地里的玉米棒子开始灌浆上颗，绵长的玉米香，被风送进了野猪的鼻孔里。在通向玉米地的路上，它们是犹豫的，试探着，逡巡着。一旦突破了防线，蹿入玉米地里，偷窃者的胆怯瞬间变成了杀戮者的豪迈，鬼子进村一样地扫荡，左冲右突，所向披靡。野猪不劳而获却异常暴虐，它们不知道人类侍弄庄稼并不比抚养一个孩子长大那么简单。土地上，对于一株庄稼，想入非非的虫豸鸟兽实在太多了。干旱直接夺命，成长的道路上危机四伏。一季庄稼的成长与收获并非轻而易举，播种、施肥、除草、杀虫、日夜看护，样样都让人汗流浃背。掠夺和践踏别人用辛劳换来的成果就是作孽。野猪的罪孽在于对庄稼缺乏应有的敬畏，它们在庄稼还没有完全成熟时就钻进地心，用暴力横扫，只有少许收入自己的胃囊，大片玉米被它们踩得稀烂。走进被野猪糟蹋过的玉米地，看到许多玉米棒子只咬一口就扔掉了，它们往往在地心玉米长势最好处下手，一大块玉米，一夜间灰飞烟灭，即将成熟的一块玉米地变成了一片绿茵茵的废墟，让人怒不可遏。必须捍卫庄稼的尊严，于是，一场生死保卫战在所难免。最初用土枪围猎，在枪膛里压上钢珠或者铁条，走近了众弹齐发。后来土枪收缴了，又用铁夹子夹，将一只大的铁夹子安置在小路上，用杂草树叶盖住，夹子用铁链拴在路边的树上，一旦触发，铁夹瞬间发威，将猪腿死死夹住，无法挣脱，牢牢拴在了那里。一块玉米换来了一桌猪肉，也算合理补偿。还有一种电猫捕猎的方法，用一个电瓶，一盘细铁丝，沿地边钉上小木桩，将铁丝固定在木桩上，一路拉过去，在地边上形成一个包围圈。走在前面的野猪触电后倒地，瞬间断气，后面的小野猪受到惊吓仓皇逃散。

死是谁也绕不开的结局。可是在求生的路上，出于本能，大家都在努力寻求出路，拓宽途径。只是世事无常，就连路自己也不知道它在什么时候会被突然遗弃。原来车水马龙，却渐渐地车辙稀了，脚印少了，直至再也没有杂沓的热闹和喧嚣了。许多路只能恪守方向的信念，不断地消亡和重生，只要方向确定了，一条路消亡了，另一条更加宽阔的路铺展开来，畅通天边。路和行走的人一样也处于生生灭灭的不断变迁中，没有哪条路被猿人走过，被夏商周的人走过，被唐宋元明清的人走过，直到现在还有车辆在上面飞驰。路是社会的，也是时代的，立足当下，面向未来，不断走出新路，才能走向壮阔的未来。

通向未来的路有万千条，我们却一直在探索、在拓展、在寻找。多一条路，就多了一条选择，也多了许多无奈。出门就有路，路有百千条，重要的是选择，选对了路，人生就平顺，选错了路，就要费一番周折，悲苦一辈子。曾经赶着羊群走过无数条羊肠小道，到如今，夜间偶尔会梦见跋涉在被牛羊或者野兽踩出来的山野小路上，没有目标，只有急切的行走，像是在追赶，又像是在奋力摆脱追赶，那条路细小，坎坷，陡峭，纷乱，犹犹豫豫，曲曲绕绕，走不到头。一直走啊走，走得满头大汗，快要绝望了，似乎永远也走不到头。那是我的噩梦，无数次从梦境中醒来，茫然无措。

山 居

除夕中午，开车二十余里给三叔拜年。下了一道山梁，在川道里向西驶去，走完了硬化路，车子驶上沙石路，向西边山坡蜿蜒而上。黄尘滚滚，长龙一样拖在车后。山回路转，车子猛的一拐，驶进了山湾的一个院落，车后的长龙猝不及防，翻滚着涌向了山沟。

头顶就是一个浑圆的山峁，三叔的窑洞在山峁下，背北面南，阳光如瀑，温暖异常。窑洞的崖面足有五六丈高，当年切开了山峁下的陡洼，开挖了钻山窑。钻山窑最能抗得住岁月，几代人过去了，正崖面上的两个窑洞依然坚强地挺立着。两侧的斜崖面上，窑洞早已坍塌，院子破落而荒凉。孩子们没有真切地感受过这样的窑洞生活，远远地站着，不敢走进去。经久不息的烟火，给窑洞里外上色，墙壁乌黑发亮，今夕何夕，漫长时光的边界在这里模糊不清，晴空下的日子泥水一般混沌，给人恍若隔世的感觉。

院子里摞了一堆柴捆，火炉安放在一边。灰白的烟雾里，三叔正坐在三条腿的小圆杌子上熬茶喝。

三叔是父亲的亲弟弟，也是父亲曾经十分牵挂的人。父亲去世后，三叔再也没有回过塬上，我也有许多年没有去看他老人家了。

那些年，塬区十分缺粮。三叔二十岁就被介绍到山里招亲。这地方山大沟深，地广人稀。包产到户后，塬上生活好转，父亲想方设法把三叔的户口迁回塬上，为三叔争得了承包地。在我们院子里腾出两孔正窑让三叔一家住，我们家搬到了斜崖的两孔小窑洞里。可是，三叔一家不习惯塬上的生活。烧柴吃水都得去很远的山沟里挑，费时费力。三叔这样说，其实不是根本原因，主要问题是两家人共用一个院子，很不方便。于是，父亲张罗着给三叔重修一院庄基。选好了地点，阴阳下了罗盘，放线确定位置，父亲顾不上自家的活计，一直帮着忙了好长时间。窑洞挖成后，土质湿软，父亲十分担忧，不时跑去看，正准备乔迁，正中的一孔窑洞突然塌方了，一切辛劳瞬间化为乌有，三叔一气之下搬回山上去了。父亲沉默了许久，再也没有动员三叔搬回来。

我们家的三间瓦房建成后，父亲又动员三叔在塬上修建房子。三叔久居山里，不缺木料，建房的难度不大。高大气派的砖瓦房很快建起来了，可是三叔并没有随即搬到塬上来，他习惯了窑洞生活，早已将自己的灵魂安置在山上，塬上的房子也是为孩子们准备的。那年正月十四，父亲溘然长逝，此后，再也没有人操心三叔的事了。

三叔居住的那个山上，原来有二十多户人家。父亲在世时，每当砍柴或者割草，走出西塬边，父亲都会望着沟那边西南方的山峁说，你三叔就在那个山峁下面。后来山地退耕还林，三叔就是不肯离开，有人铰断了通往山上的电线，山上最后的几户人家再也待不下去，只好迁走了。三叔还是没有搬，没有电，他点起了油灯，上山的路被截断了，他又重新修好。别人拿他没办法，也就不再管他，让他在山上待着。

三叔居住的窑洞，崖面很高，两孔窑洞之间的上方半崖上还有一个小窑洞，三叔称这个小而深邃的窑洞叫高窑。高窑距地面一丈开外，窑口上面敞开，下半部分用土坯封闭，还留有枪眼。旧社会闹土匪，全家人脚登高崖上的脚窝爬上去，洞口架一杆土枪，等土匪进了院子，瞄准骑马的土匪头领放枪，洞里还备有滚木和牛头大的石头，等土匪走到崖下的窑门口，就用滚木和石头猛砸。在遥远的窑居时代，匪患猖獗，人口众多的村庄修建了堡子，高窑只是单家独户的防御工事，富有的财主家才有。一旦土匪进村，穷人家一无所有，扶老携幼，一走了之，躲到堡子或者钻进山林里。财主家的粮仓牲畜，以及其他辎重无法很快转移，得想法子守住，不能让土匪进入院子。高窑居高临下，易守难攻，能很好地抵御土匪的抢掠。三叔入赘的是殷实人家，高窑见证了曾经的辉煌。三叔说他年轻时爬上去过，那时候崖面的脚窝踩不住了，在崖面上斜靠一根长椽，就能一溜烟攀爬上去。三叔年轻时身材高大，头方脸阔，英俊硬朗。如今年过古稀，他的身形和神态仍不失为顶天立地的汉子。

午后的阳光倾注在山湾里，院子里暖烘烘的。崖顶和院子两边全是荒草和长满了刺的灌木，门前的山洼里有很粗的枣树和核桃树，深沟里有几棵空心的古柳，七零八落，躯干老态龙钟，枝梢却依旧丰茂，一汪清泉从一棵古柳下的崖缝里汩汩而出，清冽无比。

刚走进院子，面对这样的窑洞生活，我们惊诧不已，这是怎样的生活啊，没有电，也没有手机信号。可是三叔并不觉得有什么不好，我给他递纸烟，他说纸烟太绵，劲不足，抽不惯。他拿出旱烟锅，装满旱烟让我抽，我忙说没抽过烟。三叔往火炉里加了柴，给我们熬茶喝，我们在烟雾迷蒙之中拉起了家常。红艳艳的罐罐茶，苦而有味，正如这里烟熏火燎的日子，别人无法想象，不能接受，三叔却无法舍弃。

转眼十多年过去了，再次回到老家，三叔已经搬离高山下的钻山窑，回到塬上，住进了新盖的砖瓦房里。

杏树湾的风波

杏树湾崎岖的山洼在夕阳下辽远而苍茫，沟谷里小溪沿谷底蜿蜒流淌，上百年的杨柳杏槐充当了这里的霸主。按理来说，这里应该就是我们那个村上的领地，因为这些树林的四周都是我们村子的耕地，不知什么时候来了些看林人，他们领着国家工资，穿着统一的制服，给这个深山老林注入了一派异样的气息。他们不许村民进山砍柴，村民也就不再扛着斧子进去。后来来了更多的人，他们开始在山林里伐木扯板，山林很大，得知消息时他们的驻地四周已经摞了小山包一样的几个板垛，砍伐掉的树木也足有几十棵，村民义愤填膺，聚集起来商议对策，最后决定先把本该属于我们的木板讨要回来。长了上百年的老杨树、老柳树，也算祖先留给我们的财富和念想，悄无声息地被人伐掉，于心何忍？但必须制止，先抢了木板，警告他们不许在我们的地盘上乱来。

人多力量大，当上百名村民集中到自称为国营林场的场部门前时，那些人不得不住手，放下了锯斧，只留下几名护林人远远地看着，其余悄然撤退。村民愤怒之中将摞在那里的木板背回了村子里。整整一个星期，山路上全是白花花的木板在移动。长了上百年，几个人合抱不过来的树木，扯成的板自然非常好，无节无疤，平整顺溜，质地细密，纹理清晰。这样的板材非常少见，连上了年纪的老人也啧啧赞叹。那些木板背回来摞在我家的院子里，每一块木板都用红漆打了记号。一则我家院子大，二则父亲为人老实可靠，能尽职尽责看护好这些集体的财产。以后就有了种种说法，有人说抢了林场木板犯了王法，也有人说林场强占了村上的山林违法在先。多数村民并没有想那么多，他们才不管什么法不法，他们只分辨在不在理。只要站在理的一边，就不怕违法。

最终林场把村民告上了法庭，开庭审理那天去了村上干部和村民代表，村上一个粗通文墨拄着拐杖走路的老年人，在法庭上陈述了有关山林田地的历史，他后来自豪地说，他的一番陈述后，法庭上再也没有人敢反驳了。他是地主的后代，那一带的田地曾经是他家祖上的产业，土改后归公，所以那一带山林理所当然地归村上所有，林场的人毕竟是后来才进入那片林地的，跑马圈地，一厢情愿地霸占了山林，至于是哪一级组织让他们占据这片林子的，他们也拿不出文字证据。山林是国家的，土地也是国家的，这是个大前提，国家赋予了土著居民的土地使用权，如果国家没有说这片土地或者这片林子要划归哪个林场，那么使用权就是村民的，谁是林子的主人也就不言而喻了，何况伐树扯板得办理采伐手续，否则便是违法的。当然孩子们是不关心这些的，只听打过官司，还时不时听到那几个上过法庭的人高声野气地卖弄，他在法庭上如何据理陈词，让对方哑口无言。官司输赢谁也不知道。几年后，突然有一天，木板运走了。山林是国家的，木板就是国家财产，只是谁代表国家收走了木板，我只是现在才想起来的。后来，林场工人也撤走了，再也听不到看林人的口哨声了。

坐　席

人生在世到哪里都得找准位置。过去的乡下筵席，讲究繁多。席间座次，从来都不是随意安排的。上席，如同皇帝的宝座一般，有着极高的敏感度，可不是人人都有资格坐上去的。辈分是一道硬杠子，起着决定性的作用。年龄和资历则作为参考，辅助确定座次的安排。在村子里，一直以来都遵循着"贵贱有等、亲疏有分、长幼有序"的基本伦理和规矩。一席八人，诸多规矩是无形的，也是铁定的，就像与时光对抗了千百年的堡垒，守护着乡村社会的秩序和传统。谁都不能轻易打破，否则就会引起不满和非议。

乡下婚丧嫁娶通常都要置办酒席，大宴宾客，来坐席的家门邻里亲戚朋友，座次按辈分、年龄排列。主事总管最大的职责就是让来客各就其位。这里边讲究比较多，上席要留给辈分最高和年龄最长者，不过也有例外，如果一群人里只有一位年龄和辈分最高的，再找不到与其同辈或年岁相仿者，叔辈又不能随意与祖父辈的长者并排列坐，就找个年龄很小的孙辈同坐。乡村里父子之间严守尊卑长幼的礼数，相互总有些隔膜和芥蒂，从来都不苟言笑，小心谨慎地保持着那么一点距离。祖孙之间却隔代亲，没大小，不必拘泥礼节，爷孙俩坐在一起嬉笑逗趣，这时候坐在下手的叔辈们也不觉得尴尬，原本沉闷生涩的气氛就变得活泛起来、轻松起来、热烈起来。不管喜事还是丧事，总管的水平就在安席上，几个原本不在一个锅里搅勺的人凑在一起，短短几十分钟，必须关系融洽，谈笑自如，不生分，不冷场，酒席才热闹气派。乡间的红白事，也是很好的社交场，许多朋友就结缘于席间的一面之交。

幼年时每当坐席，常常听到上席的老年人大发感慨，说一辈子一晃就要走到头了，这上席有啥好坐的？坐了上席，很快就要见阎王了。当时觉得这话离我们十分遥远，不料如今，亲戚家门过个红白事，我们也常常被人推到上席落座，不禁感慨，惊风飘白日，光景西驰流，岁月不饶人啊！

一张方桌，四面围坐八人，这是老规矩。上席的两个座位通常放两把靠背椅子，左右两侧和下手都是长条板凳。坐长板凳得提着心，吊着胆。长条板凳两端各坐一人，起身与落座需要两人默契配合。一人起身必须向另一端的人打招呼，然后缓缓起立，否则，猛然起身，板凳一端紧跟着抬起的屁股呼地扬起，另一端的人就会一个狗蹲结结实实将屁股墩在地上，这下可不得了，受伤的不光是屁股，还有脸面。上席是两个靠背椅子，格外稳当，不必时时提防身旁和自己并排坐着的另一人，用突然的起身颠覆了自己。

坐席的焦点还在这个席上，既然是酒席，就有许多规矩。婚嫁喜事和孩子满月，添丁加口，图的是圆满，不得杀生，席间鸡猪牛羊肉直接买来就是了。老人去世或者三周年忌日，有献祭的环节，得大开杀戒，杀鸡杀羊杀猪祭祀，酒席上少不了鸡羊猪肉。

来客也分三六九等，最关键最重要的要算舅家人和娘家人。若是丧事，去世的是老娘，病重时必须请舅家人来探望，去世后立即派孝子跤着白布鞔面的布鞋，穿白戴孝，腰系麻辫绳子，带着痛彻心扉的表情前往舅家请客。孝子到了舅家，并不进门，在大门外等着，见了舅家人必须行大礼，磕头作揖。按常理，做到这些并不难，对于母亲，每一个儿子都会在她老人家离去时悲痛不已，跑多远的路出多少力都是应该的。舅家人这时候搬一把凳子，端一杯水出来。孝子喝口水，坐下来歇息片刻，待舅家人问明白了老人去世前后的经过，何时吊丧，何时祭奠，何时安葬，便立即返回。去世第三天，舅家人便来吊丧，算是小祭，要提一些具体要求，对亡者穿五大件还是七大件，背什么木头的棺材，烧多少纸货，过多大规模的事，是官宾俱全的浑全大事，还是丧事从简，必须为过事定下调子，事主都得和请客一一协商妥当。祭奠之日，舅家人进了村，孝子们排成一行在大门外跪迎。进门坐定后当即有酒菜端上来，这叫接路席。这只是一个仪式，一个虚招，通常不动筷子，总管代替主家说些路途遥远，劳顿辛苦之类的话，客套一番。为首的孝子，一般是长子，头顶一个摞了孝帽的盘子，带领其他孝子面朝舅家人跪成一行。舅家人这时就要发话了。如果子孙不孝，舅家人心里不爽，这就是最后一次表达不满的时机，通常要数落一番。如果儿女孝顺，舅家人心无块垒，便说几句安慰的话，总管示意跪在地上的孝子们磕头后站起来。接路席即刻撤掉，舅家一干人这才进丧房察看一番，见最后一面，若对置办的穿戴和铺盖比较满意，便上香烧纸，奠酒祭拜后重新落座，酒宴正式开始。

一位母亲，在人生最美好的季节生育了儿女，从此便将大好年华耗在了儿女身上。在她的暮年，儿女们理应尽心赡养。可是往往许多老人不等儿女们腾出手，回过神切切实实尽一番孝心，就突然永远地离去了。安葬的繁文缛节，对于儿女来说正是接受教育，反观人生的最后一课。

孩子满月，娘家人是必请之客，通常还设接路席，只是礼节要简单得多。接路盘子端上来，只有四个凉菜，并不放盐醋和其他调料，总管还是说些客套话，完了就让把摆在桌上的接路盘子端下去，重新上菜，这时通常娘家人要拦挡一番，都是自家人，不用麻烦，随便吃些就行了，于是端来调好的汤汁浇在凉菜上，酒席正式开始，上一道热菜，敬一轮酒。通常菜上五道，酒敬五轮。

酒席上的镂食，是唯一可以带回家去的。镂食一般分为四份，分布在四方木盘的角上。镂食是用模子倒制的食品。在一根方正的长木块上掏出几个窝，旋成圆形或者八棱形，镂刻花纹，将拌了白糖的熟面装进模子，用手指压实，倒出来后，成为圆形或者六边形带有花纹的食品，类似于杭州的绿豆糕。每块镂食都用红墨水点了梅花，分两层摆放，下面三个，上面一个，下面垫了两张白纸，四角蘸了红墨水。等酒足饭饱撤席时，用白纸裹了揣进兜里带回家，让家里的老小分而食之，这人人有份的享用，也是一种人情世故。谁设计了这样的酒席？我们不得而知，这样的酒席，照顾到出不了门的女人、娃娃和老人。聪明的极致是靠谱，人情的极致是周到。父亲常说，人有大小，嘴没大小。一人吃喝，众人口渴。即使出山放羊，父亲也要摘些野果子带回来，尽量不空手而归。

如今农村的酒席已经不同于过去。方桌改成了圆桌，一桌八人变成了十人，甚至更多。酒席上的许多讲究也不复存在了，菜的种类更加丰富，坐席的人肚腹鼓圆，满盘子满碗，吃不了多少，散席后，剩了一大半，白白倒掉，大席面的铺张浪费，让人心疼不已，这样的陋习必须根除。

这些年乡下人往城里跑，他们的生活也城市化了，女人爱吃麻辣烫，小孩爱吃方便面和螺蛳粉。居住在城里的人却丢不了乡土情结，去郊外的农家乐吃手擀面和野菜野味。城里的大酒店也做起了农家菜，色泽很鲜，名字很土，却吃不出过去的那种滋味了。

几个朋友相聚，点几个可口的菜，酒菜只是道具，吃吃喝喝只是形式，聊聊天，交流思想，找点乐趣这才是主要的。点菜也十分理智，吃饱为止，力求经济实惠，吃不了的打包，绝不铺张不浪费，节俭形成了风气，这样的酒席，让人舒服。

土　墙

微信圈里看到一组土墙的老照片，突然想起那样的土墙已经淡出了我们的生活，只存在于废弃的乡村院落里了。时光的尘埃遗落在土墙上，诞生了盔甲一样的苔衣。在同岁月旷日持久的对抗中，无边的干旱，让落户在土墙上的苔衣黯淡失色，却坚定不移地永远驻扎在那里。然而往事并不如烟，每一个孤独的晨昏，土围墙作为村庄的一部分，任凭风雨切削，地动山摇，始终秉持了忠诚，与时间对峙，与寒暑争辩，一如既往坚守着空荡荡的院子和院子里的空空荡荡，谁也难以撼动。世事风尘，只有无边的破败与荒凉，同野草一起在土墙圈起来的院子里漫延，挡也挡不住。

土墙是窑居时代的产物。窑洞挖成后，用土坯垒墙，封闭洞口，只留一大一小两个孔洞安装门窗，再以黄泥抹光，屋里屋外就此分开，成了两重天地。一个人风尘仆仆地从外面赶回来，进了门，跟随而来的寒冷立刻挡在了屋外。屋子里的温暖就是家的温暖，在外闯荡和奔跑的人，始终眷念着家，眷念着家的温暖。

在苦力还十分廉价的年代，黄土和人的力气一样随时可用，随地可取。让松散的黄土变成坚硬的土坯，再将一块一块土坯砌成墙，人的想象力和因地制宜的探索，何等重要。土坯规整，有棱有角，砌成墙方方正正，坚固稳妥。只要肯使力气，土坯就是最廉价、最容易获得的建筑材料。每年夏收前的空当，晴天多，气温高，湿土坯上垛后十来天就干透了。每年的这个当口，父亲在窑畔的空地里安好模子，偷空打些土坯，以备垒墙和盘炕之用。谁都知道，这世上只有男人的力气和黄土，是取之不尽，用之不完的。一个男人老了，倒下了，咽气了，另一个男人已经紧跟着长大，接上了班，男人的力气绵延不绝。

打土坯的过程并不复杂，要垒起一个长长的土坯垛，却有点难。父亲找到一个地块，铲掉带有草根和杂物的表皮，下面便是干净的黄土，湿度以抓土捏团摔在地上散开为佳。以磨盘大小的一块表面平整光滑的青石板作地基，放置平稳，将木模子放在石板上。打土坯通常由两人配合比较省力，一人往模子里撒一把从炕腔里掏来的草木灰，接着用铁锹盛满土，另一人两脚很快将盛入模子的土踩平踏实，用直径一尺，底部同样平直光滑的石锤用力拍打。最后顺势用脚跟撞开模子后档，两手将土坯扳起，端到垛前摞好。打土坯是力气活，更是技术活，技艺越是娴熟就越省力，速度越快。双手将十来斤、直径一尺的石锤用力掂起来，半尺高再落下，落点要稳，准，狠。稍有偏斜，打在脚面上就酿成了伤残事故，即便轻微的磕碰也受不了。一个土坯垛通常不多不少摞五百页土坯，一百页一层，共摞五层。要把刚刚打成的湿而软的土坯扳起，端到垛前一层叠一层摞起来，绝对是一项技术活。两个精壮劳力，默契配合，一人撒灰，盛土；一人捶打，上垛，动作连贯，行云流水一般，每一个环节都是力与美的展示。

后来村子里的人逐渐放弃了窑居，在公路沿线兴建土木房，房子的墙壁也用土坯砌筑。将麦衣或铡细的麦草撒入黄土，搅和成泥浆，抹一层泥浆，垒一层土坯，一层一层砌筑，最后再用泥浆将墙面抹光，干透后十分坚固。

窑居时代，院子里的土围墙就是一个护卫的屏障，也是人内心的一道安全防线，一道围墙把院子合围起来，把不可逾越，不可侵犯的私人空间从无限的公共空间里分割出来，人才有了生存的安全感和生活的舒适感。在围墙的适当位置安装大门，从远路上回来的人，进了大门就算回了家。院墙内外永远是两重天地。院墙外的一切都是人家的，大众的，社会的，许多时候也说不清是谁家的。院墙内的一草一木，一砖一瓦，一只鸡一只狗，都是自家的。起先的院墙都是土筑的。几根碗口粗，刨得匀称光滑的四棱木椽，若干五尺长麻绳，用丈把高的梯形厚木板做档头。打墙用的铁锤，由铁的圆底和木的竖柄与横把组成。在铁的圆底上安装了竖柄，再在竖柄的上端装上一短截横把。横把一握粗细，两端略尖，刨光，不致磨破手掌。人是漫长岁月里最厉害的打磨器，每一个打墙的铁锤手把都被手掌摩挲得光滑锃亮。开工前先得放线，确定好位置和墙体走向，接着开挖地沟，夯实地基，将两块挡头板竖立起来，拿来木椽，左右两根椽夹住两块木板，用麻绳收束。从地基处开始，两三人在下面盛土，一两人在上面用铁锤一锤一个窝地拍打，铁锤下落时稍稍旋转，就不会粘土。一锤一个窝，排列十分整齐。人在上面转圈打，打完了稍作休息，下面的人又抬来一根木椽加上去，再盛土，上面的人再提着铁锤打。四五根木椽放上去后，再要加木椽就从最下面解开绳子，取下一根加上去。这正是人们口头常说的"打墙的椽上下翻"，世事的无常和新旧事物的交替更迭，在几根椽位置的上下变化中，体现得淋漓尽致。随着土墙夯筑工程的消失，这句脱口而出的俗语已经从我们的生活情景中剥离，很难为后人所理解了。

打墙是苦力活，也是技术活，艺术活，更是特定历史时期上苍赐予人们的生存智慧。

土墙站立在故乡的黄土地上，天长日久，与远处的山峦和近处的沟壑一样，以永恒的姿态，与大地连为一体，成为黄土地上无法撼动的誓言。狂风暴雨呼啸而来，房顶坍塌，留下一圈四方的土围墙，清晰地标示着一个家庭曾经的人丁兴旺。对于离乡的人，不管走了多远，故乡的物质存在就是那个曾经在这里出生和长大的村落，如今故乡的家园虽然人去屋空，只要围墙不倒，故乡就不会在内心的版图上消失。一圈土围墙往往比几代人的记忆还要悠长，还要坚固。那年汶川地震，文县碧口镇唯一没倒塌的最牛民房，据说就是夯筑的土墙。

20世纪80年代的手扶拖拉机

一个壮汉，左手摁下进气门控制杆，右手紧紧握住摇把，深吸一口气，憋住，顺时针奋力摇起摇把，转速达到极限时松开左手，关闭进气门，伴随着一串嘣嘣嘣嘣的巨响，黑烟从排气管里喷射出来，淹没了被新奇震撼得不知所以的每一个脸庞。如果不顺利，一个人的力气不够大，又把握得不好，手里拿捏得不准，一股黑烟过后柴油机并没有转动起来，立马上来一个帮手，两个壮汉蹲了马步，以同样的频率，用更快的转速、更大力量和惯性作用于机器。一次不行，两次，两次不行，三次，机器扛不住人的执著和锲而不舍，就会发动起来。

刚刚过完年，村部的院子里围了许多人，他们在观赏一台大红油箱的崭新手扶拖拉机。大家十分好奇，围了一圈看，好家伙，洋气，好看，力气大，却脾气倔，难使唤。它似乎并不情愿来到这个僻静的小山村，跟驴牛马骡不一样，大家摸不清它的脾性，启动的难度相当大。柴油机一旦转动起来，地动山摇，滚雷般的怒吼声，惊得人心里一紧。别说干活了，就那启动挣不死人也能吓死人。

一个结实的小轮子被车头上筛子大的飞轮带动着飞转，这样的转动通过皮带和齿轮把力量传递到车轱辘上，奔跑的愿望就这样达成了。车头左侧的脸颊上有个铁片做的标签，识字的年轻人凑近了从上面读到了12马力，哈哈，别看个头小，却有12匹马的力气，太厉害了，大家不由得啧啧称赞。上初中后，才知道此马力非彼马力，拖拉机的马力，只是功率的单位，跟我们饲养的拉车、驮运的马半毛钱关系都没有。

那些年，干活全靠人和牛马驴骡的力气，手扶拖拉机就是现代化的象征，它高傲的头颅，像一只昂首挺胸的大红公鸡，或者一个巨大的斯大林烟斗，大红的油箱是它的前额，经常汗津津油汪汪的，透露着岁月丰腴，衣丰食足的好光景。是的，一个由机器主宰农业的时代已经姗姗而来，岁月正朝着机械化迈进，正如小学语文课的内容："奔向二〇〇〇年""实现四个现代化"，我们的理想正在拖拉机的挟持下奔向了未来和远方。所谓现代化不就是空气里柴油的味道和机械的轰鸣？是的，那台手扶拖拉机出入田间地头，虽然步履维艰，只是它的咆哮声让我们深切感受到牛耕时代即将结束，一个由机械主宰土地的时代正徐徐拉开了帷幕。当它奔跑在塬边和嵝岘的土路上，腾起滚滚尘烟，又让人感受到风一样的速度和山洪一样的力量。一台拖拉机的好处还在于它只要加满了油和水，就可以不停不歇地行走和奔跑，特别在雷雨胁迫的麦收时节，原来一个麦场上得有六至八头牛拉的三四个碌碡在毒太阳下缓缓地转着圈，一圈又一圈地将麦粒碾下来。阳光打在麦场上，着了火一样的炎热让那三四对黄牛步履蹒跚。有了手扶拖拉机就不一样了，虽然只有一个碌碡跟着跑，但速度比牛快了很多，速度快，冲击力大，麦秆在嚓嚓嚓的声响里被折断，碾压成柔软的丝丝缕缕，藏在麦穗上一个个窠臼里的麦粒，抵抗不了碾压，丢盔弃甲，纷纷逃离了，和麦衣一起流落到麦草下的土场上。在伏天碾麦的大忙时节，村子里一连四五个麦场，全都摊开了麦子，一台拖拉机一个麦场接着一个麦场，这省了多少人力和畜力，夏收的进程大大缩短了。

手扶拖拉机在碾场和耕地时，要卸掉拖厢，在双叉的手把下面安装一个带坐椅的导向轮，人坐在铁椅上，两只脚蹬踏着轮子中轴两边的踏板，掌握方向。碾麦耕地时，驾驶员必须手脚同时运作，有不小的难度，而且大腿和脚腕的力量要足够大，脑子还要转得快，一个大脑同时指挥着两只手两只脚，让手脚配合默契，这对一个初来乍到者是很大的挑战。不过熟能生巧，两个脑子灵光的年轻人当上了驾驶员，他们虽然跌了不少跤，但经过一段时间的试探和摸爬滚打，终于熟练了。

村上，最早的手扶拖拉机手，是我的两个堂兄，刚刚初中毕业，还只有十六七岁，正是眼尖手快的年纪，在他俩碾场、拉运麦子的时候，我是跟随者，也是他们各种洋相的见证者，在塬上平坦的道路上倒没什么，他们应对得行云流水般自如，各种操作顺理成章，拖拉机温驯而乖顺，到了稍稍陡一点的坡路上，他们的技艺就明显捉襟见肘了。那些年的坡路，坑坑洼洼，沟沟坎坎，手扶拖拉机两个前轮蹦蹦跳跳，人也跟着起起伏伏，操作的难度很大，意外随时光顾，要保持镇定也是非常困难的。那是个蝉鸣如雨的正中午，他们要把拖拉机开到和枣子川接界的汪家沟去，上百亩麦地的汪家沟半山上有一个很大的麦场，麦场周围摞起了高耸的蘑菇形麦垛。出了塬边，向南的路弯多坡陡，雨水冲击得壕沟道道，坑洼不平。三个轮子的手扶拖拉机，动力轮在前，导向轮在后，导向轮小而窄，车身稳定性差，下坡的时候前低后高，车身又轻，稍一晃动就会直接把人挑起来，他们解决的办法就是临时增加后面的重量，一人操作一人直接跨坐在双叉手扶把上，导向轮遇上石头或者壕沟的阻碍，那种有限的平衡被瞬间打破，人仰马翻就在所难免，只是到处都是松软的泥土和杂草，他们从突然的惊吓中一骨碌爬起来，嘻嘻哈哈一番，再将拖拉机扶起来继续赶路。这样的事故经常发生，比如装了一车麦捆，高出了车厢很多，就像巍峨的冰山或者巨大的座头鲸，驾驶拖拉机的人完全被埋了进去。转弯时，速度快或者内侧车轮在松软的路边下陷，便会瞬间侧翻。他们不急不躁，把麦捆一个一个取下来，摞在一边，叫几个小伙子把车厢扶正，再将麦捆一个一个装上去，用绳子勒紧，继续往回运。这算事故吗？并没有人把这样的翻车当作事故。真正算得上事故的倒有一次，那是一场白雨过后，村上的书记老周将手扶拖拉机开出了路边，从人家的窑顶上掉了下去。这个坠崖事故也是有惊无险，那天在北边场里碾完了麦子，白雨就来了，乌云压顶，雷声隆隆，刚刚收拾停当就是一场雨，淋了雨的人集中到麦场下面的人家避雨，雨过后一伙女人并没有散去，她们在门前东家长，西家短地拉家常。村上的周书记发动了手扶拖拉机，要开一里路停在村子南边的村部去，村部门前就是一个很大的麦场，拖拉机通常就停在场边上。他在路过那里时，也许是听到了女人们叽叽喳喳的声音，将拖拉机拐出了公路。崖边上有一条小路，人走在小路上可以看见崖下院子里外的人，也能让崖下的人看见，不知周书记一时走了神还是慌了神，总之拖拉机跑出了路边，从两丈多高的崖上掉了下去。那是个老庄子，窑口上边垂直的高崖长了许多椿树，树荫太大，过几年就要把树干锯掉，留出了二尺有余的树墩。拖拉机掉了下去，周书记架在了树墩上。脸色蜡黄的周书记从崖上爬上去后瘫坐在崖边上半天回不过神来。拖拉机掉下去后直接插进了崖下的萝卜窖里，萝卜窖是前些年挖的，冬天里储藏白菜萝卜，冬天过后，窖里填满了虚土，上面还堆了一个胡麻草垛，拖拉机一头扎下去，直接插了进去。第二天叫来了修理师傅，拴上粗绳，套上牛，把拖拉机从萝卜窖里拖了上来，只是油箱扁了，水箱里的水倒掉了，卸下油箱，敲敲打打让其复位，变得周正如初，重新加了油和水，两个小伙子合力，哈、哈地呼喊着用力摇着摇把，拖拉机在一股黑烟腾起后，又地动山摇地发动起来了。

此后，周书记再也没有开过手扶拖拉机。

几年后，那台手扶拖拉机显出了疲态，周身漆皮斑驳，原来大红的油箱，在无数次一头抢地又修复后，坑坑洼洼，褶褶皱皱。柴油机发动的时候更加困难重重。它像一个疲惫不堪老人，衣衫褴褛，丧失了征服浩瀚田地和漫漫路途的野心，只想巨石般待着不动，不愿再听任何人的招呼，几个壮汉轮番上阵，他们甩开膀子摇着摇把，浓烟滚滚，却很难让它突突起来。特别是冬天，早晨起来用火烧，水箱里加上开水烫，折腾大半早上才能发动起来。到如今，我对那种发出突突之声的机器不由得心生担忧和恐惧，暗想干别的什么都行，决不能和这个玩意儿打交道。这些年机械进化得特别快，这种特别难伺候的拖拉机已经十分少见了，农村大量涌现的被俗称为奔奔车的柴油三轮车，也是单缸的，有比较大的飞轮，只是那种三轮车比起手扶拖拉机已经有了很大的优势。稳当，拉得多，跑得快，速度能与汽车匹敌，爬坡性能特别好，冬天路面结冰也不怕，许多小汽车在积雪的坡路上一筹莫展，三轮车却稳稳当当地开了上去。在山地里务庄稼，这种三轮车十分得劲，能拉石磙子碾麦，爬很陡的山坡拉运庄稼，如今每家都有一台三轮车，专搞拉运。拖拉机是那种四轮的，车型和样式很多，还有四驱的，动力和安全性都是过去那种手扶拖拉机无法比拟的。

二十年前的 2003 年 3 月 21 日清早，我贷款两万元，和弟弟坐班车去宝鸡，花 19850 元买了一台泰山 30 四轮拖拉机。弟弟开着它跑运输拉沙子、煤炭，耕地，碾场。二十年来，不断升级，换了好几茬拖拉机，如今是一台高大的 950 拖拉机，专门犁地或悬耕。

塬上的三八线

包产到户四十年了，那时的青春少年已经鬓苍苍而视茫茫了。到如今，土地还稳定在农户手里，让人心里踏实。进城务工的人把自家的地给了别人，电话遥控着，每年收回租金。有人开玩笑说，万一混背了，大不了打回老家继续种地，修理地球。

当年大片土地化整为零，给了人们一种归属感，增加了人内心与土地的黏合度。村子里人人都做了地主，这是几千年农业社会历史长河中极其震撼的一件事，人对土地的珍视和劳作的热情空前高涨，原本沉寂的村庄有了活力。田地以犁沟为地畔，地畔便成了人们内心的一道防线，即使已经走出了土地的人，记忆里最为真切的还是自己曾经耕种过的那一块块土地，连梦境也是如此。人对土地的关注其实是对地畔的关注，地畔没有了，自己的土地也就没有了，许多时候，土地上的悲喜都因地畔而起。

一层秋雨飘过，精心打理过的麦田，母体一样温暖，母体一样蕴藏着神秘的力量。小麦在土壤里孕育，萌发，七八天后平展如镜的田地里长出了一行行绣花针一样的麦苗，远远望去，蒙蒙绿意梦幻般铺排出诱人的色彩。播种的早晚让绿色浓淡不一，一方方，一块块十分清晰。来年麦苗拔节，一块与另一块的分界日渐模糊起来。等到麦子成熟，麦浪汹涌，地畔就含糊不清了。这时候，唯一的办法就是找到犁沟。前一年的秋天，播种结束后，用一道深深的犁沟划定地畔，这本是顺理成章的事，可是当这条梨沟作了两家的地畔时，一天又一天日头碾压，风雨击打，麦地老态龙钟，犁沟的记忆渐渐模糊了，地畔的标识性就变得异常脆弱。邻里之间的情感纽带，往往因为地畔的纠葛而崩断。就像楚汉对峙的鸿沟，地畔神圣不可侵犯，又很容易被侵犯。历来疆域通连的国家，永世交好和友谊长存都只是一种愿望，能做到相安无事就谢天谢地了，如印巴、朝韩、俄罗斯与乌克兰，本应该亲上亲，却不幸地走向了水火不容。那些年代，青壮年还没有将目光投向城市的工地，而是一心一意务农，侍弄庄稼，地畔往往就像朝韩的三八线那样敏感，神圣，又是非不断。地畔引起的公开对抗，通常是脸红脖子粗的争执和辩白，稍稍升级，便成了叫骂。打人不打脸，骂人不揭短，这是普遍规则，却难以被上了气的人严格遵守。人到了气头上，什么解恨说什么，开始也算不上叫骂，只是指桑骂槐，偶尔戳一下对方的伤疤，对方扛不住了就老儿老孙子地叫嚣，也不直接指名道姓，脸皮显然已经撕破了。乡间的对骂，先从辈分上贬低，这算是比较轻柔的叫骂。争执的下一步便是骂先人，如果事端升级，自然要延及祖宗八代，这显然是最为恶毒和最具杀伤力的，往往让对方暴怒，失去理智。有时候明明是同宗同祖，骂先人就等于骂自己，却还在骂，使劲地骂，也不怕把埋在地下的先人吵醒。

当然用嘴巴斗架并不是男人的长项，一阵对骂后，事态升级，就不得不像磁石一样吸到跟前去。

目睹过在田地里打架，不是大开大合，你死我活，而是叫嚣着，指点着，撕扯着。那是伏天一个十分炎热的中午，村庄里叔侄两个一老一少因为地畔开始争吵，继而叫骂，接着赌咒发誓，最后动了手脚。老者说，你有本事把我头割下来，说着将头伸向青年，青年躲闪不及抓老者的头，可那是个寸草不长，熠熠生辉的头颅，无处可抓，不知如何是好，老者乘势一头抵了过去，青年被一个狗蹲结结实实打翻在地。眼看战争升级，弄不好还要出人命，呆看着的人方才清醒了过来，跑过去拉架，平息了战斗。

田间地头的纷争，骂得再恶毒也往往是虚张声势，很少动用拳头或者器具，老家塬上的人朴实善良的一面就在这里了，很少吵仗打架，大家都习惯赤手空拳，事情闹到了非用武力解决不可的地步，就用肩抵，用头顶。不说同宗同祖，兄弟手足，大家同走一条路，共饮一泉水，低头不见抬头见，唬一唬就行了，不忍心下手啊。不像外面世界，人与人的争执，可能瞬间暴发恐怖的场面，动拳动脚动刀，直往要命处招呼，砖头棍棒直接往头上拍。

隔壁邻家，还有一条敏感线，那就是水道。隔一道墙的邻居，本来一道围墙就是分界，泾渭分明，可是往往两家人要共用一条水路，东家院子里的水要从西家门前流过，或者西家后檐里的水要淌到东家的院子里，是非就来了。平日里，东家的母鸡将蛋下在了西家，西家的狗偷吃了东家的猪食。还有东家的羝羊串了岗，混进西家羊圈里耕云播月、种子外流等，这些扯不清的糊涂账，都是两家人心中的块垒。一场大雨过后，邻里间的种种不快，火药桶一样噗地点燃了。人的地位越是相近，越容易相互计较，水火难容。村主任从来不嫉妒县长、省长，却和村支书矛盾重重，一则距离太近，天天打交道，容易磕磕碰碰。二则地位差距越小越容易形成对比，凭什么让你在我面前指手画脚，你什么呀，念的书还没我多，就那副德行还让我为你抬轿。往往越有钱的人，把钱和利益看得越重，越是计较。两家都是种地的农民，将整块地一分为二，一家种一边，地畔问题就成了焦点。站在自家地里仔细看，再仔细看，越看越觉得自家地变少了，犁沟那边的地多了。隔壁邻家，做了好吃的端一碗过去是人情，让别人一声不响多种了自家的地那绝对是侮辱。村子里，地畔关乎一家人的面子，连地盘都守不住，还有脸见人吗？不能让人当软柿子捏啊。同样，凭什么让你家后檐的水，理直气壮地冲坏我家的院子。想什么就来什么，哪壶不开偏偏提哪壶。仔细想想，不是两家人都糊涂，而是利益的弦绷得太紧了。双方都把太多的注意力集中在地畔上，分毫不让，最终使得各自的内心水深火热。

断舍离，那是最为残酷的现实，不管拥有了多少，最终都不得不放下，不得不离开。刚分到土地的那些年，大家刚刚摆脱饥饿，劳动的积极性空前高涨，却很少因为地畔发生矛盾。后来生活好转，有了积蓄，有了余粮，地畔问题反而成了人命关天的大事，因为地畔闹出人命的也不在少数。

弱肉强食，是生存竞争的普遍现象。人类的初年，食物短缺，主要与不同族群，如狼虫虎豹等争斗，一方失败了就理所当然成了另一方的一顿美餐。由于体格算不上高大，也没有尖角利齿，在与许多兽类对决的过程中，人占不了上风，后来学会了直立行走，学会了制作工具，大脑快速发育，能想出更多的点子，就渐渐有了优势，占据了食物链的顶端。相对充足的吃食，让人填饱了肚子，繁衍的速度加快，人口不断膨胀，人直接成了地球的霸主。后来人发明了机器和武器，原来对人形成很大威胁的狼群渐渐消失了，仅有的虎豹狮熊也被人关进了笼子里，或者用围栏圈养，在被叫作动物园的有限空间里供人远观赏玩。人类发明了机械和武器，机械让生活更加美好，武器用来对付人的另外一个群体。人太密集，而生存空间有限，资源有限，狼多肉少，难免竞争激烈。西半球的国家跑到东半球打仗，恐怖分子时不时地制造爆炸事件。有一天，人类各个群体暂时和解了，人与自然也彻底和解了，世界就太平了。作为万物之灵，人类降服了凶禽猛兽，对手却变成了自己，身体的不适和疼痛，还有精神上的种种折磨，让一个叱咤风云的英雄汉折戟沉沙。疾病是从身体里长出来的，抽烟、酗酒、熬夜，自我的各种乱砍滥伐，让人体的小生态失去了平衡，阴阳难以调和，身体就会产生一些小状况。未来社会，人更多的是要与自己身体的大病小恙做斗争。这两年，某种看不见摸不着的东西，魔影一样突然而起，粘着人不放，又像电波般迅速传染给别人。看不见，却拈手就来，很难甩掉。那就是被称之为 SARS－CoV－2 的新冠病毒，一旦出现，迅速漫延，许多城市路断人稀。人法地、地法天、天法道、道法自然。任何时候人都不能盲目自大，大自然才是永远的王者。遵守规则，遵循规律，顺应自然之道，才能立于不败，否则，被啪啪打脸的滋味很不好受。

万物不灭，灭掉的只是固定的形态。我们都是土地上暂时的耕种者，是某个黎明或者黄昏的见证者，是某条小土路上脚印的制造者，是房子的临时居住者。我们只是会移动的植物，是会权衡利弊和更加趋利、更加自私的动物。在这个世界上，物质是有限的，一个人得到的太多，另一些人就获得更少。一个人生活奢侈，另一些人就要挨饿受冻。拥有几十套房子的人，让成百上千的人无房可住，而他一个人每晚也只睡一间房、一张床，占一米宽的位置。富人越来越富，也越来越不能满足，他们为了更富，在不断地操控物价攀升，纵容房价虚高，让许多没房住的人更加水深火热。开豪车的人，消耗了更多的能源，让在温饱线上挣扎的人，生活成本更高，生存更加艰辛。富人不种不收，不上工地和泥搬砖，空手套白狼，却获取了更多的生活资本。一个人创造的物质太少，消耗的能源和资源太多，他是有罪之人。

窑　庄

推开老屋窑洞的双扇木门，黄尘飘洒，落在了我的头上、脸上和衣服上。我捡到了一只黑釉油瓶。那是母亲在我们小时候贮油用的，腹大口小。母亲不小心将束油的一圈口沿磕掉了，为此她连连唉叹，自责了好久。那是母亲离世三周年忌日，我们搬离窑洞已三十多年了。

一

黄土塬上，以耕田立业的男人，肩上压着三桩比山还大的事：一是成家后，修一座属于自己的新庄基，与众兄弟分门立户，各开门，另当家，不依靠谁，也不仰仗谁，过好自己的小日子；二是操持子女的婚嫁，为女儿找个好婆家，为儿子娶个好媳妇，含饴弄孙，实现自己的小幸福；三是为父母养老送终，报答养育之恩。人一辈子也就那样，看不惯，放不下，最终也是一了百了，不了了之。

起先，人家全都散落在各个山湾里，向阳避风，离山下较远，避开了雨季的滔滔洪水，又离山泉较近，走一二里路，转过山湾，在一道沟谷间，断裂的岩层下有泉水汩汩流出，清冽甘甜，取水比较方便。一个山湾里多则几十户、十几户，少则三四户、两三户。他们因地制宜开挖窑洞居住。选择一个阳光充足的陡洼，挥舞镢头齐生生切挖下去，形成一丈开外的断崖，在断崖上开挖窑洞，平整院落，土筑院墙，在墙外栽树，墙内开辟小块菜园。当然少不了在大门口栽一株桃树，每年就有红艳的桃花将春天迎进门。后来人们陆续向川道和塬边上迁移，修挖窑洞，靠近公路，出行方便，山洼里的田地依然年复一年地耕种着。

我家的老庄子就在塬边上，吃水要到很远的山沟里去挑。祖父弟兄四人，在那个院子里每家占一孔窑洞。大爷单身，独占了一孔窑洞直至七十多岁离世，没有子嗣。我爷排行老二，在父亲很小时就病故了。三爷新中国成立前被抓了壮丁，在中条山阻击日军时壮烈牺牲。最小的四爷儿孙满堂，人丁兴旺。后来父亲和他的几位堂兄弟，合力在靠近老庄子的东边另修了一处庄基，让四爷他们一家住，四爷四儿三女，留在身边的是大儿子和小儿子，他们搬到新庄子后，四爷突然辞世。四爷的大儿子，也就是我的叔叔坚持认为我们这边的老庄子上还欠了他们一孔窑洞。大爷过世后，他们便坚定地认为大爷住过的窑洞也是不属于我们的，于是他们在重修庄子的时候向西延伸了将近二十米，将我们的小半个院子包在了他们的院子里。父亲没说什么，他也像是说不出什么，因为我叔叔占了他们以前住过的一孔窑洞，还想占了大爷的那孔窑洞，这是合理的，而大爷愿随叔叔过，晚年也算叔叔家一口人。

老庄子已经住了四五十年，正窑只剩下两孔属于我家了，崖面被暴雨冲击得壕沟道道，蒿草、灌木蓬蓬勃勃地落脚在崖面上。父亲下决心翻修庄子，这个计划在脑海里形成后，父亲显然备受鼓舞，脸上荡漾着红光，眉头舒展了许多。父亲和母亲为这个浩大工程进行了长达两年的准备，他们更加起早贪黑地在田间奔忙，父亲还赊了几只绵羊，精心放养，两三年下来，羊群不断发展壮大。羊粪是庄稼最好的肥料，那几年粮食获得了大丰收，积攒了不少余粮。于是某个春天，父亲请来了阴阳，用米绳丈量后，钉了木桩，拴了线绳，用罗盘确定了新庄基的方位。

春雨淅淅沥沥持续了好多天，已经可以预见那是一个丰收的好年景。那天大清早，雾气在塬下的深沟里奔流，太阳刚刚从东边露出了脸面，村庄里许多精壮劳力集中到我家的崖背上，父亲提着一挂鞭炮点燃，在旷野里，噼里啪啦急促而热烈地响过后，蓝烟被湿重的空气压迫着久久不散，浓烈的火药味缓缓扩散开来，村庄的角角落落立刻庄严肃穆起来。十几个镢头一字排开，沿着那条白线起起落落，几天过后，新庄基伟岸的轮廓傲然呈现在每一个过路人的面前。这是一件特别振奋人心的事，父亲和母亲更加不知疲倦。挖土运土是重体力活，白天他们一刻不停地干，夜晚乘着月光干到深夜，一声不响，全身力气都使在了镢头和铁锨上。那些天家里的伙食特别好，来了那么多帮工的人，他们都是自觉自愿来的。中午煎油饼，炒鸡蛋，下午擀长面或者压饸饹，汤的，干的；宽的，窄的；粗的，细的。放了肉臊子，全都红艳艳，油旺旺的。一轮一轮端上来，个个吃得头冒大汗，吸溜不止。父亲满心欢喜，这才叫过日子，红红火火。

那是个浩大的工程，原来的窑庄面南坐北，这次工程是去掉以前所有的老窑洞，正窑面从原来的窑面开始向北一丈多的土方要切除掉，侧面向西也延伸了将近一丈，去掉了原来西侧的两孔窑洞。东边正好距离邻家新修的庄基五六尺宽。他们取走了两孔窑洞的位置，这五六尺的间隔就像树立在边界线上的界碑，让人有点尴尬，大人之间似乎有了罅隙。只是自那以后，父亲主动缓和了与他们的关系，好像以前的事从来都没发生过。这是一个巨大的 U 形工程，动土量非常大，需要靠人工一镢头一镢头，一铁锨一铁锨地去完成，慢是慢了点，可是每一天都有明显的进展和变化，三五天就有大变化，这个变化无疑是非常巨大的精神鼓励，激励着父亲和母亲，父亲能一镢头挖下来更大的土块，母亲的脚步轻盈得风一样来来去去，一阵干土活，一阵又忙着做饭。他们忘记了辛苦，把那样又苦又累，尘土飞扬的劳作完全当成了娱乐，仿佛他们就是为了这样的劳作而生的。

庄基的大体雏形完成后，再也不好让别人无偿投入体力和太多的时间了。父亲给他们一一安烟道谢，接下来就要雇用土匠。土匠和麦客一样，是大地上一种追赶辛苦和劳作的候鸟，相同的是他们在一年四季里总是不能让自己闲着，不同的是，麦客选择夏收前的空档，用多则一月少则半月的时间追赶麦场，而土匠完全不管庄稼，开年就出去，做大半年重体力活，直到腊月封冻才回家。他们用一根木棍挑着布褡裢，木棍上还搭着一件汗渍绘就了地图的黑棉袄，这是他们对付凉夜的有力武器，找不到活计的时候就要风餐露宿。他们通常三五个一伙跋山涉水，走村串户，寻找自己擅长的活计。那天正好来了三个土匠，谈妥之后，父亲将他们领到家里，先吃饭，再干活，他们从褡裢里掏出了十多个蒸馍和装了一少半炒面的布袋子，放在柴垛上晾晒。他们的炒面是很久以前从家里出来时带的，蒸馍是干完活计后，主人特意送他们路途充饥的。馒头是最好的主食，如果再有一根羊角葱，那就尽善尽美了。

那三个土匠，一个师傅带着两个徒弟，他们走庄串户专职干土活，挖庄基。师傅姓潘，四十出头，高个头，黑皮肤，十分健壮。两个徒弟才二十多岁，一个是他的外甥，另一个是他的侄子。潘师傅是个很讲究的人，每天收工后，他都要盛一脸盆热水，从头到脚洗一遍，然后换上干净的衣服再去吃饭。师傅总是一言不发，目光严厉地指挥着两个年轻徒弟干活，两个年轻人在师傅面前低眉顺眼，毕恭毕敬。潘师傅干的都是技术活，他把握着整个崖面下切的方向，必须平齐，而且稍有坡度。两个徒弟负责挖掘大量的土方，面对坚硬的崖面，他们总是从两边掏挖一道长缝，然后在下面深掘，形成一个孤立的小山头，最后在上面再挖一道深沟，把巨大的土块从崖面上孤立出来，抗不过自身的重力，小山头轰然倒塌，粉碎成大大小小的土块，滚落下去，父亲在下面负责将土块用架子车运出院子倒掉。每天晚饭后，父亲还要干到深夜，母亲忙完了家里的活，也和我们一起帮着干。

开挖窑洞先得切下一个"U"形的断面，形成高崖，再在平整的崖面上开挖窑洞。完全依赖人工运走大量的土方，是很不容易的一件事。整整两个月后，崖面终于切完，土方也全部运了出去，填入门前的深沟。

没有机械介入，干土活只能靠力气，这需要极大的耐力。切挖那么大的土方，用架子车推出去倒在门前的深沟里，等庄基修成，填沟造院，门前延伸出了很大的一块。一个挖土的活计，它的技术含量到底能有多少，这是令人疑惑的问题，活过了大半辈子才明白了它的匠心所在。刚开始动工的时候，阴阳定的那根线是唯一的一条准则，随着下掘的深度一点点增加，难度就来了，这个难度在于整个崖面必须保持平整，平直，不能有一点坑洼，往往轻微的一点失误会十分明显地影响整个崖面的观感。崖面还不是垂直的，大约保持了些微的倾斜度，不仅坚固结实，看起来也十分美观。崖面修好后，站在崖顶往下看，镢头留下的线条直直地垂到了崖底的院子里，一条一条十分耐看。这往往最能考验一个土匠的功力和水平，一旦在那么大面积的崖面上出现了凹凸，根本无法修正和弥补，院里院外，放眼一望，一览无余，缺陷摆在那里，无法遮掩，直接影响观瞻。崖面倾斜度的掌控也有很大的难度，下切的过程中不能打弯，差之毫厘，谬以千里。

一个齐生生的断崖，高两丈有余，切挖下去的土，用架子车推出去填入门前的深沟。接下来在崖面上开挖窑洞，这时候父亲忧虑起来，崖面的土湿度极大，黑黝黝的，看上去十分松软，这样的土质开挖窑洞极容易塌方。可是工程已经到了这一步，总不能停下来。窑洞通常两壁直立，顶部半圆，呈拱形。黄土具有直立性，窑洞顶部的半圆结构，能够有效分散重力，这些都是窑洞最为可靠的安全保障。为了增加保险系数，父亲决定尽量把窑口开小一点，过几年，窑洞四壁干燥而且坚固起来了再加宽加高。

窑洞的优点是冬不冷，夏不热，既保暖又避暑，缺点是比较潮湿。据说窑洞已经有四千多年的历史了，周人先祖时期，土窑洞就遍布山塬沟谷，当然，学会开挖窑洞是我们祖先生存的一大进步，他们走出了这一步，而且这样一步步走来，才有了我们今天。回想这些不由得感叹，我们赶上了一个好时代。不知道四千年后，我们的后人回望我们现在步履蹒跚的身影，又会怎样去想？

如果建筑一座巍峨的楼房算得上加法混合运算的话，那么，不断向地下掘进，取土的窑庄工程，就是一个减法的混合运算。在这个过程中，必须持续不断地挖土运土。一个齐生生的断崖形成后，浩大的工程才完成了一半，另一半就是开挖窑洞。一般挖一孔窑洞最多只用得上三个人，两人挥舞镢头左右开弓挖土，一人用架子车把土运出去。窑洞挖好后就得改做加法运算了。盘炕，盘锅台，都得用土坯。父亲显然筹划得十分到位，除了拼命种粮，囤积粮食之外，还早早地打了三垛土坯，每一垛五百页，城墙一样码在自留地的地边上，风干后土坯坚硬无比。用土坯在窑洞口筑墙，安装门窗，在里面靠窗的地方盘起土炕，紧接着盘锅台。锅台和炕洞相通，上面用土坯筑一道半尺宽，一尺高的土台做隔离墙，再安装上一道半人高的木栏杆，可以完全阻挡一个十岁以下的小孩，不让那些少不更事的孩子翻过栏杆，出现意外。这道墙的另一个作用是把炕和锅台从视角上分开，更加卫生美观。那个土台和栏杆，便是我们童年时代饥肠辘辘时对于锅里饭食凭栏眺望的观望台。每天饭点上，手攀栏杆，脚蹬在台子边沿上，眼巴巴地瞧着锅里的动静，那样的等待是漫长的，焦躁的，也最容易让肚子咕噜噜强烈抗议。锅台与炕相通，做饭的时候烟火在风箱的鼓吹下越过锅底进入炕洞，急匆匆地穿越炕洞，从炕角的烟囱里向空中喷涌而起，把天空涂成了灰色。这样的设计能在烧火做饭的时候，把余热尽可能多地留在炕洞里。

二

据说曾经有几丈深的窑洞，里面可以做碾麦场。这种窑洞是钻山窑，并不在塬边上，而是在土质干燥而坚硬，杂有碎石的半山上。乘放羊的机会，带领着小伙伴们到处寻觅，踏访了沟沟壑壑、山山水水。许多山峁下的窑洞我都探访过，那些废弃的一排排窑洞，洞口已经坍塌，样子却各不相同，有些深度和宽度十分少见，却怎么也达不到碾麦场的广阔。那些钻山窑，有许多窑顶的弧度十分好看，墙面上仍保留着清晰的镢头痕迹，那些印痕排布均匀，丝丝相扣，形成了十分规整而艺术的图案。更为奇妙的是所有好看的窑洞都各具情态，没有完全雷同的。作为手工作品，匠人们的汗水、思想、情感和灵魂都留在了那里，深深印了在了墙壁上。有些窑洞在住户搬离后做了羊圈，窑壁上写了一排排正字，那是合作化后，掏挖羊粪的人们用木炭画在上面记录工作量的痕迹。有一处墙壁上还残留了二十世纪六七十年代的《人民日报》，赫然存留着"意大利议会选举胎死腹中"

的新闻标题。

窑庄是完全向外界敞开的。特别是塬边上的窑庄,崖顶上就是大路,只要走出崖边,院子里的一切尽收眼底,窑洞里的各种响动也常常随风宣扬得到处都是。所以住在窑洞里的人家,根本守不住秘密,东家的事,西家知道,西家的事,东家也知道。窑庄组成的村庄信息公开透明,谁家有几头牛几只鸡,谁家来了个什么亲戚,村庄里的人也都一清二楚。谁家做了一顿长面或者煎了油饼,那也等于现场直播,香味早在村庄的大路上飘荡。谁家婆媳吵了嘴,起因和结局,怪谁和不怪谁,村子里早就有了众多版本和说法。

窑庄修好的那一年,邻家的叔叔在向我家这边延伸的崖面上开挖了一孔窑洞,他请了很好的师傅,那人戴很大的圆眼镜,穿毛呢大衣,能做柜和箱子,还会油漆,画上大红花,或者鲤鱼跃龙门的图案。窑口开得很大。塬面上的黄土比较松软,比不上阳山山岭干崖面上开挖的钻山窑。窑洞挖好后里面水汪汪的,许多人都来参观并口头称贺,父亲也跑去贺喜,回来后脸色阴郁,十分担心,他说窑挖得太大,土质又那么松软,太危险了,至少也得等一年后看能不能垒墙盘炕,搬进去住。就在送走匠人的第二天晚上,父亲的担忧终于被残酷的现实验证了,窑顶轰然坍塌,原来张扬起来的热烈气氛遭遇了霜杀似的蔫了下去,父亲跑过去帮忙清理现场,把塌下来的虚土用架子车运出去倒掉。

在父亲手上,我家修过两次庄基,一次将塬边的老庄基掘进一丈有余,完全甩掉了旧窑洞,开挖了新窑洞,一次是在塬面上自留地里建起了土木房子。

新窑庄修成两年后,突然兴起了在塬上公路沿线盖土木结构的房子,叔叔家率先行动,盖起了第一栋,他家是那些年有名的万元户,庄基地足足一亩半。一年后,父亲决定在塬上自留地里盖起一座土木结构的房子。准备好了梁、檩、椽,买了砖瓦,偷空打了土坯,十几垛土坯耸立起来后,正是春夏之交农闲时节,春庄稼除草破苗已经完成,天旱少雨,父亲决定动工,亲戚家门很多人帮忙,二十多天一座房子就耸立起来了,盖房远比挖窑洞更省人工，却更费钱。从窑庄搬到了塬上公路边的土木房子里，平进平出，方便了许多，不像塬下的窑庄，出门不是上坡就是下坡。土木青瓦房子尽管简陋，却四方四正，空间要比窑洞更大。西式门窗严实了许多，阻挡了尘土和寒风入侵。前后墙都有比较大的玻璃窗子，光线通透，白昼把整个房间纳入了它的势力范围，房子里非常亮堂，这都是窑庄无法相比的。

　　盖房子的匠人一般是木匠。木匠里有做大件活的，如盖房、建楼、造亭子。也有做小件活的，如做箱子、柜子、做家具，做宫灯等艺术品的。盖房的木匠不但会做门窗，架房梁，还会砌墙，垒砖，铺瓦。大多数本领高强的匠人，德艺双馨，在民间威望很高。但也有例外，据说某人家盖房，没有好吃好喝地招待，得罪了匠人，他们在墙上放置了一个空瓶子，口朝北，每当刮风，就会发出或大或小，或高或低，或尖利或低哑的声音，一家人常常从梦里惊醒，诸事不顺，多病多灾。后来找了阴阳先生，画符，念经，折腾了大半晚上，最后遵照阴阳先生的吩咐，重新粉刷了外墙，才消停了下来。可以说一院好庄子不但能遮风挡雨，还可以让人得福，长寿，健康，安宁，财运亨通。这一切与选址和房子本身有关。选址要避风向阳，出行方便，又有适当的遮掩，门口一般不直对大路，让院子里的一切都直截了当地袒露在公众面前。修庄子讲究风水，其实风水就一个字：顺。顺风顺水。舒适安全就是好风水。我们家的老窑庄和新房庄都是癸山丁向，面南坐北，占尽了天时地利，父母的好脾性也占尽了人和，他们常常为村子里的人帮忙，遇到什么事，也有许多人主动来帮我们。肯吃亏，待人和善，常常把好处让给别人，别人也对他们好，对我们小孩子也格外喜欢，客客气气，这让我们的童年幸福快乐。

三

　　塬边的窑庄，院墙遮不住人的耳目，从窑顶的崖边上俯瞰，院子里一览无余。这无形中消除了人与人之间的隔膜，让家家户户亲密无间。做了好饭，都少不了给邻居的老人孩子端一碗。不能说是一种炫耀，但无形中给了一种压力：日子还得好好过。一个村庄里，家门户族不必说，不同宗不同祖的人也有辈分，见面就爷爷叔叔地称呼。一家的喜事是全村庄的喜事，一家的亲戚是全村庄的亲戚，一个人的熟人朋友也是全村庄人的熟人朋友。谁家来了亲戚，全庄欢喜，邻里都要请过去坐坐，做长面款待。邻居家从城里带回来白花花的大米，蒸熟了米饭端过来一碗，一碗米饭只够每人尝几口，父母一口未吃，全给了我们四个孩子。第一次吃到白米饭的新奇感至今难忘：白米粒芬芳，筋道，越嚼越香。

　　尽管粮食紧缺，特别是白麦面十分金贵，可是村民还要拿出细米白面做最好的饭菜管待电影放映员和包村干部。炸油饼，擀长面，还少不了炒鸡蛋盘子。小孩子专门端饭，可就是不能和他们一起吃，只好眼巴巴地等着那些衣着光鲜的人走后才好下手，风卷残云般地扫完盘子里吃剩的菜。在山村里，给吃国库粮的干部管饭是一种荣耀，女人总要拿出看家的本事，竭尽所能做好那顿饭。完美似乎永远可望而不可及。善于反思的女人，往往因为自己小小的疏忽而喋喋不休地自责好些天。那些包村干部们走州过县，他们会把一顿好饭的名声宣扬得满世界都是，当然也会把坏名声传扬出去。好事不出门，坏事传千里。一年腊月，为了招待好从县城里来的一群驻村干部，有一家人提前一天就开始忙碌，杀鸡切块，过油，加了调料，拌上白面，天不亮放在蒸笼里蒸熟，每个环节都做得一丝不苟。可是最终还是出了问题，鸡肉蒸得很烂很香，只是垫在蒸笼里的蒸布破了一小块，混在鸡肉里，盛到了某人碗里。那人吃得兴起，将小块蒸布当鸡肉在嘴里锲而不舍地嚼了半天，却怎么也嚼不动，便吐了出来，一下子大倒了胃口。这件事被传扬了出去，越传越玄乎，后来演变成了吃蒸鸡肉时，吃出了一只破袜子，成了针对山里人彻头彻尾的笑柄。而山里人倒也不计较，还是那样实诚地对待远来的客人，他们只会竭尽所能拿出自家最好的吃食款待客人。特别是从县上乡上下来的工作组，他们是吃国库粮的公家人，有知识，有文化，山里人会格外热情招待，真诚表达自己对文化、对文化人的尊重和友善。

邻居孩子的舅爷，也就是那个十分干练又很会说话的蓑奶的父亲，据说从银行退休回家，在城里待得烦了就到我们这个村庄里来，住在蓑奶家里。那是个身材高大，浓眉大眼，头发花白，很有气势的老头，手挂一根长满疙瘩的降龙木拐杖，戴着眼镜，镜片大而圆。衣着干净整洁，上衣是中山装，纽子紧扣，衣襟严丝合缝。他总是在饭后绕着玉米茂盛的田间小路散步，孩子们喜欢紧随他身后跑。大人见了他也十分恭敬地打招呼，邀请他去家里坐，擀线一样细的酸汤长面招呼他，请教他一些孩子念书求学方面的事。无非是家里穷，供不起，又缺劳力，想让辍学务农，学个木匠、泥瓦匠或者其他手艺，可是孩子聪明，学习好，又舍不得放弃学业，这样的请教听起来更像是为了坚定自己供孩子上学的信念。老先生自然要劝导一番，说些鼓励的话，甚至还要展望未来，大谈念书，考学，分配工作，挣钱的道理。否则土里刨食，靠下苦力挣钱，只能勉强吃饱饭，没有出头之日。那时候通过考学，才能进入城市上学，最终才有希望走出黄土地。念书才是硬道理，一个人想摆脱土地，就得念书考学。人眼前的路是黑的，老先生的话就像明灯，将许多人眼前的路照得亮堂起来。老先生懂得天文地理，知道些天干地支、时令节气之类的学问，他一边散步，一边跟田地里做庄稼活的人打招呼，说再过多少天就是夏至，很快就要开镰割麦了。他还掐着指头算出几月几日入伏，该回茬糜子，或种荞麦、种白菜和冬萝卜了。

关山余脉由西向东，由沟壑和山峁渐次变成了塬，再由逼仄的小塬变成了开阔的大塬。农村包产到户前，许多塬上人纷纷跑到山里，原因是山里地广人稀，近河，湿润，庄稼长得好，产量高，能吃饱肚子。后来耕作条件改善，大塬上粮食产量越来越高，一小块地就能养活许多人，吃饱肚子已经不成问题。山里人开始往塬上搬，或者干脆进城打工，再也不回去了。塬上平进平出，平来平往，干活省事省力。山里不上就下，特别是居住在半山上和深沟里的人家，肩扛担挑特别费力。山沟里往往水质不好，从小在那里长大的人脚踝肿大，疼痛，走路不利索。山里还有致命的弱点就是偏远，出行坐车很不方便，环境又闭塞，于是塬上人无形中就有了高山里人一等的优越感。山里姑娘都要抢着嫁到塬上去，山里小伙娶媳妇就难，必须花费更多的彩礼。条件更差，更偏僻的山区，小伙子干脆娶不到媳妇。

村子里重男轻女风气十分严重，生了男孩的人家，欢天喜地，不惜花钱大操大办做满月，生了女孩就垂头丧气。女人怀了孩子还偷偷去拍 B 超片子鉴定性别，如果是女孩就早早做了人流，所以农村男孩远远多于女孩。这都是人作的孽。农村的媳妇，往往要承受太多的苦难和屈辱，特别生了女孩，就要面临来自世俗的种种压力，各种责备和自责搅和在一起，精神负担沉重。有个漂亮女子，当年还差点考上大学，回到村里就嫁了人，可惜一连生了五个女孩，分别取名大凤，转凤，改凤，换凤，挡凤。最终第五个女孩子挡凤的取名发挥了作用，第六个孩子落地终于是个带把子的男孩。一家人欢天喜地，谁也没有顾及大人，女人看了一眼孩子就永远地闭上了疲惫的眼睛。

在塬边上遥望

冲天塬

关山下，一条条沟，一道道梁，时而携手并肩，时而交错勾连，汹涌的队伍一样逶迤东去，在山的丛林中开辟出可以自如地辗转腾挪的一片小天地，那就是冲天塬。

四十年前，站在老家塬边向西望去，塬上一座木塔遥远而清晰。倘若天气晴好，橘红的夕阳从塔后的关山顶上沉没，在焰火般的背景下，木塔孤零零的，流溢着曲终人散的忧伤。多少年来，我一次次呆呆地凝望，固执地认为关山背后就是埋葬了无数白昼的深渊，而冲天塬已临近天的尽头。

那些年，在山沟里砍柴、割草、放羊、收割庄稼的间隙，躺在塬上看飞机从天上飞过便是一大乐趣。拖着长尾巴的飞机飞得又高又快，小如针尖，悄无声息，银线一样的尾巴很快会臃肿起来，变成了蓝天上一缕洁白的云彩。

一个顶多只能算作山峁的地方，却拥有响当当的名字——冲天塬。我一直在心里默念着，掂量着，它比四周的山地高出了许多，也贫瘠了许多。我们弃车向西蜿蜒步行。向阳的山湾里温暖如春，草木仍然枯萎，却有漂亮的蝴蝶翩然飞舞，孩子们左扑右扑，倏然不见。塬下深沟里是落叶沉积的腐殖土壤，疏松而肥沃。一些倒地多年的灌木，行将腐朽，却突发奇想，生出了许多木耳。经历了干旱的冬天，木耳紧缩着，皱皱巴巴，抱紧了树枝。一簇簇高耸挺拔的漆树上，遍布人的脚印，那是割漆留下的刀痕。在山沟里，遭遇了漆树，沾染了漆液，身上便会因过敏而生出红斑，奇痒无比，严重时通体红肿，甚至休克。更有甚者仅仅是从漆树旁经过，或者看上一眼，或者嗅见了漆树的气味，心里隐约发怵，身上也会生出红斑。"漆木咬，瓜木烤"，山里人很少求医问药，而是砍来一种白皮的俗称"瓜木"的树枝，生火来烤，红肿就会渐渐消退。

山湾的地埂上有一种藤蔓，它会迎着炎阳抽出指头粗的枝条，迅速延伸到丈把开外，柔韧而匀称，割下来稍稍晾晒，编织盛东西的笼筐和装麦子、谷物的粮囤。入伏时节，藤蔓上的叶子小的如巴掌，大的像扇面，油绿，光滑，女人们在麦场上忙碌的间隙，结队出山，采摘下来，用冰草扎成卷，背回家，晚上在灯下一片一片用细麻绳扎紧叶柄，穿成串挂在窑门口晒干。蒸馍的时候，摘几片浸在水里泡软，叶子恢复了翠绿，垫在蒸笼里当衬布。叶子的清香在蒸汽的作用下浸进馒头里，不仅白、胀，而且麦子的原味被极大地激发出来，麦香更加醇厚绵长。

塬下深山密林，最可怕的是能上树的花豹和一丈开外的蟒蛇。据说有人遭遇过，但只是传闻。穿行在草高林密的山湾里，我们都小心翼翼，不是惧怕，更多的是敬畏。山林里多么卑微的生命，即使渺小如蝼蚁、如苔藓，之所以成就了不凡，是因为它们永不停歇，永不气馁，无比坚定地拓展自己的意义和价值，就像这里的藤蔓、树木，一如曾经居住在这里辛勤劳作的村民和长在山地里的庄稼。

看山的人回家过年了，塬上塬下一片寂静肃然。在山林里穿行，如一只孤独的松鼠，枯草和树木的气息让人倍感亲切。就凭这气息，闭上眼，我也能辨别出是什么草、什么树。看到一簇灌木，我便知道它们长什么样的叶子，开什么样的花，结什么样的果实。我还知道它开的花是不是好看，结的果子是苦是酸还是甜。遇见一棵大树，我会用眼睛丈量它有多高多粗，适合解板还是做房屋的大梁，适合做棺材还是做家具。

人，也跟草木一样，全然仰仗了一方适合自己生长的水土。一旦闭上了眼睛，冲天塬应该是最好的安息之地，当然不在塬顶上，塬下向阳的山湾里，随便选个地方都好，清静，温暖，不打扰别人，也不被别人打扰。棺木就用叫冬瓜木的那种老杨树，这里随处可见，省事也省钱。选笔直的，没有节疤的，扯成板，平平展展，方方正正。

脚下千沟万壑，被散乱的山梁夹持着伸向远方。站在塬边上向西望去，高耸的关山直戳天幕，很像已经扇动起来的一对翅膀，扑扇一下，白昼就被扇灭了。

枣子川

枣子川，就像一个谎言，那里并没有密不透风的枣子林，南山上乌云一样的树林和山下阵仗浩大的玉米统领了整个山川。纤柔却生动无比的达溪河边，一条街道顺势铺展。二五八的集日，就那样雷打不动地铺排在枣子川的一年四季里。

土街上布满了石子，多少代人脚印重叠，石子便明溜溜的有了光泽，历历可数。街道西边低矮的灰瓦井房，三面土墙，一面朝东向街道敞开着，房在井上，井在房里，房很小，刚好容得下一口井，石块垒起的一绺墙壁上镶着枣木的辘轳。井绳和手掌不停地摩擦，辘轳红艳艳的，像酒足饭饱后，红头涨脸的汉子。井水严冬里冒着热气，炎夏时却一沁冰凉。井边放了一只盛满水的木桶，趴在桶边上痛饮，井水甜丝丝的，一股清冽瞬间从头顶一路贯通，凉到了脚底。

戏楼巍峨。四面檐角高翘，灰瓦上苔痕苍茫。它高耸，它壮丽，它不事张扬却锣鼓喧天，一出出金戈铁马，抑或爱恨情仇在这里上演，红火热闹像绵毡一样在戏院里、在街道上、在川道里铺展开来。戏台下，有人愤怒，有人落泪。戏台上，两边排列着一根根缸一样粗的大红木柱。类似的圆柱子直到前些年，在天安门城楼上才再一次见到。

人民公社的大院在西边。几排房子跟戏楼一样雕梁画栋。木格的窗牖，朱红的圆柱子，鲜艳的云纹图案。后排的房檐下横放着一柄长把大刀，几十年后，在县城的博物馆又见到了那柄大刀，刀重六十八公斤，曾经是塬上叫牛宅的村子里，一位清代武举人习武的家伙。在博物馆的展厅里，它静静横卧在一对木墩上，几个人上前抓举，百般使力却纹丝不动。考古专家发现，枣子川老街道北边的台地上，存留了完整的汉代兵营遗址。如此说来，在漫长的历史烽烟里，通往关山隘口的枣子川有可能是扼守关中要塞的屯兵之地。一个在历史深处人口稠密、物产丰饶的重镇，只因缺少了文字记载，就那样无声无息，籍籍无名。那片土地，那个川道里，以往的沙场鏖战与金戈铁马，完全被浩浩黄尘遮盖得严严实实了。

枣子川集市上，不但有陇县的时令水果和蔬菜，还能听到天南地北的口音，从国营农场来赶集的人，大都是河南、山东、上海、广东人，他们是操作机械种植农场庄稼的工人，吃国库粮，领固定工资，周日休假，不像村庄里的人，一生都在自觉自愿地落实着五加二和白加黑。知道二十四节气里何时下种，何时收割，却从来不知道一周七天还有个休息日。那些农场工人骑飞鸽牌自行车，穿崭新的中山装，拿钞票买我们的鸡蛋。

村庄里穿着讲究的青年人，都爱赶集，有些人集集不落，他们在枣子川的集市上会友，打听消息，熟知布匹、棉花涨了几毛几分，还是降了几毛几分。被老年人骂作街逛的青年人，率先在村庄里穿起了喇叭裤，留起了偏分头，抹上了雪花油。时尚的季风从大城市吹到了枣子川，又从枣子川吹向了四周的村落。我跟着父亲在枣子川卖过羊毛，跟着母亲卖过鸡蛋。还一个人飞奔而去，用父亲搜遍全身才凑齐的一块一毛钱买了第一本《新华字典》。

枣子川街道除了猪市、牛羊市，还有粮站、拖拉机站、百货商店和收购组，那些单位都有高高的围墙，阔气的铁大门，高大整齐的一排排青砖灰瓦房。年关，清早起来，母亲好吃好喝地将那头已经饲养了一年的肥猪精心招呼一顿，我和父亲就赶它上路了，我们走走停停，到达枣子川已是中午。可是收购组的铁大门紧锁着，我们只能在门前的水渠边上等待，直到下午三点，铁门才开，吃进猪肚子里的粮食已经以另一种形态排泄殆尽了。那个穿制服的胖老头张开胖手指，在猪背上抒了几抒，原本宽阔的猪脊背，经不住丈量和比对，一下子瘦削了。老头摇头叹气地说，尺码差不多，只是太瘦了。卖掉了肥猪这年才能过得去啊！父亲慌忙递烟，说好话，那个富态的老头沉思片刻说，那就验个三等吧。猪总算卖了，可是三等的价钱把我们膨胀起来的热情一巴掌拍灭了。

生活的弹性总是很大，面对太多太大的艰难，小的艰难也就不能称其为艰难了。好在简化了的日子也是日子，日子简单过，勉强过，也能过得去。简单而艰难的日子，反倒让我们的身体更加壮实，内心更加强大。

父亲买了几斤冻成了石头的红柿子，我们爬上了一个又一个陡坡，坐在塬边的峁头上休息，枣子川就在脚下。父亲拿出了黄挎包里的最后一个角角馍，一掰两半。他摩挲着我的头说，今年运气不好，庄稼歉收，猪价太低，出手慢，年初只捉了两头猪崽，也太少了。明天把剩下的那头杀了，过年！我就不信，猪价年年都会这么低！过完年，再赊四头猪崽，只要雨水足，收成好，多加些粮食，喂大了秋季卖掉一头供你们上学，剩下三头喂肥，留最大的过年，年底再卖掉两头，还债，扯布，买棉花，给你们里里外外都换新衣裳。

我们又高兴了起来。

涝坝岭

涝坝岭因岭上的一个涝坝而得名。

先辈们最初居住在山湾里，避风向阳，临近水源。那里叫底庄，有窑洞成排的旧庄基。三层院落以下是阶梯一样的山田，以上到塬边是卧牛一样浑圆的山岭，岭上的涝坝接纳了从塬上顺路流下来的雨水，阳光下闪着细碎的波光，雨季满边满沿，冬春季少雨时水位下降，却四季不干。冬天捅破冰盖，还能吊水上来洗衣饮牛。涝坝中间有一棵老杨树，村庄里的人叫冬瓜树，杨树在一人高处开了杈，像个大大的"V"字，后来一个分枝被人锯掉了，留下三尺左右的秃桩，整个树就像一个巨大的烟斗。

后来底庄的人全部搬上了塬，在塬边上开挖了窑庄。离公路近，出行方便。从塬边的窑庄出来，用不了几分钟就能把牛羊赶到岭上。岭上的草总是齐刷刷地长不高，也长不老，始终鲜嫩、柔软，散发着淡淡的清香。天高云淡的日子，牛羊排成一排安详地挪着步子，从山岭的一侧游移到另一侧，不到天黑就肚子滚圆了。

那年端午放假后，回到了老家。涝坝里的老杨树没有了踪影，涝坝也被淤泥漫平了，蒿草萋萋，再也不见当年的波影。村子里人烟比萤火还要稀疏，原本光溜溜的涝坝岭上，有了一道道林带。不见牛羊的山岭，细草疯长，秆高叶老。林带里，零星的洋槐树苗在茂盛的荒草里沉浮、挣扎。有个老人牵着一头牛在路边吃草，老人头发胡子依然乌黑，跟岭上的荒草一样厚实。老远看，是德财叔，他身高力大，年轻时一顿能吃六个角角馍，一手提起装满二斗粮的口袋，轻松搭上马背。他常找父亲剃头刮须。父亲有娴熟的剃头手艺，只要有人找上门，母亲就会端出热水，在欢声笑语里，洗发，剃头，刮须，整个过程就像一场轻松快乐的娱乐活动。

走近了看，又觉得很是陌生，不敢贸然搭腔。他倒很快认出了我，叫我名字，声音仍保持了二三十年前的磁性和亲切，他的确是德财叔。走到跟前，他盯着我看了半天说，这娃也老了呀，难怪我不行了。我赶紧和他搭话，问他多少岁了，他说六十八了。问他身体好吗，他说不行了，头晕，特别是天一转阴就晕得厉害，天旋地转的。那年劈柴时左眼让飞起的柴棍打伤了，吃了止痛片，后来看不见了。右眼也模糊了，看不太清，总是流泪。南风呼悠悠地吹着，他拭了一把眼泪。他说自己饭量还好，身体还算硬朗，每天得往塬下的深沟里跑两三趟，饮牛，驮水，割草。沟深路陡，一个来回至少六七里。我说不是通上自来水了吗？他说，自来水不自己来么，像发白雨一样，半个月来不了一回，来了也只淌一会儿，最近一个多月了就没见过自来水，水池是干的。朝山下望去，一头灰驴正驮着铁皮水桶忽悠忽悠在弯弯的山路上蹒跚，一个老人抓着驴的尾巴，紧随其后。我定气凝神瞅了老半天，却认不出是谁。

他问我家里的情况，我说女儿上小学，妻子已经下岗多年，一家人就靠我的工资过活。他很是忧心，一再说，应该再生个儿子，没儿子以后咋办呀，这是大事，念了那么多年书怎么这点事理都不明白。他还说我现在还不如村里没上过大学的人，人家种粮，还领国家的粮食补贴，进城打工一年少说也挣五六万元。他说他牵着缰绳放牧的那头牛去年刚买来的时候，肚子里还带了个牛犊，才一万元，今年母牛已经值一万五了。母牛的胯下有个半大牛犊，正一拱一拱地吃奶。他说这个牛犊现在少说也能卖个六七千元。我无话可说，只好说，如今农村的确很好啊。

在山下转了一会儿，地埂上的许多大树不见了。山峁、沟梁和陡洼也不是记忆中的样子了，只有那些盘踞在干巴巴的山崖上，枝干弯曲如爬虫的树木，依然驻守在那里，仿佛迷失在几十年前，忘记了长高长大。一棵树不管长了多高多大，还是长了几百年上千年，都不足为奇。令人震撼的是，它永远那么高那么大，四五十年，上百年，还是原来的样子。这样的树，在塬上的村庄和塬下的田埂上十分常见。那些进城务工的人，认贼作父似的，在逃离村庄时，把自家的大树全部卖掉了。那些树被连根刨出，装上大车运走了。村子里的许多人急于摆脱村庄和土地的羁绊，奔赴远方，飞向更高更远的天空，他们要斩断脐带，连幼年的陪伴和回忆也要统统剔除掉，那样决绝。我想终有一天，在外奔劳得疲累了，或者对村庄以外的世界厌倦了，他们还会思念村子里大树的阴凉。村庄有它天然的布局，就像一幅好画需要构图，需要一笔一画地勾勒点染。那些长在村庄里的老树，正是村庄的鼻子、耳朵和毛发，缺少了它们，村庄就变得残破，突兀，有缺憾，让久别重逢的人感觉到不舒服。

山洼里，酸刺、酸枣等灌木丛成堆成片，风起云涌。野鸡"咯咯咯"地叫着从山洼里斜着飞了出去，野兔在小路上一蹦一跳，倏然不见。站在涝坝岭下一个老庄子的碾子窑前张望，那个巨大的石碾子逃离了碾盘，滚落在门前的杂草堆里。再过几十年，谁还会想到一块长满了青苔的石碾子，与一块破烂的圆石板，它们是什么关系，它们之间发生过什么？恬静的村庄，恬淡的日子，碾子在碾盘上吱吱呀呀地吟唱着，绵长的米香缭绕在深深浅浅的院子里。往事远去，像梦一样虚无，像传说一样缥缈。

一晃又是多年，再次回到老家，通向村子里的土路变成了水泥硬化路，自来水接入了灶房里。德财叔已经过世，站在和他交谈过的地方，山岭上下也变了样子：草更高，林更密。只有迎面吹来的南风，还是原来的模样：轻柔、绵软、温润，缓缓地来，又缓缓地去了。

崾岘

向西，塬越来越小，越来越高。

塬被崾岘串连着，崾岘就是塬与塬手臂相挽的两扇坡，像个斜置抛物线，崾岘比沟浅，由塬边往下，沿沟壑的一侧绕一个弯，越往坡底，崾岘越瘦，在坡底瘦成了一条路，崾岘存在的价值和意义就在于它扛着一条路，把两个塬连通起来。岁月把沟切削得越深，崾岘的两扇坡就越陡，坡越陡，路越险，行走越艰难。

崾岘是塬与塬的断裂和连接，也是人内心的隔膜和贯通。我在县域西部最小的塬上出生并长大，塬小沟深，海拔将近 1500 米。四季风来风往，持续不断。冬天寒风坚硬，凛慄。由西往东，塬面越来越广阔，越来越低缓，风也越轻柔和温暖。东塬与西塬的差别，不仅仅是地理意义上的，更是观念上的，是形而上的。我们自认为是塬上人，东塬上的人却叫我们山里人。西塬上的姑娘都往东塬上嫁，而东塬上的女子却不愿到西塬上去，人口从西向东流动。如今不管西塬还是东塬，村子都空了，绝大多数人都落脚在城里，大家都成了农民工。

崾岘就像人的颈椎，是一条运输线，也是一条神经线。从最西边的冲天塬向东，到朝那塬得翻越八个崾岘。我们要去朝那镇赶集或者上学，得翻越一道道沟，走过一个个崾岘。出了塬边，就是崾岘的一条下坡路，沿坡下行，如果天气晴好，路面平整，骑自行车，便有一阵飞翔的快乐。坡底是崾岘的狭窄地带，迎面还是一道坡，推着自行车上坡，一路气喘吁吁。

从老家那个塬向东隔一条沟壑是牛宅塬，两个塬有比较长的坡连通，崾岘南侧是一层层山田，丈把开外的田埂上有一排排黑魆魆的窑洞，不知是窑洞抛弃了人，还是人抛弃了窑洞，总之洞口已经坍塌，一孔孔窑洞就像一只只空洞的眼睛，给这条路增加了阴森的氛围。隐约记得老人说那里的窑洞里停放过死人，那些被意外摧毁了的生命，如难产的、跌崖的、上吊的等。那些惨遭不幸的人，不能正儿八经葬入祖坟，只好找偏僻却不偏远的地方，放进破窑洞里，洞口用土块和荆棘堵死。这个嵝岘就格外瘆人，特别在天黑的时候，走在这里不由得头皮发麻，头发直立。据老人讲，某个冬夜，嵝岘的山路上一行微弱的灯火飘忽不定，就像一队挑着灯笼走夜路的人。寂静而清冷的夜里，隐约听得见吵嚷声由远及近，又慢慢远去。上初中的时候，听到过一个故事。一年春天，一个上初中的学生周末回家，走到嵝岘处天已经黑了，心里害怕，却遇上了鬼打墙，误入路边的麦地里，再也走不出来，幸好有同村人路过，看见他正在麦地里，将一拃长的麦青往嘴和鼻孔里塞，那人连忙拉他住手，带他回去，他仍然神志不清，胡言乱语，从嘴巴里蹦出的声音却全然不是他的腔调，完全是一个女人苍老的声音。像是另一个人穿了他的衣服，换了他的皮囊。孩子的爷爷急忙拿了红筷子夹住他的中指，用桃树条抽打他的后背，那孩子才清醒过来。

嵝岘是险要路段。塬上一落雪，嵝岘就变得异常凶险，许多大事故都发生在嵝岘处。车轮打滑，一旦溜出路边，就直接掉到了深沟里，上演一出人间悲剧。三轮车、拖拉机、小轿车速度过快，在嵝岘的拐弯处刹车不得劲，就会翻车落入深沟。这样的事故一而再，再而三地发生。嵝岘一条路，渡人在日常，毁人在瞬间。嵝岘让人间更像人间，让无常更加无常。

嵝岘是风的急流险滩。风在大地上驰骋，并不见得可怕。风到了嵝岘处，就有了排山倒海的气势。作为两塬的对峙地带，嵝岘的险要和空旷可想而知。隆冬最硬的西北风呼叫着吹过来，像千军万马踏过，嵝岘是高原上的软肋，缺少靠山和后盾，风肆无忌惮，没有遮拦。在嵝岘踽踽独行，人有一下子被风打飞、抛向深沟的恐惧感。当然，酷热难耐的盛夏，顶着大日头走过嵝岘，凉风习习格外爽快。雨后的清晨，白茫茫的云河从嵝岘最狭窄处缓缓流过，站在塬边上眺望，那真是人间的盛景。白雨过后，一条彩虹横跨嵝岘，漂泊在天涯海角的灵魂，能否来一次短暂而美丽的聚会？这时候，内心对于嵝岘的恐惧就淡了远了，甚至觉得嵝岘就是蓬莱或者瀛洲，恍惚间有手持玉净瓶的观音菩萨，站在云端。

作为沟壑的阻隔者和塬面的连接者，嶙岘是黄土塬上一种独特的存在，与其相辅相成的上坡下坡、沟沟坎坎，增加了行走的艰辛，也丰富了出行的意趣。塬上的日子，有坦途也有上坡下坡，平坦是美好的，走过了坎坷同样美好。春夏秋冬，许多次回老家，我站在塬边上遥望，眼前沟壑峁墚，苍茫无际。举起相机，从塬边上下来，绕过嶙岘的那条路，在我的镜头里无限延伸，跟无边的时间和迎面吹来、永不停歇的风一样，辽阔浩渺，令人心生感慨和悲怆。

生而平等，完全是虚妄的说辞。人生的起点千差万别。一个西部高原上的人，要翻越那么多嶙岘，才能走向东部广阔的世界。时至今日，我的内心常常保持着自省，思维方式更偏向于保守，容易站在他人的角度看问题，无意中加大了对自我的束缚和否定，这让我失去了许多机遇。地理局限了人的意识。一个人的命运以及他的获得，都有清晰的来龙去脉，都能通过个人的心灵地图追根溯源。每一个嶙岘都是一道鸿沟，让人的见解和胆识受到了无形的阻隔。这也许就是一种宿命。一个人过于实诚，容易被看低和轻视，在明里暗里的竞争中总是处于劣势。不愿急功近利、趋炎附势，在利益的获得上往往成少败多，得少失多。这一切都是性情所致，坦然接受就是了。

村庄的胎记

一

一棵老树就是一个村庄的胎记。

相对于匆匆来去的人，树活得更加长久一些。那些驻守在门前和村口的老树，临风静立，注视着村庄里兴衰变迁，一年又一年，自然而然披上了神性的外衣，让敬畏在人心里油然而生，远离了村庄的人，还时时回念，时时在心里膜拜。

那是一棵五六个人才能合抱得过来的旱柳，站在窑庄西侧的崖畔上。从春到秋，繁茂的枝叶被路过的风拍打着，追逐着，一副欢天喜地的样子。在炎热的季节，为窑庄光洁的院子撑起了一把巨伞。四十年前，挂着拐杖的白胡子三爷说，他爷小时候，柳树就那么粗，就那个样子。那是一棵被岁月遗忘了的柳树，柳树也遗忘了来来去去匆忙的岁月。村子里，小脚的奶奶在树下为生病的孩子叫魂，奶奶在前面叫一声，母亲在后面轻轻应一声。从树下开始，一呼一应往家里走，重复三次。我一直觉得那棵样貌古老的柳树，就是与天堂联络的通信塔，它既能发射信号，也能接收信号。受了惊吓，魂不附体的孩子，面黄肌瘦，精神不振，在树下叫过魂，三魂七魄重新附身归位。生病的孩子打针、吃药、叫魂，病情渐渐好转，身体渐渐恢复，脸色红润起来，又活蹦乱跳了。

严冬，看着铁一般僵硬的枝丫，干巴巴地挺在寒风里，十分担心它再也醒不过来。然而立春过后，随着南风轻柔的呼唤，塬上的草芽，从暗堡里探出了脑袋。一片鹅黄薄雾一样在柳梢上氤氲，渐渐加深变绿，如浓烟弥漫，如华盖遮蔽。五六对喜鹊在枝杈上安了家，树梢心甘情愿作了风的高音喇叭，西北风被它渲染得气壮山河，惊天动地。北风喊着号子横扫过来，树枝托举着黑乎乎的喜鹊窝，让一个个梦在空中荡漾着，起起落落。路过的人惊叹说，这庄子风水好啊，恐怕要发财，要出人才了。然而，运气一如既往地暗淡，日子一如既往地艰难，为大柳树庇佑的村庄里，猝不及防的意外和命运的无常不时光顾，生的生，死的死，构成了庸常日子里一个又一个悲欢离合。后来，喜鹊不见了，喜鹊窝也不见了。一茬又一茬的小孩长成了大人，一辈又一辈的青丝染上了白霜，一个个老人突然间闭上了眼睛，被穿白戴孝的子孙抬出了窑洞，从柳树下抬上塬，埋在种植五谷的庄稼地里。跟一粒沙子落到了沙漠，一滴水滴进了大海一样。人埋进了黄土里，把庄稼地顶起了一个黄土包，就像在大地上写下了一个沉重的句号。

夏天里，日过正午，树荫倾注在院子里，洇开了一片清凉。柳树枝繁叶茂，树心却成了空洞。听老人说树干被雷殛穿过。小时候，奶奶在院子里铺了手编的草垫坐着，看我们玩土，玩各种游戏，她老人家幸福的微笑成了伴我一生的温暖记忆。关于那个空心的老柳树，有一个令人惊悚的传说。很久以前，一条麻蛇盘踞在柳树粗壮的枝杈上，变成了蛇精，企图偷袭乘凉的人，吮吸人血。某个夏日的午后，风云突起，雷霆大作，一道霹雳凌空劈下，磅礴威猛，贯穿了树干，树头折断，树心烧焦，留下了蝉蜕一样的空壳。蛇精去了哪里，谁也不知道。人活脸，树活皮。皮还在，树就不会死，第二年柳树又萌发了新芽，一年年扩枝散叶，枝叶更加蓬勃葳蕤，气势更加恢宏浩大。经历了一个个灾变，树身上伤痕累累，碗大的、碌碡大的瘤子，重重叠叠，跟大地上的峁梁沟壑一样。这块土地上的山高水长，坎坎坷坷全投射在了树身上。

房前屋后的树木，每年都要打理一番，清明之日才可以大动干戈，跟理发或剪指甲一样砍掉多余的枝条，让树长得更高，更俊俏，更精神，容光焕发。砍下来的树枝堆在村头，除夕夜里燃起篝火。黑夜里一片火海，好让玉帝看见了，派龙王行云布雨。春旱是黄土塬上生命的梦魇，是魔咒一样缩在脖颈上，千百年来很难完全解开的一个结。春雨贵如油。一场透雨缓解了干旱，魔咒被驱散，麦苗苗壮，玉米、谷子等秋庄稼蓬勃生长。端午清早折来柳枝，斜插在门框上，让风神、火神、雷神看不见人烟，让人间的是非、恩怨和罪孽多多少少得以遮掩，好躲过风削、火燎、雷殛的天灾。除夕和端午的这些活动，看起来更像是人对上天的一个表演。该做何解释呢？显而易见是人向天服软，表达敬畏，博得上天的同情、怜悯和眷顾。是的，任何时候，人只是一个物种，不能自视过高，我们要像脚下的幼苗一样，努力奔赴浩瀚的森林。

那种叫冬瓜木的土杨树，不知不觉间长在了那里，树干粗壮，高大茂盛，山川沟洼，随处可见，它们更多的被用来扯板做棺材。土地用生生不息的庄稼养活了人，人下世后又以一抔黄土将自己还给了土地，这也是自然法则下人的宿命。村庄里的汉子一生要干的大事就是娶女人，修庄子，走到最后为自己置办一口安身的棺材。普通人只能背一口廉价的杨木棺材。父亲辛苦一生，我们没有料到他那么早就离开了我们，父亲自己也没料到，病中的父亲为没有亲手给自己置办一口棺材感到不安，他叮嘱我们说，就做个杨木的吧，庄稼汉命薄，背不起松柏木。

二

洋槐十分强势，成了这块土地上的王者。这些年，洋槐攻城拔寨，占据了深沟，山洼，所到之处，寸草难生，我预感再过二三十年，它会把山塬围得水泄不通。

洋槐一栽就活，一活一大片。洋槐的根须繁密，像撒向水面的渔网，要把土壤里的水分和营养一网打尽。一些根顺着土壤表皮窜，树苗就一个个冒出了地面，林子越来越大，越来越茂密，满山满洼地铺展开来。大凡好活且速生的树木，木质都软，唯独洋槐是个例外。洋槐长得快，木质硬，五六年就能成材用作房椽。包产到户后，家家有了余粮，村子里兴起了在塬上官路边盖房子，两三年工夫，多数人家告别了土窑洞，搬进了土木结构的青瓦房。瓦房通风好，豁亮，干燥，住进去不怕风湿。那些青瓦房，檩和椽全来自塬下的洋槐林。村子里有护林员，只是没有报酬，护林的责任便和赋予他们的权力一样空洞，他们睁一只眼，闭一只眼，任人砍伐。洋槐树长得快，留下来的树茬上又会重新长出新苗，一个夏天，蹿到一人高，树林子里始终遮天蔽日。父亲在门前的深沟里栽满了洋槐树，他是为翻修房屋做准备。黄土塬上的窑居时代足足持续了几千年，谁也没有料到，搬进了土木房十多年，又兴起了砖砌的混凝土小康屋，木料一下子被淘汰了。那些派不上用场的洋槐树在沟谷里长得又高又直。每次回到老家，站在沟边伸出去的山嘴上久久凝望，满沟满洼承载了父亲热望的碧浪，汹涌澎湃。

洋槐花是端午的盛典。洋槐林铺展的村庄，空气里满是甜蜜。初开的洋槐花拌面，蒸成菜疙瘩，十分钟出锅，香甜可口，近年来是人们最爱吃的时令美味。

那些年退耕还林，原来的大片山地一夜间卖了出去，再不允许漫无边际地在山上放牧牛羊了，大群牛羊都不能出圈，乡上的工作组入村包户围堵罚款，村庄里的人第一次意识到土地是国家所有，以往为所欲为是行不通了，只好将羊群卖给了逐利而来的羊贩子。物以稀为贵，一个村子里几乎家家都有羊群，一下子抛售出去，羊价便跌到了谷底，不卖又没办法，好几天不能出圈，羊在圈里饿得咩咩叫，不能眼睁睁地看着饿死，只好以几十元的鸡价全部卖掉，给羊一个暂时的活路。在沟壑峁梁簇拥着的黄土塬上，赶着一群羊走下山坡，就像赶着河流，赶着山川，赶着短促而浩大的岁月。失去了庄稼地和山沟里的草场，仅靠小小塬面上的几亩地显然无法捻转光阴了，大家纷纷卷起铺盖，逃荒一样离开，去遥远的新疆，或者沿海大大小小的城市寻找光阴，举家出走的人在外面找到了好光阴，他们再也没有回来过。没有了羊群，没有了驴嘶牛叫，没有了鸡鸣狗吠，村庄清闲了，寂静了。掠走了整片山地的外来人，拉来了洋槐苗，在开阔绵软的耕地里略微栽了一些，没有牛羊的践踏和啃食，树苗长得很快，一个夏天过后，黄土坡地里碧海荡漾，两三年后洋槐树风卷残云般地占据了一块块山地。如今山路也被杂草和灌木抢占了，再也找不到下脚的路。塬上上百口人的村子里，只剩下十几个弯腰驼背，耳聋眼花的老人。树逼人退，洋槐真的了不得。

土槐树生长慢，木质硬，不翘不弯，做成家具永不走样，门框、车辕和桌椅腿等吃劲的部件就得用土槐。老庄子门边上有一棵三个人才能合抱得过来的老土槐，那年伐倒做了立柜、方桌、靠背椅子，为塬上新盖的砖房做了门窗。

土槐开花迟，麦收过后的伏天才有饱满的花蕾，俗称槐米。上好的槐米可作食品色素和衣物染料，也可药用，凉血止血，清肝泻火。槐米娇小而精致，要把握好时间，在长到足够大，花蕾头部泛白，绽放前一两天摘下来，放在大日头下烤干。色泽好的是上品，浅绿透黄，十分炫目，这样的槐米出手快，能卖好价钱。槐米娇气，必须趁大晴天采摘下来当日晒干，若遇上阴天，采下来耽搁一两天就会变质发黑，一文不值了。槐米身重，干槐米一碗就是一斤。采摘槐米，运气好的时候，一天就能收入平常十多天的零工钱。我上初中后，姐姐和弟弟相继失学，他们挖药，采槐米，和父母一起供我上学。

三

那棵合欢树长在老庄子门前通往塬边大路的斜坡旁，与窑庄的正屋相对，坐在正屋的窗前，透过木格窗子，就能看到一树的绿叶和绿叶间一团一团的花朵。合欢的花朵像一束丝线呈放射状散开，开的开，谢的谢，从盛夏一直辉煌到深秋。

塬下的山沟里那么多桃杏树，它们是外人眼中的风景，却是我们家里实实在在的光阴，是摇钱树。桃胡和杏胡从果肉里捏出来，淘净晒干，拿到街上的收购组，出手就是钱。桃杏树花期较短，它们的目标是结出果实，让自己生命的意义和价值更加丰满，开花只是宣示，是前奏和序曲，日子匆促，它们不得不快马加鞭地追逐岁月。

桃杏花是跟前后脚开放的。起先是满山粉色的山桃花，紧接着是杏花，再是院落里火红的桃花。辟邪驱魔的法器历来都用桃木，农家小院的柴垛旁总有一树桃花在春天里绽放，正如唐代进士崔护《题都城南庄》描绘的人面桃花那样，桃花更像是青春岁月的一段挽歌，短暂的热烈与绚烂不知道是对人的激励，还是对人的警告。老家的山洼里满是桃杏树，春天留在记忆中的也是满山遍野粉色的桃杏花。小时候，村上林场的一个山田里栽满了桃树，夏收过后，孩子们开始偷偷摸摸地打桃子。那是一种秋桃，等到立秋过后才能逐渐成熟。每年暑假，孩子们就开始了与护林人的斗智斗勇。呐喊，追赶，逃跑，躲藏。桃子渐渐稀疏，直至一个不剩，看桃人的奔波也画上了句号。大人并不制止孩子们偷桃子，大家的想法是，桃子是公家的，人人有份，偷桃并不可耻。而护林人奋力保护的理由是桃子还没成熟。在不流行做买卖的年代，如果没有孩子们的偷袭，真不知道那么多的桃子，全部成熟后护林人该如何处理。

菜园边的山嘴上有两棵杏树，一棵从崖边上斜伸出去，猴子捞月的样子，像要从深沟里抓到什么，一棵直挺挺站在崖边上，站成了永恒。这两棵杏树至今还在春天里开一树粉色的花，结一树繁密的青杏。伸向深沟的那棵结的杏子小而扁，黄得早，在收麦前就成熟了，俗称麦黄杏，肉薄胡大，未成熟时苦涩，成熟后香甜。大约在麦子收完二十天后，另一棵树上的杏子才开始泛黄，这个树上的杏子圆而大，肉厚胡小，酸中带苦，水大汁多，味道足，吃在嘴里十分解馋，最多只能吃一两个，吃过后每每想起来仍嘴里泛酸。

杏树前，是狭长的山嘴，干巴巴的崖边，有几棵梨树，几十年了还是胳膊一般粗。它们曾经在春天里如负雪戴霜般开满一树白花。夏天里梨子刚刚长大，等不到成熟，就被孩子们惦记着，零敲碎打地将容易触及的梨子偷摘了去解馋。秋天，顶梢上熟透了的梨子只剩下零星的一些。一茬茬风霜过后，几棵梨树一下子色彩绚烂起来，失火了一样，火焰熊熊，艳红一片。

菜园三面环沟，沟很深，有黄土壁立的高崖，另一边紧挨着大路，一道花椒树形成的小林带把菜园和公路断然分开。园子里芫荽最为强势，它独特而浓烈的气味，十分霸气地覆盖了方圆几十米，路过这里的人老远就能清晰地感受到它的存在。当然花椒树也不例外，那些充当了篱笆墙的花椒树用它周身的利刺阻挡了许多小小的贪婪和欲望，无情地阻断了孩子们进入园子，拔葱摘瓜打果子的诸多欲念。花椒树密密的枝条上开满米粒一样的小黄花，花事过后，结满了一撮撮果实，入伏后花椒成熟变红，有三角形的利刺护卫着，小心翼翼摘下来晒干，椒壳儿张开口，露出黑黝黝的椒籽，用手一搓，鲜红的椒壳儿和椒籽分离开来。黝黑的椒籽能榨油，椒油吃起来有苦味，红色的椒壳碾成椒面当炒菜的调料。老年人用鲜椒祛风止咳，嚼几颗椒粒麻得人闭气。

一个干巴巴的山嘴，就那样经过父母不停地打理，聚宝盆一样，蔬菜瓜果，一茬接一茬，一直丰饶了许多年。

四

核桃树跑到田埂上落脚，避开了犁铧，十年，五十年，一百年，根深叶茂，长成了山地里一个个碧绿的小山头。许多时候还得感谢勤快而健忘的松鼠。松鼠把光溜溜地核桃树当成了高速公路，它一蹿一蹿，瞬间从一个枝杈蹿到另一个枝杈，灰色的皮毛与核桃树融为一色，让松鼠有了隐身的功能。它在树上飞驰，时隐时现，我们很难捕捉到它的身影。核桃树过于高大，人即使用长竿子打，也很难一下子扫荡干净。松鼠身手敏捷地摘取树梢上的核桃，但它对高枝上零星的核桃没有兴趣。往往在树叶落尽，还有零星蜕了青皮的核桃，仍挑在高枝上，招惹路人，让人心有不舍地一步一回头。整个秋天，树林里，田地间，到处都是松鼠匆忙搬运的身影，一闪一顿的行走，就像个灰色幽灵。储满自家的仓库后，松鼠在地埂上挖洞，把从树上摘下来的干果埋在土里，后来却忘记了，遗落在土里的桃、杏和核桃一觉醒来便扎根长苗，开始了生命的新征程。它从土地深处汲取营养和水分，奋力钻出了地面，经风雨见世面，风的召唤，阳光的抚慰，鼓起了它一心冲向云端的雄心和渴望。地埂上那么多核桃树和杏树、桃树，多半是松鼠的功劳。

核桃树树干高大，春天发芽迟，秋天落叶早，根又扎得深，不和矮小的庄稼争阳光、争水肥，它的身影被太阳牵着在庄稼地里一天转半圈，庄稼不嫌恶，庄稼汉也就任它在那里自由生长了。窑庄的院子里和门前的沟边上也长了许多核桃树，这是春天里从山里移栽的。不光因为人们喜欢吃油旺旺的核桃，重要的是核桃树知道在天最热的时候擎起一把大伞，天转凉的时候，叶子纷纷飞落，让阳光透过枝干洒向大地，树下的人和庄稼及时得到了暖阳的照耀。

地埂上最高大魁伟的就是核桃树，地是谁家的，树也归谁家所有。我见过最大的核桃树在汪家沟的一块台地上，树旁是一条通向山泉的路。夏天核桃瓤刚刚长成，就有大人小孩去打核桃。树干太粗，树皮光滑，无处下脚，也无处下手，徒手从主干爬上树的可能性不大。树冠很大，缀满了核桃的树枝倒垂下来。我们避开主干，用手攀扯树枝，顺着倒垂下来的树梢爬上去。在那棵树上摘核桃的孩子很多，爬树的乐趣非常吸引人。树干高大，枝条婆娑，树叶繁密。在树上，只闻其声不见其人。只在此山中，云深不知处。

五

南塬边的峁头上有两棵杜梨树，路在那里刚好钻入了胡同，树就长在胡同两边的干崖上，一棵长到两米开外，竟然扭了几扭，匍匐了出去，树梢上还分了叉，形如一对犄角，竟然有了人们想象中龙的态势。另一棵长到了一人高，便有横枝茂密生长，平平地伸展出去，形成了一把很大的绿伞。那两棵杜梨树枝繁叶茂，硕壮无比，它们的枝条交错起来，热情相拥，很有一些情趣。它们长在进入村子的咽喉要道上，成了把守村庄门户的壮士，如此奇观引起了许多老年人的啧啧惊叹。可是许多年后，道路拓宽，被推土机推倒毁掉了。老人一个个落叶一样飘零，年轻人进城追逐梦想，有些人将田地承包给别人，用一把大锁锁了大门，去远方的城市或者附近的镇上买房居住。他们偶尔回来，打开生锈的铁锁，在已经荒芜的院子里转一圈又离开。他们最放心不下的是房前屋后那一棵棵大树。有人突然返回村子，领着几个人，将大树用挖掘机掏出来，斩断了树枝，削掉了树头，以少则三四千元，多则上万元的价钱卖掉。这算是先人留下的最后一笔横财，尤其以国槐和皂角树最为抢手。村子里的许多大树被装上车运走了，只有我们家老庄子周围那些树还在，弟弟租种着涝坝岭下几十亩山地，一直看护着属于我们家的那些大树。

环绕在房前屋后的树好比人的头发和眉毛，树林越茂盛浓密，村庄越精气神十足；树越稀疏，村庄越衰败沧桑。

村庄里那些高大巍峨的槐树、柳树和楸树，它们是村子的地标，也是具体地方的定位，谁家住在哪里，通常说出哪棵树就说清了方位和地址。许多村子索性以树命名，如杨树岭、枣树台、楸树阙、柳树湾、椒树坷垴等等。那些地标一样的老树，是萦绕在游子梦中的乡愁，永远挥之不去。

六

大地之上时间呼啸而过，大自然的巨手，携冷雨热风轮换着席卷那个巴掌大的塬面以及塬下的沟壑岭壘。短短十来年，悄然发生了一系列剧变，让从外面回到村庄里的人有了隔世之感。失去了老树的村庄，就像人在不觉间丢掉了毛发，突兀和怪诞强烈地撞击着人内心的归属感，这还是我的故土我的故乡吗？在人丁兴旺的年代，村庄生活是必须遵从一些法则的。风水之说就是法则之一。那些显要位置的老树就是村庄的风水，是轻易不敢动的。好多天的头疼脑热，吃药打针不顶事，或者家里诸事不顺，轻则跌打损伤、摔盆子打碗，重则鸡瘟猪瘟突然间放倒一大片，留下空空荡荡的圈棚，还有无端的失火等等，都是有缘由的，追根溯源，必然是院子里动了土，或者伤了门前老树一根枝条也在猜测之列。必须郑重其事地烧香磕头，举行安土仪式才会平复安妥。以后小心谨慎，再也不敢随便砍伐或挖掘了。如今看来，并不能简单地将其归结为迷信，举头三尺有神明，那是依赖土地生存的人对于土地和万物生灵的敬畏，也是我们必须持有的观念。不错，人是万物之灵，就更要认清人的分量，跟大地上的所有生灵一样，人充其量只是浩瀚黄土里的一个微粒。人也与所有奔跑在原野上的动物一样，不能让野心和黑心泛滥，我们必须清醒地认识到自然界的无限可能和人为的有限性，收住滥施暴力的手，遵守天道和自然法则，敬畏天地，与万物相安而生，相辅相成。心有敬畏，手有法度，才能迎来岁月静好，日子安稳，风调雨顺，五谷丰登。

擀绵毡

老家塬上，毛毡有绵毡和沙毡之分。绵羊毛纤细，擀的毡绵软，叫绵毡；山羊毛粗硬，擀的毡粗砺，叫沙毡。

一

"天上云，地上霜，新擀的绵毡，白菜帮。"这是村庄里流传的"四大白"。一伙吊鼻涕娃娃，一边跳一边齐声喊着。毡匠一伙三人从官路上下来，沿小路进了村子。父亲忙迎上去帮他们拿东西。

谁都认得为首的乔毡匠，另外两个年轻人是跟他学艺的小徒弟。乔师傅摆摆手说，老弟的活必须接，但要排队等几天。吊鼻涕娃娃又齐声叫喊："狼叼猪，狗咬羊，孩子掉井，乔毡匠"，真是名副其实的"四大忙"。乔师傅的忙是方圆上百里有名的，约他擀毡得提前打招呼，排队碰运气。一般是主家挑擀毡的，而他挑主家。能应承下来的必然是能入得了他法眼的人。他做活实诚，答应了的事从不打折扣。

十多天后，擀毡的摊场终于在院子里铺排开来了。两个徒弟撑摊子，乔师傅并不着急，他换上了宽大的衣服，脱掉头上引人注目的火车头帽子，小心翼翼地放在院子里的柴垛上，这个火车头暖帽，就是流行了许多年的雷锋式军暖帽，十分威武，戴得起这种暖帽的人并不多，乔师傅的雷锋帽旧了，色也淡了，棱角却是坚挺的、分明的。

擀毡的器具只有简单的几样，每一样都有十分奇巧的用途。乔师傅是个面冷心热，心思细密的人，他一边把自己的这些家什摆放在院子里，一边向围观的人介绍这个叫什么，那个叫什么，有什么用途，说来说去，有一些还是他自己动手制作的，有传承也有创造，这才是他真正值得炫耀的地方。一张巨大的木弓，一个宽足一人多高的竹帘，这算大的物件，还有用来抖散羊毛的"金铰剪"，由"撒尖"和"手掌子"两个物件组成。"撒尖"是一只胳膊长，两个手指宽的三根竹片，顶端削尖，油光滑溜。"手掌子"是形如手掌的小木板，上面系着细绳，绑在手掌上，手指仍然活动自如。还有洒水用的"摆水砣"，那只不过是将一把脱了颗粒的糜穗扎在一起的一个小刷子。乔师傅给它们取了好听的名字，多少带有卖弄的意思。这些物件看着简单，乔师傅使唤起来却灵活自如，得心应手。至于他说的那个弹羊毛用的"走仙锤"，也只是一个被木弓上的牛筋弦和稠密的日子合伙打磨得红艳艳、光溜溜的枣木棒槌。在接下来的几天里，我们见证了乔师傅的手艺，他手脚远比嘴巴麻利得多。

二

我们一帮小孩子一直跟着看热闹。乔师傅和他的徒弟就像耍杂技，手脚并用，腾挪翻转，我们瞪大了眼睛看得入了迷。还有些东西在二三十年后，随着年岁增长，才逐渐领悟了它的妙处，更加感喟不已。

擀毡环节复杂，工序烦琐，体力投入也比较大。首先要捡羊毛，乔师傅的两个弟子用白羊肚毛巾蒙住了头脸，只留两只眼睛扑闪。他们将羊毛抖开，剔除掉里面混杂的柴棍、土块、长满小刺的草籽等杂物。父亲也参加了，仔细地寻寻觅觅。这个环节出力不大，却十分消磨人，要俯下身子，耐了性子，把全部心思摊在上面。接下来是炕羊毛，将清除了杂物的羊毛在土炕上均匀地摊开，烧热土炕烘烤，羊毛油汗大，粘连成片，很难散开。在窑洞里炕羊毛，羊毛上的油汗不觉间被烘烤掉，粘连片状的羊毛才能松散开来。炕羊毛得一天一夜，直到成片成团的羊毛，用手一抖就能烟雾一样飘飞起来。

乔师傅指挥两个弟子用"撒尖"轻轻拍打摊开的羊毛，让羊毛轻盈起飞，自然落下，如白雪无声地降落大塬。这个工作看似简单，却不轻松，乔师傅手起手落，轻盈自如，稳稳当当，羊毛纷纷扬扬，均匀地散落下来。两个徒弟急着下手，羊毛却不听指挥了，屋子里乌烟瘴气，落在地上炕上的却还是一团一团，没有化开。姿势、手法、力道，太重要了。乔师傅在旁边指导，我们一堆小孩子这才知道了什么叫师傅，什么叫徒弟。接下来就要机械操作了，乔师傅在土炕上架起木弓，缚在木弓上的弦绳，是韧性很好、弹力十足的牛皮筋。乔师傅一手紧握"走仙锤"，拨动弓弦，"当吱，当吱；当吱，当吱"。羊毛便如雨后晴空的云彩般一丝丝化开，飞散开来，飘逸到地上，蓬蓬松松，白如雪团。

"当吱，当吱，三斤羊毛进裤裆"，这也是吊在孩子们嘴上的歌谣，意思是擀匠会在弹羊毛的时候做手脚，把羊毛塞进裤裆里，贪污掉，这也许正是这个行业的黑洞。称好了斤两的羊毛，经过一道道工序，直到最后变成一条绵毡，总会少个两三斤。我们一群孩子盯着乔师傅他们的大裤裆，满腹狐疑，又充满好奇。父亲说，不要总往坏处想，乔师傅是直性子，打交道也不是一年两年了，咱们信得过。羊整天钻山林，蹚泥水，羊毛里难免会卷进去杂物，擀成毡少个两三斤、三四斤很正常。

下一道工序是摊毡，父亲卸下家里的双扇门板，两个窑洞一共四块门板拼合在一起，刚好够擀一条大号的绵毡。打开帘子铺在门板上，乔师傅的两个徒弟将地上积雪一样的羊毛收进笼筐，提到板铺前，左手戴上"手掌子"，几个手指一撮，抓起一团羊毛，右手握着"撒尖"敲打左手上的"手掌子"，羊毛雪花般飞舞，均匀地散落在竹帘上。摊毡也是个细致活，徒弟前面摊毡，师父后面补缺填漏，做扫尾工作，还不时给弟子讲解。

摊毡完成后，乔师傅用"摆水砣"往摊开的羊毛上洒水，细密的水珠落在羊毛上，让羊毛再一次粘连起来。接下来就是卷帘和滚帘，帘子下面铺了两根绳子，板铺一端放了一个长条板凳，板凳那边的板铺支起来，形成了一个小小的斜坡，乔师傅和一个徒弟坐在板凳上，手拉绳子，双脚蹬着卷起的帘子来回滚动。乔师傅说，滚帘就像驴打滚，把握好力道才能控制得了方向，关键是步调必须一致。乔师傅轻轻地喊着号子，四只脚匀称发力，收放统一，帘子才不会走偏，反复数百次滚帘后，羊毛压瓷实了，粘连成一整片，毡坯就诞生了。

接下来是合边。合边就是打理毛毡的棱角，让它成为一个规整的长方形。第一次滚帘后，他们打开帘子，乔师傅用手将参差不齐的毡坯边沿折成一条直线，用手不停地搓捻，毡边上的羊毛逐渐粘合得紧密起来，形成了一个直直的棱边。接下来再洒一次水，开始第二次滚帘。两次滚帘后，毡边就基本合好了。打开帘子，乔师傅再仔细打理一遍，毡棱和毡角齐生生的，如刀裁一般。

最后一道工序是洗毡。父亲提来了热气滚滚的开水，在乔师傅的指导下浇在刚刚擀好的毡坯上，两个毡匠卷起帘子，用光脚板十分卖力地滚帘，四只脚被热气蒸腾得通红。污水从帘子缝隙里汩汩流出。四只光脚板一起发力，反复蹬踏一阵后，打开帘子，再浇开水，再卷起帘子蹬踏，如此反复，直至帘子里挤出的水不再浑浊。这时候，毡坯就完全洗干净了，羊毛经过水烫和滚动，碾压得更加瓷实，完全粘合成了一个整体。擀毡跟擀面手法相似，只是擀面用手，擀毡用脚。打开帘子，乔师傅扯平了脸，不露一丝表情，一会儿点头，一会儿轻轻摇头。又伏下身子，这里捶打，那里拉扯。顺着毡的边沿，用力地拉、按、搓、捻。最后直起身子，扫视片刻，脸面舒展了，轻叹一声：好毡！

父亲在柴垛边上架起了木板，将刚刚擀好的绵毡铺在上面，让阳光和轻风掠走水分。干透了的新毡就像蓝天上裁下来的一块云，白得耀眼。父亲感叹说，放了一辈子羊，到头来也只能落几条好毡。

三

窑居时代，陇东人对绵毡情有独钟。冬不冷，夏不热是窑洞的优势。潮湿却是窑洞土炕无法克服的劣势，绵毡隔潮又保暖，向来是土炕上最好的铺垫之物。寒冬腊月，北风呼啸的夜晚，在陇东乡村人家，铺不起绵毡，孩子们只好在土炕上溜光席，土炕烧热后锥子一样扎人屁股，早上起来，苇席上的"人"字花纹深深地烙印在了孩子们的光屁股上。一条绵毡能将炕洞里火焰的炙烤，均匀地分散到炕上的角角落落，让人没有灼烫的感觉，睡在铺了绵毡的热炕上就能舒服地进入梦乡。

那时候村庄里拥有一群羊的人家并不多。经历了数年缺吃少穿的煎熬后，父亲突然灵光一闪，从二十里外沟深林密的戴家庄赊了四只绵羊。规则是这样的：期限三年，必须保本还息，三年后还给主家十只羊。村子里某人家因为突然的变故，一时缺少放羊的人手，就把自己家的羊赊出去，几年下来，保本盈利，旱涝保收，两全其美。放羊是个运气活，同样辛辛苦苦养羊，有人赊的羊并不开枝散叶，还常常染病折本。有点像种树，据说水命的人栽一棵活一棵，而火命的人栽十棵也不见得能活一棵。不管父亲是什么命，我们家显然要时来运转了，别人家的羊一年只下一茬羔，我家的那几只绵羊一年要下两茬羔，而且在父亲的精心饲养下，一个比一个壮实。三年后父亲不但如数还清了十只羊，我们家里还有了属于自己的羊群。那是将近二十只精神抖擞的绵羊，往后羊群数量还成倍增长，几年之后就有好几十只了。父亲总结了一套放羊的法则，从秋到冬，由山岭推移到深谷；从春到夏，由阳坡推移到密林。放羊也是个捎带活，农忙时把羊吆到地边的山沟里，人在地里耕种或收割，随时留意照看就行。每年两次剪下羊毛卖掉，也能得到一笔可观的收入。擀毡只是偶尔为之，绵毡十分耐用，一条毡铺在炕上只要不失火，几年，数十年都不坏。

绵毡有一指多厚，温暖而绵软。三十年前，陇东人普遍挖窑洞，睡土炕，炕席上铺了绵毡，便意味着牛羊成群，衣食丰足，家底殷实，推门进屋，特别体面。工业化时代，大批量，规模化工业制品源源不断地涌入农村市场，绵毡和其他许多手工制品一样，被排挤出局，不知不觉间淡出了人们的生活。

四

在贫困乡村，寻求生路就得挑战自己的极限，把一切迎面而来的艰难踩在脚下，勇敢地蹚过生活的沼泽地。艰苦年代，村庄里的人不光要能吃苦，不怕累，用体力夺得田地里的丰收，对于许多心灵手巧的人，他们更懂得薄艺养家的道理。生活的艰辛催生了许多像乔师傅那样的匠人，他们手艺好，人品正，几乎垄断了所有的活计。我们村庄里最受欢迎的有挖窑的土匠老康，编席的席匠老彭，还有伐树扯板的河南师傅胡板匠。做木工活的木匠更多，几乎每一个村庄里都有一两家。匠人大多子承父业，代代相传，他们普遍受人尊敬，特别是乔师傅那样活做得好的人，一提起来就让人肃然起敬。

上了冬，天迷糊起来，混沌起来，抬头向西天边张望，再也看不见关山巍峨的身影了。鸡开始蜷爪，狗开始暖嘴，人也不由自主把手往袖筒里缩。粮食归仓，进入农闲季节，那些身怀绝技的匠人们结伙而行，挑着自己专用的工具和行头，走村串户，用娴熟的技艺，搭上辛苦的汗水，擀毡，编席，扯板，制作家具。实在没有手艺的，也可以挑起担子走乡串户当货郎。

擀毡的技艺源于北方草原。蒙古高原上的毡房，马背民族的毡靴、毡帽、毡坎肩，都十分普遍。北纬35度左右的陇东高原，正是中原农耕文化与西北草原文化的冲撞融合之地。耕种是主业，放牧是副业。农牧结合，在艰难逼仄的社会环境中拓展了生存空间。父亲那代人的幼年，正是共和国初建的艰难时期，绵毡还能当被盖。北风呼叫的寒夜，一条硬邦邦的绵毡盖在身上，四面走风，要让它贴身保暖，的确十分困难。父亲说，要先把绵毡卷成圆筒，脱衣之后钻进毡筒，一手举起枕边的木棒使劲拍打，直至撑起来的毡筒顺溜下来，尽可能地贴身了，才能达到保暖的最佳效果。

二十年前，在县城工作的我准备结婚，父亲挑选了十多年积攒下来的上等羊毛擀了两条绵毡。他说攒羊毛容易，找毡匠却十分困难。他找的是乔师傅的儿子，他们已经有好多年没有擀过毡了，父亲再三恳求，乔师傅的儿子才应承了下来。父亲说乔师傅已经离世多年，他儿子的技艺自然比不上父亲，加之生疏又缺少帮手，费了好大的劲才完工。某个深夜，在网络上搜看视频，无意间看到了县电视台民俗栏目擀毡的片段，从身形、动作和神情，断定那正是乔师傅的后人。是的，他正是乔师傅的儿子，在视频开头，他讲述了他们传承几代的擀毡技艺。乔师傅的儿子将那些蒙上了灰尘和锈斑的器具重新铺排开来，一件件地介绍了那些器具的名称和用法。最后，他在几个人的配合下一步一步呈现了擀毡的全过程，那个视频十分清晰地记录了擀毡的全部细节。想起父亲一生的辛劳，想起随着绵毡时代一去不返的艰苦岁月，我不禁潸然泪下，感慨万千。

我想见到乔师傅的儿子，几经打听，得知乔师傅的儿子已经得了中风，嘴歪眼斜，走路也不利索，乔师傅的孙子外出打工，落户到了千里之外。他们将擀毡的传家宝卖给了城里的一家慕名而来的民俗博物馆。几次回家，父亲让我把那两条绵毡带回县城，我都没有拿，一则不忍心，绵毡凝结了父亲所有的辛苦，我想让他留着自己用。二则，县城里全是楼房和席梦思床，绵毡已经过时，用不上了。

那年炎夏的一个正中午，我下班后回到四楼的单身宿舍，看见父亲坐在门口的台阶上，满头大汗，气喘吁吁，身边是一卷雪白的绵毡和多半袋面粉。见我回来了，父亲站起来说："我要回去了，得撵上最后一趟班车"。我让他歇一夜，第二天回去，他说麦子收回来，晒到麦场上了，得赶好天气碾完，就这半天空当，必须赶紧赶回去。父亲说着转身就走，下了一层台阶，又手扶着楼梯栏杆转过身子叮嘱我："你要结婚了，我把春上擀的两条绵毡拿下来。县城在山沟里，早晚潮气重，容易得风湿，不比老家塬上，风头高，干燥。我老了，跑不动了，撵不上羊群，只好全部卖掉了。等我身体好些了再赊几只……"我送父亲下楼，出了大门，父亲的身影在我的眼前模糊了。后来听门房的保安说，父亲那天早上找了好多地方，才找到了我住的地方。他肩上的东西足足有五六十斤重。

不久，父亲病倒了，与病魔抗争了几年，便离开了这个令人无奈的世界。两条绵毡至今依然铺在床垫上，那是父亲留给我的触手可及的念想。

六月六晒龙袍，这是南方的习俗。陇东乡村至今也保留了晒旧物，晒棉袄的风习。山青水碧，烈日吐焰，又是周末闲暇之日，我把两条绵毡拿到楼下晾晒，吸引了过往的许多目光。老年人看到绵毡，似乎看到了一段往事，感叹物事流转，岁月匆促，年轻人却满腹狐疑，不知此乃何物。再过几十年，还有谁能认得出这是一条绵毡？羊群就是飘落人间的白云，白云就是汹涌在天庭中的羊群。站在窗前远眺，湛蓝的天空中，父亲的羊群汹涌澎湃，何其壮观！

人世原本就是天堂和地狱之间的一片荒原。没有耕耘，就没有收获；没辛苦，就没有幸福。人生在世，就是用涔涔汗水换取大自然的馈赠，包括穿在身上的衣服，收进仓里的五谷，盛在果盘里的桃李，当然还有床铺上父亲为我留下来的绵毡。

烟火里那一口香

一

端起茶盅，眯了眼，轻轻摆头吹气，嗞溜嘬一小口，暖烘烘的茶香从唇边滑入口腔，瞬间抵达肚腹，抚慰了五脏六腑。最后，哈出一口气，如同悠长而隐秘的叹息。

这是正月十四夜里的一个梦。这天是父亲的忌日。黄昏里，父亲坐在炕头的火盆旁，全部身心被一口茶香托举着，沉浸在轻灵的世界里，一天的疲累消散了大半。

阴阳相隔二十年，我清晰地看见父亲更加沧桑了。令人欣慰的是，呈现给我的画面是劳累了一天之后手握茶杯的那惬意一刻，温软的醇香，缭绕在唇齿间，聚集在脸上的坎坷顿然平展了许多。他依然那样乐观从容地品咂着、享受着，陶醉在茶香带给他的幸福里。

父亲那一代人把熬罐罐茶叫捣罐罐，有点自嘲的意思。折一拃长、干净的细干蒿棍，插在茶罐罐里，茶水泛起时，用蒿棍将茶叶捣下去，轻轻搅动，茶水在罐罐里翻滚着，泛起层层叠叠的小气泡。

熬茶要用硬柴火。蒿秆和树枝等柔穰，扛不住火，点火就着，一会儿就燃尽熄灭了。最好用老树墩上劈下来的硬柴片，瓷实耐烧，火又硬，热量足。

上冬后的农闲时节，父亲背了背篓，掂一柄长把大斧进山，在山地埂边上找到一坨老树墩，枣木的最好，至少也要槐、梨或者杜梨木。那些百年以上的老树，被几个壮汉用长长的宽刃马牙锯伐倒，扯了板，留下半尺高磨石一样的树墩。经受了太阳长久的碾压，水分被浩瀚的西北风掠走，树墩愈加坚硬，跟沙漠里的胡杨一般千年不朽。用沉甸甸的长把铁斧，抡圆了力气，启开茬，破开缝子，一斧紧跟一斧，顺着茬口猛劈。随着坎坎之声响起，大大小小的硬柴片飞溅起来，散落在地上。

硬柴片在火盆子上悠悠然扯起一缕蓝烟，火苗找到了知音，忍不住哧哧地笑，火越烧越旺，红堂堂的。砂罐子架在火上，茶叶在水里游弋，撕咬着，缠绵着，交融着，卿卿我我。一会儿罐子里传出战场杀伐之声，渐渐似战鼓雷动，声音由小渐大，又由大渐小，茶水翻涌着泡沫，用铁丝一样的干蒿棍轻捣轻搅，茶叶被捣下去又不屈不挠地浮起来，渐渐舒展开来，在水里飘摇，水色红润起来，绸缎一般柔滑。蒿棍的搅动，在茶罐子里形成一个对抗热浪的漩涡，罐子里的惊涛骇浪驯顺了许多，不再轻易地突破堤坝溢到茶罐子外面去。

茶罐子早先是安口窑烧制的砂罐，后来就地取材，找一只易拉罐用铁丝拧个长把，就可以了。简便了的永远都不是最好的，只有用砂罐子熬茶，才能更好地把茶香激发出来。火盆最初也是泥塑的，用细绵的黄土和了麦衣或者头发，浇水搅匀，揉面团一样调制均匀，找个平展如镜的地面塑形。先火盆盘面，后火盆底座，成型后像一顶倒扣在地上的草帽，等风干了搬起来放在一个小木架子上，这就是那些年常见的火盆。冬天火盆就放在炕头上，用碗口粗的短柴棒当火枕，以麦草、干蒿子等穰柴点火，引燃柴片或柴棒。

父亲用旧铁桶改装的火炉，炉腔小，省柴又聚热，熬茶快，还轻便，又有铁錾，挪动方便。

山田里耕地，天亮前出发，日头偏西才回家。清早鸡叫二遍，父亲就起床，往牛槽里添了草料，生起火炉，一边烤馍，一边熬茶。鸡叫三遍，吃喝完毕，掮犁赶牛，踏着还未完全撤退的夜色往地里赶。清晨的罐罐茶开启了父亲一天的劳作，早茶提神，一整天精神抖擞。晚饭后再熬几盅子茶。晚茶是放松的过程，让人迅速散淡下来，一天的疲惫和紧张就此被打消了。

夏收时节，父亲显然没有时间专心熬茶，他一边磨镰刀，扫院子，喂猪，喂鸡，给牲口添加草料，一边风一样，急匆匆地照管着茶罐，茶水往往会在瞬间火山爆发般噗地溢出来。浇灭了炉火不要紧，白白浪费了一撮茶叶，非常可惜。每当遇到这样的境况，父亲只能用一声叹息表达了自责和遗憾。

对于父亲那样整天在田地里下苦的人，早晚两顿罐罐茶是支撑他操劳和奔忙的力量，每天雷打不动。在那靠透支体力获取温饱的年代，人世间的许多情愫都缭绕在袅袅升腾的烟火里。烟火升起时，我常常帮父亲注视着茶罐子里的波澜，身手敏捷地帮他回茶，倒茶，也慢慢学会了品茶。

茶叶不同，熬出的茶水色泽也各有不同，沱茶熬出的茶色红中带黑，与炉火相似。当然茶色深浅不仅由茶的品种决定，还与茶叶的多少有关。放入的茶叶越多，茶越酽，色越重。好茶熬出的茶水，纯度和亮度都好，淡的透亮明澈，酽的深沉润滑。熬到极致的茶，提起来一根线，倒在白瓷盅子里成一团，有玛瑙的质感。

那些年，茶叶的优劣高下似乎并无多大悬殊，或者没有人像今天那样在乎茶叶价钱和品种所承载的意义。乡村集市上能买到的茶叶也就那么两三种，最便宜的是在运输过程中揉细的茶叶沫子，俗称"钢沫子"，常常有人自嘲说，一块钱能称一木锨。较好的叫"砖茶"，是压制的茶饼。最好的是"杵子头"沱茶，每块二两重，价钱稍高些。商店里常卖的那几种茶叶都产自云南下关，所以又叫下关砖茶，或者下关沱茶。平常人家，就喝麻纸包装的砖茶，掰一小块放进茶罐里，倒入七成凉水，水开茶溢，气泡泛起之际将茶罐子从火盆上挑下来，倒入茶盅小半，再倒回去，来回倒腾数回，等茶水降温后，再烧开，反复几次，茶色渐深，倒进盅子里，热气滚滚，吹着喝，吸哈不断。头遍茶略带苦味，只是那种苦味并不拒人，相反还能抓人，吸引人一而再，再而三地去品咂，去体验。二遍茶苦味渐淡，鲜味增加，淡香恍如水中云影，十分诱人。三遍茶苦味更淡，香味渐渐绵长，引人历险的诱惑谁也无法抗拒。四遍茶苦涩与甘甜相互妥协，相互融合，说不清是苦是甜，还是其他什么，只能说渐入佳境。那是另一种境界，太美了，那种美，只能意会，无以言表，没有捣过罐罐的人是没法领会的。往后，水色和茶味缓坡下行，越来越淡，最终变成了色浅味寡的疲茶。毫无疑问，在父亲的一生里，绵长的茶香，就像饱含力量的咒语，为清贫寡淡的日子增添了丰富的色彩和无穷的力量。

熬茶就是熬光阴。真正的行家是那些赋闲的老人，他们与时光对抗到年老体衰，退出了拼命劳作的前沿阵地，有大把时间，慢慢熬，细细品。用品质上好的茶叶，一遍遍地回茶，一遍遍地熬，到最后只剩少许，提起茶罐抽丝一样垂下一根线，倒在盅子里成一小团，这就是一口香。罐罐茶上口便上瘾，开始喝有一丝苦涩，喝下去又有经久不息的醇香，喝过一回便不由得想喝第二回，喝过三四回便有了茶瘾，一辈子也忘不了，放不下。

很显然，茶香融汇了诸多滋味，我们很难说清它是什么，或者不是什么。喝茶就是享口福，是经历苦涩跟甘甜的融合与贯通。苦中有甜，甜中有苦，才是世间常态。

喝茶提神，解渴又解乏，还让人进入自信满满的精神境域，正如加科莫·莱奥伯尔迪所说："幸福不是别的，其实只是对自身存在和自己生活形态的一种完全的认同，不管这种形态是什么样子，也不管它让别人觉得多么卑微。"在庸常生活中，喝茶是对眼前生活的反向进入。一个安逸的人，身在甘甜之中，喝茶其实是在感知苦涩，体味另一种人生况味。一个在困厄中倾力向前、劳心劳力的人，喝茶的过程除了解渴，便是品味那一缕芬芳和醇香，是从苦涩中进入，探寻并找到精神的依赖和体力的支持。在汗干力竭的劳作间隙，品味那种隐藏在淡淡苦涩里经久不衰的醇香，疲惫消退，力量重返肌肉和神经，信心也跟着丰满起来。一顿罐罐茶壮大了劳苦者的雄心，再艰辛的日子也能过下去，而且还能欢天喜地地过下去。正如诗句中说的那样，"幸福是在太阳的光线中，在麦子的颗粒中，在人们的力量中，在劳动中，在休息中……"喝茶也是经历苦涩与甘甜的过程，一旦亲历了，便成瘾成癖，再也难以舍弃。

来了亲戚，罐罐茶便是首当其冲的招待。邻里之间，闲暇时串门聊天，熬罐罐茶，促膝对饮，弥合了诸多的罅隙，让彼此由生分变为亲密。捉襟见肘、鸡飞狗跳的日子里，因为一些小事，两个人心存芥蒂，想用言语解开疙瘩，又不好开口，有时候还真的不好先开口，最好的办法就是捣罐罐。在一次默默对饮中徐徐而谈，内心渐渐敞亮舒展起来，郁结在心的疙瘩无声地解开了，前嫌冰释，兄弟还是好兄弟，父子还是好父子。

在普遍缺吃少穿的岁月里，罐罐茶也是贫穷人家的奢侈品，年长者才有资格享用，小孩子只能在接近尾声时喝那种淡淡的疲茶。酷夏大忙时节，田间地头挥汗劳作，需要大量补充水分，开水过于寡淡，茶水过于珍贵，不能大碗饮用。母亲每年都会自制一种类似茶叶的饮品。端午时节，从门前林檎树上摘下刚刚丰满茂盛起来、翠绿鲜亮的叶子，冲洗后放进蒸笼里蒸几分钟，再晾干，装进布袋子里。用炮制好的林檎叶子冲泡的饮品，与茶水一样有着火焰般的色泽，入口淡淡的一丝涩味，细品有上等茶叶的口感。麦收时节，取一些放进牛头陶瓷罐里，倒入滚烫的开水冲泡，挑到地头上，歇息时，舀一碗咕咚咕咚喝下去。爽口爽心，解渴又消暑。

这些年农村烧柴的日子已经一去不返了，电和燃气完全代替了人间烟火，夕阳下，炊烟袅袅的景象，已经成了萦绕我们心头的乡愁。偶尔回到老家农村，小卖部里有清凉的矿泉水，还有蜜茶、冰红茶、各种果汁和奶汁饮料，不知不觉间，我们已经身处过去教科书上说的"物质极大丰富"的时代了。在我居住的小县城里，几乎一切吃食都不再需要我们费心劳力地去制作和等待了，只要手机绑定了银行卡，动动发财的小手指，就有人很快送上门来。现成的吃喝让我们的生活省去了周折，也省去了辛苦劳作的细节，却割舍了周折和细节中的诸多乐趣，每一天都处在纷乱和团团转的忙碌中。许多吃喝的场面逐渐脱离了原初的意义，异化成了虚无的或者充满了其他复杂意义的应酬。沉静下来，放空自己，花一小块时间炮制一盅香茶，抿一小口，细细品味，让人生的况味更加饱满和丰腴。放下焦虑与担忧，让生活的安适在袅袅茶香里，一层一层打开，这才是属于我们老百姓的小幸福。

大地之上，时间疾驰而去，带走了树叶、昆虫、动物、人和人创造的许多事物，旧时代的罐罐茶也不例外，留在记忆里的只有那萦绕不绝的烟火，还有烟火里温暖的茶香。一个对生活没有太多奢求的人，一杯热茶最能安托心神，让人获得世间满满的幸福。在这一点上，我无疑继承了父亲的衣钵，更何况，我的境况，实现喝茶的愿望比父亲要方便得多。只是我改变了方式，用一只玻璃杯，放一小撮茶叶，一遍遍地续添开水，这样更加简捷方便。不管开会、谈话、办公，或者灯下看书，都可以不时地嘬一口茶水，不是为了解渴，而是为了维持一种习惯，延续一个传统，让心神在一片聒噪中沉静下来。有时候，我会突然想起父亲的罐罐茶，想起在热浪压迫的麦趟子上，偶尔直起挨了棍打一样疼痛难忍的腰杆，抹一把脖子上的汗水，甩在烫脚的麦茬地里，那时候能仰面一口气干掉一大碗林檎叶子泡的清茶，那样的痛快淋漓，真是一生中最美的享受。

人这辈子若没有惊天动地的事业，还不愿自甘平庸和堕落，那就得想办法干一些能够安妥心魂的事情，抗拒从四周挤压过来的孤独和寂寞，读书喝茶无疑是可行的办法。倘若时间允许，个人境况不甚窘迫，还可以置办茶具，在书房里一边读读写写，一边熬茶，捣罐罐。

父亲那个时代，村庄上空袅袅升腾的炊烟，成了我们生命画卷中一去不返的最美图景。还有烟火里的那一口茶香，深深烙印在记忆里，一生一世，那么温馨，那么让人感念和留恋。

二

饮食总是以人人必不可少的强势，鲜明地标示着地域的独特性。陇东高原主产小麦，祖辈都以面食填饱肚子。面条在我们的灵魂里扎了根，一日三餐，必有一顿面食，才能让口腹安妥。两天吃不到一顿面条，心就毛了，慌了。特别是晚餐，老家塬上叫喝汤，实指吃汤面。这些年小县城里丰盛的宴席上，吃到最后，一小碗手工清汤面是高潮也是总结，大家戏称灌缝子，吃了面，喝了汤才能感受到酒足饭饱的舒坦。过去一些人离家去遥远的南方打工，最受罪的不是活重，身体吃不消，而是吃不上面条，总感觉咽下去的菜和米饭在口腔以下，胃囊以上的什么地方架着，不能十分妥帖地安放在肚腹里。所谓水土不服，便是一个远行者，挣断了故乡的脐带，却适应不了新境域的饮食风习。

1

在缺吃少穿的年代，手擀酸汤长面，是我们老家顶级的吃食。来了亲戚，或者驻村干部要来吃派饭，母亲就要精心做一顿酸汤长面，这样才能表达对客人的重视，最大限度地显示接待的隆重。那些年，每个家庭的经济状况都一样的不尽如人意，好家庭的标准就是粮食稍稍宽展些，有粮吃，或者稍有余粮，最好的家庭也不过柜子里有些白面，隔三岔五能擀一顿长面。新媳妇刚过门，在婚礼的第二天早晨要擀一案面，叫着试刀面，试刀面不光试手艺，还试人心，一般不切细面，而是尽量切得宽一点，以后一家人都会心宽，能包容一切琐碎，些微的不痛快都能在心里过得去。是的，一个新成员的加入，势必要改变一个家庭包括观念在内的许多东西，个人心性的改变也在所难免，相互包容与互爱互助互谅互让至关重要。这些看似虚无的仪式化环节，并没有人去解释它。明面上，是让所有的亲戚朋友见识一下新媳妇的手艺，其实大家都心知肚明，岂能袖手旁观，烧水、和面等基础性的工作都由姐妯们三下五除二地完成了，新媳妇只是擀面，切面，旁边还有人帮衬着。亲友们免不了要夸赞一番，让一个家庭在一片欢声笑语里开启了新生活。

村子里的人夸赞女人，不说长得漂亮，而说她家的锅灶好。锅灶好，就是家里收拾得干净整齐，饭菜色鲜、味美，特别是做酸汤面的手艺绝佳，那时的一双巧手完全能抵得过如今的任何一张漂亮脸蛋加高挑身材。擀面的高水平就是一个家庭的好名声，是一个家庭主妇的好脸面。那些年母亲哄我们入睡常常吟诵"勤大嫂"的歌谣：

勤大嫂，起得早，前院后院齐打扫，骡儿马儿都添草，鸡儿狗儿都喂饱，娃娃穿的花花袄，亲戚来了招待好，长面自然少不了，擀得就像一张纸，切得活像一根线，下到锅里莲花转，捞到碗里叠丝线，吃到嘴里筋又绵，咽下肚里香半年。

我小脚的祖母也是擀面的老把式，她老人家去世后我母亲擀长面的名声才渐渐高涨起来。擀面的手艺也是一种传承，代代相传。但是到了我们这一代，农村原有的习俗和观念纷纷瓦解了，没有人为了一顿饭，绣花一样，花那么多的时间，下那么大的功夫了。

长面的制作主要集中在两个方面：一是擀面，二是调汤。

那时候，老家那个面积小小的塬上有两种小麦，一种白粒，叫平凉21号，另一种麦穗和颗粒都是土红色，产量相对较高，俗称"红大头"。播种时以农家肥打底，第二年春天，再以农家肥催苗，除草也靠人工，劳动强度大，在地里折腾的时间长，小麦产量也不高，品质却绝对优良，和面时就能感受到韧劲大，弹性足，擀成长面，筋道，柔滑，好吃。

和面需要掺碱水增加面的柔韧度。在买不到食用碱的年代，碱水也是自制的。秋天荞麦打碾过后，母亲将一垛风干的荞麦秸秆点火焚烧，烟火散去后，荞灰装进陶瓷罐里。舀一两勺倒进开水里冲泡，澄清后就当碱水用，擀面时兑水和面。先用筷子将白面搅拌成絮状，再边蘸水边揉面，成块后扣在盆子里饧面，过两小时再揉，如此反复几次，面团由僵硬变得软和。和面是个细致活，需要力气和技巧，更需要耐心。慢工出细活，和面、揉面十分关键，不能赶急图快，得一点点地淋水，一遍遍地揉，让面回性，做成的面条才更柔、更劲、更光。

我家有宽大的杜梨木案板，是从祖母手里传下来的。案板足有一拃厚，枣红色，温暖锃亮，稳稳地安置在灶台旁边。还有一根照样红光满面的长擀面杖，中间粗些，两端略细，这样不仅转动灵活，而且接触面小，压强大，便于快而匀称地将面团擀开。擀面的过程，也是磨炼心性的过程，跟打太极拳、习书作画一样，要心气平和，用力均匀，动作协调而彻底，千万急不得。

面擀好了，二万五千里长征才算走完了一半。另一半在汤上，调汤没有固定程序和模式，各人做法大不一样，味道也略有差别。基本的配料有油盐醋，葱姜蒜，等等。调料不必太多太杂，适中适量、恰到好处即可，否则会压灭了麦香。记忆里母亲先将葱切细爆炒出锅。做好油熟辣子。将红皮蒜剥皮捣细，热油炝过，做成油熟蒜。再炝醋，切一小把葱末，倒少许油爆炒半分钟，将半碗醋猛地倾入热锅，随着唰的一声，醋在锅里翻涌成层层叠叠的白泡。紧接着倒入适量开水，用勺子加入油熟辣子、油熟蒜和炒葱花，汤就做成了。

面条捞到碗里，浇上调好的热汤，还要放一撮"料子"，通常是炒好的肉丁、豆腐丁，还有青菜。青青白白里漂着一层红艳艳的辣子油，面香随着热气升腾起来，直钻门外路人的鼻腔，让人不由得直咽口水。长面捞进碗里浇上滚开的酸汤，再切一碟辣子蒜瓣，几个人围着饭桌，一碗接着一碗，吸溜声不断，额头上、脖子上满是汗珠，那才叫痛快。

2

二十世纪九十年代，小城老街道有一家扯面馆，店面足有二三十年的成色了，房子的木柱子也被烟火打磨得黝黑发亮。特点是碗大，分量足。起先每碗八毛，后来涨到了一块二，佐料有白菜或者菠菜，还有很辣很香的青椒丝。

财政街口有个烩面馆，专营牛肉烩面，店面不大，只有四张桌子。每天上午十点开门，中午两点歇业；下午四点开门，晚上八点打烊，每天只营业八小时，双休日关门歇业。一个精瘦老头在后堂切菜炒菜，和面扯面，不管要多少碗都是一碗一碗做，速度慢，做工细，每次得等一小时以上，去迟了老汉会直截了当地说，没有了，明天再来吧。他每天只卖五十碗，总是那么不紧不慢，价钱高于其他地方，奇怪的是吃客永远那么多。后来挪了地方，扩大了店面。老汉去世后，一个干净利落的老太太执掌了店面，只是脾气有点大，对吃客抽烟、吵嚷等不雅行为严厉制止。每个人都小心翼翼，其实对一碗面的尊敬，就是对吃的尊敬，对庄稼和土地的尊敬。不管官员、老板还是草民，到了那个面馆，都是带了一张嘴来的吃客，都得一视同仁地恪守先来后到的次序。那里的烩面片，面和得筋道，扯得匀称，每一块面片大小一致，四方四正，连里面零星的牛肉丁子也有棱有角。面片煮熟后，烩入牛骨头汤，加上佐料，生氽青菜，猛火煮沸后出锅，一碗烩面放在面前热气翻滚，不由得猛吃一气，吸溜声此起彼伏。这几年饭馆年年装修，墙上挂了各种奖牌，一个老字号牌子上写着肇始于一九七八年，也算是老店了。饭店还做菜，凉拌牛肉是招牌，盘大菜鲜味美价高，吃客多，心甘情愿。

3

有一种浆水面，很好吃。优点集中在汤的味道上，面还是手擀的细长面、节节面，或者揪片面。浆水微酸而清香，健胃开食，降热解暑。过去每当三伏天，母亲总会做芹菜浆水，舀两勺爆炒汤料，十分爽口，吃过一回浆水面，永远也忘不了，每到酷夏，闷热难耐之时，就不由得想起母亲的浆水面。

"消失的羊群，我从城里找回。"如今新一代的乡下人爱吃麻辣烫、酸辣粉和米线。农村的家常饭，也已经不再家常，想吃浆水面，就得去城里的农家乐酒店，那里有野菜野味、搅团和高粱面窝窝头，吃过几次，感觉比肉香。

前些年，街上开了一家面馆，铺面较小，有扁豆面、菠菜面、胡萝卜面、洋芋面，还有荞面节节。面的特点是调料少而精，麦香和洋芋、扁豆、青菜的香，随热气升腾，清香可口，老板还送一小碟咸韭菜或者泡辣椒，这样的搭配吃起来十分爽口。

4

父亲常说饥肚饭最好吃。陇东的城市和乡镇街道，多数饭馆都经营炒面，而且碗大，面要高出碗边，跟麦积山一样，吃了瓷实耐饱，很适合重体力劳动者。在饭馆里常见到几个民工要了大碗炒面、两盘凉菜、几瓶啤酒，吃得津津有味。出力流汗的人才是这个世界上真正的美食家，吃得美，睡得香，他们付出了体力，身体劳累，却极大地享受了吃和睡的乐趣。身体缺乏运动和劳累，再好的饭菜也食之无味。

那年听说小城西边开了一家炒面馆，专做干煸炒面，周末回到县城，一家人开车过去，却不凑巧，几次都店门紧闭。某天在微信朋友圈里看到一首名为《灵台》的歌，轻松而不失公允地描述了我们这个小县城诸多的美好与无奈。

当汽车走完盘旋的山路／我看到灵台县城／从南看到北／我眨着眼／好像没怎么变／早晨的阳光不冷却很刺眼／总之西北风还是很凛冽／上班的人早已吃完头汤牛肉面／在职场落寞的男人／抽着两块五的香烟／这么多年溪河的水没有完全干／这么多年天还是那么蓝／亲爱的朋友啊／如果你还在灵台／我就请你再吃一次干煸炒面／忘掉那些沧桑和已经发生过的不安／受伤的孩子啊如果你回到灵台／步行街的酒吧随便选／把年少和最美都留在灵台县／当我们都老了／一起坐个车回到／灵台县

显然这首歌呈现的一些内容还是二十世纪的景象，落魄和沧桑总会过去。县城在塬下的山沟里，坐班车下坡，城里的楼房街巷一目了然。

小县城的干煸炒面也就那么一家，我们再去，终于吃到了，老板兼厨师是个年轻人，他伶俐的小媳妇打下手，算账收钱，招呼吃客。要了一小碗干煸炒面，油汪汪的，头不抬眼不眨，一口气扒完。如何评价呢，说句心里话，油有点多，可还是那个字：香。

父亲说过，吃到嘴里的才算自己的，好日子就是吃得好，睡得香，别的都是闲的。是的，好日子就在烟火袅绕里。

草虫喓喓

阳光扑闪着翅膀，穿过窗棂，在大半个客厅里翩翩起舞。窗台上栀子花开，米兰花开，迎面而来的那一股股幽香，温暖而绵软。

屋子里每一盆花花草草都在眉开眼笑，嚷嚷闹闹，让一个穿越寒冷，疲累不堪的人，不由得内心震颤。是的，此时塬上，冷风扑面，房子里穿透四壁的寒冷挤压过来，炉火淡淡的温暖被压缩在有限的空间内。放假前的各样检查评比给人的压力，以及绩效考核激发起来的种种你高我低，你多我少的争执和计较，扭结成了类似于仇恨的情愫，让人在寒冷的日子里疲惫不堪。好不容易熬到了上午放假，从百里之外一路奔驰回家。坐在沙发上长舒一口气，就像穿越了无限昏暗的长夜。一学期的分分秒秒，真乃八千里路云和月，身体和灵魂都像拉满的弓，等待一个温暖祥和的时空作为缓冲，我们迫切需要一个寒假，好在安闲之中放空自己。这当然是权宜之计，若从长远讲，我们是不是需要一个深深的反省，来重新界定生命的意义？不是虚无，而是实实在在以勇气和行动改变现状。这有可能吗？

我们能改变什么？改变不了自己的境遇，却能想办法改变盆子里的一株花木，或者说能想办法用一盆盆花草改变身处的小环境，让自己的小世界草木葱茏，欣欣向荣，好让自己和家人获得激励，舒心起来，旷达起来，乐观起来。

那盆四季桂花和米兰都是从路边小花摊上顺手淘来的，便宜，精神不振，来日无多的模样。落户我家后，逐渐焕发了活力，只是这个活力非常有限，它们并没有扩枝散叶，长高长大，而是在焕发生机后，长出了一些叶子，也开了一些花，又患了癌症似的迅速死去。真不明白，一盆花，你好吃好喝地养它，它却要在你的殷殷期望里撒手而去，其中有着怎样幽暗崎岖的道理？以后还买过兰草、蝴蝶兰、凤梨、一品红、四季茶花、红掌，吊满了小水罐的猪笼草，毛毛虫的样貌却能开出小红花的鼠尾等等，它们来的来，去的去。来是缘，有缘相会，偶然的相遇，偶然的喜欢，慷慨解囊，从此，生活中多了一些芬芳。过一段日子，总有一株花草走到了生命的尽头。去是必然，缘尽即散，没办法。

不过每一盆花草离开后，再也不会去置办与它同样的一盆，生命的相遇，一次就足够了，无须那么心心念念，拖泥带水。那盆紫檀，一共五枝，长成一簇，铁黑的干，碧绿的叶，蓬勃旺盛，这样的构架，把生命的坚定刚毅和温润美好统一起来，呈现在我的生活里。一次十多天的举家外出，成了它生命由盛而衰的转折点。回家后，盆土干了，叶子蔫了，浇水后，稍稍有所好转，从此再也没有旺盛起来。为了挽救它，我去步行街的水木盆栽店里请教老罗，老罗说，所谓紫檀盆景，其实只是盆景，不是紫檀，它是南方山上一种并不名贵的灌木，样子很像紫檀。单株便宜，丛生少有，价钱高，出手快。为了有个好卖相，卖个好价钱，制作盆景的人将单株的五棵在根部打眼，用铁丝串在一起，时间一长，小孔腐烂，逐渐死掉，挽救的办法是从盆中取出，抽掉铁丝，洗干净，用高锰酸钾兑水浸泡，再拿水泥堵眼，栽进沙土盆中。回家如法炮制，只是并没有挽回它的性命，小小叶子莫名其妙地今天一撮，过几天又是一撮地枯了，看着还是绿的，手一拈全然碎成粉末。在半年时间里，五个分支一个个相继死去，干枯了的树枝更加铁黑而坚硬，就像癌症，隐藏了许多年，一旦出现症状，已经病入膏肓，无力回天了。

在大西北的屋子里养个盆栽，叶子常绿又开花。它们多数来自桂、滇、粤、闽，喜温热、潮湿和酸性土壤。它们有各自的脾性，喜什么，怕什么，比人还要挑剔，有些就是驴脾气，深不得也浅不得。它们和人一样以不同的性情，让世间千奇百怪，耐阴的不能被太阳暴晒，肉质根的招架不住内涝。几乎所有的盆花都得有光照，几乎所有的盆花都会积水烂根。养一室花就像养一群孩子，朝夕相处，消耗的是时间，打磨的是人的性情，要让它们活蹦乱跳，有说有笑，就得宠着点。只是往往事与愿违，越是宠幸和溺爱，越难以长好长旺。养花如养人，难啊！

　　同事终于对他办公室里一盆叶子稀少，蔫不拉唧的三角梅失去了耐心，顺手送给我，领个人情。他说他当年在花摊上看到时，只有手指那么粗的主干，却有篮球那么大的树冠，绿叶间花朵婆婆，养了三年，却越来越蔫，半死不活了，像得了厌食症或者抑郁症，真拿它没办法，朝夕相处三年了，从来没见过开花。端回来施肥浇水，好心伺候，它倒十分配合，过一段时间就发了新芽，郁郁葱葱了。以后的日子，不断施肥浇水，好吃好喝地侍奉着，发丝一样的枝条越扯越长，舍不得修剪，就把那些枝条绕圈盘起来，形成发髻一样的绿球。一年两年，还是不见一个花苞，越来越没有孕育花朵的意思了。日月漫长，它好像忘记了自己姓甚名谁，还是不是一棵会开花的树？它当然有开花的功能和秉性，只是情绪和状态不佳，厌世了，消极了，不再想着要去绽放一树繁花，向世界展现生命的艳丽和壮阔。就像一个虚胖的人，样子好，真正的情状却很糟。那天在一个花摊前看到一树树长在软塑料盆子里的各色三角梅，它们没有多少叶子，整个树冠全是密不透风的花朵。卖花的黑脸大个子年轻人小宋也是熟人，他说，三角梅要想让它开花，就别管它，不浇水不施肥，放在阳台上晒，等叶子落了，稍稍用水肥打理一下，让太阳晒着，少浇水，不施肥，就会开得十分茂盛。原来这样啊，世上还有这样的，给好不接，却越虐越精神。十年前，二十出头的他带着新婚妻子在这个县城落脚，在老街道租房卖烤饼，临近规模很大的一所学校，生意很好，后来在学校门口开了小商店，妻子经营商店，他在外面帮人开大车，跑长途。再后来听说妻子跟着一个小包工头跑了，去了银川，他也没有去追去找，只是不再跑大车了，在街头做起了小生意，原因是屁股后面有个小女孩，走不出去了。他先是卖水果，后来卖盆花，现在是天冷卖水果，天暖再卖花。在桥头大树下圈了一块阴凉地，用塑料网一隔，就是一个花市，晚饭后，来这里乘凉赏花的人很多，转一转，看一看，聊一聊，顺手买一盆，出手快，生意不错。那个个子高挑的媳妇，也是不是有跟三角梅一样的性情呢，生活总是这样，宁可千辛万苦，也不能因为丰腴富足而失去情调，否则该开的花不开，该结的果子也不结了。

同事都认为我是养花高手，妻子却说我是最不会养花的人，他们都对，也都不全对，同事看到的只是我室内一盆盆茂盛的花，妻子却亲历了我将一盆又一盆花木折腾死的全部过程。每当我打理花木的时候她总是要说，看看你，不弄死几盆总是不甘心啊。我的生活就像一枚硬币或者一座山，同事看到的是正面，妻子看到的是反面。我总是把养得最旺盛的花端到单位，把在单位上待久了，萎靡了的端回家。一有空就在家里倒饬，松土、施肥、换盆，经我倒腾后，有些缓过了气，长得蓬勃茂盛，有些愈加蔫头耷脑提不起精神，有的干脆撒手而去。办公室里只放三四盆，因为可供我支配的空间也就那么一点，家里却有二三十盆，主要分布在阳台、窗前。

断舍离。死的死，生的生，生活的全部意义也就这么简单。家里的盆花有些是我种植或扦插的，它们好伺候。从枝头上剪下来插进盆子里，或者将种子埋进土里让它生根萌芽，只要给予足够安然妥帖的信任感，它们便会在自家的土壤里生根成长。就像自己的孩子，成长的过程，我是目睹者，亲历者，参与者。有些是花不多的钱从市场上淘来的，刚来时一树繁花，过不了半年就花谢叶枯了。如茶花、杜鹃、兰花、蝴蝶兰，时间最久的只活了两年。我知道，我的人生旅程，不会永远有它们的陪伴，它们过于热烈，很快就油尽灯枯，将自己耗掉了。

小时候屋子里不用养花，院内的菜园里自有花木葳蕤，特别是那种金黄的葫芦花，顶在一个小而嫩绿的葫芦上，奶奶警告我们不能用手指头指，不能盯着看，不能指着盯着还大声地议论，它们太过娇嫩，容易羞死，我们小孩子又忍不住想指想看，还想议论它的美艳，不由得想预言是不是谎花，争执便由此而起。有些葫芦花，在被我们指着看过，议论过后很快蔫了，这让我们十分自责，面对自家的刚刚绽放的葫芦花，便小心翼翼，蹑手蹑脚，生怕羞死它。

养在家里的花也是这样，你越是关注它的状况，它越长不旺，越容易死，那年花三十块钱买过一盆有五六根枝条的金钱树，它叶子碧绿，像一串串铜钱。对于一个每月都满打满算，花得精光的人，我们做事情必须先在心里盘算成本。好在日子的弹性是很大的，有钱就花，没钱就不花，钱多多花，钱少少花。只是看到那盆叶子像钱串子一样的盆栽时，欣喜之情油然而生，不得不说我喜欢它那样的形貌和色泽。因为它是喜庆的，叶子密集，排列有序，碧绿圆融。可惜养了一段时间才发觉有几个枝条在根部烂掉了。积水烂根，这个教训是需要汲取的，以后便忍着尽量少浇水，仅有的三根枝条耷拉着，叶子发黄，茎秆出现褶皱，没有精神，换土，施肥都不见起色。回家总是忍不住要多看一眼，日子一晃就是十多年，它始终保持着一个规则，每年长一支新芽，再枯掉一个老秆。像轮回，又像是接力，始终保持着三根枝条。今年上了冬，实在忍不住了，刨开去看，一条直根，黑而硬，周围三个肉乎乎的须根，断定是这个黑不溜秋的主根在拖后腿，立马剪掉，消毒，用生根水浸泡，再培土，过了几天发现更蔫了，刨开看时根全烂掉了，将尚有绿意的枝条截断，插进盛了水的瓶子里，一月后，它们又生了根。等开春再栽回盆子里。网购了杀菌消毒后的椰砖营养土，这回从源头上阻断腐烂，不会再出问题了。妻子却说，你看看，都让你倒腾死了。

前年买了一盆发财树，五根枝条头发辫子一样拧在一起，有一种凝心聚力，齐心向上的力量，去年疫情期间精心打理，不料它却相继一枝枝地死掉了。浇水施肥，好吃好喝也罢；小心翼翼，少浇水，少施肥也罢，该死的都是一死，花了心思也无法挽留。也只好认命，我认定一个基本的事实，这辈子注定了与金钱难以相处，发财更是痴心妄想，下决心再不做那些虚无的梦了。

二十年前养过毛竹、鸭掌木、橡皮树。因为长得过高过大，只好送人，让它去更加宽敞广阔的地方舒展筋骨。养了多年的扶桑，叶子茂盛，开大红花，一茬又一茬四季不断。那年灾祸不断，两位亲人又突然相继离世，便心神不定，满是狐疑，偶听人说扶桑就是扶丧，养在家里晦气，便愤然扔掉，后来看到一本养花的书上说扶桑因两两同根偶生，相互依傍，故名扶桑，又叫佛桑、红木槿。无知加冲动，真是害人不浅。现在想想，人在困顿中，不迷信又怎么活得下去？

妻子喜欢买些瓜叶菊一类的小小盆花，十天半月，花期一过生命就到了头，直接蔫了。她还在网上买来水曲柳和结了花蕾的蜡梅枝，满怀希望地插在玻璃瓶里，等待发芽，等待开花，想给过年添些喜色。相信未来，期待花开，这是美好的心愿，只是这样的期待缺乏理性和逻辑性，是一厢情愿的感性心态。有买什么的，就有卖什么的，这世界每天都有人上当受骗，好在那只是一点点小损失，或者也算不上损失，毕竟那些东西在我们的生活中也扮演了一种生命的角色，给了我们几十天的美好期待。大年还没过完，有一天仔细去看，发现插在花瓶里的那一把树枝早就干透了，稍稍用力便啪啪折断。她还在网上淘来碗莲种子，在夏天里下种，发芽后不久就烂掉了，并没有开出想象中美艳的花朵。倒是小女儿网购的多肉，栽进小茶盅一样的器皿里，栽得潦草，根须都没有完全埋进土里，放在阴凉的窗台上，不再理会，反而是长得碧绿油亮，活泼烂漫。

做许多事情都依赖被习惯驱使的力量，养花跟抽烟一样，天长日久，成了一种固定的行为模式，至于付出与收益，那实在是个糊涂账。每天抽一包烟，少则十几块，多则几十块，也不见得比不抽烟的人手头紧困。有人算过账，抽烟的人，一辈子至少要抽掉一套楼房，只是不抽烟的人日子照样过得紧巴巴的，几十年下来也没攒够一套房钱。现在网购的便捷让经常读书的人随时都能下单，隔几天买一本书，一年下来也要花几千块钱。许多花钱的事，它的价值和意义最终又好像与钱无关。养花更是如此，日子平淡，一盆盆花该来的来，该去的去，它们陪伴过我，也受过我的恩宠，终究都是过客，我不知道自己赔了多少人民币，也不知自己赚了多少内心的安宁和愉悦。生活本来就是糊涂账，日子也只能稀里糊涂过。

别以为在楼上安家，除几个人之外就只有家具、电器、工艺品了。苍蝇、蚊子不请自来令人厌恶，我们的生活中还有过与蚕同行的日子。大女儿上小学三年级的那个春天，叫嚣着要养蚕，还从什么地方弄来了蚕卵，一种比小米还要细小的黑色颗粒，放在盘子里的白纸上，随着气温升高，蚕就破壳而出，以针尖一样微小的躯体闪亮登场了。妻子在古城墙的角落处找到一簇桑树的枝条，试探着摘来桑叶，那么微小的躯体怎样翻山越岭爬上桑叶的，还真不得而知，总之，它们在一天天地长大，每次摘来新的桑叶，放在盘子里，一会儿就能听到细雨般的沙沙声。那年春天许多家庭都在养蚕，小城为数不多的桑树很快只剩光杆了，只好到更远的深沟里去找。女儿的兴趣很浓，每天回家都嚷着采桑叶。到了结茧的时候，我们到河滩上折来枯蒿，放在桌上。蚕上山了，肥胖的身躯蠕动着，爬上枝杈吐丝结茧。收获蚕茧只是其次，看到蚕由卵而蚕，由小而大，结茧自缚，将自己囚进黑屋子里，变成蛹。蚕的成长十分细微，每周都有变化，而每天又似乎不变，这样的感受既有梦幻般的虚无，又有作为付出和亲历者实实在在的兴奋与感叹。从头至尾，我们大人孩子收获的惊喜那才是真真切切的。孩子无法看到自己每天的成长，却能看到蚕一天天长大，这让她们有了感受生命成长的无限乐趣。养蚕，大概是人生中必须经历的对于生命蜕变和成长的真切感受。对于孩子的长大必须有上帝的视角才能看得真切，就像蚕的成长必须从人的视角去看一样。用蚕的视角去看蚕，跟用人的视角去看人一样，是有很大局限性的。

不曾想到的是随着蚕上山的还有蜘蛛的泛滥，那些依附在枯蒿上的蛛卵，与蚕卵一样孵出了不被人察觉的小蜘蛛，它们很快爬上了墙角，占领了房间的制高点。在鲜有活物的墙面上吃什么喝什么，对于它们来说，生存似乎是不可能的事，但它们还是顽强地生存下来，而且很快长大，它们显然不是一个家庭的孩子，长相千奇百怪，大小千差万别。它们无师自通地在墙角结网，开启了新生活，房子的上半部分成了它们的领地，一间房子里，不分白天黑夜，有那么多眼睛虎视眈眈，这让人很不舒服。我用笤帚撕破它们的天罗地网，把它们扔到了窗外，让它们去更加广阔的天地。它们实在太多了，又那么隐秘，前赴后继，好长时间都无法清理干净。直至后来重新装修房子，铲掉了原来的墙皮，重新喷了墙漆，才彻底端掉了它们的老窝。我们实在容不下那么多活物在逼仄的房子四角布网，制造陷阱。

孩子的成长，有个基本规律。幼儿园之前相信父母，也爱父母；三至六岁仰慕老师，崇拜老师；六七岁上了小学，无端地热爱小生命；小学中年级喜欢探索生命，高年级开始相信自己，质疑和否定父母，沉默忧郁，不爱说话。小女儿上三年级的时候，强烈要求养鱼，死缠烂打，妻子只好买了几条金鱼，还买了鱼食，小女儿一有空就看，投食添水，不出一个星期，几条金鱼全死了。她咨询了家里养鱼的同学，知道了那是投食太多，吃得过饱，撑死的。过了一段时间自己又买了几条小金鱼，在网上查了如何喂食，如何换水，这次养鱼时间比较长，持续了两个月，发现脱鳞就上网查找原因，寻找医治办法，自己弄回来小盐块放了进去，只是那几条鱼还是相继死掉了。每次死了鱼，她都小心地用树叶包起来，埋在楼下的花坛里。两次养鱼的经历也是不小的打击，让她对生命的无常有了初步的感知。她再也没有养过鱼。

姐姐捎来一袋白菜，带着露珠，刚放在地上，就有一只蝈蝈蹦了出来。那些天，夜间虫鸣喓喓，顿觉秋深天凉，浑身清爽，仿佛回到了《诗经》里的故乡。

岁月断章

立 春

过了年，风向就变了，扎得人手脸生疼的西北风一下子败北而逃，东南风悠悠地，轻柔，绵软，一日更比一日急切地捎来了春天的讯息。

某个清晨起来，暖阳却没有露面，天地统一了话题，上呼下应，扯开了灰色的帐幔，不一会儿飘起了雨丝，不知不觉雨丝变成了雪霰。云是搭载了梦想的水，在阳光普照下，水变得轻盈透亮，飞上了天空；雪是失足坠落的云，等待阳光的救援，才能重返天堂。有句网络语说，雪让北京变成了北平，让西安变成了长安。一场大雪让乡村更像乡村，让春天更像春天。雪让世界变得纯洁，地上的坑坑洼洼，污物垃圾一下子隐没了，沟壑在一片苍茫中愈加深不可测。不远处山洼里一棵棵小树，像一支支精神抖擞的箭镞，更加清晰可辨。阳春的雪拉开了新年的大幕，在白茫茫里，生命开始萌芽。老树上的喜鹊窝，在茫茫天地间就像铁铸的堡垒，不曾染上霜雪，越发显得神奇。喜鹊是我们最要好的邻居，它把巢筑在人家门前大树的高枝上，最多的时候，高大的树冠一下子会擎起五六个喜鹊窝。村子里，谁家门前树上有喜鹊窝，谁家一定人丁兴旺，家庭和睦，其乐融融。喜鹊为什么会把巢筑在高树上，难道不懂得树大招风的道理吗？其实，喜鹊是鸟类中的智慧者，它在树木的顶梢上构筑巢穴，整天站立在高高的树枝上，眼界开阔，高瞻远瞩。它的窝外表毛草，杂乱，不堪入目，里面却精致细密，绵软保暖，非常舒适。它的巢内如同保温瓶的构造，内外分层。外层由手指粗的树枝层层垒起，树枝粗细一致，弯度各异，正是利用了树枝天然的弯曲和分叉，相互勾连，让每一根长短不一、弯度不一的树枝作为一个建筑元件，恰当地搭配，巧妙地配合，相互勾连，类似于工匠砌墙，将一块块零散的砖头恰当地放置上去。外面一层树枝搭建好后，叼来泥巴，覆在树枝里面。又叼来较细较短的树枝在里面搭一层，再在最里面依次垫一层干草，春夏换季，牛羊鸡鸭脱毛换装时，衔来牛毛羊毛或者柔软的羽毛，铺在干草上面。这样的巢穴干燥保暖，冬不冷，夏不热，还能有效地遮蔽雨雪，防止淋湿。

少年时代，我曾见到过从大树上滚落的喜鹊窝，清楚地看到过它里三层，外三层的构造。在大风的压迫下，老朽的树枝折断了，喜鹊巢穴便不幸掉到了地上。那些年代，没有人敢上树破坏鸟巢的，我们常常爬树，看到过鸟窝里的鸟蛋和破壳不久的小鸟，按照老人的说法，门前大树上的鸟巢是吉庆的，而破坏了鸟巢，或者动了鸟蛋和雏鸟却是最不吉利的。

喜鹊总是成双成对出现在人的视野里，风雪交加的天气也不例外。在以家庭为基本构件的社会里，出双入对的喜鹊无疑是人类幸福生活的最好示范。

就在这个大雪天，大地变成了一片洁白，树上的喜鹊窝似乎从平日繁杂的色彩和线条的纷争里分离了出来，格外显眼。

树枝构架的巢穴，实质上树枝之间形成了许多个三角形，相互拉扯勾连，三角支撑，具有很强的稳固性。树大招风，树干和树枝往往处在风雨飘摇之中，而喜鹊窝却像摇篮一样在树的三角枝杈上晃荡，始终不会散架，如绳缚、钉铆一般坚固。喜鹊筑巢，完全出于本能，表面上是一种简单的操作，却形成了复杂的结构原理。它不会像人那样绞尽脑汁地设计，郑重其事地开会论证。由谁施工还要进行招投标，施工过程中为防止偷工减料还要招聘监理，常驻工地监督。不停地检查，叫嚣，责骂，罚款，处分，你死我活地较量，最后还要验收，审计。开许多会，制作许多资料，来佐证它的坚固性，或者为它的不坚固开脱罪责。其间还少不了欺骗以及自欺，看似公正实在，却在明明白白地瞒天过海。程序复杂，资料如山，整个过程烦琐异常却仍然避免不了豆腐渣工程。

许多事情，简单一点，执着一点，就能做得很好，即使最没脑筋的禽类兽类，不事变通，一板一眼做下去，也能做出精品。

大地上白雪皑皑，却毕竟立春了，花红柳绿的时节已经逼近。两三天后飞雪渐住，天还没有放晴，房檐上就噼里啪啦落起了水珠，渐渐连成了线，变成了水帘，一绺冰挂匕首一样悬在房檐上，这样壮观的景象已有多年未曾见过。

这是个日新月异，奇迹不断的时代，太多的车把公路变成了浩浩荡荡的河流。一场雪让公路上事故不断，大大小小的车辆，相撞的，为躲避相撞直接开出路边撞在树上的，侧翻的，甚至打了滚，四轮朝天的，交警一到，修理厂的救援车紧跟着就到，大雪为汽修厂带来了非常可观的效益。

瑞雪兆丰年。即将返青的麦苗，吃饱了，焦渴难耐之际，正遇上一场大雪，眼前又是一个皆大欢喜的丰收年。

清　明

立春那么早，春天却来得那么迟。

春节过后，春天就已经上路了，路途遥远，关山重重，多少次的左冲右突，却翻越不了秦岭那道坎。清明前一个周末，站在秦岭上清凉的风中，耳边呼啦啦地响，一个时辰的逗留之后，我们沿"之"字形盘山路返回。下山后一路向北奔驰，不知道春天追随我们的影子而来，还是我们正踩着春天的足迹北上，路边柳树上已经氤氲着一抹嫩黄。淡灰的山洼里，不经意间出现了一堆堆、一簇簇浓淡不一的焰火——桃杏花开了，春天在山野里熊熊燃烧。

原来春天不光是用来向往和期待的。我们遥望了许久，期盼了许久，一派春意说来也就来了。一片片参差错落的山洼里，正像川剧变脸一样，一甩头就换一个模样，那么惊艳，让人猝不及防。

没有牛毛细雨，春天就不是古诗词里迷茫的春天。蓝天下阳光朗照，山野呈现出一派清淡，在大片的淡灰里，点染了淡黄、淡绿，还有一簇簇、一点点的粉色。一切显得那么平和，那么淡雅。一个季节在向另一个季节转换，一种浓烈在向另一种浓烈过渡，就像一种思想跟另一种思想渐渐相融，要升华为另一种新的思想，一切都在听从上帝的安排。驾车盘行在回家的山路上，车与人仿佛变成了山水画中不小心跌落的一个黑点，是意外，却融入了画中，成了画卷的一部分。

一路上，唢呐的嘶吼，时隐时现。转过山湾，突然一声长鸣，跟山梁一样直戳戳地跑了调。祭灵的唢呐声更加高亢，也更悲怆，催人泪下。本质上，人是等同于草木的，所以草木死去活来的春秋季节，也是人必须面对的劫难与坎坷，许多老人扛不过去，就在季节的拐弯处，驶出了轨道，永远离开了这个世界。沿路开始萌发杂草和期待种植庄稼的田地里，新添了一个个黄土包。生命在黄土里萌发，在黄土上生长，最终还要回到黄土里去。一个人波澜壮阔的一生最终浓缩成句号一样的土包。或新或旧的坟包将在这季节的节点上再一次引起人们的关注。从这一点来看，中国人是怀旧的，不光季节转换的节点，人生每一个节点上，人们会不自然地将自己的荣辱与坟包下的先辈联系起来。冥冥之中，人总是与地下的先辈进行着某种信息的交换，用一种量子纠缠的理论去解释是不是恰当，我不得而知。作为已经故去的先辈，他们似乎总比活着的人站得更高，看得更远，于是在一个人最关键或者最迷茫的时候，地下的亲人总会以梦境或者某种意念向我们指点迷津。他们的思想，也会以某种能量的形式，与土地上活动的后人相通。故去的亲人们，他们并没有走远，他们就在我们的眼前和我们的意念之中。所以我们在潜意识中，十分依赖自己故去的亲人。面对人生中巨大的挫折和失败，我们会自嘲说亏了先人，这是自嘲也是自责，仿佛在这个世界上，只有先人才能包容我们所有的不好。当然我们活在世上，最大的耻辱就是被人骂先人，说先人亏了人，才出了那么个货。被人赞扬的极致也是为他的先人高唱赞歌，某人仕途上取得了进步，或者生意兴隆，发了一笔财，就有人盛赞其先人德行好，或者说先人埋对了地方。我们对于自己离世的父母最大的孝心，也是找一个风水好的地方下葬，这也被阐释为对后辈儿孙有利，这是不是我们先人的智慧呢？酒席间相互调侃戏谑，说某人升了官，赶紧把任命文件复印一份，清明节在祖坟上宣读完毕，与纸钱一起烧成灰，把好消息报告给已故的亲人，让他们在阴间那个第三世界里也扬眉吐气一番。如今许多人为了挣钱，早已不管乡里那几亩薄田了，远走高飞到城里捞金，几年十几年不再回乡，偶尔回去再也找不到先辈安眠的那个土丘了。那个段子还没有完，据说那人烧完了纸钱，回去不几日就梦见衣衫褴褛的先父哆哆嗦嗦地说，你咋还没混个一官半职，没出息啊，也不给我送点钱花。那人第二天立即返回，叫来了庄里老人指认，这才发现自己将纸钱烧到了土堆旁，还面向土堆念了半天任职文。

清早起来，微信朋友圈里看到一个段子，还是关于上坟烧纸钱的：清明节，一年轻人给爷爷上坟，点燃了纸钱，却发现纸钱跟真的一样，还有点莫名的心疼，不禁苦笑，这假的比真的还真啊。刚烧完纸准备离开，妻子打来电话说，你不是去上坟了吗？怎么没带桌上的纸钱？还有，今早我刚刚取的六万块钱哪里去了？这哥们听完在坟头哭晕了过去，路上的人看见了不禁喟叹，真孝子啊！如今上坟哭成这样的，是不多见了。晚上，爷爷托梦说，你龟孙子害死我了，警察抓了我，说我使用假币，是私开了印钞厂，还是当了假币贩子，我浑身是嘴也说不清啊。

还说上坟的事，前些年农村里为生男孩子延续香火，许多人东躲西藏，费尽周折，吃尽许多苦头。可如今孩子长大后，没一个情愿留在农村的。有儿有女早上坟，无儿无女等清明。清明到了，远离了田地，行走在城市里的年轻人还能想起自己的先辈吗？

雨说来也就来了，却是在夜间，只密集地下了几十分钟，第二天天又晴了。灰白的天空亮闪闪地却不见太阳，万丈光芒分明在薄薄的云层上面普照着。这是特别适合出行的日子，这样的日子，将追思和游乐放在一起，构成了健康又温暖的节日。为那些整日围着会桌、酒桌和麻将桌转个不停的人按下了暂停键，让他们回望来时的路，脱离盲目与混沌，让神志清醒，让思维清朗。节气和节日将追思和狂欢均匀地撒在四季，让灵魂清明，让岁月芬芳，这便是人类生生不息的大智慧。否则，白加黑，五加二，有人为追逐名利而疯狂，有人因疯狂追逐名利，却屡屡失败而沉沦。如此说来，黑夜是白昼的休止符，双休日是工作日的休止符，没有十二小时的黑夜和整整四十八小时的双休日，人就会因为疲惫而产生许多不良情绪，生活就成了人的囚笼，岁月也不再芬芳，活着还有什么意义？

　　日子在四季里轮回，将春天作为四季的开头，漫山遍野的桃杏花爆炸般一下子轰开了岁月的囚牢，也打开了人们欢畅愉悦的心扉。让注目于手机的头抬起来，让紧盯着钞票和位子的双眼停下来，向远处看，向大处看。清明，是节气也是节日，它给予我们的意义在哪里？往大里讲，政治需要清明；往小里讲，眼睛需要清明，头脑需要清明，生活需要清明，人生更需要清明。

白　露

　　父亲说，早起一时，松活一天。早起是对人生路程的加长，早起的人能更加从容地做许多事，抓住清晨稍纵即逝的一切美好。早早出门上路，聆听第一声鸟鸣穿透树荫，湿漉漉，脆生生，没有喧嚣，没有打扰，更没有粗暴的掠夺，为我独享。

　　这是阴天，空中流动着薄而亮的雾气，如透明的河流，丝丝缕缕，恍恍惚惚，清凉而绵软。许多人也许已经睡醒，却还赖在被窝里。路上不见行人，秋虫也不再吵嚷和纷争，柏油路的两边是青青的草和泼墨般的柳荫，成片的苹果园和玉米地横在眼前，目光无法翻越，到达遥远的地平线，却丝毫没有被囚禁的局促感。这条路已经走了整整六个春秋。冬天里寒风扫过，路边干枯的杂草和灰色的天空共同演绎着世间的衰朽。从春到秋，这里却是生命的天堂，第一朵花开了，千千万万的花会紧跟着开放，直到寒风扫过。同我一起走过许多回的那位已经退休离开了这里，在这条路上，我们曾经随便捡个话题一边走一边有一句没一句地聊着。大雪过后，我以这里白茫茫的雪景、挺拔突兀的枯树、静默而有秩序的篱笆作为背景，给他拍过照。如今再也找不到一个与我一起走的人了，只好一个人上路，时走时跑，时而停下来注目于一朵花，一棵草，一只微小的飞虫，只要细看总会发现让人内心震颤的东西。每个日出的时刻，拖着长长的影子在这条路上走一个来回。

深秋仍然是许多植物的青春期，缤纷的花朵是青春激荡的欢笑。它们在每一个清晨激励了我，让我疲惫的灵魂追赶上了奔跑的躯体。它们是季节的标签，让父亲那样努力在大地上寻找节令，把握季候的人找到了方向，知道了什么时候必须抓紧做什么。有一种花，是簇生的，它们扎堆生长，许多枝条一齐长起来又分开更多枝杈，每一个枝头上又是一撮细碎的花朵簇拥在一起，组成了一朵朵花束。那些年，父亲看到了地边上这些花簇就会赶紧吆牛套犁，下地种麦。找了许多年，终于找到了这种花的官名，它叫风毛菊。风毛菊似乎就是麦神的信使，它们一簇簇生长在麦田的地头或者地埂上。阴山地头的风毛菊开花了，父亲带领着我们去阴山种麦子；再过些时日阳山的也开了，父亲就带领着我们去阳山种麦子。植物是季节最敏感的亲历者，阴山的风毛菊总会比阳山的早开好几天，听从风毛菊的指令，在它盛开的时节播种小麦，便能准确把握时令。那些年，我们家的麦子年年都会丰收。

这条路的前段是枝条柔曼的垂柳，后段是那种树枝戳天的旱柳。旱柳是陇东旱塬上的土著居民，雨水蓄集在路边壕沟里，柳树从来都不缺墒，长得高大蓬勃，直上云天。偶尔看到有些树枯了，树不会无缘无故自己死掉，柳树更是如此，只是长在马路和田地之间三四米宽的绿化带里，杂草见缝插针，密密匝匝挤满了柳树之间，绿化带便成了名副其实的绿化带。比杂草更加心事复杂的是人，有人将耕地一点点地向绿化带延伸，杂草清理掉了，树就成了最后的眼中钉。看似普通的一棵树也有复杂的背景和相当硬朗的后台，谁也不敢轻易砍伐，直接砍掉就得遭受法律惩处。有人并不会就此善罢甘休，天天在这条路上走，看到了那些曲里拐弯的阴谋怎样得逞。损招和阴招人都架不住，更何况是不会申诉也不会逃跑的树！不伐树干，砍掉头，留一根光秃秃的主干，这是第一招。人掉了脑袋和胳膊会立即死去，树就不一定了，柳树掉了脑袋还会在第二年春天更加蓬勃地长出更多的脑袋，于是就有了第二招，在紧接地面的树干上剥掉一圈树皮。人活脸，树活皮，活剥了皮的树会慢慢枯萎，死去。有好几处路段，不知不觉间绿化带不见了，树也渐渐死光了，一切罪责都不会落在人的身上。起初只觉得奇怪，同样的地段，同样的水土，同样的柳树怎么会一棵一棵慢慢地死去呢，仔细观察琢磨了许久才发现了其中的玄机。人只要别有用心那就太可怕了。

　　一棵树被齐生生地腰斩再也没有长出新枝，光秃秃的树桩在两棵树缝间屈从了命运的安排，树桩上长出了一棵肥大的狗尿苔，试图为树桩撑起了一把遮阳避雨的伞。按照山村里老人的说法，狗尿苔是狗撒了尿以后从地上长出来的东西，狗的种子也能在土壤里生根发芽，长成与狗大相径庭的另一种生命吗？世界真是奇妙。狗尿苔种类很多，有的如钟，有的如伞，有的像帝王出行时撑开来罩在头顶上的华盖，有的像女子舞起的裙裾。只是它那脏兮兮的名字，实在让人不好跟那些华贵的事物联系起来。一只狗往往走不了几步就要对着路边的草丛、树桩、电杆撒尿，再回头嗅一嗅，然后放心愉快地跑掉。它们在用一厢情愿的老办法为自己圈占领地，这是个老法子，几千年前也许有用，如今社会早已变了，狗也变了，可是狗的始祖的某些习性还顽固地被它们一代一代传承着。草丛里一只狗受了惊，一下蹿到路上，一边没命地跑，一边汪汪地叫，还不停地惊惶失措地回头看。一只狗叫，便有许多不明真相的狗盲目而疯狂地叫，有几只还勇敢地狂奔到马路上来声援。沿路的院落里还有人住，而且还养了狗，用狗的虚张声势来壮大人的势力，村子里狗比人多，许多游走的狗，猫一样大，样子猥琐不堪，叫声也很古怪，听起来有应付之嫌。它们常常不理睬人，在马路上缓慢地走着，或者坦然地躺着，不给行人和过往的车辆让路。猫不捕鼠，狗不咬人，已经成了如今十分普遍的现象。

　　路壕里是花草的海洋，曼陀罗秆高叶阔，碧绿而壮实，长长的花冠白得耀眼，一尘不染。一簇藤蔓爬上了枝叶稀疏的树干，就像一挂飞流直下的瀑布，它叫什么，用手机扫一扫，显示为牛皮消，还有两行诗：仁见飞来鹤，沈嗟不学仙。这是唐代薛曜的诗句。这挂藤蔓真的就叫牛皮消吗，这两句诗又与这个叫牛皮消的藤蔓之间有着怎样的牵连？一时说不清了，奇怪的是那个藤蔓的种子是怎么找到那棵树的，是什么力量帮助它找到了那棵能让它依附和攀爬的树，是谁让它在树下安家落户的？没有强健硬朗的筋骨，内心却涌动着登高望远的渴望，诗和远方成就了一条藤蔓的生命奇观。

那个前半生叫苏轼，后半生叫苏东坡的宋代文豪苏子瞻，在一贬再贬，沦落天涯之时，仍然活得有滋有味。他本身就是一棵参天大树，内心强大，从来都不会被打倒。在五十亩东坡山地里自耕自种，自给自足。尽管生活困顿，嚼着菜根过活，却能想尽一切办法，在骨缝里剔肉吃，从精神上摆脱了落魄文人的悲惨，成就了一代文豪兼美食家的荣耀和光彩，活得诗意而浪漫，创作了那么多脍炙人口的诗文辞赋。家人的陪伴，亲朋的关爱，让困境中的东坡先生始终保持了乐观豁达的心性。大江东去，浪淘尽，千古风流人物。许多人的奉献，成就了中华文化史上的奇观。人可以孤独，但不能孤单。那孑然一身，无所依倚的行走，注定不会走多远。父亲不识字，但他对生活有着丰富的体验，他知道人就得像那个藤蔓一样，用一辈子在山沟田地里辛勤劳作，与命运抗争。父亲奉行的人生信条是那样的简单。早起，早早地上路，走更多的路，可他一生遭遇了太多的艰辛，一辈子都没有走出困厄。

秋　分

这是个金灿灿的日子。昼夜等长，阴阳均衡，一年中难得的好时日。

还清楚地记得今年三伏天滴雨未下，浑身汗津津的，渴望下雨的迫切和无奈。不知怎么就突然下起了雨，一场紧接一场的雨水，浇灭了酷热，一连二三十天不见日头，天空中张起了一片灰色帷幔，雨时而细如牛毛，时而急如滚豆，交替着飘洒，一两日后雨又停了，天却不晴，只是云层薄了些。日子就这样一天一天地过去了，不知不觉将半袖换成了 T 恤衫，又不知不觉加上了外衣，外衣下套上了保暖内衣。内心又十分强烈地怀念起夏天的时日，想念起太阳的种种好处。伏天有雨，缸里有米。渴望下雨的日子，雨是那样金贵和吝啬。在不需要下雨的时候，雨却泛滥成灾，日头陷进了浓重的阴云里。人总是生活在矛盾和不如意中。炎热的日子里时时痛恨着炎热，在不见太阳的日子里强烈渴望着温暖。可是天大不由人，夏天有酷热，冬天有严寒，不热不冷的春秋却一晃而过，那么短促，春天里有风沙和干旱，秋天里有无边的阴雨。在辽阔的生命里总是要年复一年地经受四季轮回的磨难，冬夏是注定来给人上教育课的，而春秋也注定了是来抚慰人的心灵，舒缓人情绪的，让人体味活着的惬意，继续对生活充满了兴致。哪里没有酷暑也没有寒冷，哪里就是天堂。

又是一个阴沉沉的周日，开车出城，向着家的反方向驶去，路随着地势在一个个嵝岘里起伏不定，车就像在一个个巨大的海浪间颠簸，时而下坡，时而上坡，一条柏油路穿针引线，把一个个沟和塬串连了起来。一堆堆野菊灯盏一样在山洼里地埂上烂漫地盛开，一簇簇树木以黄的红的深浅不一的色彩炫耀着生命的辉煌。这个季节是花的季节，也是叶的季节，花灿烂，叶更灿烂。路两边是高大的杨树、柳树和槐树，树分三层，叶子的色彩也分成了三层。手掌大小的杨树叶子纷纷扬扬，有的在眼前飞舞，有的狠狠砸了下来，落在车前挡风玻璃上又飞起来倏忽不见。最高处的树枝只剩下了光溜溜的枝丫，等待着明年春暖花开的日子。中间的树叶金光闪闪，最下边的槐树叶子仍然做着夏日里一碧千里的美梦。路上急急穿梭的车辆很多，在这七天一个的轮回里，周日下午大家都在往单位赶。离家七十多里，说近不近，说远不远，周末回家，周日匆匆赶往单位。离家在外，有诸多不便，路途奔劳都是小事，大可不必为沦落乡下的境遇困苦不堪，来来往往的穿行奔走给了我们游历的机会，草木荣枯，云起云落，每一次的行走都有不同的风景，画册一样一页页从眼前翻过，内心便树起了一座座关于春夏秋冬的丰碑。这个时节，天空昏暗，一派随时都会坍塌的样子，山路上，村子里空无一人，辞别了枝头的树叶信马由缰地飘荡在空中，堕落在湿漉漉的草丛里。树枝依然挺立，树叶却放弃了信念，大地在落木萧萧的时光里苍老了容颜。

前些天，也是这样似雨非雨的天气，开车回到老家，和弟弟一起走向山沟的庄稼地里，糜子已经收割，一簇簇立在地里等待天晴后运回去打碾。在海拔1400多米的山地里，玉米仍然一片青绿，这并不是好兆头，几个月不见阳光，上颗成熟就是很大的问题。这些山地已经撂荒多年，不知怎么改造梯田的政策突然光顾了这里，被机械铲平的梯田亦然闲置，一来肥土已被铲尽，没有大量肥料投入很难长出庄稼；二来坡陡沟深，路途十分费力。修整过的梯田还是没有人愿意投入肥料和力气，弟弟便以较低的费用承包了这个山头，深耕细作，玉米长势不错，遭遇三伏天大旱，仍然长出了壮实的棒子。弟弟说，离霜降还有一个月，只要出了太阳，还会有希望成熟的。只是这一个月里，太阳并没有露脸。那天我们拖着两脚泥泞在每一块地头上转了一回，地埂上绷了一条铁丝，是用来防御野猪的电猫。这些年，野猪成群结队践踏庄稼，有时候一夜间就能拱完整块玉米。为了看护庄稼，人与野猪不得不周旋。前些天有人在地头上打中了一头野猪，弟弟翻出手机里的照片让我看。这里原来每一块山地的形状都印在我的脑海里，只是眼前的每一块地已经不是脑海里的形状了。许多树木还保持了若干年前的姿势，在地埂上挺立着，我们在一棵梨树下停了下来，这是一棵水梨树，繁密的水梨白刷刷地压弯了树枝。如今山村里人很少，也不见一个孩子，山里的水果无人问津了。我们摘了一纸袋水梨，沿着一条直抵额头的上坡路返回到塬面的老家，我忍不住再次劝弟弟放弃在山洼里耕种，出去打工，做些轻巧活赚钱，弟弟还是那句话，在老家挺好的。他说，收成好歹庄稼还是要坚持种。也是的，人到了这个年龄，已经走不出去了，除了种那些不赚钱的庄稼还能干什么呢？人各有自己的想法，也各有自己的活法。

突然想起这样一句话：用力活着才有分量，向前奔跑才能抵达。在这个秋意深浓的时刻，我奔跑在去单位的路上，弟弟奔走在他的庄稼地里，我们都在用力活着，我们活着能有多少分量，显然不是万仞泰山，也不是随风而起的鸿毛。一切似乎都无所谓，重要的是我们都在坚持奋力奔跑。

秋在阴沉与清冷中走到了尽头，再一次回到老家，弟弟正忙着将收回来的玉米颗粒脱下来卖掉，一天的忙碌终于给这个山头一年的全部收成画上了句号。二十七吨，三万多元，除去种子和化肥钱，只有一万多元，最多只够机耕费，好在拖拉机是自己的，到手的就算一万多元的机耕费。拖拉机要烧油，除过居高不下的油费呢？不敢再除了，也不敢再算了，反正劳作了一年，也得到了一年的收成。

立　冬

这年月天气最听话。说晴就晴，说下就下。说阴转多云，就阴转多云，绝对不会向前迈一小步阴转晴，一说多云转晴，到了那个点，灰色的天幕就呼啦啦地打开了，露出了青天白日。当然天气归气象部门管，听话是应该的。气候由天气累积起来，一张张零散的天气，纸一样摞在一起，咔地一下装订起来就是一本叫作气候的书，书里是一页页的天气，书名就是气候。将一年中的三百六十五页天气翻阅一遍就知道这地方的气候如何。一年里，十五天一个节气，可以说，十五天气温物象就有明显的改变，二十四节气将一年三百六十五天均匀地间隔开来，就像三百六十五页书页上的一个个章节。显然节气是节点，也是标志，起承转合，让糊涂过日子的人警醒起来，不由得感叹时间的飞快和岁月的无情。

持续许多天的阴沉天气终于放晴了，天空一片湛蓝，秋天已经走到了头，手机上弹出了立冬的画面。走出去才发现千山万沟，灰蒙蒙，光秃秃，一副副愁眉苦脸的模样。

立是始，冬是藏。立冬时节，果子从枝头上摘下来，粮食从地里收回来，剔除掉杂物，分类储藏起来。一些小动物缩进树洞或者地洞里，躲避严冬的千刀万剐。树木脱去了华丽的外衣，将身子蜷缩起来抵抗风霜的摧残。立冬就是打消了气焰，收敛了趾高气扬，低下头颅，理性起来，谦卑起来，畏首畏尾，开始夹起尾巴过日子。

　　过去人秋播夏收，春种秋收，囤积粮食，一个家庭是否富裕，就看储备了几囤几石麦子，院子里的玉米灌楼有多大。家道盈实的人家，五谷样样不缺。如今不愁吃穿了，所有人的劳作已经转向了赚钱上，乡里人进城务工，一个月就能挣到足够一家人几个月的口粮钱，没有多少人死守着口粮田过日子了。过去有钱人从装束举止就能一眼看得清楚，如今已经不是了，一个人钱有多少只有他自己清楚，别人看不清，摸不见，不管穷人富人都拿手机发朋友圈，大街上你不知道谁身价是几万元，几十万元，甚至上千万元，城里人开车去郊区的袁家村或白鹿原度周末，农村人坐飞机去更远的城市和山川旅行。十几年前出差奔跑着撵班车，常常碰到一位搞工程的，手提一袋图纸，也在挤班车，后来才得知他是房地产商，资产近亿元，钱很多，债务也多，别人欠他的，他欠别人的，还是那样紧张，那样匆忙，那样烦恼不断。人的一生正如这大西北的春夏秋冬，春天萌芽生长，夏天发展壮大，秋天成熟稳固，冬天走向衰落，最终不得不藏身地下。正应了那句最俗的话，人生一世，草木一秋。来过，热烈过，兴旺过，最终还是要回归到黄土地里去。

　　清早起来，荒野的枯草上结了一层白霜，空气变得冰冷，不由得手往袖管里缩，单位上已经生起了火炉，为了能在立冬得到火炉的温暖，近一个月里一直跟人磨牙斗嘴，费了不少口舌，才解决了取暖的燃料问题。这年月做什么事都那么难，今年进入十月中旬，连续阴雨，气温骤降，房子里已经十分冰冷了，单位上的炭还没有采购下来，打电话问了许多管事的单位，得到的答复都是不归他们具体管，他们不知道。好不容易等到招标结束的消息，煤炭却迟迟不见运来，再后来就是围绕许多细节问题不断地争执，煤商只顾赚钱，打自己的小算盘，我们无法钳制，生意是他们通过固定渠道以招标的形式得来的，他们追求收益的最大化，而我们却要追求煤炭的质量，矛盾就在所难免，尽管供煤质量的好坏我们很难管控，但大家的利益就是单位的大事，必须争取。天一冷，煤价飙升，走完了一系列程序等供货的时候，煤价已经涨了，我们盼着煤炭早点运来，供货商却在叫苦，拖延着等机会。冬天到来之前我们已经为准备过冬吃尽了苦头。家里的暖气更是气人，房子冰冷，供热商仍不依不饶地和一些住户为暖气费的事争执。这个世界永远充满着矛盾和斗争。

如果时光倒推三十年，那时候的立冬时节，地里庄稼业已归仓，天还不太冷，趁着大雪还没封山，人们开始准备过冬的柴草，山荒地里的蒿草又高又密，已经全然干枯，挥舞镰刀割下来，用荆条捆束成牛腰粗的一大捆，背回家在门前摞起大柴垛。烧炕，或做饭时引燃比较粗壮的柴火。蒿草垛往往只占据门前的半边，另半边就是硬柴垛，那才是当下最重要的任务，上冬后是农闲时期，村庄里的人也不让自己闲下来，每天早上最艰巨的劳动任务就是找个灌木茂密的山沟，砍一捆柴火，通常都是一握粗的硬杂木，杨柳性软，不耐火，长成大树，扯成的板材还有更重要的用途，就不轻易去砍伐，这是乡里人自觉遵守的规矩。一个勤劳的家庭，一个殷实的家庭，门前的两个柴垛就是最为明确的标志。早起背一捆硬柴，下午背捆蒿草，一个冬天就这样在蜿蜒的山路上消磨掉了，出力流汗，身体热活，不怕冷，百病不生。生活虽简单，却充实愉快；劳作虽辛苦，却身体壮实，四肢灵活。心里也绝少烦闷、苦恼和无聊。

这些年乡村里人少了，做饭用电，取暖用炭，人们告别了烟熏火燎的生活，一切都越来越快捷而高效。冬天是漫长的，寒冷的，沉郁的。医院里病人就格外多，小孩子感冒输液，青年人骨折住院，中年人为腰椎病颈椎病所困，扎针按摩，老年人心脏病发作，或者中风歪了嘴，拖着一条僵直的腿神情木然地挪着步子。吃得好，喝得好，出行坐车，鲜衣怒马，身体却在不停地出问题。人怕的不是汗流浃背的劳作，也不是简单清淡的饮食，而是衣来伸手，饭来张口的安逸，是钻在钱眼里的心理失衡，唯恐付出比别人多，获得比别人少，什么事也不愿做，对什么都愤愤不平。后脚跨出家门，前脚就已经跨上了车门，整天围着酒桌转个不停，男人不怀娃，肚子却圆鼓鼓的像孕妇，脖子和头一样粗，走起路来摇摇摆摆，像极了企鹅。

风逐渐锋利起来了，太阳快落山时，几个人出去沿水泥硬化路进了一个村子，树木失去了叶子就变成了赤条条的裸体，人家门外园子里的白菜绿得生机盎然，秋天里新栽的大蒜一支支长出了三片长叶子，一块块麦田绿油油的，铺展在灰蒙蒙的大地上，跟旺盛了一春一夏，却不得不枯萎掉的花草树木背道而驰，就像个孟浪的顽童，似乎要跟西北风扳一扳手腕。村子里不见人，也不见袅袅升腾的炊烟。一只只奇形怪状的狗在路边或站或跑，它们并不理会人，好像根本没看见人。这个季节按理是停工的时候了，可是离开了村子的人已经不会在冬天里返回了，他们在城镇或租或买，住上了有暖气的楼房，再也不愿回到北风呼啸的村子里。从20世纪80年代就大力推广的苹果栽植，反复三次，今年终于迎来了大丰收，沿公路的大片田地全是苹果树，落光了叶子的树枝上，挂满了红灯笼一样的果子，一派欣欣向荣的景象。树上长得繁密，而且又红又大，吃起来特别甜。据说含有好几种对人体十分有益的营养元素，新闻上说出口到了国外，新闻画面是站成一排的人在大红地毯铺就的舞台上讲话，一辆戴了大红花的卡车在鞭炮炸裂腾起的滚滚烟雾里小心翼翼地启动了。目的地是一个与我们相邻的国家尼泊尔。国家小没关系，毕竟是出口了，只是那么好的苹果出口到一个小国家大家都有点不甘心，许多人还是第一次听到这个国家。它在世界屋脊的那边，我们在这边。在这个秋与冬的交界处，我们终于得到了一个聊以安慰的好消息，这是个良好的开端，什么时候我们能把苹果以好价钱销售到欧美人的餐桌上，让挑剔的德国人、美国人吃得上瘾，那才算好。期待又一个苹果丰收的立冬时节。

见图如悟

打开电脑摄影文件夹，最近二十年来，人生历程中的某些片段，有趣的、无趣的，树木花草、山川河流，林林总总，留下来不少。亲友们的每一次聚会，留在了相片上，一张张照片就是一个人的履历，看自己的照片，就是追溯自己的来路。从婴孩到少年，从意气风发到华发迟暮，人生的况味，或喜或悲，或不喜也不悲，自有一番感慨在心头。

彼时的我，穿过秋风习习、晴空爽朗的校园，走向苏式的旧文科楼。那是大二第一学期，我们学习了摄影。其实也不是专门的摄影课，而是一门有关档案保护技术的课程，摄影只是其中的一个章节，老师却把它当作专业课教了。那位治学严谨的中年教授，身板结实，留着寸发，古铜色的脸，颇为坚毅和冷硬。面对讲台下的莘莘学子，未来如何，出路在哪里，他为我们忧心忡忡。他让我们学好摄影这门技术，将来万不得已，可以自己开个照相馆，养家糊口，谋一条生路。他深知，来到这个师范大学里的年轻人，其实没有几个心甘情愿地将自己的未来困在四面墙的乡村校园里。我们每两人一台珠江牌相机，和我一组的那位仁兄恰好对摄影特别不感兴趣，在一起玩了两天后，他就不胜其烦，忙别的事去了。让我独立掌控一台相机的附加条件是替他完成作业，并在期末替他上交一张相片作为考卷。其实真正对此有兴趣的人也不多，他们的懈怠反倒成全了我们一伙痴迷者，我们周末手不离相机，在校园里，在大街上，在黄河边，拍摄了许多相片。

那时还用黑白胶卷，一卷三块八毛钱。买了胶卷，拍完后钻进旧文科楼105那个昏暗的实验室，冲胶卷，洗相片，放大。兑好显影药水，看着相纸上显现出的点和线一点点清晰起来，组合成了画面，就像一点点地走近了一座山，一条河，一群人，很有几分魔幻色彩。等到线条和轮廓足够饱满，用镊子迅速夹出来，放进定影液里，浸泡一会儿后挂在绷绳上。一切都像变戏法，作为操控者，最初惊喜，后来坦然，成就感却与日俱增。

光圈大小、快门速度、曝光时间、焦距、色调、色温、感光度，还有选材和构图，这些不只是冷冰冰的术语和硬邦邦的说辞。通常情况下，必须遵循一些法则和规律，可是艺术创作最怕的是墨守成规。技法的娴熟自不必说，一幅记录了历史的照片，理所当然地带着温度，蕴含着情感。我们之所以没有被苦难打垮，完全是因为我们热爱这片土地，在这个世界上深情地活着。学会了摄影，不光是培养了一种兴趣，还形成了一种思维方式和生活习惯，进而影响了一个人的价值判断。不管到了哪里，也不管在做什么，总想捕捉某个有趣的瞬间，也总是企图截取某个灿烂壮阔的生活片段。手里有了相机，人就变成了另外一个人，无时无刻处在追寻和试图发现的状态之中。

大学毕业后，我毫无悬念地回了家乡，到基层乡镇的中学里教书。在四堵墙内讨光阴，平淡的日子并没有消磨掉一个人对于外面世界的探索和思考，相反，某个被称之为兴趣的东西，往往会在平淡的日子里频频抬头。必须给自己内心一个交代。终于痛下决心，跑到西安买了一台凤凰牌相机，国货，长焦镜头，很有分量，拿在手里像端了一挺机枪。那时有了彩色胶卷，最实惠的乐凯牌十二块五元，拍三十二至三十四张片子，回想起来，那时也拍了许多很有艺术水准的人像，只是那些照片都是拍别人的，别人的照片里没有我自己，自然全部给了别人，自己没有留下一张。

数码相机普及，就像深夜的一场雪，悄然降临，铺天盖地，彻底换了人间，原来拍胶卷的凤凰相机只好束之高阁，永远地退休了。接下来，换机子的节奏也在加快，三星卡片机、佳能450D、佳能6D，跟着时代的屁股一路奔跑。相机只是一个工具，就像农民手里的铁锨和镢头，能不能获得丰收，光有工具显然不够，人的智慧，当然还有刻进骨子里的喜好和热情都至关重要。

胶卷时代，每按下一次快门都耗费成本，摄影便是小心翼翼的事情。那时候摄影还只是个别手艺人的事业，十分小众化。一些掌握了技术的人，在街上开个照相馆，只要把人周周正正地照进去就十分不错了。进入数码时代，摄影越来越大众化，特别是手机加装了摄像和照相系统后，拍照便成了人人可行、随时随地的事了。可是要拍摄一张有深意的艺术作品仍然难上加难。很长一段时间，我还是不习惯用手机拍摄。每次出门都要带上相机，随时准备按下快门，捕捉生活的瞬间。那是一个天空悬着艳阳，街道如同烤箱的正中午，我从农贸市场的大棚前走过，发现几个剃头的小摊点，很是吃惊，这年月还有剃头匠！一位七十出头的老人，光头，面皮松弛，打了许多褶皱，正给另一位同样脸上打了许多褶皱的老人剃头，我从高、低和平行三个角度截留了他们的一举一动，清晰地锁定了缭绕在他们眉宇间的阴郁和愁怨。后来，每当闲暇时，翻看那些照片，就像在倾听一段苦涩的故事。旁边的那个中年人更加直爽一些，他说他已经上过电视了，还得到过某老板的慰问和资助。他身边有个六七岁的小男孩，小男孩并不关注他的事情，而是奋力搬来几个空纸箱，一个一个摞起来，最后一个纸箱子被举过头顶，勉强放上去后，小男孩脸露微笑，松开手，扭头向这边看过来，几只箱子又哗啦一下倒塌了。中年人说他现在也只好与儿子相依为命了，老婆呢？老婆生下孩子刚一年半就跟了大货车司机跑了，至今再无踪影，不知下落。那个有故事的中年人十分坦然并且十分自然地充当了画面的主角。还有那锲而不舍摞纸箱的小男孩，他对自己的处境丝毫没有成人的那种担忧。我把他们存放在标明了时间、地点的电脑文件夹里，每每打开了文件夹，故事便扑面而来。

那天在福利院看到了一群老汉围坐在院子里玩纸牌，俗称"掀牛九"，他们手里捏着长条纸牌，在心里默默地算计着，输了归于运气，赢了庆幸自己的聪慧，你来我往，一圈又一圈，这样的斗法为他们过于暗淡的日子增添了亮色，让他们觉得为了一个目标，为了一局胜利而活着，漫长的岁月就不再是空落落的等待，或者没有等待、没有期待的空空荡荡了。这个场面应该记录下来，如何才能准确地抓住要害，把岁月里的那些孑然定格下来。空中俯视，将每一个人都纳入画框，透过表面直击内心。但是最终收入画面的只有一个个头颅，荒草负霜，寥寥落落，千篇一律，眼睛和脸庞无法进入画面，个体的内心世界无法透射出来。正在遗憾踌躇之间，突然瞥见了另外一个场景：一楼某个房子的窗内，两个老太太正跪坐在床铺上，为她们的女红忙忙碌碌。窗子敞开着，床上各样布头、五色彩线、剪刀、纸渣，还有盛了糨糊的粗瓷碗等等混杂在一个床铺上。两个老人头戴月白布帽，鬓露银丝，神情安详。耄耋之年的她们用作针线活来消磨时间，只是她们玩的不是游戏，而是两个人默契地配合，完成一件件具有实用价值的艺术品，她们心里没有算计，神情安详，恬静自然。是的，此刻她们在做鞋垫，一个老人剪布，另一个老人穿针引线，绿线从鲜活的红花下面穿过，半片绿叶在老太太手里渐渐圆润起来。这正是刺绣，过去在乡村十分普遍，凡是心灵手巧的女人都有这样的技艺，女孩子出嫁前，男方来相亲，相亲相什么：一看长相，二看针线，长相搭眼便知，一览无余，是否心灵手巧，是否心细如发，就看针线，针线才是那个时代女子的精神长相。那些女红，大多取材十二生肖，那些大红的花，大绿的叶，金黄的秆被当作了动物脸庞、鼻子、眼睛和耳朵。比如虎头枕，牡丹花瓣的虎面，鲜活灵动。绣花的女红，将牡丹花瓣绣成了展翅飞舞的彩蝶，色彩艳丽，气象宏大，在静物中嵌入动物，有十分强烈的视觉冲击力。枕头、鞋垫、门帘、床罩等都有精细的刺绣，随着上一代人的离世，再也难以见到了。

一连拍了好多张，两位银发老人一会儿比比画画，贴耳交谈，一会儿专注地穿针引线，床铺上杂乱的布头、纸渣、碗碟、一撮撮彩线，构成了她们晚年生活的完整画卷。两三个月后，两位老人相继辞世。她们做针线活的图片，在一次影展中呈现在人们面前，许多中老年人看到了几十年前乡村生活的图景，仿佛回到了慈母的身边，唏嘘不已。世事沧桑，时光无情。

眼下，生活节奏加快，故人、故事山洪般滚滚而去，曾经的日常，曾经的亲人，一去不返。我们唯一能做的就是珍惜当下，把握当下，用光影再现精彩瞬间，留住人性中闪光的片段，哪怕只有萤火一样的微光。这些年，影友结伴，踏遍了附近的山山水水。唐家河深谷的冰挂、大华沟层层叠叠的林海、瓦玉塬边的晨雾，或者去临近的泾川，拍摄薛家庄的梨花、王村的油菜、挽头坪的柿子。一年四季，都在捕捉那些星星点点的小生活。走过千山万水，阅尽人情冷暖。在庸常中发现那些不寻常，从大场面里分拣出小情调。摄影是减法艺术，需要在纷繁复杂的生活场域里，敏锐地发现那些不同寻常的小细节。当然，关键不是看到什么就一股脑收进镜头里。有人曾经接过我的相机感慨地说，还是相机好、镜头好啊，拍出来的图片那么清晰，色彩那么鲜亮。他说得对，其实也只说对了一半，我们一起出去拍摄，见到的是同样的景致，最终却有不一样的作品呈现出来。手端相机的人聚在一起交流，不由得感喟：相机要好，镜头要好，镜头后面那双眼睛、那个头脑更要好。

在众多因素中，敏锐的洞察力才是关键。在手端相机的这个群体里，不同行业的人聚在一起，寻找，发现，创造，分享各自的心得，这是十分愉悦的事情。这些年里，我深切感受到了大家对于生活的深情和挚爱。尽管挣钱不易，生活艰辛，大家还在努力奔跑，在狭小的生存空间里，奋力打拼，尽力拓展，穿透每一天的阴云和雾霾，直抵万丈晴空。有了艺术的创造，心中就会升起太阳，每一天都爽朗，都阳光明媚。

那年参加一次摄影培训，主讲者是一位七十六岁的摄影家，他展示了在青藏高原可可西里拍的一张大片。远处的雪峰金光四射，显然是夕阳的最后一次回眸，映照了雪峰，近处是一群藏羚羊徜徉在青青草甸上。这是少有的奇观，一幅诗意的画面表达了一种永恒，一种执念。对于摄影师而言，定格下来的画面却是稍纵即逝的一个瞬间。为了那一瞬他每年都要不远万里去两三次，那次足足原地等了两天。那里海拔在 4000 到 6000 多米之间，危险和困难不言而喻。我还遇到过一位八十三岁的银发老者，他背着背包，肩挎两台相机，仍然神采飞扬，健步如飞。在一次摄协的聚会中，见到一位几年前从西藏骑行到北京的摄影师，他是在那年 12 月 22 日的冬至从拉萨布达拉宫前的广场上出发，第二年春天到达首都北京。在那个漫长的严冬里，他跋山涉水，经过无人区，几次精疲力竭，昏迷过去，幸运的是都被藏民营救。在摄影这个行当里，不单是技艺如何，成果如何，一个人的非凡毅力，过人胆识，以及挑战极限，向死而生的勇气，让我们见识了什么是天外有天，人上有人。

　　时光流水般无情地远去。那些用镜头捕捉过往，用光影打捞岁月的人，都热爱着这世间的一切，深情地眷念，深情地活着。跟农人的镢头、铁锹一样，相机也不过是一种价钱不菲的画笔，眼前的风景和看风景的你我，都能在咔嚓一声响中变成画里的内容，谁在画里，谁在画外，已经不重要了。

那些年的严寒与干渴

那年高考体检，从西部朝那塬向东到达溪丁流的县城川道，骑自行车来回二百多里。那天，我经历了人生的许多个第一次。第一次骑车远行，第一次到县城，第一次进医院，第一次上了一座大楼。我一步两个台阶跨上了顶层六楼，惊奇地发现每一段楼梯都是九层台阶。

上小学时，村里所有人都住在塬边的窑庄里。塬上唯一的土木瓦房，是建在公路边上的小学。灰瓦顶，砖墩子，土坯垒起的墙壁上抹了一层白灰墙皮，墙上写着大红字"团结紧张，严肃活泼""好好学习，天天向上"。中路西边前排是教室，后排是四个单间教师宿舍和一个两间储藏室。东边是操场和菜园。土围墙上木椽的印痕清晰可见，围墙收拢了包括学生、老师、房子、树木等学校的一切，形成了一个独立的小社会。围墙顶上蒿草细而稀疏，招摇着，战栗着。枯蒿下苍苔灰暗，土墙身披盔甲，暴雨压迫下仍沉稳坚定，纹丝不动。钟声不听管束，翻越土墙，在塬上东奔西跑。早晨紧急集合的钟声激越，清脆，振奋人心。后响红堂堂的夕阳里，放学的钟声缓慢而疲惫，学生排成一行，唱着歌，规规矩矩走出校门，穿过黄亮亮的油菜花田野，渐渐松懈下来，走出了老师的视线，就疯狂地跑，跳，追逐打闹。

我们学校五个年级，由三名老师掌管着三十多名学生。一、三年级一个教室，二、四年级一个教室，组成了复式班，五年级要毕业了，单独设一个班。复式班教室里，一个班坐一边，老师先给一个班讲完，再给另一个班讲课。课堂枯燥而肃穆，下课的钟声一响，才能长出一口气，轻松下来。每天的上学路上，不自觉地有一种威压，心里紧张，很不痛快。那年春天，因感冒在家里磨蹭了几天，一星期没去上学。上学时恐惧，不上学更加恐惧，在家里根本待不住，焦灼不安地站在门前的小路上，目光穿过返青的麦田，落在阳光下学校的灰瓦房顶上，房顶上似乎有一层淡淡的火焰在跳动，袅袅娜娜，飘忽不定，内心跟房顶上的灰瓦一样焦灼，一样煎熬。硬着头皮去学校，仿佛掉进了深井里，一周的欠账让人无从下手，学习更加艰难了。

学校里最普遍的劳动是隔天去深沟里抬水，泉在深沟里，一条盘曲的土路从塬边通往沟底。我们两人一组，一人扛一根木杆，一人提着一只铁桶。如果老师去挑水，学生就没人上课了，所以那样的劳动也是顺理成章，自然而然的，大家都习以为常了。早些年塬边上修了水池，在深沟的泉里抽水。包产到户后，机器得不到维护，抽水机罢工，吃了几年的自来水，又中断了。只有架在空中的电线和埋在地下的水管还在。结实的铁水管，从塬边直直地通到了沟底的泉边，在一个个悬崖处裸露在半空中，离地一丈开外，我们下去时走捷路，将杆子顺渠一扔就自动滑了下去，铁桶背在身上，双手抓住铁管，两只脚分开顺着铁管"哧溜溜"地往下滑。有些地方铁管埋在地下，我们就顺渠往下跑。下去的速度非常快，十分钟就到了泉边，上来时必须走之字形山路，至少得五六十分钟气喘吁吁的跋涉。夏天热得要命，在半路上歇息时，胆大点子多的一个男生用桶里的水洗头洗脸，特别是挨了某老师的痛批之后，他的这种报复行为就十分理直气壮。我看着十分惊讶，但也不能向老师告密。后来每当老师的目光在人群里搜寻，似乎要锁定在那个同学身上时，我便自告奋勇地说我和某某去，免得再派到他。

秋天里我们由老师带领着，排着队，唱着歌，到田地里掰玉米。人多手快，一个下午就是一大片。那年开春，老师带我们下到山岭上采砂石。黄土浩荡，去哪里找砂石？冬天冰霜压垮了水泥电线杆，我们把荒岭上摔成了小段的水泥电线杆用铁锤一点点敲碎，把石渣和钢筋抬回学校。工匠也是我们村的，他们在校园里找到一块平整的地面，用木板支模，绑好钢筋骨架，将水泥和石渣搅拌成砂浆，再加入细沙，做成混凝土石板乒乓球台。一副乒乓球台由两块石板拼接，我们在中间接茬处放两块砖头，搭一根细棍子，当球网，每天下午放学前的二十分钟空堂，我们就用自己做的光板子球拍叮叮当当地打球，周末我们蹓进学校，将一整天消耗在那里。

冬天里，课间十分钟，我们在教室后面"挤油"，一人站中间，两边各分一组，背靠着墙，人挨着人，从两端发力，向中间挤，往往相持不下，突然一人被挤出了队列，平衡瞬间打破，人仰马翻，滚了一地，笑声和尘土在教室里沸腾起来。这时候老师跨进了教室，所有人呼啦一下回到座位上，空气里满是呛人的土味，老师也不计较。大家齐呼老师好。老师示意坐下，课就开始了。

三名老师，校长是公派的，五十岁左右，另两位老师都很年轻，一个刚从民教班进修回来，转变了身份，成了公派教师，另一位是毕业不久的女老师，十分漂亮，她是大塬上人，去过县城和县城以外的地方，她给我们讲了外面世界的许多新鲜事。不像其他老师，只知道板着面孔念课本和黄皮的教学参考书，让我们不停地抄笔记。她教我们语文，当班主任，除让我们背课文外，还要求我们看些课外书。那年学区奖励三好生，我们学校分了一个名额，她推荐了我，这让许多人很不舒服。奖品是个不大不小的搪瓷缸子，上面用红漆分行写了"奖给：三好学生某某某，某某学区，某年某月某日"。领到那个奖品，我一直惴惴不安，生怕自己辜负了那个荣誉。怕什么偏偏来什么，那个期末，我考得并不理想，彻底激怒了另一位老师，因为我们班还有一位同学，他的成绩也很好，而且在老师面前表现得十分乖巧。在放学站队的时候，那位老师终于找机会排解了他心头的块垒，他骂我不识抬举，捧到了供桌上，却拉到了香炉里。我定定地看着他，没有低头，他还骂了一阵，我一句也没听进去。我看见我们的班主任，她站在一边有点不自在。显然，我没有低头认罪的意思，让那个男老师更加恼怒。那个周末，我们照样去学校打乒乓球，当然还是翻墙进去的。周末老师都回家了，大门紧锁着。对于我们来说，大门、围墙，那都只是个象征或者摆设而已，电影《人生》和《少林寺》在村子里掀起风浪后，我们迷恋路遥和李连杰，看小说，练拳脚，起早贪黑。蹲马步，推木桩，单手劈砖，轻功早在研习之列，虽不能飞檐走壁，翻土围墙已经如履平地了。周一上操时，我和那几个同学被那位老师叫出队列，每人吃了几个耳光。一个瘦小些的像脱离了地球的引力，被一巴掌打飞了。我双脚蹬地，却在瞬间踩空，地面变成了跷跷板，被我一次次踩翻，我现在可以想象自己当时的样子，那完全是一个醉汉的步态，我奋力倒着脚步，终于没有飞起来，也没有倒下去，只是转了几个圈。至少有几十秒，大脑一片空白。告密者是谁，我们都知道，只是我们什么也没说。那个周末，班主任老师把我们几个叫了去，拿出一把钥匙，她让我们来学校打乒乓球时，从大门进来，把门反扣上。告诉我们不要出声，打完球早早回去。我们没有接她的钥匙，却低下了头，无声地淌了眼泪。此后，我们再也没有翻墙进过学校。

那位老师用巴掌告诫我们，再低矮破败的墙都不能随便跨越。他穿着干净整洁，做事严谨细致，每学期开学，批发来白纸，为全班学生统一装订作业本。从街道的工地上捡来水泥包装袋，将夹层中干净的牛皮纸裁下来做封皮。在电线杆下捡回小段铝线，用铁锤砸扁，打眼装订。我们的作业本跟课本一样棱角分明。足够写一学期。在这样的本子上写字，我们格外用心。

五年级毕业，要考初中了，那年的考试在暑假进行，放假的那些天，塬上麦浪翻滚。这时节干农活比教书更要紧。老师迫不及待地回家收麦子去了，五年级八名学生留下来自己复习，我们用小半天玩耍，大半天复习。教室门前有两行一握粗的白杨树，我们从储藏室拿来陶罐，到学校后面的涝坝里取水，将树行间平滑的地面浇湿，脱掉鞋子，短短的助跑之后，侧身从一端溜到另一端。那年参加考试，我们班只有我和另一个同学考上了初中。

我从上初中就住校，乡上的初中在隔一条深沟的牛宅塬上，上学时要翻一道崾岘，上了高中，得翻越六个崾岘才能到达朝那塬上的高中。每一道崚岈都是先下后上，那些年学业的难易先不说，路途之远便是严峻的考验。特别阴雨天，道路泥泞，让我们深切感受到了什么叫艰难跋涉。小学那些年，我走在塬上平坦的土路上，脚下平顺，却也经历了人生的快乐与沮丧，明媚与阴郁，遭遇过打击，也得到过鼓励。那个不大不小的搪瓷缸子，似乎成了我的心结，我始终觉得自己有愧于它。我抠掉了上面的字，就像搬走了心里的一块石头，在上初中高中时一直用它打开水，把从家里背来的饼子或馒头掰成小块，泡进开水里。工作几年后，调到机关，一次下乡时在校园里碰见了我小学时的那位女老师，她调到中心小学工作。很想对她说几句感谢话，可是当我上前问候时，她十分客气地回应了一句，便匆匆拿着书本往教室去了，感谢的话在嘴边打了个转又咽了回去。

住校生"干板凉床，开水灌肠"，周日下午从家里背馍去学校，每天中午和下午两顿饭用搪瓷缸子打开水。烧开水的伙夫在校墙外开了一个商店，他操心着商店的生意，水只能烧个半开。水房里只有一个铁桶，既往铁锅里添水，也用它把灶塘里的草木灰提出去倒掉，开水就有了一种怪异的苦味，十分呛人。草木灰富含钾和磷，是上等的肥料，如果用那种水浇花，一定根旺秆壮，花开不断。开水端回宿舍后，要放在床头沉淀半小时，让里面的灰落在缸子底上，这样的开水只有在渴得咽不下干馍的时候才能勉强喝下去。冬天，开水端到宿舍已经不冒气了。水是学生轮流去学校东边沟里挑上来的。泉水清澈，几经辗转，在一个敞口大铁锅里烧得冒出白气时，就成分复杂，浑浊不堪了。

宿舍和教室的窗户是学生从家里拿来的塑料纸钉上去的，北风起来时，屋顶一片的鬼哭狼嚎，宿舍地面结了厚冰。老鼠飞檐走壁，挂在宿舍墙上的口粮便是祸害的对象，只好从家里带来一个能装一周干粮的木箱子抵挡鼠害。

上初一时的语文老师教我们读和写，他收集了《论语》《诗经》里的片段和当时报刊上的美文，在灯下刻蜡版推油印滚子印出来，发给每人一张。我们十分珍惜，将一学期积攒下来厚厚的一沓用线绳装订成一本书，这是我的第一本课外读物。他还教我们写日记，记录自己的生活。这个习惯我坚持了许多年。

上初二时一位中年老师教我们语文，他熟读过《三国演义》，自认为洞察了世态和人心，他有口若悬河的表达能力和不知疲倦的表达欲望，我们的语文课就是他的阵地，我们许多人都是他的敌人，班上一部分人总是入不了他的法眼，一不小心就会成为他的活靶子，他的讲解总是能绕过书本，进入广阔的人生天地，他讲得最多的故事是他如何由一个放羊娃成为一名中师学生，端上了铁饭碗，这里面全是幸运和自豪，一堂语文课四十五分钟，满是他的故事。他天天讲，我们天天听，总是那么兴致勃勃。他的唾沫星子流弹一样打湿了前排学生桌上的书本。他曾当众预言了几个同学的前途，说"某某某，如果你能考上学，有了出息，狗不再吃屎，天不再下雨，我不再姓×，我拿头走路……"，诸如此类，他的话匕首一样锋利，斩杀了许多人求学的信念和意志，许多同学从此不再来学校了，当然，被他预言过的好几个后来却考上了高中和大学，几十年过后，同学见面回忆往事，大家记忆犹新，对此感叹不已。世上的许多预言仅仅只是臆想和一时的口舌之快，并不需要应验。

学校每天给学生供应两次开水，烧水用柴。每隔一两月要组织全校学生去山里砍柴。那个山叫害怕沟，在我们村子西边，是塬下的一个原始灌木林。沟深林密，有狼豹出没。学校在我们村子东边的牛宅塬上，与我们村子所在的塬隔一道很深的沟壑，两个塬由一条倒置抛物线一样的崾岘连通。那天早上放学时学校宣布打柴，我向同学打了招呼，小跑六七里回家吃口热饭。母亲那天很忙，还没做好饭。她急忙生火做饭，不等饭熟，便看见架子车队在对面崾岘的陡坡里腾起了滚滚黄尘。饭后，我用不到一小时在麦场边的沟里挖了一捆柴背了上来。母亲挥动着连枷打茬，我帮着她干了一个下午，等大队人马返回时，我把柴背到了大路边上，想架在架子车上。那位老师骑着自行车过来了，他黑着脸让我背回学校，他守在那里直至最后一个架子车过去，才骑车扬长而去。平时走到学校得一小时，那天我背着柴满头汗水，到了学校天就黑了。在手电筒的光亮里过了秤，三十二斤。那位老师吃了晚饭，火急火燎地从家里赶到学校。他家就在学校附近，每天回家吃饭睡觉。他占用了两节晚自习召开了隆重的班会，深刻剖析了我的这种行为所产生的后果，如果不改，将来还会如何危害社会。人人都像我这样，整个社会会如何不堪。他讲得十分忘情，我却一句都没听进去，因为那样针对一个人的班会他已经开过无数回，没有人听他讲什么。

冬夜，下了晚自习回家，走在半路上，那位老师十分清晰地听到有人叫他的名字，一声又一声，声音拖得很长，就像叫魂，他站住细听，想辨别出是谁，却听不见了。他向前走，叫声又起。和他一路走的是他们村子里的孩子，这让他十分愤怒，以前也隐约听学生在走夜路回家时骂过他，他追查了很久，都没查明白。第二天早自习就顺理成章地变成了班会，查不清，就通篇大骂，上第一节课的老师端着粉笔盒走进了教室，他才刹了车。那天晚自习，班会继续，他先是追查，叫十多个人站起来，目标似乎就锁定在这几个身上，却越查越糊涂，牵连了多半学生。他只好骂，骂到最起劲时，突然停电了，他立即勒令点起煤油灯，只有前排的几个学生顺从了他的意思，教室后面一大片黑暗，这更激起了他的劲头，下晚自习的铃声响起时他还没有结束的意思，突然，一声棉布撕裂的声音响亮而悠长地划破了宁静，全班学生山洪般哗然大笑。我们在校的学习时间就那样一次又一次地浪费掉了，中考就像金箍棒，将学校打出了原形，每年考上高中的学生特别少，我们的前一届推了光头，许多人不得不一年又一年地复读。初中，把一个个少年磨成了小老头。

高中时，依然是那种生活，每周日去学校，周六下午放学回家天已经大黑。从家到学校三十多里，骑自行车翻六个崾崄，每个崾崄都是先下坡后上坡，翻一道或深或浅的沟。考上高中那年，两个姐姐在川道里刨半夏，在山沟里挖柴胡、捏杏胡，开学前以一百七十五元给我买了一辆莹光牌自行车。那些年雨雪多，周末的雨雪天气让我们吃尽了苦头，泥泞的山路上，不是人骑车，而是车骑着人。冬天下雪刮风，学校停电断水，只能去深沟里挑水。中午和下午，下课铃一响，所有住校生打仗一样提着搪瓷缸子向水房冲去，打水的长队要排七八十米。学校用锅炉烧水，去得稍迟只能空手而归。夏天背去学校的馍过了周三就长出了雾一样的白毛，到了周五、周六变成了黑黄红等各色斑点，苦味浓重。世间最丰富最斑斓的色彩，就在霉馍上。那时对未来的渴念就是喝上开水，吃上热饭。高中课程难度陡然加大，一些课堂跟过去一样，念教参，抄笔记，念完一本，送走一届。高一的英语老师是外地人，他前半学期上课，后半学期请假。语文老师说他原来是教小学数学的，去城里进修了两年，分配到了高中，让他教语文，专业不对口。他为人诚实，不辞辛苦，上课照着教参，大段大段念得十分扎实。有一个年轻老师常常旷课，据说晚上一直在麻将场上鏖战，一周四节课最多能上三节。北风挟持着雪霰呼啸的清早，他趿着鞋，裹着军大衣来上课，跨腿移步时，能看见他腿上只穿了一条红线裤，他是大学本科毕业，对难缠题毫不畏惧，越是难，他讲得越顺溜。有一次，学生当堂找了一个难题，他看了两分钟，高兴地说，好题！他整整演算了两黑板，赢得了一片掌声。他偶尔不拘小节，随意了一些，但从来不骂学生蠢驴、猪头，学生也难不倒他，对他敬佩有加。我的高一物理书中间缺了一沓，找到班主任，他说没办法。我只好放弃了理科，尽管大家认为学文科的都是脑子不够用的学生，我还是没有犹豫。高三时配备了较好的老师，他们对我们的学习状况态度不一，那位很有名气的语文老师，说我们已经没有希望了，笨、懒是致命的弱点。他只说对了一半，我们致命的弱点至少还有盲目和茫然。回想起来，那时的自己只是走在求学的路上，对考大学根本没有信心。数学老师似乎并不在意我们的现实，只是拼命地讲。似懂非懂的一段学习后，感觉到思维渐渐清晰了，只是高考迫在眉睫，来不及了。英语老师是个三十出头的高个子，他在北京外国语学院进修过，口语比较接近电视上外国人的腔调，他说学习英语重要的是读和背，培养语感，他让我们带来初中英语教材，为我们划了一些必背的课文。这个法子不错，一学期下来，我们背完了初中和高中的一些课文，课堂上也能听懂一些了，面对试题，天狗吃月亮，无处下爪的感觉也消失了。地理老师最多能大我们四五岁，他理着短发，结实健壮。他坚持长跑，精神焕发，寒冬也不瑟缩。他上课不看教材，讲课滴水不漏，还能融会贯通，让我明白了地理学科其实就是要理清基本原理。地球上的万事万物，其实都是相互联系又相互影响的。纬度、地形、地势、洋流、季风等因素，直接影响气候、物产、经济。照着地图记忆，让图和文字产生联系，眼前豁然开朗，一切都迎刃而解了。我对地理产生了浓厚兴趣，学得也十分轻松。可惜他命运多舛，三十多岁就英年早逝。我调到机关工作的时候，他因故摊上了麻烦，面临被处分的危险。他为此忐忑、阴郁、焦灼、失落。他找我，向我诉说他的无奈和痛苦，我只能听他倾诉，却束手无策，唯一能做的就是帮他打听消息。他承受了很大的压力，精神委顿，身体瘦削。后来突发疾病离开了这个薄情的世界。

"烟雾冷霜风不倒"，这是人们对朝那塬气候的精准概括。严寒和干旱让我们吃尽了苦头，冬夜，寒风压迫着树枝和房顶，发出呜呜的嚎叫，夏天发霉的馍和嗓子冒烟的干渴，这些都只是一小部分，内心的郁闷时时压迫着，让人不知道为什么要活着，活着为什么那么绝望。眼前一片迷茫，面对许多人和事，不知道说什么，也无法说什么。至今想起那段时光，那个叫着学校的地方，仍然不寒而栗。高三开学后，大量复读生陆续插入，一个教室坐了八十多人，前排的走前门，后排的走后门，中间只好从窗子里跳进跳出。教室里空气污浊，呼吸也有点困难。学业欠账太大，垫底的在绝望中接连辍学，一学期下来教室里渐渐宽松了，坚持下来的不得不在高三复读一两年。插班生里，复读了三年的也不少，戏称三朝元老，个别人更加资深，五朝元老了，仍然坚守阵地。复读生是高中一个醒目的群体：头发蓬乱，面色焦黄，胡子拉碴，人和衣服一样单薄。高三级七八十人的超级大班，苦战一年，也只有几个人才能上线。一些人挣扎多年，最终还是没有挤进大学的门，只好背了铺盖随打工的人潮涌向城市工地。高考对一些人来说是熔炉，对另外一些人来说是炼狱。无论身体还是精神，是洗礼，也是磨难。不堪回首。

绘画的密码

一

　　早早起床，站在路边张望，路灯的光柱将黎明缓缓撑起，雪花在一束束光亮里欢快起舞，屋顶上、田野里白茫茫一片。路滑车少，援教老师还能否安全抵达？真是担心。

　　天津津南区特级教师李中老师来西北一隅的灵台县城区学校援教已经两三个月了。那个周末，在县城广场遇见张老师，得知李中老师援教的消息。张老师由衷的赞叹让我认识到李中老师的不同凡响，这无疑是一次与众不同的援教，货真价实，不折不扣。张老师强调说，天津来的李中老师是普通老师，跟当前流行的专家不一样，但他的教学水平和教育理念比专家还专家。这年月，怕的就是专家和被专家忽悠，更怕的是被忽悠了还不知道被忽悠。正如常听到的那句话，被人卖了还帮人家数钱，这有多么悲催。如何见到李中老师，如何请他也到我们乡村学校传经布道，正在惦念之间，突然接到了李中老师的电话，原来早有安排，只是上级下发的通知走了岔路，我们并没有在第一时间得到消息，迟迟得不到主动联系，李中老师只好反客为主找来号码给我打电话了，他征求我们意见，以便确定讲课内容和讲座主题，我有点儿懵懂，不知道我们最缺少什么，因为我们的欠缺无边无际。原来李中老师到乡下讲课和讲座的主题根据对方的需要和具体情况确定，内容并不雷同，每次下去都得重新准备。聊了十多分钟后，李中老师肯定地说，知道了。他显然很兴奋，他说如果天气好，他可以骑行，不给我们增添任何麻烦，我告诉他，从县城到我们所在的乡镇，一路向西是上坡路，还有一大半是山路，深冬，天气变化无常，下了雪，连车也走不了。

一步一滑回到宿舍翻看手机，才发现李中老师已经发来了信息，他对恶劣的天气似乎并不在意，说如果错过了今天就很难再找到机会，因为他每天的事务排得满满当当，备课、上课、填表格、写东西，周五去乡下从早到晚听评课、讲课、作专题报告。

听到汽车的声音，急忙开门，一股冷风卷着雪花将人几乎撞倒，李中老师裹着风雪进了门。交谈中得知除了上好援教学校的课程外，他还为自己拟订了"十个一"援教计划，这真是自己逼着自己奔跑。难怪张老师给我介绍时，眼里放光，赞不绝口。优秀的人都是自己跟自己过不去，自己逼着自己飞奔，尽全力去做更多的事情。这十个一计划是：讲不同内容的公开课和听评课一百节；作内容不同的专题报告十场；研究一个有当地地域特点的课题；编一本美术校本教材；带一支美术教师团队；在本地教育刊物发表一篇质量较高的论文；举办一个学生画展；筹办一个贫困学生或者留守儿童周末公益美术课堂；利用周末和节假日完成一百张西部写生画，宣传和推介灵台；写一篇高质量的文章寄语援教学校。一年时间里，要做这么多事，而且每一项都有难度，可是他却在一板一眼，一步一个脚印地让自己的计划落地。高质量，高水平，一丝不苟，毫不含糊。

李中老师清瘦英俊，精干利索，脸上没有一丝岁月的印痕，他的长相严重隐瞒了他的年龄，我判断他三十出头，怎么这么年轻，与想象中皓首穷经的学者外形毫不相干。刚刚坐定，还在惊讶中反复琢磨，他好像一眼看穿我的心思，开口问我多大年纪，我也干脆利落地回答了一个两位数，他说原来咱们差不多同龄，他比我小一岁。人与人之间最高效的沟通在于坦诚，不转弯抹角，不虚伪敷衍。也许正因为是同龄人，我们之间并无隔膜，说话拣重点，开门见山，不隐藏，不客套，不虚假，几分钟工夫就熟悉了彼此。这一天的活动是按分钟事先填在表格里确定好的，必须跟着表格里的数字行动。这一天，克服了众多干扰，一切都和事先的设定如出一辙，这样的日子让人十分舒心。我怀疑李中老师的年轻和精神焕发是不是因为特别专注于本职工作，就像气功师的意念专一，聚精会神。一个人如果浑身充满了正能量，脸上自然没有怨愤与愁苦的波澜。人便舒展，洒脱，飘逸起来，脸上就不见皱纹和厌倦。小隐隐于野，中隐隐于市，大隐隐于朝。李中老师正是身处繁忙事务中的隐者，在与他的比照中，我看到了更加真实的自己：懒于行动，不思进取，一天天日子虚度而碌碌无为。

听完我们一位青年老师的美术课，李中老师又上了一节示范课《绘画的密码》，他事先没有与学生沟通，一直和我聊到上课前四五分钟才进了教室。当然我们聊的都是有关教育和教学的话题。多少年来，很少有人跟我这样聊过。

《绘画的密码》这个课题很有深度，我担心孩子们无法理解，造成冷场，可是他的课开场只是让孩子们说出几种基本图形并画在纸上，圆形、正方形、长方形、三角形、梯形、月牙形、菱形等，孩子们一口气说出了许多，课堂气氛热烈起来。李中老师出示了一张鱼的图片，标出了鱼身体的各个部位，头、身、背鳍、尾、尾鳍、肚鳍、胸鳍、鳃、眼、嘴等。他让孩子们说出这些部位的名称和功能，接着又转换了方式，让学生考老师，在这些基本图形中找出最难最复杂的一个图形，他在这个图形上略添几笔，画出一条鱼来。看着黑板，我还真有点发蒙，不是随便在哪个图形上就能画出一条鱼来。事实恰恰相反，他照孩子们说的画了几个，然后让孩子们在自己画的基本图形上添加几笔，画成一条鱼。进展十分顺利，孩子们学会了用线条勾勒鱼的基本部位，很快就完成了作业。李中老师又让孩子们通过画鱼总结出绘画的诀窍，也就是破解绘画的密码，意想不到的是，孩子们竟然准确无误地说出了抓特点，找规律。是的，绘画的密码就是找规律。干好许多事情的方法也是找规律，只要找到了事物的规律，画过画的，没有画过画的人都能画出好画来。人人都是艺术家！从来没有画过画，对于绘画望而生畏的我，也有了画画的冲动，因为我也能成为艺术家啊。一堂好课就是有高度、有难度，整个过程就像爬楼梯。这堂有高度、有难度的课，目标明晰，老师不断地指导学生搭起梯子，沿着梯子一步一步攀爬上去。

如果说摄影是减法的艺术，那么绘画就是加法的艺术。李中老师为学生准备了绘画笔和纸，要求只加不减，也就是不用橡皮，不得涂改。他的每一句话都是那样精准而明确。有了清晰的目标，孩子们画得很快。他事先并没有与孩子们交流沟通，一堂课却行云流水一般自然顺畅。

好的绘画作品是人文与科学的完美结合，大凡入画的事物，都有自身的特点和普遍规律，我们怎样将它用笔墨表现在纸上？方法就是找到这个事物的基本规律，抓住规律，用线条表现它的性情，这个画就成了。李中老师的课不是就美术教美术，他突破了一堂美术课的窠臼，站在文化的层面上，一层一层，一环一环，将学生引向了一个意想不到的高度，教会了学生绘画的技巧和方法，也激励了学生的志趣，让孩子们懂得做任何事情，都要动脑子，找规律，找窍门。好老师不光教知识，还教方法，更重要的是能够把学生的思想引向更高的境地。

下午的报告是《探索美术教学的规律》，李中老师紧扣他的那节课和我们那位老师的课，讲了不同年龄段孩子们对于绘画的理解，他说绘画表达心声，没有好坏和高下之分，也不能用像与不像来评判一幅画的优劣。不得不十分遗憾地说，在绘画和美术方面，我是个门外汉，从来没有想过能成为一名艺术家，如果在童年或者少年时期有幸听了李中老师的报告，那么我也许会爱上美术和绘画，说不定还能成为李中老师那样的美术特级教师。他的观点深入我心，点燃了我对绘画艺术的渴望。人人都能画，人人都是艺术家，出自某人之手的作品必然表达了他的思想和情感，讲述了沉积在他内心深处的故事。绘画也是绘制自己的心声，描绘自己的心灵图景，长期以来，我们总觉得凡·高创作了价值连城的向日葵，他无疑是伟大的天才，天才是聪明的，聪明的凡·高却做出了割掉自己耳朵的蠢事。李中老师的价值判断显然超越了世俗和功利，我赞同他的观点，并由衷地佩服他不掺杂功利想法的价值观念。

课间和中午，我们聊了许多，忘记了寒冷，他说房子太冷，我赶紧向火炉里加炭，炉火旺了，房子里的温度却始终没有升高，不知道什么原因。也许在这样的房子里待得太久，神经已经麻痹了。处在这样一个伟大的新时代，常想自己比上不足比下有余，所以我们一边在搞扶贫，一边又成为别人扶贫的对象。扶贫也被扶贫，我为他人，他人为我。许多年前家乡山区的河滩里，每当秋天，河水渐渐变得冰冷，不再适合脱掉鞋子，绾起裤腿蹚水过河。于是总会有过河的人自觉搬来石头，每隔一二尺放置一块，后来的人就踩着这些排成一绺的石头过河。这些摆在河滩里的垫脚石俗称列石。俗语有紧走列石慢过桥的说法。因为列石放置在河滩上并不稳当，过河时需集中注意力快步通过，不像在坚固的桥面上，人可以散漫自由地行走。我们正处在一个纷杂的时代，一个积极昂扬，蓬勃向上的时代。利己和消极者不少，但更多的人是向善、求真、务实的。他们胸襟开阔，眼界高远。偏僻落后地区，基础薄弱，发展的脚跟不稳，动力不足，李中老师那样的人，放弃安逸舒适的生活，从遥远的渤海之滨千里迢迢来到大西北，向我们伸出了援手。听说，他已经将援教半年的任务申请为一年，而且制定了详细的计划，真让人肃然起敬。我们不能自甘沉沦，赖着不动，而要借力发力，拼命奔跑，奋力追赶新时代。这大概就是扶贫政策环境下，作为贫困者的我们对于精准扶贫应有的理解吧。

帮人就是帮自己。李中老师"十个一"援教计划，对他自己而言无疑是十分苛刻的，每一条都需要用心用力持之以恒地去努力。人的潜力是巨大的，每一次纵身一跃必将让自己重新站在新的高度。这也是我与他一天的短暂交往中收获的又一感悟。

二

女儿学画，五一假老师安排了游学，沿路先在南川的河滩作画，再去凤翔，两天时间，必须家长陪同。妻子值班，走不脱，任务就落在了我肩上。女儿师从王晓昱老师学画已经两年多了，王老师常常安排节假日户外写生，以前都是妻子领着孩子去的。认识王老师许多年了，我喜欢他的画，也欣赏他的教学思想和方法。开放、包容、尊重孩子天性，注重孩子兴趣和创造力的培养，形成了当下十分难得的教学风格。在一个小县城里，文学、摄影、书法、绘画等方面的艺术家大多集中在教师群体中，他们的德行修养和艺术造诣都是可圈可点的，幸好我们是同行，面熟，能搭上话，每次画展，都去看，看了就心生许多感慨，涌起澎湃的心潮，消沉的情绪也会高涨起来，虽然不会画画，可是这丝毫不影响我们去欣赏一幅好画。好画能长精神，疗治伤痛，纾解压迫和抑郁，让盘踞心中的名利之惑变得云淡风轻。

幸好，王老师还约了从天津来援教的李中老师，能与这二位同行，实在是难得的乐事。

南川的小河急急流淌，宽阔的河滩铺展在我们面前。王老师把我们领到这里，摆开阵势，布置了任务。先在河滩上找石头，涂白，晾干，然后作画。家长也画。河对岸是春天碧绿的麦田，白墙灰瓦的房舍，周围有刚刚长出新叶的杨柳，远处是拥挤得层层叠叠的山峦，一层更比一层苍茫，一层更比一层缥缈，融入灰白色的云里，似雾似烟，模模糊糊，漫漫无际，山和云混在一起，分不清边界，它们水乳交融，构成了没有天际线的远方。这就是要入画的风景。没有绘画的启蒙，直接面对眼前的风景还真有点不知所措。好在混入孩子们中间，他们的心潮与溪流一样激荡，无法一门心思地专注于作画，潦草和敷衍在所难免，上了年岁的人尽管什么都不懂，但坐得稳，熬得住。一旦将全部心思凝聚在画面上，内心便涌起了无限的安适与愉悦，作画不再是艰涩的任务，却无意间变成了一种享受。

捡一块石头作画，这也是一种古老的绘画创作方式，几千年前，当我们的始祖在大地上蹒跚学步的时候，他们就会用作画的方式记录生活中的点点滴滴，捕获两只野羊就画出两只野羊，捉到一条鱼就画一条鱼。一个人画了，别人也跟着画，越画越潦草，越画越没耐心，慢慢地，图案不断简化，变成了羊和鱼的大致轮廓，最终演变成了文字。最早的文字就是简化了的图画。可以做个不太确切的断言，文字或许就是一些手脚勤快，头脑灵活，敢吃螃蟹的人一点一滴创造的。

在石头上作画，也是一种将娱乐与绘画整合在一起的教学方法。如今的孩子很少有机会到山野、沟谷、河滩上去，他们的主业是学习，学习过程讲究高效化，最终浓缩和简化，直接变成了做题，对付考试。他们少之又少的闲暇就是上网打王者荣耀、我的世界、英雄联盟和阴阳师。眼睛扎进手机里再也拔不出来，忘乎了所以，失去了自我。

那一天，没有阳光的刺痛也没有风雨侵扰，地上开始放绿，淡灰的云在天空中铺展得无边无际，天空一会儿亮闪闪的似乎要露出太阳，一会儿又阴沉下来，似乎要飘起雨星。孩子们在河滩上仔细搜寻，找到了自己认为周正，平滑，形态美好的石头，每捡到一块石头都能收获一个小小的喜悦。孩子的成长离不了这些小小的成功，在探寻中收获喜悦，在收获喜悦中成长，这样成长起来的孩子永远不会在挫折面前失去自信。有的孩子很好地利用了石头的天然形态，随物赋形，将河对岸的麦田，麦田尽头的房子和树木，远处的山峦和云层巧妙地安置在石头上，用物象大小、画面布局和色彩的浓淡表现远近，画面就有了纵深感和立体感，画面里的空间就十分广阔，包纳了数不清的人和事。

一幅好画不管在具象和抽象之间更偏向于哪一面，本质上都是生活的艺术化表现形式。一个心存善念的人，会有一个有别于他人的认知视角，能在平常的生活图景中剥茧抽丝，撷取美好的画面。只要抓住本质，表现得更加具象一点或者更加抽象一点都不失为一幅好画。人人都是生活的亲历者，人人都应该尽可能艺术地活着。我们这一代人，少年时代也都有过文学和丹青梦想。只是不知道如何去绘制蓝图，又通过怎样的行动让自己缥缈的梦变为现实，我们把一张薄薄的白纸放在课本插图上，小心翼翼去描摹那些图画。将硬币放在白纸下面，用铅笔拓下了硬币上精美的图案。春天里，在学校塌掉了多半的破墙根下早读，将一种散发着淡淡辣味的野草拔下来，揉出鲜绿的草汁，为课本上的黑白图画染色。在盛夏的午后，顶着烈日跑到邻居门前的陡洼里，摘下喇叭花紫的、红的、白的花瓣，在炕墙上贴出千姿百态的花朵。可是，找不到努力的路径，梦想最终只能是一种向往，所有的努力都是盲目的，找不到出口。几十年来，泯灭了太多的想法，只有对于书画艺术的渴望还藏在心底。平常日子里，不曾放过任何出现在书籍杂志、影视屏幕、墙体广告、书画展板上让人眼前一亮的美丽图画。注目于这些画面，能给人以愉悦、安宁、信心和力量。

那些落在河滩上的石头，都是有灵性的，它们能上能下，能高能低。能补天，也能作为基石，铺路，或者支撑起一座高楼，作画就更不用说了。当一伙孩子和家长的石头画完成后，两位美术老师都做了专业的点评，仔细地阅读他们画在石头上的图画，分明能感受到每一个人倾注在石头上的情感的纹理。经过一两个小时的点染，冰凉的石头有了温度，有了温情，有了思想，有了意蕴。着了色彩的石头会喊，会说，会唱，会讲故事。那正是艺术的力量。

凤翔六营村。一条近年来新建的古色古香的街道。街两边是高大的青砖灰瓦民居，村民在家门口铺摆开来各样杂耍，沿街的铺面则卖版画、皮影、面谱、剪纸和各种吃食。人不多也不少，生意不火爆也不冷清。有一家泥塑馆，房子很深，两边靠墙的架子上全是黄泥塑的人像。或坐或踞，或奔或跳，或哭或笑，或呼喊或狂啸；担担的，背背篓的，推车的，扛口袋的；吃面的，抽旱烟的，掌起酒罐一饮而尽的；磨刀的，杀猪的，穿线的，敲鼓的，拉二胡的，斗蛐蛐的，爆玉米花的。众生百态，穷尽了世相。"老婆帕帕头上戴，家家房子半边盖，板凳不坐蹲起来，面条宽得像裤带，锅盔大得赛锅盖，油泼辣子一道菜，秦腔大戏吼起来，姑娘一般不对外。"陕西八大怪在这里得到了十分夸张的体现，这让在都市长大的李中老师兴趣更浓。有些具象的，能够比画的东西，比如吃面的泥塑，一只老碗、一条裤带面，面一头在碗里，一头高高挑过了头顶，张大了的嘴巴像敞口瓦窑一样朝向天空。那些泥人儿个个大襟棉袄、大裆棉裤，粗犷的造型、丰富的神韵、生动的情态，共同营造了生龙活虎，风尘仆仆的生活意蕴，仿佛那一个个场景正发生在汉唐的黄土地上，他们夸张的挥手或者跨步，让人哑然失笑。

我们在屋子里一个个地欣赏那些排在架板上的泥人。那么多的人聚集在一起，他们各干着各的事情，吼着秦腔或者吸溜着裤带面。一个清瘦的中年人正坐在房子尽头的角落里，眼睛像被吸住了一样，专注地对着一个黄泥块刻刻画画。我们的到来就像流入了一团空气，并没引起他的注意，也许是屋子里的泥人太过吵嚷了，我们的气息全然被压制了，掩盖了。

在黄土浩瀚的大西北，人们修梯田，种五谷，在黄土汹涌澎湃的沟沟洼洼里找饭吃。凤翔人却学会了西方神话里上帝造人的套路，坐在家里用黄土赚钱。我们问那人一个泥人多少钱，他头也不抬地说，全订出去了，单个不卖。其实只是问问，我们还没达到视金钱如黄土的境界，不就是些灰头土脸的泥人吗？它们所展现的美早被我一网打尽，存入了脑海。

凤翔六营村广场在街道边上，第二天早上起来我们直奔广场。广场中央是一幅巨型坐虎泥塑，其实是钢筋混凝土构造的塑像，覆被上了大红大绿的油彩的外衣，比泥塑还像泥塑罢了，真正的黄土泥塑会被烈日和暴雨打回原形。坐虎四周是十二生肖的泥塑。两位老师又开始了他们的二人转，还笑着说今早的任务就是把你们昨天挖的坑填平。来凤翔的路上，在南川胡家店的河滩上涂白了石头后，放在河滩上晾晒的当口，王老师拧开了车载音响，放起了钢琴曲，让我们按曲子的节奏在纸上画曲线，不能停顿，最后在起笔处收笔，形成一个闭合曲线，画完后在背面写上名字。

王老师把画了曲线的纸发到每个人手里，接下来的任务是找到自己孩子的生肖像，大人和孩子一起作画，在曲线交错形成的小框框里填色，完成画作，这样的画作不能企望它有多像，但认真画完，一定很有神韵和情趣。他指着眼前牛的生肖泥塑讲了泥塑上图案的特点：一是色彩艳丽，大红大绿，基本色只有黑白红黄紫绿，色彩比较单一而纯正；二是每一块只用一种颜色，每两种色块都用黑线隔开，形成鲜明的对比；还有三、四、五，没能记住。接着就是李中老师登场了，他说这种民间看起来很俗很土的画，却是世界美术史上最洋气最新潮的画派。本来两种以上艳丽的色彩放在一起是不可以的，有很大风险，绘画作品最忌讳这样的色彩搭配，可是西北民间的彩画上这样的搭配却意外地十分和谐，反而独具神韵。强烈的色彩对比下，整体色调却出其不意地达到了和谐统一，不得不说是世界美术史上的一个奇迹。这个奇迹出自西北民间，心里不禁有点热乎了，因为这样大红大绿的画，充斥了我们的记忆，祖母和母亲都是手绘手织这类实用作品的民间高手，尽管她们都不识字，不知道那么多的美术理论。李中老师来自经济发达的沿海城市，是来援教的专家和特级教师，本来走走看看就足够了，他却认真执着得离谱，在县城的学校带课，还跑到乡下学校上示范课，作讲座，周末跑遍山山水水去写生，还对偏远大西北的民间艺术和古老文化如此兴趣浓厚，被这样一位令人敬佩的专家盛赞不绝，那一定是世界上最伟大的艺术品了。生于斯，长于斯，不由得心里有点飘飘然了。李中老师一口气讲了一大堆理论，又说和西洋画派一脉相承，难道黄土高原上的土画还真能攀上西方的洋亲戚？

十二生肖泥塑的造型特点是肥，憨，灵动，有机趣，色彩热烈奔放，整体上厚重大方，雍容大度，一派汉唐气象。就连细身细腰的猴、瘦如闪电的蛇也超凡脱俗地变幻成了婴儿肥，完全颠覆人的想象，可是不眨眼地看上一阵，又觉得是那样憨态可掬，兴味盎然，在这样的境域里，不成胖墩还真对不住这片皇天后土了。

女儿属鼠，我俩找到了老鼠泥塑，在前面开始画画。头不抬眼不眨地涂呀，画呀，很快就到了午饭时间，终于完成了，提起来跟泥塑对比，还真符合了泥塑肥而机敏的特性，两位老师终于忍不住赞扬了一番，王老师说画得很沉静，很饱满。李中老师说有世界绘画大师某某某的风格，那名字又长又拗口，听清了却没记住。又是晓昱老师给我普及了一下这方面的知识，他说李中老师当时说像冷抽象派蒙德里安的风格，还发来了那人画作的截图，其实就是给方框里填色，如果没有专业水平根本就不知道他创作的那东西还叫画。原来蒙德里安是世界美术史上的一个大人物，他19世纪生于荷兰，百度搜索后看到了这样一段话："蒙德里安是几何抽象画派的先驱，以几何图形为绘画的基本元素，与杜斯堡等创立了'风格派'。他还认为艺术应根本脱离自然的外在形式，以表现抽象精神为目的，追求人与神统一的绝对境界，也就是现在我们熟知的'纯粹抽象'。"

看来还得补课，熟读世界美术史，要不然女儿的画作我有可能也看不懂。

钟声响彻云霄

一

在梁山大心里，潜伏着一串钟声。

每晚忙完了将自己放倒在床上，耳边泛起一缕缕钟声，迅速弥散开来，将梁山大沉没在恬静宽阔的梦境里。黎明到来时，又是一缕钟声，仿佛从遥远的岁月里款款而来，揭开了他的梦境。

对于一个绕着黑板转了三十多年的娃娃王，梁山大的意念和灵魂，就像雨水渗入土地一样，深深地融入校园的钟声和书声里。在那个叫宰相庄村的小学校园里，有一棵1200年的古槐，树身粗壮，虬枝婆娑。近几十年来，拆拆建建，仅留了那棵老槐树。一棵树活了百年千年，就有了神性，不再是简单的一棵树，村里人深信不疑，没人敢打它的主意，任它长得更老。这里曾是一个古宅院，一牛姓秀才，在他父亲栽植的这棵槐树下，熟读四书五经，贞元二十一年考中进士，官至宰相。历史的风尘兜兜转转，这园子最终在一座古庙的盛名之下，破败成了一个荒草滩，只有那棵老槐树永远根深叶茂。村村兴建学校的年代，这里建起了四排瓦房，开办了小学，开挖地基时掘出了一口钟。一根铁链就像天然的藤蔓，从伸向院内的横枝上吊下来，钟系在铁链上。用铁锤敲击，钟声清越，袅绕不绝。从下沿向上，音色渐渐变得雄浑沉郁。钟青黑色，爬满了几行篆字。梁山大练

156

书法，喜欢研究文字，他凑近了才看清楚是"闻钟声，烦恼轻，智慧长，菩提生，离地狱，出火坑，愿成佛，度众生。"多少年来，就是这口钟用一串串命令，坚定地指挥着学校一天的全部活动。直至学校安装了自动电铃，又换了播放音乐和钟声的校园广播，挂在树上的那口钟就清闲了。村子里冬天刮风下雪，夏天发白雨响炸雷，三天两头停电，树荫里的叮当声再次响起，指挥着学校的千军万马。后来那口钟不翼而飞，留下铁链绝望地挂在树荫里，大家也懒得理会，随它去吧。半年后那口钟又不知不觉回来了，原样系在铁链上。听人说，钟被人偷走，想发一笔横财，不料还没出手，家里却不安稳，死猪死鸡，大人得病娃娃哭闹，鸡犬不宁，只好又偷偷拿回来挂在老槐树上。

钟声就是时间的脚步。在学校里，钟声铿锵，让人感受到时间的紧促，容不得懈怠，这与散漫的乡村生活截然不同。小学校老师轮流司钟，谁值周，就得走在时间的前面，让一切活动指令用钟声准时发布出去。

老槐树泛起了黄色，一片又一片叶子被风驾驶着飞离了枝头。梁山大老家院子里，还有一树繁密的核桃，其他地方的核桃都在开春的一场霜冻中魂飞魄散了。同在一个蓝天下，梁山大家的那棵核桃树也许发芽迟，躲过了严霜的杀伐，三个月前梁山大回去过一次，看见树枝低垂，核桃缀满枝头。

梁山大十月份退休，开学后只上一个月班了。上学期末他辞去了宰相庄小学校长的职务，按理，开学后就不用再来了，缓冲一下，去省城与家人会合。许多人都这样，退下讲台，立马去城里上岗，开启领孙子的新生活。卸了校长的担子，或者说抹掉了校长的愁帽，头轻了许多。但愁帽又戴在了他的学生苏军头上。

上学期末放假那天，本来要向学生道别，可是安顿完暑假作业和安全注意事项，话到了嘴边，打了个转，硬是咽了回去。梁山大带的那个班十一名学生，他们父母多半在外地打工，平时，有什么事都得老师帮他们打理。孩子们懂事，能理解父母的苦和难，他们也脆弱，缺少学习的持久力，习惯不好，爱偷懒，跟紧盯牢，才肯收拢心思写字念书。几十年来，梁山大不管接手哪个班，都能教出好成绩，这让他获得了不少赞誉。

开学后人手很紧，一个老师住院请了长假。新校长苏军给老梁安烟，恳求他帮忙再坚持一段时间，梁山大只好应承下来。他除带原班的课，还负责为学生准备早餐，工作难度不大，就是要操心。分发牛奶和面包不难，麻烦的是每天凌晨必须早起煮鸡蛋，晚上睡觉前清洗鸡蛋，用盐水浸泡消毒。面对墙上的工作安排表，一眼便知别人比他的工作繁重得多，他也不好再说什么。这些年工作头绪越来越多，用大家的话说就是上面千条线，下面一根针；上面千把锤，下面一根钉；上面千把刀，下面一颗头。担子、责任、麻烦、焦虑，头顶上是一座座大山，一把把利剑。当个小校长更难了，梁山大深有体会。苏军是早一年调来的，他常常帮梁山大应付电脑上的各种操作：制表、撰写各种材料，在电脑上打理十几个的管理系统。还经常在手机上为许多信息平台投票、点赞，截屏后收集起来，打印上报，老年人操作不了，苏军手把手逐人指导。上面一个电子邮件、一个电话，下面就得报计划、方案、预案、报告、总结、活动图片等。麻雀虽小五脏俱全，小学校跟大学校套路是一样的，事务也差不多一样烦琐，有时候连进教室上课的时间都没有，整天被一大堆事务扳缠着，忙得不可开交。教书倒成了副业，得挤时间去搞。

当然梁山大只是个乡村教师，没有著书立说和当官发财的鸿鹄大志。他曾幻想过轻松美好的未来，那就是退休后，出去旅游，走一个地方，租一间房子，住半年看看那里的风景，再换一个地方。说实话，四堵墙里的生活，让他对外面的世界充满了向往和恐惧。没料到，不等他退休，儿子大学毕业在省城一家公司上了班，买房、结婚、生子，一套组合拳下来，根扎在了那里，给梁山大弄了一屁股的债。梁山大拿出了几十年的积蓄给儿子缴了房子的首付，还协助儿子还房贷，经济压力骤然加剧，原来在城里打工做家政的老伴也跑去照顾孙子了。暑假梁山大去了省城，一家人汇合。人多，房子小，透不过气。三代人住在一起，磕磕碰碰，很不习惯，也过不下去。

二

　　梁山大突然惧怕起来了。那天他在县城碰见许多年前退休的一个同事老吴，遵循一般规律，老吴从讲台上退下来后立即走上了领孙子的又一个育人岗位。老吴去的是南方城市，熬了好多年，真是苦不堪言，实在扛不住了，那天将小学毕业的孙子送进考场，就背起事先打理好的包直奔火车站，逃亡一样回来了。他说，在南方大城市，没人跟他说话，小区里的老年人说的什么鸟语，他一句也听不懂，他说话别人也不明白，没法交流，更重要的是不习惯那里闷热的天气，那座南方城市的天空总是灰蒙蒙的，见不到蓝天白云，身上一直出疹子，心急、烦闷、情绪差，去医院检查，病不少：湿疹、抑郁、脑梗死和脑萎缩，在那边住院治疗总是不见效，不像咱们老家还可以扎干针、拔火罐、按摩、磁疗、艾灸。梁山大听了心里沉甸甸的，很不是滋味。

　　梁山大刚参加工作那会儿，只拿几十块钱工资，还不能及时发到手。一次去粮站买油，衣兜里的钞票不够买一斤，他只好说，就买半斤吧。粮站卖油的女人当场笑得花枝乱颤，聚集在那个门店里闲聊的有镇上的干部、街上的闲人，还有赶集的村民。所有人都笑了，笑声千奇百怪，刚二十出头的梁山大脸腾的红了。突然有人口气硬硬地说，笑什么，有什么好笑的。原来是宰相庄村的书记鲁显达，鲁书记头大脸方，身材魁伟。不仅在村上掌权，在镇上说话也很有分量，他是有名的致富能手，经常在县上开会抱奖牌，上电视，是小镇上有头有脸的人。梁山大红着脸退出了人群，晚饭后书记支他的女儿鲁燕提来了一瓶油，说是自家榨的胡麻油，吃不完，经常送人。鲁燕刚刚职中毕业，在宰相庄小学当临时代课教师。过了几天，鲁书记来学校闲转，他看到梁山大桌上一沓毛笔字，赞叹了一番，让梁山大写一副对联，说亲戚结婚要用。后来，他经常来学校，找梁山大写标语、写通知、公告，或者帮忙起草汇报材料。

　　梁山大那样的人，吃着官饭，头上顶着个人民教师的大帽子，常常遭人嘲笑。他在农贸市场买菜，明明菜称不够，一张嘴，菜贩子却骂他说，一看就是个奸教师。乡村里，教师手头紧，又拖家带口，日子过得紧巴巴的，只得精打细算，人就容易计较，这也是事实。花钱不大方，被人瞧不起，嫌做事不痛快，斤斤计较也是当年教师的现状。社会上还流传着许多教师如何吝啬的段子，嘲笑和讽刺挖苦教师。教师很另类，梁山大有点熬不下去了，想转行，考警察，考公务员。那时每年都有一些优秀青年教师通过考试转行，鲤鱼跳龙门，改变了自己的处境和地位，梁山大也考过，笔试还拿过第一，只是在最后关头，都以失败告终。他只好埋头教书，悄不作声地融入乡村里那个踽踽独行的教师群体，很少与外界打交道。

农村教师要讨个有正式工作的老婆特别难，梁山大经人介绍娶了鲁燕。他们也算是同事，鲁燕长得水灵苗条，生了孩子便丢掉了代课教师的工作，梁山大老家在偏远山区，鲁燕见公婆如见阶级敌人，不愿在老家待，老人相继去世后，梁山大在院子里盖了一栋砖瓦房。两个孩子上学后由梁山大带着，鲁燕在县城的超市里打工，梁山大拿一份工资，还种老婆的一份地，假期里务庄稼，开学后去学校上班。人到中年，又赶潮流按揭贷款在县城买了房，周末回县城休假。村子里的老房子常年被一把生锈的铁将军把守着，隔几个月回去转转，看看。

刚当上校长那会儿，学校没有自来水，老师得去三里外的水站挑水，很不方便。那个暑假，他就往镇上和县上跑，弄来了水管，可是要开挖一米深的水渠，得横穿八十多米的麦茬地。开学后，自来水接到了学校，大家问他怎么弄的，他一扬头说，那有什么，小事情。他说自己去村上一说，许多村民便一口答应了，夏收后的麦茬地土壤松软，两天就完工了。他说得轻松，可是大家都明白如今动员村民义务劳动难度有多大，看来还是村民信任学校和老师，更看重梁山大这个校长。

当了校长，梁山大更加尽心尽力，学校里事无巨细都得他操心，慢慢地，操心不再是一种负担，反而成了习惯，成了自觉行动，整天跑前跑后地忙碌，也不觉得吃亏。人靠精神活着，心里有了责任，跑起来腿上有劲，工作也干得津津有味，别人眼里的负担反倒催生了一种力量支撑着梁山大，越干越起劲，越忙越精神。几十年下来，梁山大已经成了全能型人才，什么都会，什么都挡不住。教室门上的暗锁，梁山大也能修好；自来水龙头或闸阀坏了，自己买来换；电出了问题，他也能诊断出毛病，该换空开还是该换电线，完全省去了维修费。这样的小学校，事事请人，花不起那么多钱，村子里人越来越少，也找不到干零活的人。他只是玩不转电脑，网络上的许多操作总是卡壳，只好求人帮忙。作为老师，站在讲台上，面对学生传经布道，教师就是学生成长的楷模，校长就更不用说了。梁山大并没有多想，只是埋头尽心尽力地干，心里便十分踏实，每晚头一挨着枕头，耳畔那个清澈的钟声响起，他就迅速沉沉入睡了。相反，三四十天的假期，手脚闲了，心里却不踏实，不由得隔几天去学校一趟，察看电线水路，在房前屋后转一转，悬着的心才能放下。这些年老师明显受人尊重了，一方面是教师工资有了保障，收入稳定了，花钱大方了，处事风格也变了。另一方面农村人对孩子上学重视了，一次梁山大去县城办事，坐上了出租车，司机是个年轻人，他执意要等梁山大办完事再把他送回学校，还不多收钱，一口一个梁老师，让梁山大十分感慨。去街上买东西，再也没人嘲笑他奸教师了，相反一听是老师，还会客气起来。干了三十多年，他最终明白了为什么人们对教师的要求那么高。教师代表了社会良知，凭良心干事，走端行正是必须的。教师这个职业海拔很高，在道义上人们是仰视的。所以教师要无私奉献，要品德高尚。讲台就是舞台，艺要精，腿要勤，一招一式必须有板有眼，要把自己当圣贤一样要求，否则就会招致骂声。

梁山大有两个孩子，大的是女儿，大学毕业在县建筑公司上班，企业改制下岗后跟着丈夫做生意，两口子转战众多行业，生意始终不景气，却一连生了三个孩子，直至在市上开了个饸饹面馆，才稳定下来。三个外孙养育的担子就压在了老梁的肩上，从幼儿园到小学毕业，一直由梁山大领着，上了初中才去镇上住了校。他说他最大的功劳不是当校长，也不是教书，而是经管了好多孩子。自己的一儿一女不说，刚参加工作那些年，他在镇上中心小学任教，还带了两个表弟，在他照管下上完了小学和初中，先后考上了中专。一个上了农校，毕业后从乡政府干起，干到了市政府，成了有名的笔杆子。另一个上了师范,当了教师,又考上了警察,如今在交警大队当了队长,熟人开车出了岔子,便找他帮忙。他这样身份的人还能帮人办事,这让人到中年的梁山大很有面子。三个小外孙学习也很好,梁山大十分自豪。黑夜过了是黎明,阳光总在风雨后。照管孩子上学是好事,说起这些,梁山大的声音高了八度。生命的列车开向老境,养好育好儿孙便成了头等大事。孩子有出息,大人才有盼头。

几十年来,从宰相庄小学走出的许多孩子考上了大学,作为见证者,那棵老槐树也有了某种隐秘的神性,每年中考高考前,附近的村民总是趁着周末悄悄蹓进校园,在树下烧香,往铁钟上挂红,祈祷孩子金榜题名。

三

鲁燕个性强,嘴尖言快,梁山大温和,沉默少语,日子凑合着过了二十多年,除照管孩子,两个人越来越无话可说。学校就像避难所,工作的忙碌,让他无暇多想,心里的不快就淡了,好在聚少离多,几十年像吹风一样很快就过去了,随着退休临近,梁山大想起自己即将面临新的生活,内心的阴郁便堆积起来。

东方泛白,梁山大一骨碌爬起来,三两下洗漱完毕,开始了一天的工作。一双、两双、三双、四双……梁山大嘴里念着数,一边往蒸笼里拾鸡蛋。六十八名学生,得数六十九个鸡蛋,多出来一个是给陪餐老师的,一个也不能多,一个也不能少。早饭由老师轮流陪餐,老师先吃完了,再让学生吃,这是工作要求。

清洗鸡蛋的时候,梁山大不由得胡思乱想起来,从小到老,吃的鸡蛋无法计数了,从来没想过一只蛋落地要费多大的事,梁山大注意到,个别鸡蛋上染了血丝。世间真没一样好干的事,所有的生产,哪怕一只蛋,也要经历疼痛和苦苦的挣扎,梁山大不由得感叹不已,做人不易,做只鸡也难!洗过的鸡蛋端到灶房,再一双双放进蒸笼里,扣上锅盖,就只剩往灶膛里加炭了,其余事情就交给了那个鼓风机。一拉开关,电鼓风立即咆哮起来，火焰就像一根根赤红的立柱撑在了锅底上。梁山大泡了一杯茶，将玻璃杯倒立在锅台上，又加了一锨炭。茶叶在杯子里沉浮，最后缓缓下沉。鸡蛋熟了，鸡蛋不会说，梁山大心中有数。这时候天已大亮，门外几个学生排队等着，铁盆子敲得叮叮咣咣。

岁月不饶人，眼看就要退休的梁山大感觉脑子转得越来越慢了，在灯下看不清书上的字，抄抄写写十分费力。鸡蛋分发到学生手里，早上第一阶段工作结束了。得松弛一下，让紧绷的神经舒缓下来。这些天不知怎么了，心神不宁，昨夜梦见失火了，大火烧了校园里的房子和树木，半夜惊醒，一身热汗，早上脑袋发涨，似乎被什么塞得满满的。这个负责学生营养早餐的差事，看起来是个简单的体力劳动，风险却无处不在。至于给学生上课的事，这些年已经不是最费心思的了，教学工作就是让学生考高分，分数是老师的命根子，许多人的法宝就是让学生十遍八遍地抄写，一份一份地做试卷，原来只有每学期两次考试才做的试卷，现在每天都做，网络语叫刷题，一个"刷"字，很生猛，跟刷墙一样，一下就是一大片。上学就是刷题，完全成了体力劳动，老师只管布置任务，也不动脑子琢磨了。事务太多，得快速应付过去，没功夫琢磨教学上的事。煮鸡蛋，分发牛奶、面包或者蛋糕，看着学生吃喝完，每一个环节都要签字登记，老梁视力不好，灯下抄抄写写，越来越力不从心了。

一串串钟声，仿佛从云端倾洒下来，驱赶着教师和学生从一堂课奔赴下一堂课。不光是人，狗也如此。宣告早餐结束的钟声刚刚响过，一伙五六只狗向着学校后院的垃圾仓奔了过来，它们不争不抢，秩序井然。如今狗的饮食水平也在上档次上水平，它们专吃鸡蛋，专喝牛奶，白花花的馒头看也不屑看一眼。梁山大来到后院查看垃圾仓里再有没有丢弃的面包、馍片和鸡蛋。狗吃起鸡蛋来速度很快，一口吞进嘴里，咀嚼的过程中，蛋壳从嘴角溜了出来，就像自动上料的磨面机。牛奶是盒装的，村里孩子福浅，喝不惯牛奶，在老师面前又不敢直接扔掉，往往喝一半扔一半，那些游狗理所当然地分享了孩子们享不完的福，它们鼻子尖，哪个奶盒里有牛奶自然闻得见，怎么喝到嘴里，也不是难事，吸管插在奶盒上，它们找到吸管，噙在嘴里，一只前爪猛踩奶盒，牛奶就从吸管里喷涌而出。梁山大看着，电线杆一样愣在那里。狗的味口总是比人好，难怪它们那么精神，那么健硕。它们灵巧而迅捷，几分钟便吃饱喝足了，看见有人走来，才不紧不慢地撤离。孩子们挑食很厉害，他们在路上已经吃了炸薯条和一种名叫"亲嘴片"的麻辣片，发到手的鸡蛋和牛奶，就被他们白白浪费了，这让梁山大心里很不是滋味。他感到痛惜，常常批评他们，可是天长日久，学生耳朵里起了茧子，听不进去，只是不敢明目张胆地抛弃和浪费罢了。学校三番五次教育学生要爱惜食物，不能浪费，可是跟禁止他们抄袭作业一样，总是有禁无止。管得紧就注意一点，管得松了又死灰复燃。梁山大扬扬手，跺跺脚，唬那群狗快点走远。干工作认真踏实的梁山大，唯独在赶狗这件事上拖泥带水。那群狗的主人是谁，大家都不知道，它们成群结队走庄串户，完全搞错了角色，它们肯定把自己当作这里的主子了。就像山沟里的树，空中的飞鸟，肉眼看不见的细菌，就那样理所当然地生存着，不惧怕什么，也不顾忌什么。

四

人到了一定年纪就特别能扛，而且临危不乱，身体出了状况，只要撑得住，病也像头发、指甲一样随我同行。显然，梁山大并没有把那些乱七八糟的病当回事，他是强大的，小病小恙算得了什么？

接了早餐管理员的差事，梁山大感到压力山大，头上像顶了个盛满水的碗，小心翼翼的。人生的这段行程已经到站，老梁还那样兢兢业业，有人就想不通，这老家伙究竟想干什么，认真了一辈子，当了十几年的小校长，丢了校长还不甘心。其实，这样的小校长早就没人情愿当了，当什么校长，拿一样的工资，还多了许多麻缠事。校长是什么，说到底就是个泔水桶，要带课，还要搞管理，操心杂七杂八的事。晚上点灯熬油批作业、写教案、抄笔记、填表册。要忙这忙那，没有一刻清闲，运气不好出了事还要挨批评，背处分。

忙碌中时间的脚步格外轻快，不知不觉一个星期就过去了。那天早上梁山大脑子有点蒙，昏昏沉沉，不知道自己要干什么，又觉得自己干错了什么，或者疏忽了什么，心里惶惶然，仿佛一头扎进了迷雾里，好在校园里叮当叮当的钟声，一阵又一阵响起，催促着他放下一样，又拿起另一样。这时候他听见院子里人声嘈杂，跑出去一看，一个孩子正在门前吐了一滩，这是一年级的学生，从教室里陆续出来几个学生都弯着腰呕吐不止。一个人现场直播，将吃进去的东西全部喷洒出来，这样的景象立马传染给其他人，一呕成群呕。一、二、三年级教室在一楼，学生很快集中在院子里弯腰呕吐，稀里哗啦一大片，刚刚送完孩子在校门外拉闲话的家长也跑了进来，询问自己的孩子，一问不要紧，原来没有不适的孩子这会儿也跟着呕吐了起来，有几个家长还指着梁山大大喊大叫。梁山大急得团团转，学校营养早餐中毒事件这些年时时发生，梁山大一直惦记着，小心了又小心。有些事，就像不得不来的严冬，或者挡也挡不住的风暴，一定要来的，只是迟早的问题。

梁山大急忙跑去找校长，敲不开门才想起来校长去市上培训了，其他老师躲进了宿舍，不愿出来，几个家长围了上来，让梁山大掏钱租车。有人当即打电话叫车，学校离街道不远，一会儿来了十多辆出租车，他们伸手向梁山大要钱，梁山大只得应承下来。那么多学生被家长像拎小鸡一样拎上车一溜烟走了，梁山大也被卷上车，浑浑噩噩到了县城。医院的大厅里，涌满了人，闹哄哄地吵嚷不休，许多人围观，有人拿手机拍照，录视频。这下完蛋了，一会儿工夫，他们那个一直籍籍无名的宰相庄小学，通过网络名扬四海了。梁山大的许多熟人，还有在另一个乡镇当校长的老同学看到了消息，纷纷打电话询问梁山大，说澎湃新闻网都报道了。梁山大急忙打开手机，朋友圈里，新闻网站上，到处都是学生食物中毒的消息。还配了学生呕吐和在医院里输液的照片。一张图片里还有梁山大，几个学生在病床边坐了一排输液，梁山大愣乎乎地站在一边。

一串铃声骤然响起，梁山大一身热汗，枕巾也湿了。手机铃声亢奋激越，解救了梁山大，躺在床上的梁山大一时反应不过来。电话是在省城里领孙子的老伴打来的，问他几时能来省城，口气生硬，很不耐烦。挂断电话，梁山大翻了半天手机，网络上并没有出事的新闻。其实，梁山大那个真真切切的梦，早在另一个乡镇的一所小学里实实在在上演过，梦里给他打电话询问情况的老同学正是那个学校的校长王喜才，闹出了营养早餐中毒事件后，王喜才被免职，不到半年就病死了。那件事一直让梁山大十分后怕，如今类似的事件数不胜数，防不胜防，梁山大感受到了一个校长头上山一样的重压，他那老同学被焦虑扭曲的面庞，一直在他的梦境里出现，让他心惊胆战。

王喜才是梁山大初中和中专的同学，他们两个当年分别以全乡第一和第二名考上了市上的师范中专，他们的总分只差一分。王喜才善交往，爱说话，积极性高，上学时一路当官，班长不必说，还通过公开竞选，当上了中师学校的学生会主席，毕业时按惯例要留校或者保送到省城的师大继续深造，他人气很旺，按理会有个灿烂的前程，可是在一浪高过一浪的呼声中，光彩照人的王喜才并未如愿，最终跟其他人一样回到了家乡，分配到山区小学任教。年轻的王喜才有锐气，奋进的劲头并没有减，他代表全市在省上参加教师技能大赛，得了一等奖，很快成了冉冉升起的一颗教学明星，在全县家喻户晓。王喜才并不是死教书的那种，他注重交往，不断往县城跑，人到中年终于当上了一所三百多名学生的农村完全小学校长。他在那个学校里建起了农耕文化园，低价收购或者鼓动村民以旧换新，弄来几百件农具陈列在那里。他编写了民俗教材，对学生进行本土农耕文化教育，让国家教材与本土农耕文化对接。走进学校的农耕文化园，墙上地上全是那些已经消失了的农具和生活用具：木犁、马鞍、驮架、梁车、独轮车、平板车、牛车、土车、翻斗车、人力车、牛车、轿子、风车、水车、纺车、木轱辘推车、石磨、碾子、碌碡、蓑衣等。人在这里就像置身于几十年前的大杂院，有点时光倒流的恍惚感。

王喜才当校长，学校的教育质量一直很好。出事后，一个免职处分让他整个人像霜杀了似的，整夜失眠，不久就病倒了，梁山大和几个同学去看他时，他拿出自己的荣誉证，在桌子上摞了一米高，他对着那些荣誉证哭了。他说他面子上实在过不去，特别是被指着鼻子骂了几次，把他一辈子的信心都毁掉了。

梁山大更加小心翼翼了，他仔细挑选鸡蛋，先在耳边轻轻摇晃，听到咣当咣当的声音，再看蛋壳是不是鲜亮，还要凑近鼻子仔细闻一闻。望闻问切，跟老中医一样。来找他的家长开玩笑说，梁老师你在捣什么蛋。梁山大笑笑，望闻问切完毕才小心翼翼地拿去清洗消毒。

那天梁山大始终感觉哪里不对劲，昏昏沉沉，早晨起来鞋子穿反了，左脚穿了休闲款皮鞋，右脚穿了正装款的皮鞋，跑回宿舍换了鞋子。上课时，坐在前排的一个小男生一直盯着他脚看，他这才发现鞋子还是反穿着，脚跟高低不一。幸好都是黑色的。那个孩子的注视让他立即感觉到了不适，走起路来高一脚，低一脚。不知是社会变了，还是自己老了，梁山大感觉自己再也不是以前的自己了，时时小心，却时时出错，越小心，越出错，防不胜防。

学校体检，梁山大被宣告有十五项病症，医生瞪大了眼睛说，赶快住院治疗吧。梁山大说，缓两个月，再过两个月就放假了。梁山大说，他其实没多大毛病，只是颈椎有点问题，偶尔像用手捂住了耳朵，脑袋木愣愣的。还健忘，有时候说了上句想不起下句，突然间就想不起熟人的名字。忘词，就像晚年的美国第 40 任总统里根那样，梁山大在手机百度上查了，那病叫阿尔茨海默症，得那病的名人还有居里夫人。

五

线路检修，停电两天，校园广播失语了，按惯例应该由值周老师按点敲钟，可是，起床钟并没有按时敲响，上早操的钟声也不阴不阳，乏沓沓的，没有跟上紧急集合的节奏，这算什么呀。梁山大忍不住了，自告奋勇地担起了司钟的任务。钟声其实也是一种语言，他对那个老师讲解了一大套钟语。他说，起床钟必须敲得舒缓，而且时间要长一点，至少三十响。上操钟是紧急集合，节奏要快，用力要大，就像打机关枪一样。上课钟每敲三下停顿一下，"当当当，当当当"连敲四组，而下课钟敲两下一停，要比上课钟舒缓一些，"当当——，当当——"，让紧绷的神经放松下来，也是连敲四组。有必要那么讲究吗？那人笑了，看得出不以为然，不屑一顾。是啊，都什么年代了，一部手机在身，出门连钞票也不用带了，敲个钟还那么讲究，这意义和价值又在哪儿呢？在梁山大看来，钟声是命令，也是警示，能激发人的信心和意志；钟声更是温柔的音乐，抚慰人的心绪，迫使人暂时放下手头的一切，松弛下来。

周四下午有一节安全教育课，梁山大把学生集中到院子里，讲了吃早餐的好处，也讲了不好好吃早餐的坏处。如果不吃早餐的话，有可能导致营养跟不上，课堂上容易疲乏，注意力不集中，不能专心高效地学习。也有可能导致葡萄糖摄入不足，降低身体免疫力，容易感冒或者得传染病。人体每天夜间胆汁大量分泌之后，早上不吃早餐胆汁无法排解，时间一长会出现胆结石……这些从网络上搬下来的知识，经梁山大的一番渲染，还真成了铁打的科学道理。吃营养早餐还有一整套流程，由硬到软，先吃面包或者馍片，再吃鸡蛋，最后喝牛奶，特别要注意牛奶不能空腹喝。吃早餐这样一个简单事，到了学校里就变得那么复杂，一不小心就会出问题，必须由班主任一丝不苟地跟着，在催促和监视下完成。对于农村孩子，营养早餐的好处十分明显，学生身体壮了，上早操和体育课再也不见有人晕倒了。只是老师的负担重了，原来只负责教学，现在教学只是工作任务的一部分，大量事务是为学生服务，对付杂七杂八的事，每月还要进行学生体质和营养状况检测和调查，向上级报一堆表格。

学校增加了二十分钟的早餐时间，分发盒装牛奶、面包、馍片、鸡蛋，看着吃完了，在用餐表上一一签名，接下来才开始一天的教学活动。吃得好了，按理身体就要好，筋骨结实，可是跌倒摔伤的事故还时时发生，那天体育课上，一个小男生在跑步时跌倒，当时腿脚发软，站不起来，送到医院，拍了片子发现小腿骨折了。如今安全形势严峻，学校每天都得进行安全自查，填表上报。操场边上的单杠、双杠、吊环也在不知不觉间被拆除掉，发送到了废品收购站。跳山羊和木马的危险运动再也没有上过老师的教学计划，木马和山羊堆放在储藏室的角落里。网络上安全事故的报道频频出现，一不小心遭遇意外伤害，学校被家长围攻，老师就有责任。教师成了高危职业。

一个月不知不觉过去了，梁山大正为自己熬心的工作担惊受怕，校长在会上宣布了一个通知，学生的营养早餐要由外地一家大型餐饮企业供应了，每天早上煮鸡蛋的任务终于画上了句号，梁山大不由得松了一口气，校长在会上为梁山大颁发了三十年教龄的荣誉证书，还说上级要派来两名支教的年轻人，下周一就到，新人一到，梁山大就可以办理退休手续了，说着把退休文件拿给梁山大看。校长对老梁的工作做了一番评价，虽然列举的都是小事，却深深打动了所有人。庸常日子里，做得多与少，大家并不在意，一一说出来，大家都对梁山大更加充满了敬意，有人不由得出了一身热汗。当然这也是一个让梁山大心里发热的会。走出房子，他看到那棵吊钟的老槐树，枝条向四面伸张着，像一把擎天大伞。已经到落叶纷飞的季节了。

最后几天了。梁山大在灯下写完了第二天的教案，整理了自己手头的资料，对照登记表清点了自己房子里的公物，刚刚爬上床，手机震动了一下，梁山大划开一看，老伴发了一串语音，催他赶紧往省城里赶，她说自己已经找了个家政工作，等梁山大来了后她就去上班，梁山大回复说，快了，一个星期了，等交代了学生，回老家打了核桃就背上来了。鲁燕后面的话就不好听了，她说谁把你的魂勾走了，舍不得走，还是放不下谁？话说得很难听，梁山大感到胸口一阵疼痛，把手机摔在了床上。

六

彻底解放了的梁山大回到了县城。家里空荡荡的，小区里人不少，可是都来去匆匆，楼上楼下的邻居从来没有多说过一句话，见面只是打个招呼，"出去啦"，"回来啦"，或者微笑，点头示意，都是面子上的交流，没必要多说什么，也找不到可说的话题。他想静下来好好休整一下，却整夜睡不着，勉强睡着了就看见王喜才哭丧着脸向他走来。他在夜里不由自主地陷在那个是非之中，焦虑万分，夜晚躺在床上就像背着一座大山，翻来覆去睡不着。在家待了几天，梁山大实在受不了，眼看到周日下午去学校的时间了，梁山大更加心焦，可是学校再不能去了。他拿了一个蛇皮袋子，叠成一小块，出了门坐一辆发往老家的班车。

他在村口下了车，钻进曾经生活过许多年，如今却十分陌生的胡同，胡同两边原来密集的院落只剩下破败的房子和坍塌的围墙，原来宽阔的道路长满了杂草，只有一条被新近踩踏出来的蜿蜒小路。门前的蒿草一人多高，籽实饱满，低垂着沉甸甸的头颅向大地致敬。

人家门前许多地标性的大树也不见了，村子一下变得面目全非。一辆推土机正轰隆隆地在村口将那些破房烂墙夷为平地，村子里仅有的人家已经在公路沿线建起了新楼房，过不了多久，胡同被填平，爷爷、奶奶、父亲、母亲生活过的村庄将就此消失，不留一丝痕迹，梁山大心里隐隐作痛，眼眶也潮湿了。开推土机的中年男子他并不认识。梁山大绕了过去，摸到了家门口，院子里那棵高大的核桃树也似乎变得更加突兀了，地上落了一层核桃，树上的核桃，青皮已经炸开，露出了果核，一只松鼠在树枝上窜来窜去。在草丛里，在树荫下，他感觉到自己成了一个唐突的闯入者，幽暗的树荫里无数眼睛盯着，让他不由得头皮发麻，蛛网不时地蒙在他的脸上。他在上房的屋檐下找到了一根竿子，噼里啪啦将够得着的核桃打了下来，高处的核桃还在咧着嘴向他笑，他舍不得放弃它们。年轻时，只需两腿一夹，就能唰唰唰地爬上去。他试了一下，树干太粗，手抓不住，腿也夹不牢，显然，树不是以前的树，他也不是以前的他了。他在房后找到一架已经明显坏朽了的木梯，只要爬上三米多高光溜溜的主干，上面横枝斜逸，有了落脚的地方，手攀着横枝向上爬就不难了。

站在光滑的斜枝上，身子紧贴着树干，感觉有点晃，不敢往下看。他一手执竿，很快就让周围的核桃与树叶一起嗖嗖嗖地落到了地上。最高处还有一个已经脱了青皮的核桃，顽固地挑在树梢上，只差一点点，就是够不着。突然间，似乎从树干上伸出了一只有力的手，猛地将他推开，大地一下子向他撞来，一声闷响，他什么都不知道了。不知过了多久，他感觉自己躺在了云朵上，在空中轻轻飘荡，耳畔响起了细水微波般的钟声，隐隐约约，仿佛从遥远的岁月里传来，渐渐响彻云霄，久违的睡意潮水般袭来，他感觉到了从未有过的安适，许多年来悬着的心以及郁积在心头的所有恐惧、焦虑、愤怒、不平和不甘都烟消云散了。

那台推土机轰鸣着向这边开了过来。

年末随记

又一个不眠之夜，不是因为失眠，而是硬撑着不让被瞌睡打倒。起得早睡得迟，或者干脆通宵达旦，是职责也是担当，只是所做的事情科技含量实在太低，总有一种浪费生命的惶恐和不安。一年就这样走到了头，心里总有诸多不甘，如果反躬自省，这不干别人的事，问题总在自己，懒惰和消极让人平庸，好在一切还算平顺，平平常常，平平淡淡，没有大起大落，也没有大喜大悲。每天坚持着读书和跑步。跨入了新的一年，有些事和有些人总是令人感动，让人在年末回想起来依然感动，还备受鼓舞。于是下决心新年里要洗心革面，做更好的自己。

过了个读书的节

全市第五届读书节 12 月 20 日至 22 日在邻县一所中学举行，读书的和假装读书的近五百人参加这个盛大活动，这个活动还有一个响亮的口号"阅读改变平凉教育"，如果大家都阅读，那么，我们的教育一定会被改变，问题是能做到吗？有人斗胆估计，在这些人里，2018 年读过一二十本书的也不是太多。一个盛大活动，自然少不了领导讲话，颁奖，先进人士的经验分享，专家讲座当然是主体，是重头戏。这个被称为读书节的活动还有一半叫"大夏书系读书节 2018"甘肃平凉专场活动，大夏书系是华东师大出版社搞的，讲座便由这个出版社的有关人士组成专家团队承担。汲安庆、徐明、林茶居、罗晓晖、任红瑚等。他们的讲座都很精彩，虽然记不住原话，他们所秉持的思想却与我的想法十分吻合。道理就是那么个道理，他们讲出来了，有高度，也有深度，不虚无缥缈，接地气，很实在，赢得了台下一片又一片掌声，这些掌声显然是发自肺腑的。他们是读书人的典范，他们阅读和写作的经验与阅历激励了我们。突然觉得人生的幸福有一类就是能常常在台上讲话，吸引台下的许多人不由自主地鼓掌。如果一个人的阅读和写作是一种获得，那么不折不扣的分享是付出也是获得，付出了时间和精力，获得了福报，这种福报来源于众人的欣赏。

　　汲安庆先生讲的是阅读的致用、致美和致在。读书致用自不必说，理当如此，如果没有实用性，只怕不会存在读书这回事。读书致在，我没听大明白，过后也想不起来他到底讲了什么。读书致美，我有同感。作为教育工作者，我赞同汲先生的这句话：努力让每一节课成为自己灵魂的节日。我只有比较短暂的教书生涯，后来就一直在讲台之外干些与教育有关的事。回想起来，有限的教书经历成了我今生最有意义的事情。从大学美丽精致而有历史感的校园，到破破烂烂的乡村中学，天堂地狱的差距，着实让人无法愉悦。后来突然明白了大学只是一个梦幻，而眼前这个残墙包围着的破瓦房里才是我的现实，这里承载着许多年轻生命的未来。我的饭碗就在这里，我只能在这里捞饭吃。这里的许多同事都有过不平凡的梦想，只是几年、十几年、几十年的无情岁月把他们打磨得平平常常了。心甘情愿地融入他们之中，成为他们中的一分子，才发现这里有这里的快乐，这里的生活并非一无是处。平淡的生活中总有超越平淡的快乐，特别是登上讲台，面对几十双明亮的眼睛，你的深奥或者浅薄都摆在了他们的面前，只有真诚地对待他们，才能活得更有尊严，于是认真备课，快速而仔细地批阅作业，在课堂上侃侃而谈，炖排骨一样花几节课去解析一篇精美的文章，看到他们脸上荡漾着愉悦的笑意，内心同样得到了极大满足。获取学生的赞同和认可，虚荣心气球一样不断膨胀，胆子也越来越小了，连黑板上的书写也一笔一画，工工整整。练了许多年柳公权楷书的功力也派上了用场，没有大呼小叫地去要求这要求那，学生作业本上的书写却平平稳稳，工工整整了。一学期下来，自己改变了不少，学生也改变了不少。没有喝喊和打骂，和颜悦色地教学，却让学生格外地认真谨慎。这让领导们吃惊不小，他们原来担心抓不住学生，混乱了秩序，搞坏了学生的考试成绩，没想到的是在全县的统考中，考出了最高的人均分。我让学生反复朗读课文，一遍两遍，十遍二十遍，像自己一样越读越有味，越读越爱读。读书就是娱乐，让自己高兴，让自己激动。大隐隐于市，我和我的学生一起把自己隐在了书里，忘记失败和卑微。让自己痴，让自己傻，让自己自大，最终有了十足的自信。我把自己仅有的藏书借给了学生，放假时提醒他们还回来。当那个小女生，胸前带着一把小小的水果刀，满脸羞涩地将一摞书放在我那张有着一圈圈年轮的破木桌上时，我惊奇地发现，每一本书都用报纸包了书皮。这些包上了封皮，被稚嫩的学子小心翼翼阅读过的书至今仍放在我的书柜里，二十年来，每当翻开那些用 20 世纪 90 年代初的报纸包了封皮的书，总会心头一热。

没有别的爱好，至今仍然保持了随手翻书的习惯。在功利和利己的时代，阅读的空气是稀薄的，这是现实，也是合理的存在。作为教育工作者，有机会向学生推行自己的想法，这无疑是十分幸运的事。我把自己的想法概括为读写，让低年级学生写话，中高年级写日记，一部分认真负责的老师也十分认同，竟然一丝不苟地指导学生去读去写。我不想邀功请赏，只想说说我的感动，数年前，在一个二年级学生写话本上看到了这样一段话，随手拍成照片存放在自己的博客里，文章的题目是《可爱的小狗》，内容是："奶奶家有三只小狗，豆豆是妈妈，欢欢和花花是孩子，他们都很可爱。狗妈妈很喜欢她的两个孩子，在吃食的时候，两只狗孩子吃剩下了她才吃。就像我的妈妈对我一样。我可喜欢他们了。"这篇写话是用铅笔写的，还有几个别字，让我确信并没有成人的参与，其实成人也未必能写出这样的文字。好几年过去了，这篇文章仍然让我心潮澎湃。这里是山区，绝大多数是留守儿童，他们的学习完全依赖老师。我不知道这个孩子现在怎样，算起来应该上中学了吧。这些年里，我还会时时打开博客，去看那篇用铅笔一笔一画写在田字格里的文字，那么简洁，那么有思想，那么有深度，充满了爱。这些年里，我还在老吃老做地提倡读写，自己也还在不断地读和写，仿佛一只鸟，在自己亲手编织的笼子里放声歌唱，无意中却做到了放眼世界和未来。阅读对我而言到底是致用，致美，还是致在，我分辨不清，也不得而知。

心中有美，万物皆美。我们要不断建构自己心中美丽的心象，心象的高下，直接决定我们生命境界的高低。这两句话是汲教授讲的，也是我心里想的。心里有什么，眼里就会出现什么。不管身在何处，都是身处天地之间，不管睡在草屋里，还是睡在豪宅里，都是睡在黑夜里，睡得着，睡得香才是最好的睡眠。心中有爱，土窑也是福地。

我牢牢记住了汲教授那句话："学养修为不够是我汲安庆的耻辱，不被肯定或重用是一个单位甚至一个城市的耻辱"，并不是因为他的这句话赢得了周围的阵阵掌声，而是这句话让许多人都有一种如释重负的快感。许多人的心理得到了慰藉，内心的天平得到了平衡，正如杨叶老弟所说的"如果达不到让一个城市、一个单位耻辱的高度，可以试着让一个人感到耻辱。"新的一年，我们还是要多阅读、多书写、多做事，荣辱得失，大可不必计较。

徐明教授讲的是《教育的芯片和学校的名片》，作为一线老师，他讲的是教育，金句频出，他说概括当下的课堂问题，主要有目标不明确，不会举例子，不会迁移，概念讲不清楚等问题。当然问题还有很多，一言难尽，他讲当前教师生涯的走向是边缘化倦怠与人生价值实现的纠结，这些问题仿佛是土生土长的，难道他所在的发达地区与落后的西部有着同样的困惑？他也试图开出医治的方子，让我们敬天地，爱家国，信未来，立天地志，行天地远，乐学向上，走好每一步，守好今天的门，打开明天的窗。他把日渐衰落的乡村和小城市定义为黑白城市，让我们身在黑白的城市，却要做彩色的梦，其实，我们一直都是这样做的。

诗人林茶居讲座的题目是《"膝盖"上的教育》，如果说教育是个婴孩，那么老师就是那个摇晃者，正如风是树的摇晃者。诗句具有跳跃性，诗人的语言也是跳跃的，稍不留神就会错过许多东西，再也无法跟上他的思维，仔细听，他的语言跟他卸掉帽子的秃头一样闪闪发光。

"语文狂人"罗晓辉博士披一头蓬乱的长发，他语言十分犀利，他讲的是《文本阅读：追求正确的阅读教学》，他说文本是有边界的，具体讲了阅读的三个关键词：证据、理性和情理。痛批了教学参考和教学大纲上许多教条化的东西，强调阅读要忠于文本，这些观点我也曾经写过文章，阐发过类似的看法。相对于许多有名的学者，他无疑是货真价实的，因为他有质疑的勇气和批判的精神。在学者很多，做学问的人却少得可怜的当下，他是真正做学问的学者。

最后一个做报告的是一位女士任红蝴，她讲的是脑科学，同样精彩而更偏向科普。因为到了最后一天的最后时刻，疲惫不堪，加之心思已经到了返回的路上，所以听讲的人已经缺少了专注，后排也空旷了许多，等她讲完后却还有一个沙龙的环节。天光渐渐暗了下去。那天是 12 月 22 日，周六，冬至日，一个星期里最疲惫的日子，又是一年中最无精打采的日子，黑夜强盛到了极点。我们走出会场天已黄昏，灰蒙蒙的天空却慢慢透亮了许多。那么多读书人，聚集在存放佛指舍利的大云寺所在地，他们头顶上智慧的光焰熊熊而起，直冲云霄，大云寺上空，盘亘多日的铅灰色云层悄然消散，温暖的祥云浪花般翻卷起来，渐渐变成了丝丝缕缕的橘红光芒，轻盈而锐利，缓缓喷射开来，普照了泾河两岸的角角落落。

读书人自带光芒。

在这个群体里，光焰最旺盛的要数杨叶主任，十年前类似的一个活动中，我们认识了，那时候的他还是个毛头小伙，善言谈，话语风趣，几句话就能煽起热烈的气氛。如今为人却十分练达，这次读书节讲座的几位专家都是他的老朋友。我们见面只有几次，只在偶尔读了对方的文章有感而发地交流几句，年关节日互致一半句问候。陇原以陇山为界，以西为陇右，以东为陇东。我在陕甘交界的陇东，他在陇山以西，我们同属一市却被关山阻隔。他们是教育强县，高考十分有名。三苦精神我们学习了几十年，终究没有取得真经。忙着学习人家的苦，岂知苦是不能学的，关键是自己怎样实实在在地做。学习永无止境，有时候也永无出路。他教高中语文，还编教辅书籍，是某学生期刊的专栏作家。这些年他在语文教学天地里闹腾得动静不小。建立文学社，创办刊物《初心》，开辟"初心"讲坛，组织文屏山采风和"重走长征路"系列活动，还组织学生开展暑期游学。每年指导学生发表作品近百篇，还编印学生作品集，孩子们被他鼓动得热情十分高涨。他是有教育情怀的人，他们的活动常常被媒体报道。这次他翻越陇山关隘来到泾河之滨，我是要尽地主之谊请他搓一顿的。我们事先相约，不见不散，岂料他的学生非请他不可。酒桌之上历来谈天说地，我们谈文学，谈教育，难得这样尽兴。这次还遇见了两位也读也写的人，原来爱好阅读的人从来都不孤单。我们在十几分钟时间里聊得十分欢快。在这世界上，最大的快乐就是和有趣的人坐在一起。参加一个活动最大的意义，就是见到了趣味相投的人。许多年后，留在记忆中的也只有见过的这些人，至于那些激情澎湃的讲座，听过了，也就忘记了。没有侮辱人的意思，我只是现学现用，原样照搬了台上一位专家的话。

跑　步

一个年近五十的人自觉开启了锻炼模式，是不是表明他已经老了？在身体连连发出预警的这些年里，想得开了，放得下了，也热爱起了锻炼，因为锻炼能赢得一天脚步轻快和身体轻松。起初和许多人一样饭后出去走步，本以为自己从此进入暮年，在缓慢的时间里缓慢地走一走，也是生命该有的状态。一个偶然的机会，被人拉进了跑团。那是跑步的一个组织，上百人参加。令人惊讶的是一个小地方还有那么多热爱跑的人，他们每天研究跑的学问，谈论跑的话题。网络上有个叫咕咚的跑步软件，下载到手机上为跑者计步，打节拍，报里程。坚持每天跑的人都有不俗的业绩，有人每天跑二十公里以上，跑十多公里的占大多数。入了伙就得向团伙里的人靠拢，就像上梁山，应该有个投名状，可是第一次跑，跑一会儿，就上气不接下气，脚底像生了根，要长在路上了。这还不算，心里总想着停下来喘口气，这样跑跑走走，坚持了一阵就打道回府了。以后的日子里，断断续续地早起跑步，咬牙坚持，望着前方的树木、路牌和岔道口，为自己定下一个目标，坚持到前方那棵树，那个标牌，那个岔路口后，再确定下一个目标。不断地确定小目标，又不断去刷新这些目标。所谓坚持，就是不断向自己要赖皮。必要的时候，人是要对自己狠一点，不断地默默许诺，又不断地在目标达到后，又确定下一个目标。奔跑过程中还可以思考一些问题，也可以默默梳理一下近来的工作，或者干脆什么都不想，将思维放空，就不觉得累，不经意间已经跑了许多路。

两个礼拜后，已经能够达到一次跑五公里的目标了。天气越来越冷，有时候也会被怯懦打倒。睡觉前看到一篇微信圈里的文章，说上了年纪，静养也是一种养生方法，还有文章说天冷的时候，大清早出门跑步容易中风。有人能说出关于跑的一百条好处，也就有人能说出关于跑的一百条坏处。似乎每一种说法都有道理，就看这个道理怎样讲，鞋子是不是合适只有脚知道，跑是否有益也只有跑者自己心里明白，绝大多数人因为跑而身体越来越健康，也有极个别人因为跑而一命呜呼。没有特殊情况尽量不让自己偷懒，偶尔不想坚持，也要放自己一马，跑与不跑都是在善待自己。平常的日子独自面对孤单落寞的自己，咬咬牙对自己狠一点，一天增加那么一点，积累下来，某一天回头再看，就有点不同寻常。汗水濡湿了内衣，冲一个凉水澡，换一身刚洗过、带着芬芳的衣服，感觉实在太美了。在家里完全可以做到，只是在乡下的单位里，不太方便，每天早上跑步回来，学生已经陆续到了校门口。必须比城里人早一小时投入工作，才能跟得上自己在乡下工作的节奏。脱掉外衣，一边洗脸一边筹划这一天的事情，孰轻孰重，孰缓孰急顺便梳理一遍。接着整理书桌，打扫卫生。脊背上一片冰凉的时候迅速关门闭窗，三两下换一身衣服，这下就可以进入工作模式。

人，就是被灵魂驾驭着的臭皮囊。许多时候，灵魂还在飞翔，肉体却轰然倒塌，这是人生的无常。肉体垮了，灵魂也不能硬撑。拿什么来加固肉体，锻炼显然不可或缺，这是当前公认的说法。锻炼又是什么，锻炼就是让肉体受苦受累。跑步便是如此。跑后，双腿不再沉重，身体轻灵，精神奔放，心情愉悦，头痛脑热随汗水蒸发。十年前一位诸病缠身的熟人开始了他的奔跑，坚持一段时间后，那些纠缠不清的杂症一个个减轻，一个个消失，如今，花甲之年的他仍然奔跑，他说他跑上了瘾，再也停不下来。这一年经历了诸多的挫折和失意，岁数一大把，也时时处于不懈努力之中，许多机遇还是再一次擦肩而过，本该轻而易举的东西却意外地失之交臂了，原因何在，当时想不通，过段时间也就想通了。时间是最奇妙，最能给人治愈的东西。在时间的长河里，一切都会过去。短暂的不快，绝不能动摇我们的信念，要用高涨的情绪与内心的消极情绪对抗，以积极的态度继续自己坚持的事情，让灵魂和身体奔跑在路上，获得内心的自信和身体的轻松自在。不得病就等于多挣钱；有自信，仍然昂首阔步，又有谁能奈何得了我。

已经时断时续地坚持奔跑了 36 次，134 公里，最快的速度是每公里 4 分钟多，坚持最长的时间是那次 1 小时 13 分钟，最远的距离是 7. 08 公里。这些记录还会不断刷新。不经意间，跑过的距离累计超过了去宝鸡或者平凉的路程。有生之年能否拿下绕地球一圈的奔跑，不敢去算这个账，只想让自己越来越轻盈，越来越坚韧，越来越健壮，越来越有信念。

这是今年的最后一天，明天就是明年，还要坚持奔跑。

荒草寒烟北芒山

由于和这个世界的诸多牵连，我并不想过早碰触死这个词，以至于不得已走进墓地，总有如临深渊的心悸和不安。一个走向未来的人，同时也向终点走去。终点是人生的高峰和没落。一生的旅程，有的人走得平顺，一路凯歌，有的人遭遇坎坷，困厄颠踣。好在殊途同归，谁最终也会成为浩瀚黄土里的一抔黄土。

不愿去，又不得不去。墓地里全是过往，也全是传奇。浩浩黄土，荒草寒烟，一切都沉默不语。那里并不是亲情互动的盲区，思念的信号直抵一个个土丘。在梦境里，在意念中，地下的亲人始终与我们同喜同乐。

墓，作为人最终的掩体，它并不是思想和精神的归宿，躯体进入墓穴，与大地融为一体，灵魂却活跃在书本上，或者作为门前他种的一棵遮阳挡风的树，永远被人挂念和尊崇。

一个停止了呼吸的人，墓穴是他新的也是永久的居所，若干年后，这个居所隆起的土包或许被岁月夷为平地，作为一个人最后象征性的符号，不知不觉间从人们视野里消失，这是一个人的第二次死亡。我见到过历史最为悠久的是孔子墓，那年去了孔林，看到满园的古柏和一个接一个的墓冢，不由得感叹那些奇观。跟着导游的旗子在孔府、孔庙和孔林跑了一天，只觉得在这圣贤之地，只有孔子的墓冢更接近孔子本人。孔府有和北京故宫一样众多的殿堂和阁楼轩榭，这些建筑因孔子而存在，却似乎与真实的孔子无关。孔府有个窄窄的巷道，据说是用来选美的地方，凡想嫁入孔府的女子，必须从窄窄的过道里直直地走进去，不能侧身，肩头不能触墙，这样高挑俊秀的身材，再配一副姣好如花的脸庞，才能进得了孔府。孔府的富丽堂皇当然属于后世的种种需要，与一生清贫的孔子沾不上边。作为草根学者，孔子生前不会有豪宅，也不会预料死后有如此广袤的能够容纳后辈子孙的陵园。在孔子墓前，许多人叩头膜拜，孔子受之无愧。一个教育工作者，在他离世两千年后，竟有这么多的人跪倒在他的墓前，他的事业果真是太阳底下最光辉的了。

生命的突然坍塌，罪魁祸根形形色色，疾病是最常见的肇事者。面对病魔那样有名而无形的暴徒，他有罪，我们却无法追责，他是让一个人驶出生命轨道的肇事者，我们却无法给他量刑或者定罪，找不到责任方，事故的善后处理就十分简单。选好安葬的时日，按部就班走完所有程序就入土为安了。

死亡就是闭上眼睛，让躯体放空，不再醒来。如果真有灵魂存在，那么死亡就是对灵魂的放逐，也可以说是灵魂放弃了破旧的老房子，永远去了，去了哪里？谁也不知道。人生就是书写故事，故事的转折过于猛烈就成了事故。猝不及防的事故，让一个人永远闭上了眼睛，他没做完的事，没走完的路，都留给了别人。他做过的事，走过的路，就成了一种永恒，让牵挂他的人时时想起。

老年人寿终正寝，或者因病辞世，有一套安葬的程序，一般是三天、五天或者七天，还有时间更长的，这期间请阴阳先生诵经，入殓，请当过什么长的先生行礼，一番程序走下来，得折腾好些天。老人在世时，孤苦伶仃，无人照管，去世后却迎来了庆典一样的丧葬典礼，锣鼓喧天唱大戏的也有，让人想不明白到底是在哀悼还是在庆贺？总之，一个人生命的终结，就是让庄户邻里、亲戚朋友用一场酒宴画上句号。

事故越是突然，牵扯的是非就越多，入土就越艰难。比如一次朋友之间的宴请，酒席散场后，某人突然倒下，与这个欢乐的世界不辞而别，不管是饮酒过量，还是突发疾病，这场酒宴难辞其咎，于是摆酒场者和参与者都直接卷入了事故之中。这些年，请客吃饭的事故频频发生，宴请的风险越来越大，几乎成了人命关天的大事。席间把酒言欢，散场后提心吊胆。倘若发生伤亡事故，家属都要闹一闹，这似乎成了惯例，一闹就有人害怕，就有赔偿。那年发生了一起车祸，某单位的轿车与迎面开来的一辆小货车相撞，坐在副驾位置的人当场死亡。肇事的货车是一辆借来的无牌无证的报废车，车上装着从工地上捡来的断砖，车和货物都不值几文。驾驶货车的人入狱，家里没有一样值钱的东西，无法给予赔偿。死者家属找到单位闹，十多天的拉锯战之后，单位补偿家属几万元了事。

公墓就像特定的营房，集中了所有灵魂逃亡后的躯体。魂灵已经踏上了黄泉路，还是仍在别处游荡，在这墓碑如林的地方，任你做出何种推断，都是你自己的想象。看到过公墓里的许多墓碑，刻了墓志，无非是作了个标记，字不少，内容却很空泛，粗略地记录了生平之外，再也看不出死者更多信息。朋友唯一在外地工作的叔父于去年突发心脏病去世。刚刚迈过花甲之年的叔父，是个颇有传奇经历的人，十三岁就因吃不饱肚子去煤矿当了工人，由于为人诚实聪慧，又好学上进，只上过小学的他从打杂起步，干过煤矿的文书，做过采购员，一直干到中层领导岗位，五十多岁提前退休。他一生走过许多地方，跟许多人打过交道。待人和善，走到哪里，都会有许多人围着他说长道短。可是外面的热闹毕竟是外在的，他骨子里还是十分喜爱老家。回到老家，他总要在沟沟洼洼的一条条小路上走走，在塬边山峁上站立许久，凝神眺望。还不由得感叹：还是老家好啊！可是他去世后，并没有回到老家，而是安葬在他生活的城市的公墓里。春寒料峭，远处高山上还有积雪。公墓所在的山并不高，细流在沟里迂回，凝成了一道道白亮亮的细线。那是一个山梁缠绕，山峦叠嶂如折纸的地方，公墓就在面向南的半山上，避开了北风的嘶叫，山湾里本来十分清静，只是层层梯田一样的墓地，一个紧挨一个的墓碑，拥挤，嘈杂，繁乱，纷扰，陌生，缺少了老家的那份亲切和温暖。许多事情，都是别人说了算，活着尚且如此，死了更由不得自己，也就随他而去，哪里的黄土不养人，哪里的黄土不埋人？

常常看到影视剧中一个人死了，战友或者亲人掘土埋人，竖起一块某某某之墓的碑子作为标记，烧纸叩头了事。生活中，立碑是个庄严的事情，通常情况下，人刚去世，忙于安葬诸事，三周年祭日或者之后的清明时节才在墓前立碑。

到处都是俗套空洞的文章。人死后的祭文或者碑文更不例外，也的确很难实在。空有空的好处，一是不惹人，二是不惹事。历史上两个写墓碑的大师，一个是汉朝的蔡邕，一个是唐朝的韩愈。蔡邕写了许多碑文，文采华丽，全是溢美之词而为后世诟病。相比之下，韩愈的文章要公允真实得多，《柳子厚墓志铭》就是一例。按理人的一生与一篇千字文相比，是无比漫长、广阔和丰富的，可是当一个人离去，除简单的履历之外，我们却很难说清他与别人的不同，他和我们大家一样平淡地过完了一生，没有一点传奇，也不知道他曾经想过什么，说过什么，他的思想和作为很难说得清。曾经参加过许多人的葬礼，听先生做了三四十道文，念了大半夜，却没有一个不是套话的，天下文章一大套，每一篇都是相似的空话连篇。当然要实实在在地为一个人画像，做出中肯公允的评价，也是难上加难，不易做到。

一位业余被人请去撰写祭文当行礼先生的熟人，接了个三周年祭日立碑的差事。因为托付立碑的人很有身份，为了慎重，熟人请我帮忙，实质是为他做伴，我陪他去了渭北山地凤翔一带的多处墓地。较为详细地阅览了一些碑文。我知道，不管碑文好坏，每一个墓碑下面都有一段惊心动魄的传奇，粗读这些俗套的碑文，仍不由得感喟世事无常，人生如梦。在一个小山包的半山腰，麦田地埂下面是一排排墓茔，一个墓碑上贴着年轻女子的半身像，面含微笑，如沐春风，漂亮温婉。临近清明，关中平原西北梢小山坡的柳林已经染上了鹅黄，麦田绿毯一样铺展开来，山洼里一片片山桃花落霞般烂漫，正是适合祭奠亡灵，倾诉思念的时日。女子的碑文记录了她只有二十八岁的寿命，一小段墓志闪烁其词，但还是能看得出她在最灿烂的花季遭遇了意外，到底是疾病发作，还是遭遇车祸，或者因难产丧命，不得而知，落款却是她女儿的名字，显然她的女儿还未成年，不可能为她立碑。她女儿名字背后一定另有其人，最好是她的丈夫吧，那么作为丈夫，他为什么不去堂而皇之镌刻自己的名字，却要假借女儿之名呢？或者另有其人，那个人又是谁，不会是她的父母吧？她意外离世又引发了怎样的一场争斗？嚷闹，泣诉，上访，索赔，是不是数完钞票才平静了激愤？这些年，社会日新月异变化着，可安葬的观念却仍然徘徊在几十年甚至上百年前，一个少妇能安息于公墓而且有人立了墓碑，真可谓不幸中的万幸。一切的一切，不由得令人感叹。

陕西的黄土埋帝王。无数次路过，从长武、彬县、永寿、乾县、礼泉、咸阳到西安，沿途帝王将相的陵墓很多，在飞驰的车内一眼可见的当然是乾陵。乾陵是一座大山，叫梁山，北高南低，山上还有三座突出的山包，最北边的一个就像一个头颅，中部两座山包叫乳峰，当地人叫奶头山，据说从高空俯视，乾陵形如一个睡美人，四仰八叉地裸躺在艳阳之下，晴日里蓝天白云，阳光焯焯。阴雨天，细流涓涓，山水丰腴。

那年去咸阳看望一位患了肝癌的同事，从医院出来找不到返程的直达班车，只好节节倒车，临近中午到达乾县，等不到班车，却被一辆出租车拉到了乾陵，没想到乾陵如此之大，步行登山，匆匆下山，竟然花了四个多小时。在梁山顶上，许多人一声不吭地在石头缝里刨土，用装过食品的塑料袋提土下山。同行者解释说在帝王墓上挖土，为的是带回去添坟，沾沾帝王贵气，让皇家福气旺自家子孙后代，转运势，求富贵。

世间许多不平事，往大里看，总归是公平的，无论多么奢华的人生，终归灰飞烟灭。不管帝王将相，还是贩夫走卒，一个人的安息之地最好是清静的，不要成为后世闲汉的游玩之地，熙熙攘攘，纷纷扰扰。帝王英雄终归还是人，自诩"拥有海洋四方"，也的确横扫了亚欧大陆的铁木真，一生征战，杀伐无数，折戟六盘山下，选择了沉没泥土，与天地同在。成吉思汗安葬时，只在平地上掘坑，下葬后驱赶十万战马纵横驰骋，将墓包踩平，后世再也找不到一代枭雄成吉思汗的踪影。来到世上轰轰烈烈，离开后干干净净，不留下一点影迹。

游乾陵，也算登了一回山。游人很多，喜气洋洋，墓地就少了阴森的感觉。

山下懿德太子墓，有园林，有雕塑，只是陵园冷清了许多。进入大厅，便是墓道的入口，墓道更像一个精致的矿道，斜坡直直向下延伸，侧壁上有射箭围猎、骑马打球、观鸟捕蝉的彩绘场景，还有肌肤丰腴的仕女壁画，下面尽头有一个玻璃罩围挡的黑色棺椁，墓室里潮湿阴冷，寒气彻骨，凝重的气息给人强大的压迫感。

可怜生在帝王家。聪慧的小太子也架不住特权者的淫威。被人谗构，遭生母杀害。原因是他与人窃议面首张易之兄弟，惹武则天盛怒，十九岁的年少之躯就那样玉碎香销了。世界本就荒诞，生在帝王家贵为皇子皇孙也要经历荒诞。生得越是富贵，有时候越难以掌控自己的命运。不光当皇帝需要智谋，当个皇子皇孙更是难度不小的技术活，首先要会看风向，把持好自己，将嘴闭牢靠。那个貌似太平盛世的大唐王朝需要的是眼不能看，耳不能闻，口不能言的皇子皇孙。历史更像一出闹剧，剧中人锦衣玉食，却摆脱不了人世间荒诞不经的生死无常。

黄昏的西天边神秘莫测。此刻，站在楼前的大桥上，太阳从西天的云口落下，大地正在被黑夜浸湿，直至淹没。西天边就是天光的埋藏之地。小时候每当夕阳西下时，站在塬边上遥望，总觉得太阳落下的地方还有一个村庄，奶奶去世后，灵魂飞向了那里，那里埋藏天光，昏昼的轮回刚好与我们的村庄相反，我们的白天就是奶奶的夜晚，我们的夜晚就是奶奶的白天。不管在奶奶的村庄，还是在我们的村庄里，黑夜过后，还会有万丈光芒喷涌而出，新的一天，从头再来。

如果天堂真的很美

一

父母离世后的这些年里，内心总是空落落的。日子越来越匆促，我越来越深感孤单。心里总像压着一块石头，几个月不回一趟老家，就寝食难安。逢年过节，在父母和奶奶的坟前烧些纸钱，算是暂时搬掉心中块垒，舒缓一下压力，内心顿时轻松畅亮起来。每次回去都要在房前屋后，角角落落走走转转，在我们曾经一起生活过的老庄子，每一孔窑洞前静静站立一会儿。我能感觉到亲人还在那里，他们关切着我，并没有断然离我而去。我不由自主地走到已经荒芜的菜园前，在伸向沟壑很长的山嘴上张望，似乎看见了劳苦一生的爹妈，他们还在涝坝岭下的承包地里耕种、除草，挥镰收割，或者正背着沉重的柴捆、草捆在陡而崎岖的山路上艰难地挪着步子。一年又一年，日子像风一样来了又去，悄无声息，记忆中的点点滴滴却被岁月擦拭得愈加明亮，我要把过去的点滴记录下来。

父辈那一茬人大多寿数不长，有的五十多岁就一病不起，或者过早地遭遇这样那样的变故永远离开了我们。我仔细想过，最主要的原因是生活压力大，负担重，劳累过度。我们那里塬高沟深，吃水得到深沟里挑。庄稼大面积在塬下的山地里，山地劳作强度很大，体力消耗过度，过早透支了生命。其次是医疗条件差，小病累积成大病，直至不治。父亲三十多岁因常年劳作，过度劳累患了肺气肿、支气管炎，最后发展为肺心病，于2002 年 2 月 25 日（农历正月十四）永远闭上了眼睛。

父亲生于 1941 年 5 月 17 日（农历四月二十二日）。父亲一代是"志"字辈，每年正月家族的老影被挂在客厅供奉，家门的兄弟叔侄一一前来烧香参拜。父辈的名字在老影上工工整整排列了几行，正书字体，欧体风格，下面还有几行空格。父亲姓名的第三个字取了田字，立志于田地，是本分也是责任，却注定了一生艰辛。父亲六七岁时祖父就去世了。听父亲讲，那天他放羊回家，祖父摸着他的头再也没有说出一句话，永远地闭上了眼睛。那是历史性的一天，父亲的命运从此定格在放牛放羊做庄稼活上。夏日耕地，天不亮进入田地套上犁架，卸了犁，还在地里挖地边，打土块，直到日头偏西。冬天也不闲着，从陡峭的深沟里背一百多斤的柴捆，在门前摞起长城一样巍峨的柴垛，或者推着木轱辘车往地里运粪。天天都有活计，闲不下来。

父亲的青年正值农业合作化时期，那时候侍弄庄稼全靠人力和畜力，耕地拉车都少不了强壮稳健的牛，养牛便是头等工作，生产队几十头牛的饲养，很长时间都是父亲领衔。因为父亲的诚实负责，生产队才把如此重要的工作分配给他去做。父亲不负重望，把队里的牛群饲养得非常壮实。在父亲看来，牛最通人性，使唤它们必须顺着性子，它们就十分温顺。过分苛刻犯了脾气，它们就横着走，很难驾驭。谁在耕地时发泄情绪鞭打了牛背，他都能一眼看得清楚，为此经常愤愤不平。

父亲当过队长，也在人民公社的大会上抱过镜框做的奖状，在窑洞的中堂位置挂了许多年，劳动模范是对一个农民的最高褒奖，也是最为珍贵的荣誉。

农业社时期的收获季节，金灿灿的谷子、小麦、玉米全然以小山包的形式堆放在土场里，晚间如果天气晴好，就不用当即装进库房，晾晒数日直至干透方才归仓。这期间，金色的粮堆夜间看护和管理，并不需要人值守，生产队制作了一种类似皇帝玉玺的大印，上面刻了左右结构或者上下结构的一个大字，分作两半。印板是木刻的，一半由庄里各家轮流保管，一半由父亲掌管。日落时分，场面上晾晒的粮食收堆成丘，呈圆锥状，将分别由两家保管的那两半个印板同时拿到麦场上合在一起，在麦堆上印满字，等于划了一道道德的红线，这样就可以防止黑夜掩盖下的偷盗。常年保管印板的人家必然实诚守信，深得大家信任。人心就是一杆秤，在这杆秤上，父亲的品格是很有分量的。

父亲精通剃头手艺，他并没有靠这个手艺赚钱，而是免费服务。只要有人找上门，母亲烧水，父亲磨剃头刀。准备停当后，一边聊天，一边剃头刮须。父亲手法娴熟轻捷，又心气平和，不急不躁，常常为村庄里的兄弟和爷孙叔侄刮掉一头一脸的烦恼，让他们一身轻松。

父亲善良温和，从不与人争强。我上中学时，他怕我对念书过于上心伤了脑筋，说身体要紧，至于书能念到什么程度，也不必太强求，只要努力就是了。参加高考那年，父亲说考上了就继续念，考不上了就当农民，天下农民也是一层人，将来干啥其实都一样。不管干啥都得一心一意，尽自己最大的努力。他用这些话舒缓我的压力，我是在这几年才突然悟到的。

许多隔壁邻家，兄弟叔侄之间，往往为了地畔或者鸡猪猫狗的琐事恶语相向，甚至大打出手。有些人逞能争强，张牙舞爪，十分霸道。父亲总是一声不吭，忍着让着。许多年后，站在老家的庄头上遥望，曾经熊熊烈火般的争执，洪水滔天般的恩怨早已灰飞烟灭。我终于明白了父亲的处世态度。宽容忍让，心气平和，人才能活得自然舒畅，海阔天空。

包干到户后，父亲买了几只羊，在地里干活时，将羊赶到地边灌木茂密的山沟里，收工时再捎带着赶回家。羊群迅速发展壮大。庄稼一枝花，全靠粪当家，羊粪是庄稼最好的肥料。那些年，我家的田地里不管种什么都长得快，熟得早，秆粗穗饱粒沉，家里大小粮囤都装得溜尖高。父亲还是早出晚归，不停不歇。

父亲青年时期劳累过度落下了哮喘的病根子，加之他旱烟抽得厉害，身体一天不如一天，后来我在电视广告里看到了一种特效药，据说是北京某医院的专利产品，每盒十瓶，一百二十元，邮购了几次，父亲的病情大大缓解了，可是后来再邮购时却遭遇了退款，说是没有通过国家正式检验，已经停产。那年春节放假，我回到老家，父亲病已十分严重，晚上躺不下，爬在摞起的被子上喘粗气。可是他就那样一直硬撑着，不让告诉我。老家找不到可靠的医生，除夕晚上，街道上仅有的两家药铺关了门，我和弟弟还在到处乱跑找医生。生活中，最让人心焦的是面对病痛却找不到治病的医生。好不容易到了正月初五，医院开始上班，我托人找了救护车，接父亲到县城的大医院里看病。几天住院治疗，病情很快好转。到了正月十二，父亲嚷着回家，医生开了些药。我在老街道转角处的一家老字号羊肉馆买了两份羊肉泡，用不锈钢筒子带回了老家，大伯来看望父亲，父亲情绪不错，在破铁桶做的茶炉上支起小锅，将羊肉烧热，弟兄两个边吃边聊，十分开心。谁知过了两天，正月十四中午，父亲突然胸口痛，头冒虚汗，家里顿时乱成一团，弟弟开了三轮车去找医生，还没开出村子，父亲的心跳和呼吸就已经停止了。

得到父亲去世的消息，我从县城赶回老家。漫天大雪，白雪遮盖了脚下的沟沟坎坎，天地一片浑沌和苍茫。正月十八清早安葬完毕，天气放晴，仰望晴空，清澈湛蓝。清明纯洁的天国，很适合父亲恬淡平和的禀性。我在心里默念，愿父亲在天国里安好。

二

2015 年 9 月 9 日（农历八月初七）是母亲去世三周年忌日。我和大姐、二姐、弟弟四人在老家院子里搭起帐篷，架起了锅灶，请了厨师，本庄的叔婶兄弟十几人帮忙，杀鸡宰羊，买了许多纸货，烧纸敬香，告慰母亲在天之灵。

门前古柳，皮粗心空，躯干虽老态龙钟，枝叶却依旧繁茂如浓烟袅袅。父母在世时栽植的核桃树，枝柯低垂，落到了屋顶上，成熟的核桃从裂开嘴的青皮里露出，不断从屋瓦间咣咣咣咣滚落到院子里。

母亲 1946 年 5 月 27 日（农历四月二十七日）生于梁原张家塬。张是那个村庄的大姓，母亲名梅香，就像一个隐喻，寒苦的岁月，让母亲受尽了人间少有的磨难。母亲出生的那个院落处在一座胳膊肘子一样的山湾里，肘弯向西突出，院子处在凹进去的半山上，面南背山，阳光格外明朗。站在院子里，眼前隔一道沟便是青青的山岭，夏天山岭上总有云彩般的牛群和羊群，吃草走动，历历在目。站在门前，就像面对一幅画卷。院落十分干净，几孔窑洞每年腊月都要用和了麦衣的黄泥平平整整地抹过，窑洞像新修的一样光亮而清爽。庄子周围有许多桃、杏、梨、枣和核桃树，它们从不懈怠。春天里一树繁花，夏秋必然有一树的累累果实。院子里用满身利刺的荆棘和胳膊粗的木桩围起一方菜园，炎阳下各样菜蔬蓬蓬勃勃。

母亲生我时难产，昏迷三天三夜才醒过来。那时候缺吃少穿，我出生后母亲没有奶水，奶奶踮着小脚四处求神问医，讨来了千奇百怪的偏方，为此母亲遭了许多罪。喝醋，还从锅底上刮下来烟火造就的干烟墨和水，一日数次地喝。从此落下了一身的病。

普通农家，母亲是最苦的。出门是繁重的农活，进门还得洗衣做饭，打扫卫生，经管孩子。晚上也不得消停，在煤油灯下缝衣做鞋，一直忙到深夜。那时候物资紧缺，粮食难以为继，常常吃了上顿没下顿，蔬菜也只有萝卜、白菜和洋芋。母亲总是变着花样为我们烹制各种吃食。就洋芋一种，能做出十多样，百吃不厌。我上中学的时候，学校远在三十多里外的镇上，背一周的蒸馍饼子到学校，过了周三就开始霉变，母亲想了许多法子，一半蒸，一半烙，蒸的馒头软和，周三前吃，烙的饼子在锅里烘得很干，不容易霉变，可以勉强撑到周末。母亲在面里打了鸡蛋，烙出来的锅盔厚、干、酥，十分好吃。

上高中时，周六下午回家天已黑透，母亲做好饭三番五次跑到村口探看，周日又在村口的山峁上伫立着，目送我远去。一次我洗头，母亲为我浇水，水掺得稍有点热，我叫了一声，过后母亲十分自责，她说我上学很费脑子，水一烫，脑子更混了，念书愈加费劲，她为此几宿没有合眼。过了许久她又说起此事，我说我并没有感觉到疼，只是水稍稍热了点，她才放下心来。我调到县城机关工作后，每到生日那天，母亲都要叫弟弟打通电话，郑重其事地叮咛，让妻子为我做一顿长面吃。至今每到生日我都会想起母亲的叮咛，心里满是酸楚。我从县城调到乡下工作后，回家看她，病中的母亲心情沉重地问我是不是犯了什么错误，我再三解释，她总认为城里的单位是领导机关，管着乡下的单位，何况乡下条件差，生活不便，一定是发生了什么事，放心不下，嘱托弟弟打听。

2000年7月8日（农历六月初七）清早，老家正在碾麦子，等到麦子全部摊开，母亲就不停不歇地牵着那头麻驴到塬下的深谷里驮水，天很热，回到家里已经乏困不堪的母亲感觉左腿发软，很快左胳膊不能动弹，随即挪上炕歇息。谁知病情发展很快，第二天早上左半边身子不能动了。弟弟搭班车将母亲送到县医院，我接到弟弟电话后赶了过去。医生不能确定是脑梗塞还是脑出血，让住院观察一天，第二天我们租用了医院的救护车送母亲到长武县医院去作CT检查。跑前跑后再三请求，医院才派了医生和护士，费用很高，咬牙忍了，陪护的护士在临走时在值班室补妆足足等了一个多小时，急得人团团转。一小时到达长武街道，已经中午下班。我在路边的小餐馆里要了几道菜招呼医生、护士和司机，弟弟和二姐在车上陪着母亲，他们没有吃饭。检查其实很简单，一根烟的工夫结果出来了。是脑梗塞，只是梗塞的面积比较大，部位也特别关键，我们心里愈加沉重。整整一个月的住院治疗，母亲能够扶墙行走了，她坚决要回家，因为她知道，这么长的时间，住院费用已经让我们难以承受了。

那个炎热的打碾麦子的早晨，成了母亲一生的分水岭。母亲之后一再念叨那个早晨发生在她身上的一切，对我讲，对亲戚讲，对医生讲，对和她说话的所有人讲。但她的命运已经就此改变，从此她丧失了劳作能力，自由行走也越来越困难。

母亲得病十二年，历尽病痛折磨。每天三顿服药，引起胃痛、胃部不适和消化不良。在最后十个月的时间里，母亲彻底卧床不起，喝水、吃饭和大小便都得靠人伺候，弟弟两口子尽了世间至孝，一直服侍母亲到最后一刻。大姐和二姐轮流陪母亲住院，还经常抽空来看望母亲，为她洗头，洗衣服，擦洗身子。

2012年秋天，一个阴雨连绵大雾弥天的傍晚，接到弟媳电话，说母亲一整天滴水不咽，我急忙交代了单位的一些琐事，开车往老家赶，烟雾浓得像在眼前打了的一圈围墙，只能大概觉察到路边的树，往常开车半小时的路程足足走了一个多小时。弟弟正好开拖拉机去陇县播种小麦，下雨后道路泥泞，第二天早上才赶回家。那天夜里，母亲只有微弱的一丝气息。我叫她，她眼皮微微动了一下，眼睛再也没有睁开过。

母亲去世后，我们遵照老舅家的吩咐，请来了崇信那边的阴阳先生。祭奠那天，一整天念经超度。我们希望一生坎坷多难的母亲能在那边平顺一些。

母亲的墓就在我家承包地里，在地正中央，头朝东北，面望西南。与父亲的墓仅十几米远。

母亲三周年来临之际，我本想为母亲立个墓碑，可是在老家那个弹丸小塬上，没有一户人家立碑，先辈们习惯于默默地融入泥土。再三商议之后，暂时打消了立碑的念头。跟许多母亲一样，我的母亲普通而平凡，平静地沉入大地一定是她的心愿。

前几天，又做了一个梦，梦中自己被不知哪路豪强追杀，正在逃难的危急时刻，母亲出现了，她从宽大的衣襟里摸出一沓纸币塞到我怀里，我仔细一看，纸币竟然是单面印制的，原来是平常焚烧的冥币。惊醒后，不由得满眼热泪。母亲在世时，我孩子小，工资低，手头拮据。今天想为母亲做点什么，却阴阳两隔，永远办不到了。而冥冥之中，天堂里的母亲还在护佑着我们。

我宁愿相信人间之外还有另一个世界，它就是天堂，天堂真的很美，我那历经磨难的父亲、母亲，我那慈祥的奶奶，他们都能过得如愿顺遂，那么我宁可不让他们再回来，永远不要回来，就像一首歌里唱的那样，因为我怕他们看见历经沧桑的我，会伤心地掉眼泪。

达溪河笔记

蝴蝶是会飞的花朵

立秋后的某个清晨，我们沿川西行，一小时后下了颠簸不断的柏油路，拐向南边一道山沟。沟仄林密，晨雾袅袅。两三里后，一座铁大门挡在眼前，阻断了进山的路。半路上修一座大门，这无疑是护林的妙招。

去路并未堵死。门墩向外是陡洼，草木繁密，不知深浅。铁丝网做的围墙已经破了一个缺口，一条小路堂而皇之地延伸了进去。路就像一条河，大门就像一张网，必须将车子过滤掉，却要让少数坚定的行人漏网。我们将车停在路边，沿小路绕了进去。山洼里灌木丛就像雷雨前空中堆起的乌云，层层叠叠，神秘莫测，人不由得内心悚然。突然间丛林震荡，丈把高的一堆灌木哗啦一声向一边倒伏下去，一只毛色土红、十分壮实的鹿，从一堆灌木丛间跃出，只一闪就不见了。我们在瞬间的惊愕中停步观望，如果不是它敏捷地转身跃起，倏忽没入深林之中，还误以为那是一头正在林间吃草的牛。大约一公里后，到了一个四合院前，道路再次阻断，一根碗口粗的洋槐椽挡在路上，大门口树下站着一个头发花白、皮肤粗黑的男人，不用说就是护林人。树干上挂着一个差不多十年前被淘汰，如今难得一见的直板手机。

我们上前搭讪，打听山里情况。这是深山里的一个护林站，由两个护

193

林员常年驻守，另一个听说生病了，请了长假，好几年不来了，这里就他一个人。男子姓刘，家就在沟外面的街道上。老刘最先在林场的苗圃上班，那里人多，种树除草的劳作十分辛苦。老刘年过半百，脑子不灵光了，脚步又慢，手里不出活，渐渐跟不上了，被调到深山的护林站工作。他明白自己的优势在于能耐得住深山老林里的寂寞，他认为领导的安排十分合理，他不来还有谁来呢？现在的年轻人一天都待不下去。一个人在这里，整天连说话的人也没有，到了冬天，一个月也见不到人。我说你可以唱歌，在院子里打拳，锻炼身体，否则会患上老年痴呆和脑萎缩。他说他不会唱歌，能哼个秦腔的调子，没记下戏词，算是胡哼哼。每天上山走一圈，出一身汗，就算最好的锻炼了。他每天九点钟吃完饭，背一瓶水，扛一把砍斧，沿小路上山转一圈，转山的时候偶尔会碰见另一个片区的护林人，他们隔着山头打一声招呼。我倒觉得他像个绿林好汉，如武松、鲁智深、李逵和李鬼等。他在山上哼秦腔，按大戏上的流程，先用嘴敲锣打鼓，然后哩儿个啷，哩儿个啷当地拉二胡，把调子拉起来，接着用舌头和嘴巴啦啦啦，啊哈哈地唱秦腔，心情好的时候唱得豪迈，激情澎湃，心情差的时候唱得低沉徐缓，呜呜咽咽。这样只闻其声，不见其人的唱腔，过去在山上放羊时，时常听得到。我完全能用自己的想象复原他独自演唱的景象，知道他唱了什么，怎样唱的。一个孤单的人，总得想办法制造喧闹，寻找精神排解的出口，把自己从孤独的林海里解脱出来。生活中，得与失、优与劣就像那树叶的正反两面，铁定的无法改变，活着，就得千方百计弥补种种缺失，营造某种氛围，让自己活得更好。

　　老刘见我们有点同情他，就说，其实他也挺好的，到了这个年龄，很适合一个人待着。现在越来越怕见人了，特别是回到镇上，脚下生涩，怕在街上露面，遇见熟人也不知道说什么，只好绕着走，在这里反倒自在，自由了。阴雨天，没人进山，山上也就安全了，他常对着院子里的打碗花说话，对着门前的那棵树说话，有时候对着那个老旧的房子说话，一说话时间就溜得飞快，往往错过了做饭时间。夜里那些东西就开始对他说话，所以他知道许多别人无法知道的事。菜园子边上的打碗花还对着他吹起了喇叭，时而欢快，时而忧伤。他能待得住，别人都很奇怪，其实他的时间很满，没有空闲，晚上就特别累，一觉醒来天就亮了。白天见到的东西，夜里还会见到，他心里的疑问它们都会如数解答，只是他脑子浑，一觉醒来大半都忘了。有时候白天上山没遇到的东西，夜里也能遇见，遇见了就和他说话。汶川大地震，那天本来就昏昏沉沉、迷迷糊糊的。中午，天空有点儿浑浊，他还在巡山，隐隐的头晕，以为生病了，就往回赶，走到大门口，发现路上黑压压全是癞蛤蟆，进不了门，他只好坐在树下的凳子上喘气。突然凳子像活了一样乱跑，眼前的路也像水里的蛇在快速游走，小树麻鞭一样甩出了响声。原本不动的东西都在动，原本动的东西却不敢动了，他担心这道深沟跟折扇一样，要一下子合上了。老刘说，他命大，许多时候都像有什么力量在冥冥之中护佑着他，不然的话，他早就没命了。那天，他亲眼看着院子里的土房子，向前走了几步，又向后退了好几步，却没有散架，过后还站在原地，站得还是那样坚定，连一条裂缝都没有。

　　山里狼虫狐豹不少，夜里能听到它们的嚎叫，却是远远的，隐隐约约的，没有一个敢靠近他住的地方。他能听得清晰的只有黎明到来时，鸟雀的啁啾。他整天扛一把老砍刀，在山路上转悠，黑洞洞的山林里，保不准随时会有一对贪婪的眼睛盯着他，按理危险时时都会发生，可是从来没什么危险敢靠近他。他在这里太久了，山上山下，所有出气的和不出气的都认识他，他不就是这里的山神吗？并不是艺高人胆大，老刘有什么武艺呢，他只是心实，心实的人干事踏实，干事踏实就有福报，逢凶化吉，遇难呈祥。他的自信和镇定别人无法想象，也无法理解。当然，山林里并非全是险恶，往往小危险与小乐趣并存，从春到秋那么多闹嚷嚷的花朵，冬天将来时林子里有许多野果子。野葡萄的藤蔓有碗那么粗，一直爬到了高树上，黑珍珠一样的果子一嘟噜一嘟噜吊在半空里。一簇簇、一堆堆的剪子果，落了叶子的枝头上缀满了红堂堂的小果子。还有山核桃、野梨、杜梨、山桃等。春天的花，秋天的果，还有各种鸟鸣和昆虫的舞蹈，整个山沟就像一个无边无际的大舞台，人的精神一旦融入，灵魂就得到了安妥，驻留在山林里，陶醉其中，心思也不再远走高飞。树洞里还有野蜂蜜，天渐冷时，蜜蜂全都缩进树洞深处，割蜜的人提一只塑料桶爬上树，系好绳索，用铲子收割熟透了的蜂蜜。作为山林的守护神，常年据守，便拥有了这里的山山水水，这一切正如自家的粮仓一样富丽，一样丰腴。在我们面前，他就像个富豪，在清点自己的财产，内心的满足溢于言表。这里就是他的家园，他没有理由不去尽心竭力做好主人。

平时来这里的人并不复杂，就三类：一类是专门检查，找问题，督促工作的上级；另一类是抓昆虫的，统计树木种类、测树高和树冠大小的，还有给山林里一些树木看病的，等等，他们一年也来不了几次；第三类就是吃饱了撑得坐不住，到处乱跑的闲人，或者难得悠闲，偶尔放松下来观览山水的。第三类人才是他时时提防的，他的主要工作就是劝返这些人，生怕他们溜进去生火野炊，或者抽烟，点燃了山林。山大林密，浩浩荡荡，却招架不住一根火柴头或者一个烟头的祸害。

晨雾支撑不住太阳的威势，很快就散得精光，秋蝉的鸣声，暴雨一样密集地砸下来。抬起头，一绺湛蓝的天空绸带般十分扎眼，小片的白云从天空飘过，针尖一样的飞机拉着白线从头顶穿越，似乎要把这个瓦蓝的伤口缝合起来。院子里种了几样菜，葱和韭菜有点没精打采，白菜、萝卜十分旺盛，一串串西红柿挂在架上，瓜蔓顺着房台伸展，碗大的甜瓜静静地躺在房台上。院子里蝴蝶雪花一样翩翩翻飞，闹闹嚷嚷。蝴蝶是会飞的花朵，湿润温暖的环境，正适合它们展翅飞舞，尽情绽放花朵的缤纷与艳丽。野花灿烂繁复，为蝴蝶提供了竞相绽放，一比高下的舞台。这里的蝴蝶模样繁杂，花色繁多。有的像指甲盖一样小巧，有的很大，展开了翅膀，就像张开五指的巴掌。它们分属好多家族，有着不同的血统，聚集在这道深沟里。相对于人，它们的生命有着朝生暮死的短暂，却欢快地扇动着五彩斑斓的翅膀，纷纷扰扰，忙忙碌碌，灿烂而辉煌。生命在该行动的时候就要忙忙碌碌，在该绽放的时候就要缤纷多姿，任何偷懒都只能让自己黯然失色。在这个世界上，懒惰只能让自己来过等于没有来过，白白走一遭，留不下痕迹。

老刘刚刚吃过饭。小窗小户的伙房让烟尘熏染得十分昏暗，走进去仔细看，伙房里碗筷锅勺，灶具十分简单。灶房里没接上电，没有电器和煤炭，老刘每天巡山时从山沟里捡些干柴回来做饭，晴天还好，雨天生火比较困难。我想起了一个故事，古时候深山里住着一个男子，家贫，讨不到老婆，父母下世后，一个人过活，出门一把锁，进门一把火，十分孤单，后来他在街上买来一张美人画，贴在墙上，晚上回来发现家里热气腾腾，饭菜已经做好了，以后天天如此，有一天他提早回家，趴在窗子上向里望，看见有人正在烧水做饭，正是画上的那个漂亮女子。老刘一个人生活在这么清静的地方，该有这样的福气吧？

老刘并没有提到他的老婆孩子，只说他隔两三周回家一趟，拿些菜蔬米面馍。我说山高皇帝远，你可以随时回家去，他说不行，上面抓得紧，管得严，一旦旷职被发现，要处罚两倍的日工资，他的工资每天刚好一百元。罚款事小，让人家数落根本划不来。年龄大了，待在哪儿都一样，何况自己一没多少力气，二没多少文化，在这条山沟里谋一碗饭已经相当不错了。再说，回到家里，自己心里也不踏实。有一次他病了，发烧，浑身不舒服，打电话请了一周假，可是在街上买了些药，回到家里却心急得待不住。夜里做梦，大火熊熊，他东奔西突，就是扑不灭，眼看着就要和山林一起埋进了火海里。第二天清早，他就急匆匆地赶回了护林站。老刘只勉强上过两年初中，十八岁当兵上过前线，立了三等功，复员后安置到林场工作。听起来一定有些传奇色彩，可老刘说他这辈子过得很平淡，当年上前线当的是炮兵，在那里驻守了三个月，隔几天得到敌人进攻的消息，就按上级指示打几炮。隔山发射炮弹，敌人的踪影都没见到，炮弹落在了哪里也不知道。撤下来后，全连立了三等功，后来复员，按政策安置到林场当了工人，一辈子稀里糊涂。说了那么多，我只想让他快点放我们进山，他答应了，可还得进行思想教育，他是个守职尽责的人。他说进山不能带火，看你们也是本分人，就放你们进去，只是山里面有野猪和豹子，草丛里还有蟒蛇，一旦遭遇了这些，那就十分麻烦了。路远，不好走，开车进去比较安全，再往里走手机就完全没信号了。在他这儿，手机只有挂在门前的树上，有时候才有信号。他说场长前天来过，今天不可能再来了，他找出了大门上的钥匙让我们驾车进去。正说着，门前树上的手机唱起了秦腔，一阵锣鼓喧天之后，就是一嗓子长腔，就像砍刀劈下来一样，高亢嘹亮，带着悲音，在空旷的深山里格外惊心动魄。老刘连忙跑进屋，端了个方凳子向大门外跑去。老刘站在凳子上接完了电话说，人说林子里邪，说谁谁就来，这话的确是真的，说曹操，曹操到，场长一会儿就到了，估计他们已经到了山门口，叫他去开沟口的大门哩。他把手机挂好，说场长坐的是越野车，快得很，检查也只是转一圈就走，最多半小时，结束了就让我们开车进沟。他叮嘱我们在院子里面等着，最好别让领导看见，场长几分钟就到了。说着急忙回屋里推出了摩托车，晃晃悠悠向山门驶去。

　　过了大约半小时，一辆中型货车开了进来，驾驶室里跳下来三个人，其中的一个年轻人有点面熟，被唤着王科长，是林业局的技术员。另一个中年男人见了老刘就说手机怎么一直打不通，打了十几遍，让他换个新手机，口气有点硬，像是埋怨，又像是责备，这人无疑就是场长了。王科长说他认识我，热情地跟我握手，场长和司机一下子对我们客气了许多，也跟着过来握手。他们挥动着精致的长杆网兜，在院子里捉了一些蝴蝶，分别装进透明的塑料瓶里。王科长看着我手里的佳能单反相机说，好些年不见了，还玩起了摄影，不错啊，正好可以一路走，跟我们到沟里面的水库那儿去，那里风景好。借了科长的光，场长也没说的，默许我们一同进山。驾驶室只能坐三个人，我们几个爬上车，站在车厢里，车子开得不快，却摇筛子一样颠簸得厉害，我们死死抓住车厢边沿，不让甩下车。

　　沟里面有几个水池，枯枝败叶落入水中，池水异常浑浊，这里没有可以捕捉的风景，倒是昆虫更多，各色各样，雪片一样乱飞，他们捕了许多蝴蝶、蜻蜓和不知名的昆虫。返回护林站，老刘还等在树下，看见车子开过来，慌忙移开洋槐横木。车子停住了，场长下了车，厉声呵问学习笔记抄了多少页，思想对照检查材料写好了没有。老刘急匆匆跑进去，从屋子里拿出笔记本和一份材料，场长缓步进去，在院子里翻阅了老刘的笔记，掏出笔在笔记本上签了字，还喋喋不休地说着什么。老刘显然有些不自在，点头哈腰地站在那里，一会儿场长拿着老刘写好的几页材料出来，一屁股坐上了车。我们搭货车到了山口的大门边，从车厢里跳下来。货车开走了，我们打开车门，车内热浪汹涌，只好站在路边，让聚集在车里的热气散去一些。骑摩托车跟着出来的老刘，对我们千恩万谢地说今天托了我们的福，场长只说了几句，并没有训他，他的笔记写得不好，没完成任务。个人剖析材料也一定没写好，字像鸡爪子画的一样，哪里敢让人看，领导也没仔细看，就拿走了，总算交了差。我安慰他说，能待在这里，思想上已经过关了，况且检查材料还是手写的，如今多数人脑袋都让电脑代替了，动手动脑写笔记，也成了苦差事，谁还能手写一份材料？离开了电脑和网络，挣破头也挤不出几句话来，你做得够好了。他看起来轻松了不少，略微羞涩地笑了笑，锁了大门，又骑上摩托回去了。

不得不感叹时间的飞快，和飞快的时间里那些日新月异。五年后的春天再次来到这里，护林站建起了新的砖瓦房，四合院十分阔气。车刚到门口，两个人闻声赶出来拦住了我们，我一眼认出了老刘，他显然比以前精神了许多，他们说通往山里面的路正在硬化，进不去，也坚决不让进去。

梨　园

1

陇山山脉由北向南一路蜿蜒蛇行，又陆续向东拐去，形成了七零八落的许多小山脉，沟壑峁梁相互交错，挤压出一条条大小不一的沟谷河川，东西向的是主干，如达溪河川、黑河川和泾河川。在达溪河川里，许多更加瘦弱的无名小溪，由南向北，或者由北向南冲出峡谷，投奔了达溪河，这些峡谷有的稍稍宽阔一些，有的十分逼仄，只是每个峡谷地带都分布着古老的村落，那些随山势自然摆布的村庄，至今还保留着农耕时代的淳朴、安闲和恬静。

达溪河畔的百里古镇，东边沟岔处有个叫稔沟的村子，向南有一道比达溪河川更细瘦的川道。梨园就在这道川里。站在狭窄的川道里放眼望去，那隐没在天际线下浩渺的部分会弥散一种特别的神秘感。满眼是深浅不一的绿，偶尔掺杂了星星点点白的、粉的、紫的花簇。听不到一丁点声响，耳畔却似乎万籁有声，只是听不清而已。

站在大山深处，举目四望，内心一片迷茫。不知是河流开辟了山谷，还是山谷造设了河流，总之，每一道山谷里都有河流缠绵的踪迹，每一条河流里都浸淫着山谷的豪放。梨园这个山环水绕的地方，夹在两道山岭之间，山岭之外还是山岭，无论向东还是向西，都难以突出群山的重围。苍茫的山谷由南向北绵延几十里，梨园遗落在山谷里，无论向北还是向南，都是曲里拐弯的狭长河川。

许多年前，曾几次路过这里。如今留在记忆里的只有与山上树木的绿波相映相连的无边的玉米和高粱。一条砂石小路沿河川蜿蜒，一会儿被溪流逼到了山脚下，一会儿又斜穿过青纱帐。原以为梨园有成片的梨树，如今梨树却很少。梨园这个地名，分明给人一种响亮的提醒——这里也曾辉煌过。在五十年前甚至更加久远的农耕时代，达溪河川道里土肥水丰，人烟稠密，是个自给自足的好家园。如今，我们完全可以从这个地名出发，作出一番美好的遐想，在遥远或者并不遥远的过去，这里一定有过一片芳香四溢的梨园。春天里，满川如雪般的梨花，覆盖了牛腰般粗壮的树干。黝黑而虬龙盘曲的树枝铁铸一般，树干上沟壑道道，灰暗的苔藓增添了树木的成色。松鼠在树枝上飞窜，蜜蜂在花间劳作。秋风漫过山野的季节，拳头大的碗大的冬梨成熟了，黄亮亮的。摘完了梨子，一场西北风刮过，一层寒霜铺天盖地，梨树渐渐由绿转红，霜越来越浓，叶子越来越红，满满的一道川失火了一般熊熊燃烧起来。山下人家院子里堆满了金灿灿的玉米棒子，窑洞外墙上挂了一串串火红的辣椒，整个川道里，人家的日子也红红火火。鸡鸣狗吠，炊烟袅袅，牧归的羊群腾起一股股尘烟，在山路上空缓缓消散。那是遥远的人间，也是今天我们梦中的故园。

如今这里已经不见当年的梨园，只留下一个符号般的名称，有点虚幻，也有点缥缈。

2

通往梨园的路已经硬化，尽管算不上宽畅，但过去那种晴天黄尘滚滚、雨天泥泞不堪的情状显然已经一去不复返了。从稔沟一路向南，老式的房子，各具情态的院落，错落有致地散落在道路两边。杂草丛生的碾麦场上，一个个小小的麦草垛经受了风雨打击，一身沧桑，静卧在场边上。碌碡孤零零地倒立在麦场中央，一个老人坐在碌碡上悠然地吸着烟，凝望远方，就像一尊雕塑，一动不动。

麦场边有棵一搂粗的核桃树，树枝突兀，芽尖初露，吊着毛虫一样的花穗。麦场一侧是个菜园，覆盖了一绺一绺闪着亮光的地膜，这个菜园着实让人激动不已，如今的村庄，不管闭塞的山区还是交通方便的塬区，村落很多，多数院落大门都交给一把生锈的铁将军把守着，还有谁经营菜园，侍弄蔬菜呢？红上衣、绿裤子的青年女人正在拨弄着什么，一只高大的黑狗蹲在园子一边高高的地埂上，竖起两只长耳朵，目不转睛地注视着园子里女人的一举一动。菜园边上一绺丁香，将园子和马路隔离开来。抬头望去，绿浪涌动的山岭上，一堆堆紫花繁星一样，让人眼前一亮。

水泥硬化路边的石礅上坐着一个老人，不远的路中间趴着两只土黄小狗，它们怡然自得，在汽车喇叭接连催促下，缓缓起身，慢慢离开。我们停车问路，高呼几声，老人才转过荒芜的脸庞，扬了扬下巴。梨园川道里住户越来越少，开车在路上很少见到人，牛羊也很少见。玉米仍然是河川田地不折不扣的主宰者，覆了地膜的土地就像穿上了白花花、亮闪闪的衣衫。

下午返回时，天阴沉了下来。在较为开阔的河滩上，羊群就像白色的花簇在缓缓游走。十多头牛，似乎饿疯了的样子，在河滩上风风火火地一边奔走，一边东一口、西一口地啃草吃。河对岸山脚下有一条小路，三个上了年纪的女人背着蛇皮袋子从山湾里转了过来，我们高声呼叫，她们才停了下来，原来是挖药材的，看得出满载而归了，情绪十分高涨。她们说背的是野胡麻，一斤六元。靠山吃山，这一天少说也有六七十元的收入了。

梨园真是个丰饶的地方。问题在于你是不是勤快，是不是有眼光、有想法、有胆识。

从刀耕火种起步，经历了两千多年的农耕文明的演进，在很大程度上也由耕作方式决定着，到如今，机械强势介入，地里有大片庄稼，村子里却人烟稀少。近三十年，现代化、信息化说来就来，社会变革比翻书还要快，一方面农耕的低收入拖着时代的后腿，许多年轻的有生力量不得不离开土地，奔赴城市，另一方面，现代化的城市文明又似乎离不开乡土社会。我们正经历着千百年来最为剧烈的变革。一觉醒来，周围的一切已面目全非。直指金钱和利益的快节奏、高效率让人的价值观念发生了很大变化。只是在内心深处，我们仍然隐藏着挥之不去的乡村情结。土院、土炕、窑洞、砖瓦房，麦田、菜园、溪流、夕阳下的天际线，这些都是已经入住高楼大厦的人们心灵深处剪不断的思念，但又有谁愿意搬离城市，到如此偏远的山村生活呢？对于久居山村的人，城市就像吸血鬼。去北上广求学或者去西京治病，这都是山村里少数人才能干得了的事情。居住在风光旖旎的小山村里，上学和就医都是很大的问题。

3

梨园所在的川道时而开阔，时而狭窄。开阔处有田地，也有湿地滩涂。三年前，有人开挖池塘，植树养鱼，也尝试着繁育一种被称为中华鳖的小动物。

梨园养殖园有六七个鱼池，池边种了苜蓿，十分茂盛。池子里碧波闪闪，鱼群在水里游弋。水源从何而来？我们沿着一条长长的水渠前行，进入一片树林，十多分钟后到达水源地。那里修筑了一个小水池，一条溪流从水池前拐过。修筑的水渠与池子之间用插板隔开，控制水量大小。通往鱼池的水渠高出地面数米，这条人工修筑的悬河，让过量的水流从两侧流走，防止阴雨天洪水大量涌入，冲击鱼池，这还真有点都江堰分水鱼嘴的意思。小工程隐藏着大智慧。

鱼池一角有个小岛，岛上有茅草亭子。浅浅的溪流从滩涂上漫过，似有非有，似流非流。一座拱形的木桥，拐着弯通往小岛。

日头晃过了中天，人也多了起来，许多年轻人驾车来这里垂钓，烧烤，有人扯起嗓子唱开了：喝一壶老酒/醉上我心头/浓郁的香味儿/再也就喝不够/一年年都这样过/一道道皱纹爬上你的头/一辈辈就这样走/春夏冬和秋……

歌声在山谷里高亢雄浑，声声入耳，震撼人心，像是在讲述流传千年的故事。

康　庄

一条小河在川道里摇头摆尾，开拓了荒凉的河川，河川就像一件破烂宽大的长袍，小河瘦削而潦草，在乱石和杂草间左冲右突，弯弯拐拐，极力摆脱纠缠，与公路携手奔向深谷的尽头。跟河川若即若离的公路上，各种车辆急匆匆地奔向各自的未来。路边整齐的新式农家小康屋紧靠着山崖，大路边上有一个圆柱形的水池子，胳膊粗的流水哗哗哗喷涌不息，许多人来这里取水，大大小小的塑料水桶排在水池前面。天气不错，心情也不错的周末，我们一家人开车去那里溜达。孩子们喜欢玩水，高兴得一塌糊涂。起初以为水池的龙头坏了，自来水一时失控才这样白白地流淌，很是怜惜，这年月水已经十分金贵了。听接水淘菜的老人说，是从西边深沟里用水管引来的自流水，一年四季都这样哗哗哗地淌着。我们不由得啧啧称奇，水池周围的村民就十分自豪，说这是纯粹的矿泉水，比县城自来水要好得多。这里距离县城只有两三公里，不由得疑惑这么丰沛而清澈的水源，县城怎么还要舍近求远在十几里外的地方建水厂，拦截深沟里的流水，经过一道道工序加工成自来水，供给楼房里的市民呢？

泉水是村庄的血脉。村庄里，一眼旺盛的清泉往往让村民十分自豪。水是养人的，水好人才能好。泉水和土地一样都是人赖以生存的资本，神圣不可侵犯。小时候听老人讲，两个只隔一条沟的村庄，为争夺泉水，村民在泉边械斗三天三夜，打伤了许多人。所有的战争最终还是要回到谈判桌前画上句号，村庄里的群斗也不例外。那次争夺泉水的谈判就有点不同寻常，他们采用赌的方式解决问题。派几个精壮劳力在阳洼山上挖来一捆长满钢针一样利刺的酸枣枝条，在泉边摊开来，规则是只要对方村庄有一人能脱光上衣从荆棘上滚过去，那眼清泉就归他的村庄所有。这也正是考验权威的时候，人群里站出一位长者，一握拳，一咬牙，抱定赴死的决心，毫不犹豫完成了这一壮举。在聚族而居的村庄里，多数人拥有同一姓氏，大家同祖同宗，只是辈分不同。村庄里的长者，不光年长，辈分高，而且威望很高，能在这个村庄里说公断直，平息争端，大家都听他话，服从他。用家族里长者的血肉之躯，争来一眼泉水，也维护了一个村庄的尊严。

那天在路边看孩子玩水，抬头望见水池后面一条小路绕上了山梁，便沿小路上山。路刚好容得下一只脚，没来得及长高的绿草就在脚边，随时准备将小路吞没。雨后，蓝天上有麦垛一样的白云，似动非动。阳光下的山川，一簇簇新绿十分透亮。上了一层台地，那是一排废弃了的老院落，院子前面许多枝干铁铸般的老枣树，刚刚长出很小的绿芽，远远望去，绿意尚且朦胧，在绿茵茵和蓝汪汪的天地之间，枣树依然坚毅，铁骨铮铮。这一层高崖上面，并排一绺院落，曾经有四户人家以土墙相隔，过着各自的小日子。如今院墙已经坍塌，院落就此打通。一个院落里，土坯砌就，小青瓦覆盖下的大门孤零零地伫立在那里，对开的双扇木大门，被生了锈的铁锁永远地固定在一起。院子里有椒树、杏树和桃树，一块条石立在树下，那是一块使用了几十年的磨刀石。杀人一万，自损八千。到底打磨过多少把镰刀和斧子，一弯新月的形状明明白白告诉我们，作为磨刀石，它经历了怎样的世事沧桑。显然，它见证了这个院子里的一切辛劳、苦痛、悲伤和欢乐，被各种铁刃消磨得弯腰塌背，衰弱苍老。

人永远是居所最坚固的柱子。人去屋空，院子荒芜得不成样子，崖面也被雨水冲刷得一塌糊涂，只是大多数窑洞还基本完好，窑洞口的墙体还十分坚固，老式的双扇门紧锁着，小小的木格窗子已经堵实了，看不见里面的东西。木门上的毛主席语录还清晰可见。"农村是一个广阔的天地，在那里是可以大有作为的""中国共产党万岁""毛主席万岁"等等，用黄漆写成的仿宋字十分工整。一个窑洞，洞口砌筑的土墙倒塌不久，窑洞里的东西便一览无余，贴在墙壁上的纸画，正是《红灯记》里的画面，三个方头大脸的人，袖子绾起，胳膊粗壮，眼睛瞪得溜圆，眼珠跟导弹一样似乎要一下子从眼眶里射出。中间的壮汉，右手高举一盏马灯，左手握拳，两边贴身站着两个虎头虎脑的铁姑娘，也是拳头紧握，作咆哮状，威风凛凛或者怒发冲冠，大有一触即发、出拳就打的架势。这正是那个英雄年代，家家墙上必不可少的图画。那年月，缺吃少穿，人的精神却屹立不倒，个个活得雄赳赳、气昂昂。

墙上还有一张红纸黑字的大字报，也是毛主席语录："分析的方法就是辩证的方法。所有分析就是分析事物的矛盾。不熟悉生活，对所论的矛盾不真正了解，就不可能有中肯的分析。《在中国共产党全国宣传工作会上的讲话》（一九五七年三月十二日）"。

走进窑洞，头顶上一根披着烟火色的橼平撑着做了横梁，挂了三个笼筐和一串玉米棒子，颗粒饱满的玉米棒子，经受了烟熏火燎和尘土浸染，再也无人问津了。破烂的木条桌上乱七八糟堆放着三个自制的煤油灯，烂瓶子、破瓦缸随处可见。一家人好像刚刚仓促撤离，许多东西散落在地上，生活的场景仍清晰地呈现在眼前。我们用手机拍了几张照片，发到微信朋友圈里。第二天出门遇见熟人，便问去哪里旅游了，是不是去了宁夏西部影视城，我们说穷游，郊区游，康庄。熟人愕然，摇头不信。

走出院子，在大门外沟畔浅草丛里发现了两个搪瓷碟子，洗掉泥土，碟子里面是一朵红牡丹，翻转过去，底上有落款，蓝字，十分清晰："长乐牌，上海搪瓷六厂制""出品日期 1978 年"。

出了院子，沿小路向山梁上走，小麦已经出穗，层层麦田里荡漾着丰收的希望，那希望浩瀚如海。田埂上长满了一丛丛木瓜，花苞繁密，灿烂如雪。在这个季节，山野里的每一棵草木，不管大小高矮，都放开了性情，争先恐后地绽放自己。那么多繁星般的花朵，我们却不知其名，也无法描绘它们饱满的情状。

十几天后，第二次到达康庄，山上的小麦已经抽穗，木瓜花期已过，走完麦田，山上面是树林，青杏已经长成，只是酸得倒牙。

河川依旧，泉水还是那样急急奔流，山下却换了人间。一排排白墙青瓦的二层小楼房是最近几年建起来的，山上的人家全部搬到了山下的新楼房里。这是一个全新的村落，楼房旁边有广场和运动场。古老的庙院，几栋老房子全都雕梁画栋，如今也修缮一新，富丽堂皇，与神仙的庄严相匹配。庙院里保留了许多古树，它们是村庄的胎记，年年枝繁叶茂，郁郁葱葱。

康庄正行进在历史的康庄大道上。

告王河

一连几天连阴雨。雨是小雨，时下时停，天也阴得不太严实，云层时薄时厚，时而还有太阳露脸，阴晴之间，变化无常。好在这样的天气，昼夜温差小，寒霜来得迟，树叶从容地变黄或者变红，色彩由平淡逐渐浓烈，像天边的晚霞或者一堆堆熊熊燃烧的火焰。满山的绿草也被烧成焦黄，变成了一幅幅被寒霜浸染过的残旧画卷。

午后三点多，开车去东川。天空中浮云淡了远了，太阳就像隔着一层薄纱将光芒投射下来，山洼里，一树树黄叶色彩更加绚烂。车开得很慢，过了一簇树木遮蔽的村庄，路更窄了，大半边铺着被雨淋湿的豆柴和糜草，还有一堆堆半人高的柴草垛。那个横跨达溪河的石桥，两头分别由石磴把守，仅仅容得下一辆轿车通过，在这里，许多载重大汽车被坚决过滤掉了。石磴上写着"危桥"，便是当路设置石磴强有力的注释。过了石桥，路从一户人家门前伸展了过去。看样子，是路无情地斩断了人家的半个院子，院墙没有了位置，只好用一根碗口粗的洋槐椽放置在院边，作为院和路的分界，发挥着院墙的功能。院子实在太浅，从路边到崖根只有十多步，山崖只有丈把高，看起来这样貌足足保持了四五十年，崖面上开挖了两孔低矮的窑洞，窑洞两边分别搭建了偏房，北边的房顶上施了瓦，南边的房顶盖了一层白花花的塑料纸。可以看出北边的偏房是客厅兼卧室，南边的是装粮和其他杂碎的储物间。北边的窑洞和瓦房门两边挂了一串串大红的辣椒串和金黄的玉米棒，而南边门边上挂着镰刀、锄头、镢头，还竖靠着一个老旧的架子车厢。

院子向南五十米的油路上，老两口刚刚打碾完豆子，潮湿的豆柴堆在一边，豆子裹携在豆荚、草叶、草茎里，经受雨淋，很难分离出来，女人正用簸箕有节奏地一下一下颠簸，果实总比碎枝枯叶更有分量，那些比豆子轻的杂物在空中飘飞出去，黄亮亮的豆子留在簸箕里。老汉撑开蛇皮袋子，女人将豆子旋起来，豆子在簸箕里蹦蹦跳跳，欢快地旋转着蹦进袋子里。女人戴个月白布帽，胖胖的，老汉偏瘦，满脸胡须，他们衣服褪了色，只是洗得干净，穿得整齐。看见我们拍照，女人急忙阻止说，衣服脏脸脏，别照了。的确，他们的脸面和衣服上落了些杂物。装满一袋豆子，老汉扛到院子南边搭建的房子里。打碾好的豆子要过簸箕才能收拾干净，比较慢也比较费劲，他们不紧不慢地干着，配合十分默契。显然只有老两口生活的一个院落，女人干轻巧活，手来得快，忙个不停，老汉干手提肩扛的粗重活，扛完了一袋豆子，便站在那里等着。

再往前走，又过了一座石桥，公路下面是一大片村落，只是多数大门紧锁。这一带便是告王，口头上又叫告王河，因为地处狭谷，河水占据了大半部分峡谷地带。告王，这个地名，似乎在向我们讲述了一个神奇的故事，故事的内容只有两个字：告王。

这是全县海拔最低的地方，最低处 890 米。每年草木发芽早，小麦也黄得早，初夏，杏子早早就黄了，西瓜也很早就上市了，冬天却来得最迟。起先一条省级柏油公路从山下村子边缘穿过，后来公路改道，告王被远远地抛开了，成了偏僻的小山村。只是这里的村落还保持了农耕时代的面貌，有窑洞，有主干粗壮的大树。好不容易看到路边崖下的院落有只大红公鸡，在门前柴垛上伸长脖子为已经流逝的正午时光大放悲歌，而它的三妻四妾仍然在门前的草丛里踱着方步，叼着虫子。哄抢，追逐，纷争不断。

一个颇为气派的大门前坐着一位老太婆，发白如雪，雕塑般一动不动，走近了，看她嘴在蠕动，却听不见在说什么。整个村子一片静寂，每一个大门紧锁的院落都像一只空蛋壳，生命在这里孕育，生长，然后破壳而出飞向了远方，弃置的蛋壳，孤零零地遗落在荒草连天的沟壑间。

小路边干巴巴的矮崖上，生长着满是钢针一样红刺的酸枣树，玛瑙般的红酸枣十分惹眼，吃在嘴里酸得直流口水，可是，吃了一个就再也忍不住还想吃。

这是黄土高原的腹地，塬面支离破碎，从西往东，一连串大小不等的塬，被一条条崎岖的细蔓串连起来，就像大小不等、形态各异的葫芦，让一条时而细如游丝，时而如飞天长袖的藤连接着，一直延伸到了这里，被告王河谷突然斩断，再也无法接续。

冬天是一年四季里的大峡谷。走完了花红柳绿的春夏和金灿灿的秋天，在季节的原野上，突然出现了告王河谷般的断裂，疾风霜雪，让人和动物，还有那些草木，不得不经历一段时日的千辛万苦，才能翻越河谷，到达春暖花开的又一个原野上。

返回的路上，两个老人还在专心致志地收拾他们的豆子。想去跟他们说说话，又觉得无法打开话题，只好再一次停车，远远地看着。手机突然响了，电话里传来了十分亲切的声音，他问我是不是在市上，想请我和几个朋友吃饭，突然有人请吃饭，不禁因意外而激动，也有点糊涂，听他绕来绕去说了半天，才知道是个推销政治理论学习资料的书商。素不相识，他却以非常亲切的口气让人心潮澎湃了好一阵，当得知找的人做不了主，拿不住事时，他的热情一下子从沸点降到了冰点，说他要向他的哥儿们，某某领导汇报，话音未落，掐断了电话，显然愤怒了。

老人还在那里不紧不慢地忙碌，他们收获的那点豆子不够有钱人吃一顿饭，买一包烟。只是他们心平气和，气定神闲，一门心思地打理着他们的收成。有一点收获，生活就多了一分保障，内心也多了一些满足和坦然。辛苦劳作了大半年，收获不管多少，总能给人喜悦。

马泉堡子

马泉是旱塬上很不起眼，也毫无特色的一个村庄，有上马泉和下马泉之分，这一带地势南高北低，上马泉靠南，沿水泥硬化路向北大约一里路便是下马泉。马泉堡子，在下马泉，那是过去的叫法，现在的生产合作社叫什么，老于说了，我听了左耳朵进，右耳朵出，没有留在大脑里。

老于是个干瘦的老头，人很普通，嘴却很不一般，十分健谈，他在南边与上马泉紧临的村庄里经营着一个小卖部，正好临近学校，两年前仅有的三名学生毕业后学校关了门，安排谁来看护学校，颇费了些周折之后，突然想起了老于，打电话征求老于意见，出乎意料的是老于十分痛快。他说他和学校是邻居，关系一直不错，何况学校是他们村子里的学校，他有义务护校，只是护校也会产生些许费用，得操心，得跑路，还要时时提防孩子和村子里那些王八龟孙子的破坏，我说，我们商议给你护校费和烤火费，他客气地推辞了一番便欣然应允了。之后，我们接触过几次，得知他当过兵，当过工人，曾经走州过县，是个响当当的人物。后来响应党的号召，回到了村子里，延续他的辉煌，开启新时代，当上了村支书，掌管一个村子。这个学校就是他的杰作和政绩，是当年排除万难一手盖起来的，他一生都为此志得意满，如今却关了门。他的内心自然隐藏着诸多愤怒，每次见面，都要絮絮叨叨一番。青山遮不住，毕竟东流去。说东道西，诸多心绪绳子一样拧在一起，化作了深深的叹息。

今春先是连续几天大雪，之后又多阴雨天气，那个人走屋空的学校怎么样了，一直放心不下，便抽空开车去看。学校门前新修了硬化路，铁大门前堆放着人家房上拆下来的废木料，大门半开着，院子里的荒草显然在去年过冬前清理过，留下了白生生的枯草茬，新生的草芽已经开始露头。学生没了，老师走了，留在这里对抗荒凉的只有本来与学校毫不相干的老于了，老于算是个尽职尽责的人。后院里有大片空地，已经覆盖了白花花、亮闪闪的地膜。这块地对他有很大的诱惑力，借了护校的名义，他也好名正言顺地占据校园，一刻不停地在这个院子里侍弄着。转到后院，看见有人在墙角处挖树墩，坎坎坎的声音在几排空教室间乱窜。正是老于，大吼几声，老于终于抬起了头，扔下镢头脚步散乱地走了过来。见了面，他又开始喋喋不休地述说自己怎样铲草，怎样和打学校歪主意的人斗智斗勇。

说到这所学校的过往，话自然很多。老于说，最早的学校建在马泉堡子里，后来才搬到这儿的。老于显然有点激动，要带我们去看老校址马泉堡子。

马泉堡子就在一排农舍后面的山嘴上，就像伸出去的一只手掌，三面深沟，沟边夯筑了高而厚实的土墙，已经坍塌得只剩一些残迹。另一面，一道残破的土墙死死卡在那里，把整个山嘴从塬面上孤立出来，成为另一片天地，可以想见当年土墙完好的时候，堡子内外被土墙完全分为两重天地，何等雄伟。我们正在堡子外面比画着，一位老人走了过来，看见我们在这里转悠，起初以为是买大树的。老于向他介绍了我们的来意。一说起堡子，老人自然有话说，他说现在依然残存的土墙当年有一丈多厚，十分宽阔，他们小时候一群孩子在墙上摔跤，奔跑。1958年"大跃进"，庄稼产量必须翻番，人民公社下派工作组，专门督查，政策绷得比牛筋弦还紧。人有多大胆，地有多大产，全生产队在铺天盖地的口号声中战天斗地，四处搜肥，清理完猪圈、羊圈和牛圈，铲光了锅底上的黑灰，打掉了土炕和锅台，掘地三尺，任务还是完不成，许多人将目光投向了城池一样的古堡子。挖堡子的土墙，干燥而坚硬的土墙，被一顿吃两个玉米面窝窝头仍饥肠辘辘、肚皮紧贴后脊背的青壮年劳力挖得残缺不全，支离破碎了。从干巴巴的古堡子上挖下来生土充肥，这庄稼产量能提高吗？说起当年的情形，那老人和老于一样抱怨不休。如今，似乎每一个人说起往事都有一肚子的怨言，大家都在指责别人，指责社会，却将自己置于事外，唯独自己清白。老于和那老头子责骂当年的土政策，责骂当年毁坏堡子的人，也在一个劲地责怪如今的村民和村干部不管学校，任由学校消失。其实，每一个村民都会这样想，也都在这样责骂，可是他们还是要把孩子送到镇上去读书，在他们的眼里，办学校是公家的事，是别人的事，学校里的一砖一瓦也用不着自己操心。这么大的村，过去何等繁华，何等阔气，如今却败落得连学校也没有了，不知如今村子里还有多少人，多少孩子。有孩子的人家，却不管自己村上的学校存在与不存在，学校是村上的，孩子却是自己的，必须选择规模大的好学校去上。

堡子差不多有半个足球场那么大，从里到外铺展着麦田，已经拔节的小麦，喝饱混和了农药和化肥的雨水，绿茵茵齐刷刷的，容光焕发，精神头十足，似乎要一下弹跳起来，它们在吵嚷，在打闹，在拥挤。堡子的一角，桃花已经在匆匆逝去的时光里暗淡了灿烂的光华，而冷风依然在沟谷里飞窜，半崖上的桃杏花却开得正艳。堡子的城墙上有两孔窑洞，一个保存完好，另一个窑洞已被打穿。两位老人说，他们仍清晰地记得当年某某老师住在里面，批阅他们的作业。

1984 年学校搬出堡子，迁到了南边二里外靠近柏油路的地方，盖起了砖瓦房。而最早的堡子学校，是 20 世纪 50 年代建起来的。当年新中国大办教育，村村建办学校，教育被普及到了每一个村子，奇怪的是，腾不出一块好地皮，许多学校都建在村子边缘的古庙里，或者废弃的古堡子里。

我们边走边聊，绕堡子一圈后走了出来，两位老人对于堡子显然有说不尽道不完的情结，他们看着那道被岁月摧毁的残墙，久久不肯离去。堡子是村庄边缘最为坚固的堡垒，是村民自发修筑的防御自保设施。在匪患猖獗的岁月里，每当看见土匪的马队，村民就会迅速撤离村庄，进入堡子。堡子的入口处有很厚的墙和坚固的门，城墙上堆积了石头和滚木。土匪其实也是那些穷途末路，吃不上饭，揭不开锅的人，为了活命，结伙打劫。面对坚固的堡子和顽强的守备，久攻不下，再猖獗的土匪也只能望而生畏，悻悻然撤离。

如果说村庄是一幅画，那么，堡子就是这幅精彩画面上的一枚印章。可惜村庄里仅有的历史遗存，就那样被无知而盲目的人毁坏了。瞎指挥就像高空坠物，在跌落的过程中，被施加了很大的力量，越往底层，越有了石破天惊的破坏力，最终往往生出许多荒唐的、极端的事情，诸如此类的创新就是这么来的。在革新的大旗下，许多传统的精华被无情毁灭和抛弃，虚假的革新假造了表面的热闹和繁荣。在大锅饭时代，人性中的自私和懒惰导致了一个严重的后果，那就是劳动积极性太差，劳动为了集体，与个人利益无关，大家都尽情发挥自己的小聪明，偷懒，弄虚作假，骗取好处和个人荣誉。一些人为了政绩，盲目加码，一些计划和策略，到了最基层，其劣势被加码和放大，而且不断花样翻新，变得十分极端，脱离了实际。

那些年，提高粮食产量是压倒一切的事，这完全符合实情，搜肥也是落实政策的大好事，只是任务高过了头，走向了极端，人的意识里已经没有了社会责任。为了完成任务，就把与锅台和土炕一样坚硬的干崖生土挖下来当肥料施进庄稼地里，这在当时挣了工分，满足了个人的小利益，却误了一季又一季庄稼。人民公社、生产大队和社员个体三者的相互欺骗又自欺，形成了农村社会的恶性循环。

这些年，农村人都为自己种地，解决了温饱，再进城打工挣钱，有行动能力的人都摆脱了生活困境，可是农村的大量社会事务无人去做，甚至有人为了钱，不惜牺牲公众和大家的利益。农村学校的消失，是随着村庄文明的衰落而去的，每一个人都有理由去指责，去谩骂，可是没有人愿意负责。进了城的青壮年农民工，已经离开了土地，抛弃了农村，谁还能让自己的孩子留在荒凉的村庄里上学呢？

残败的堡子也是时代的烙印。在特定的时代，大家自发地集中力量修筑一个庞大的防御工程，保证整个村民生命不受侵害，那时候大家一定认为，村庄的命运也是个人的命运。那种一个村子一条心的集体意识，随着时代的发展而丧失殆尽了，实在令人痛惜。不得不说马泉堡子是特定时代村庄里人们公心和公德的见证。

一座小城

1

落脚在山沟里的小城，这些年抖掉了两腿泥巴，出脱得越来越珠光宝气，富丽堂皇了。高楼春笋般生长，理直气壮地铺排成一片片丛林，与山上延展下来的树林交融，夜晚的灯火辉煌以及白天的车水马龙，俨然构成了一座城应有的繁华。

此刻，在山顶玉皇阁前的平台上，居高临下，一切尽在眼底，嘈杂与纷扰踩在了脚下，人便不免生出了几分超脱的轻松愉悦，仿佛肉体随灵魂飞到了天堂。其实，人间天堂就是眼前南川向南陕甘交界处的一个小村庄。自羊引关向北，一道沟被两道青山夹持着绵延几十里，沿沟的一条省道与一条向北流淌的小河途经天堂，一路奔腾而来，在山下小城边汇入另一条河和另一条公路。站在山上的这个位置，正好面对天堂，也算是站在古代，或者站在大明王朝的城池里。是的，整座山是一个城堡，四面有万历年间夯筑的土墙，形成了高耸的悬崖，蓑草苫顶，崖壁上苔衣经年累月，以其恒久的褐色模糊了时光的边界，正如穿上了绒衣，遮拦了血雨腥风，让它作为岁月的见证，永远坚强地屹立着。眼前的川道正是"丁"字形的，向南，或者向着日出日落的方向伸展，时而宽阔，时而逼仄。许多年前的一个晴日，某个一言九鼎的人就站在这里，他看到了我们今天看到的山川，于是便有了小城八景之一的"达溪丁流"和"荆山日丽"。

如今，荆山下，河岸边，更多的是住宅小区，一丛丛楼房十分规整地铺排开来。高楼竞相生长，它们鹤立鸡群，似乎要与荆山争高低，那些五六层的楼房仿佛正向下沉没。同是住宅小区，低层与高层只有十多年的差距。这十多年，土地上的一切都在迅速地生长和蜕变，天翻地覆，沧海桑田。那么多在田地里耕种的人，离开了土地，到这个山沟的小城里来，住进了楼房，不种庄稼，也不饲养牲畜，却生活得有滋有味。沿街边排布的一辆辆小轿车，一直延伸到城外很远，连对面通向公墓的水泥硬化路边也布满了甲虫一样的小车。私家轿车普及才不到十年吧，小城的大街小巷，到处都是小车，车似乎比人还要稠密。站在高处看看，想想，不由得感慨万千。

天空从不嫌弃所有来自地面的声响，敞开胸怀去接纳，车轮碾压路面的声音、市场上的吵嚷声、机器的各个部件咬合与摩擦的声音，在小巷里水一样激荡，在大街上风一样回旋，在或高或矮的楼房间冲撞，汇成了另一条混沌的河流。所有的声音汇合在一起，便失去了各自的初衷和具体意义，分不清，道不明，挣不脱，甩不掉，只有上了山，我们便完全成了那些声音的旁观者，山上只有风的轻语和鸟的呢喃。

黑夜从山下的每一个旮旯里泛起，逐渐洇开，最后连晚霞也被淹没。

只是黑夜并没有把所有的空间都收入囊中，高层上的彩灯和各式各样的街灯努力抗拒着夜的压迫。城市，不管大小都车水马龙，灯火辉煌。

眼下的小城已经时不时地堵车，在这样一个山沟里建起楼房，作为县域行政和文化的中心，根由似乎十分久远。那是在遥远的西周，因为一次征战，获胜的周文王在临河的山根修筑了一个土台子，祭天安民诏告天下。那个台子被称为灵台，这个古老的地名就此诞生。至于作为地名，那还是千百年后的事情。还有一个十分灵异的传说，据说新中国成立后，重新规划县城建设，选址产生了严重分歧，最后确定在开阔平坦，交通便利，人烟阜盛的塬区中心地带重建县城。落盘定点之后，就地插了一面旗子，作为标记，不料夜间狐鸣不已，第二天早上，旗子被野狐叼走，插在了六十里开外的两河交汇、溪水丁流之处，刚好就在几千年前周文王伐密祭天的灵台之下，主事的和那些参事的头头脑脑们都深感诡异，不再嚷闹县城迁址了，小城便依然在这个小山沟里稳扎稳打，不断地沿川扩展。

进入新世纪后，在达溪丁流的北岸近旁，原来作为河滩垃圾场的一块地方被填平了，几年之后盖起了商品房，每平方米只有八九百元，一套房子十万元左右。十万元，用当时还很低的工资做参照，那可不是个小数字。我们这个年龄的人，是第一批直接用微薄的工资为自己置办家园的，站在窗前能看见一条自西向东的河流和一条由南向北的河流十分欢快地汇合。毕竟西来的河流已经行走了很长的路程。那么南来的天堂河汇合后就不得不放弃了自我，改名易姓，叫着达溪河了。

这个地方居高临下，正是指点江山、激扬文字的最佳位置。去年的某一天日上三竿时，就有人站在这地方拍照发朋友圈，还转载了某名人日记，指责千里之外的武汉抗疫不力。其时我们已经在单位上忙得团团转，少说已有两小时头不抬、眼不眨地抄抄写写了，其人在上班时间，怡情于山水，还摆出一副打抱不平、伸张正义的架势，真有点匪夷所思。

还是多检点眼下的日子和平平常常的自己吧，只关心粮食和蔬菜，只顾盼抬脚就可以到达的一个个山沟沟，那里有林海、雾岚，有来自南国的信使从伸手可及的空中排成一字飞过。河道里关闸蓄水的那些天，每晚高楼上的彩灯与人家窗户里的灯光交相辉映，投射到水面上，竟然有了电影《泰坦尼克号》里的景象，河岸边新建的高层楼房像一条摇摇欲坠的巨轮，在虚幻的海洋里挣扎，沉没。

2

进了城的庄稼汉，脱掉了汗衫，却一时蜕不掉泥土和日光共同打造的信念。见面就聊天气和庄稼，嫌天太旱或者太涝影响了收成。看不惯那条四五米宽的小河霸占着近百米的河滩，河滩也是土地，撂荒的土地让大半辈子都在打理庄稼的人很不忍心，也很不自在。惊蛰过后，许多人扛起了镢头在河滩上刨地，清理石块和草根，翻土，施肥，让黄土和细沙以疏松柔软的姿态随时准备接纳每一粒种子，生根发芽，茁壮成长。许多已经丢掉了犁耙，在单位上班的人也以更足的劲头投入了大生产运动，荒芜的河滩变成了大小不一、形状各异的井字田地，每一块地都以地埂明确分开。地埂便是天然的田间小路。经过一个春天的务作，井田里逐渐丰饶起来，绿色深深浅浅，花如繁星，蜂蝶飞舞。双休日，河滩上的繁忙景象，让小城里的日子更加红红火火，许多人家吃上了自己种的葱蒜韭菜和萝卜，在绵延四五公里的河滩上，庄稼的丰饶十分壮观，这样的画面吉祥如意，欣欣向荣，而在一个企图以工业化为主色调的小城里，这无疑就是不太和谐的音符，于是有高音喇叭沿河堤反复警告，几天后，三道水坝悄然关闭，河滩变成了湖泊，那些高高低低的茎叶、藤蔓和枝干相继沦陷。等到开闸放水后，菜园已经变成了平整的河滩地，荒草很快漫延开来，在整个夏天里长得密密实实。

达溪河古称百里溪。源出陕西陇县山间，从崇信五举入甘肃，贯穿灵台全境，穿行120里，在陕西枣园河川口村投奔黑河，改名换姓，一路马不停蹄奔腾至长武亭口镇汇入泾河。

河流是土地的血脉，它滋养了土地上的草木、庄稼，空中飞的和地上跑的。老家旱塬下的深沟里，一眼眼山泉，在雨水丰沛的季节里涓涓流出，绕过一道道山湾，不回头，不停歇地让自己成为浩浩长河。匆匆奔流是一条河的性情和宿命，沿途所有的遇见都被接纳和包容，成为永恒。

从天而降的雨水，直接决定了这片土地上河流的造化，雨季拉得长，河流就肥壮一些，而雨水过于敷衍造成干旱，更为凶猛地打击了土地上包括河流在内的一切，这种打击总是那么持久而深入。陇东旱塬上，一年里大半时日更需要透彻的雨水。

旱季的达溪河，瘦削如鞭，又像在干旱河滩上蜿蜒挣扎的蚰蜒，这时候岸边上的田地十分渴望它的润泽，那种索取的愿望让土地和人心更加焦渴。一条河可以随着草木荣枯、季节转换而改变它的面貌和身形，许多时候都只是呈现细小孱弱，缺乏该有的声势和气概，特定时日还会瘦弱得只剩下自己的影子。这让我们想爱又爱不起来，却又在心底里不得不爱，一条百十里长的河，出了县境很少有人知道，但是它又与我们朝夕相处，内心深处十分企望它更加雄壮，波澜壮阔。

然而真正当它在川道里汹涌澎湃的时候，往往会造成灾难，让人十分恐惧。

这些年，小城也的确上过央视，一次是年初，只有十分简短的几句话，内容是甘肃某县一天过四季，冰火两重天，早晚温差高达40度。凌晨是零下10度，午后却达到了30度高温，这一天让人真真切切地经历到了四季的冷暖。还有一条就是秋季里一场持续了两个星期的降雨，天被捅破了，变成了竹筛子，再也兜不住黑沉沉的云，云失足掉落，就变成了瓢泼大雨，大面积的云掉落下来，持续几天几夜，黄土塬、黄土山经不住雨泡，黄土被雨水劫持着飞流直下，比黄河还黄，一条条河流比黄河还凶猛。不是一条而是无数条黄河，像奔突的狼群汇成了一个庞大的队伍，轰隆隆顺势而下。2008年8月和2021年10月，两次持续阴雨让人备受煎熬，除了房倒屋塌，最恐惧的是那条穿城而过的河流彻底变了脾性，狂暴而凶猛，整个小城只有一个声音，那就是河水的呻吟和呼喊，说不清是因为疼痛还是悲愤，众多情绪混杂一起，惊天地，泣鬼神，人心就不免有点儿惶惶然了。

哪里来的滚滚洪水？李白早就说了，黄河之水天上来。脚下是海拔1000米以上的高原，正好隔了中华龙脉秦岭，与四川盆地遥遥相对，每年夏天，印度洋的水汽搭上了西南季风的顺车，越过云贵高原和四川盆地，最后翻秦岭向北行进，却被黄土浩荡的陇东高原阻挡，在这里一泻千里。气流的高空运动，神不知鬼不觉，以雨水的形式骤然降临时往往让人措手不及。每年的夏收都是虎口夺食，与龙王争时间。黄土塬上的每一条河流，都来自海洋，它们以有形的云雾和无形的气流乘风北上，十分隐秘地完成了集结，到了陇东高原，珠子般的洒落下来，渗入土地，在沟渠里岩层的断裂处渗出，汇成了溪流。渭河、泾河，天下共知，还有许多很小的支流，都籍籍无名，却与这个土地上的生灵息息相关。

住在河畔，也工作在河畔，家与单位仅仅一公里距离，每天沿河堤来回走着，中途桥头一条通向正街的路横穿过去，与河边的石板路构成了十字，过了十字路口，一路柳丝低垂，袅袅娜娜，如炊烟，如浓雾，密不透风。站在窗前与河水对视，流水匆匆，时光在看似不变的日复一日中随水流去。四季轮回，山河从来都没有停止过变化，人就更不用说了，迎面走来一位许久不见的熟人，身子横向发展，肚子鼓圆，面皮松弛，眼角低垂，满脸风尘和疲惫，让人感到陌生。回到家里，在镜前打量，吓了一跳，自己又何尝不是？

3

若以小城为中点，向西或者向东几十公里的沿河旅行便成了说到也能做到的事情，徒步，骑行，驾车，或远或近，每一次旅行，都能见到形态不一的村庄和院落，让人目睹了悠长岁月里的许多趣味，不由得想多待一会儿，多看一会儿。一个院子，众生共处，默默遵行着某些规则和潜规则，秩序井然，却自有一番情趣，那些鸡们、鸭们、猫们、狗们各自安详地生活着，它们之间没有妒嫉、仇恨、嫌弃和埋怨，诬陷和流言蜚语也不会波及它们，除了觅食之外，它们的内心大抵是相对简单的，也就不会纠缠于抑郁和沮丧，以及莫名的疼痛。世间的事情大抵如此，你简单了，你的世界里麻烦也就少了。只是这样众生混杂的农家小院越来越少，所有的养殖都集约化了，养鸡场动辄都是上万只鸡，一个个装在了笼子里，身子不动，只有头在一纵一纵地啄食。现代化的农业就得追求效益，只有这样才能在竞争中立于不败之地。

林子大了，什么事也会发生。消息总是五花八门，有些令人震惊。就拿上月来说吧，金秋十月，长假刚过，某个夜色渐起的傍晚，那个仅有几栋楼几百口人的小区里，一个男子从六楼纵身一跃，落地的声响并没有惊动别人，只是他的妻子快速从楼上跑下来，拿一本杂志扣在他的脸上，悄然离去。接着来了四个警察，一人拍照，两人拉着卷尺丈量距离，另一人站在边上看着，小区门口七八个人在窃窃私语。不久就有120急救车开进小区，人被抬上车，拉走了。这个过程是听熟人描述的，他当时就在楼下。那天傍晚，路过看见了有警察在那里，一堆人交头接耳谈论着。之后陆续听到版本不一的零星消息，那些消息的碎片拼在一起就是一个似乎有理有据的故事：那个男子年近不惑，按理人到中年，进入人生比较成熟和稳定的时期。作为这个小区里的老住户，大家都是在十五年前买的房，不是在机关上班的，就是小有成就的生意人，那时候房价还比较低，一套房按面积大小也就在八万到十多万元之间，之后的几年，房价暴涨的同时工资也在涨，买房贷款不出几年都还清了，许多人还在新城区或者周边的大城市买了第二套、第三套房。并没有高房价的负担，一般人都可以平淡而充实地过日子，何况这里也是小城的中心，紧邻大超市，水倒进锅里再去买米也还来得及。凡事都有因由缘起，那人有一对上幼儿园的龙凤胎儿女，只是他从未管过，孩子由他的妻子和他父亲照管，他的母亲因精神疾病不能出门，也做不成事，就像家里一件普通的物件。这人在单位上独来独往，不言不语，内心的波澜从来都不表现在脸面上。四个成年人里，母子都自我屏蔽了，操持这个家庭的只有媳妇和公公。本该是三世同堂和和美美的家庭，谁也不知道发生了什么。

正是一年里最好的季节，炎热渐退，小区里每天都有婚嫁喜事，院子里，公路上所有有缺口、有漏洞和有障碍物的地方，比如下水道井盖、电杆和石头上都贴上了一片红纸，有人还兴致极高地在那个单元门上装上了彩灯，在楼道的栏杆上也装上灯带，挂上五彩气球。一场婚礼无疑就是一个家庭的盛典，只是红红火火永远属于那个特殊的日子。

那个波澜并没有激荡起多少浪花，几小时后，整个小区就风平浪静了，连一点小道消息都听不见了。十一长假过后，又一波新冠疫情秋风般扫过，日子便一天天紧张起来了，小区管制，出入扫码，不敢扎堆，也不能聚集。各人都在忙自己的事，在单位忙着开会，填表，为各种网络平台打卡。回家了洒扫庭除，做饭洗衣，喊孩子做作业，日子还是那么匆忙。

4

洪灾、疫情，这些天翻地覆的大不幸终究要过去了。

天也终于晴了，站在办公室的窗前，眼前已经不是暴雨前那个炎炎夏日了，天空湛蓝，高远，阳光穿透窗子，将一片光明洒在人的脸上和身上，在暖气瘫软的房子里，这股暖融融的享受让人十分舒服，郁结在心里的诸多不快也轻了、淡了，一个小人物就是这般势利，温暖一点就能心情大好。眼前还是那条河，河岸上的一堵墙一样的柳荫不见了，脱了叶子的柳树不再浓彩重墨，柳条清晰，一丝不乱。

与前段时间不同的是，河流不再咆哮，重新回到了过去那个无声无息的状态，在宽阔的河滩上，重新摆开了"S"形身姿，那个在远处看，窄窄浅浅的河流，仍然奋勇向前，把那些暴涨时冲刷下来的破衣烂衫一样的东西留在了河滩上。

疫情正在消退，各种封禁正在陆续解除。社会发展到这一步，一切向好，许多人有钱，也有闲，自由自在，他们过的是神仙的日子。这次疫情就是几个老年旅游团体引起的，其中一个团是五人的大学退休教师，年龄都已经六七十岁，他们从上海出发，到了酒泉、嘉峪关和张掖，最后返回西安后检测出阳性，引起了甘肃的疫情大暴发。从这两年新冠病毒给人造成的灾难来看，在一个全新的时代，我们又遇到了新的困苦，正如同人类在打破了许多魔咒之后，大自然又给我们制造了新的魔咒，家家有车的时代，缩短了出行的时间，原来不可能去的地方，如今可以随时到达，原来几天的路程，如今一天就可以走一个来回。朝辞白帝彩云间，千里江陵一日还。老天还是给人扇了一记耳光，你能说走就走，想去哪里就去哪里？不行，人越多的地方，越危机四伏。过去有劫匪，如今到处都有摄像头，天罗地网，却扛不住微小病毒侵袭，那个不知不觉间就能沾染上，甩也甩不掉的东西，你能把它怎么样？以后的日子里，出行的困难不在路途上，而是在人群里。冥冥之中，有一个无形的大手，为我们织就了牢笼，人类似乎无法摆脱。

还是那句俗话：珍惜当下，珍惜已有的一切。

河对岸的那片高楼遮住了太阳，房子里一下子暗了下来，已经傍晚了。

关帝庙

日头即将走完一天的行程，夕阳浮动在西天边上，像半个鲜亮透明的红灯笼。太阳的巢穴是云，是雾，还是万丈山崖？影影绰绰，亦真亦幻，琢磨不透。

半个世纪以前，这座山其实就是一座城池，黄土夯筑的城墙沿山蜿蜒，虽历经沧桑其巍峨雄壮依然如故，山上一层层依稀可辨的窑洞，据说曾是当年的县衙，后来搬来了农户，修了梯田，种上了庄稼。晴天，从早到晚都有火辣辣的阳光，等不到夏至，便早早给麦子镀上了金黄。后来迁走了农户，建起了亭廊楼阁，连续几个春天，我们在山上栽植了松柏桃杏槐柳，如今树木成林，庙宇亭阁隐于茂林之间。晚饭后，一个人沿后山水泥路上去，下山时，石阶两边点点路灯已经亮起，夕阳的映照下，山上仍然光明通亮。这是个奇妙的时刻，这个时候很少有人上山，值守了一天的太阳正在向路灯交班，山上一片寂静。石阶一层层向山下铺展，平台之上的关帝庙，庙门紧锁，门前的巨型大理石香炉里香灰高耸。初一、十五，常常有香客在这里焚香烧表，叩头许愿。正月初一清早上山，山路变成了人的河流，关帝庙前失火了一般，烟火裹挟着纸灰升腾翻滚，人不能靠近，远远地趔趄着身子，那些焚香烧纸、磕头叩拜者何等虔诚专注。

时序已至惊蛰，蛰伏于地下的草木昆虫开始复活萌动，正是耕耘播种的时节。迎面而来的风不再那么凛冽锋利，可是树木山川还是一片苍茫。只有关帝庙下石阶两侧的两株桃树已经花苞累累。当年关帝庙刚修成，一侧的石阶边冒出了一株山桃树，样子也很奇特，桃枝拐了几个弯，横过了石阶，春天山桃花开放的时候我站在台阶前不由得感叹这地方的灵异和神奇。后来这株桃树被看山的人砍掉了，只留下半尺高的树茬，茬口很不规整，分明看得出树干的柔韧，斧子又过于老钝，砍树的人下了很大的气力。半截树茬上清晰地留下了施暴的痕迹。过了不久，距离台阶稍远一点的地方又分别长出了两株山桃树。隔三岔五在早晚间爬山锻炼，从关帝庙下边经过的瞬间总要停下脚步，看一看那两株桃树，它们长得很快，一直精神抖擞。

此刻山上山下还是一片寒凉与苍茫，只有关帝庙下山桃枝头上繁密的花骨朵儿已经笑迎春风了，让人不由得相信关老爷的神灵果真驻守在这里。难怪那么多人顶礼膜拜，也难怪有山的地方都有庙，有庙的地方也往往有关帝庙？

为什么如今有山有庙的地方常常会有一座关帝庙？

一是关羽的英武。关羽斩颜良诛文丑，温酒斩华雄，小说戏剧和民间传说中又有千里走单骑、过五关斩六将的传说，英雄豪气贯古今，在普通老百姓心里埋下了斩妖降魔、神威盖世的种子。不管处在哪个朝代，人们对于灾难、病祸的恐惧促使他们不遗余力地崇尚正义的利剑，企图通过膜拜关羽那样的英雄，在灾祸来临时得到庇护。在这一点上，关羽的民众基础是无与伦比的，关羽的神威很早就在民间深入人心了。陇东乡下，社火是每年正月初一至十五最为隆重的群众演出，在社火里，红脸美髯的关公角色往往要挑选脸方面阔、膀大腰圆、身材高大魁伟的男子。在演出中，关公步伐稳健，神情凝重，是压轴的演出。孩子身体虚弱多病，或者视若珍宝，抱出去让正在演出的公关"过关""摸红"，用大刀在孩子头顶来回晃动一番，抠下脸上的朱红点在孩子眉心，这孩子就会强健起来。过去农村长大的孩子大多都有过关的经历，受了关老爷这番恩典，个个身体强壮，一辈子无灾无病。

二是关羽的义。义作为儒家思想的核心成分，在普通老百姓中间也有着广泛的认同。在漫长无尽的历史长河里，人与人交往的义气和仗义，一直是人们自觉奉行的最高尚的道德准则，这正是关羽为什么在民间为人们所推崇的原因，古代的帝王将相那么多，造福一方，建立了丰功伟业的也不在少数，只有关羽越来越被普通老百姓敬奉。

民间传说和小说所讲的桃园结义，将处于社会底层的人凝聚成一股政治势力，不断发展壮大，谱写了一曲荡气回肠的英雄史诗。以刘、关、张三人为核心的政治军事集团，在漫长的历史长河中有着十分典型的意义，它将哥儿们义气提升到超越亲情的高度，这种人与人之间意气相投而构建起来的组织或者团体，不像现代社会的管理组织那样科学严密，但它的牢固性和凝聚力却在一定程度上超越了现代社会组织。它与当今的社会组织有着诸多不同：前者以情感为基石，后者以制度法规为保障；前者不求同年同月同日生，但求同年同月同日死，是一种江湖义气，而后者是在制度和法规的牢笼里，在利益皮鞭的驱使下运行；前者是主动的，相互的，你对我有哥儿们义气，我对你也有哥儿们义气；后者是被动的，单向的，进入了组织，就身不由己，被迫放下许多个人的主张去服从组织。

关羽在与刘备集团失散，陷入困境时，仍然情志不移，不离不弃，一心追随刘备，把一个义字演绎成了千古绝唱。纵观历史，口口声声讲义气的人很多，做到关羽那样的很难找到第二个。许多人都是多面的，仗义的时候也曾仗义过，只是心里永远有鬼，关键时候还是要做利害判断。见利忘义，见异思迁者比比皆是，不过河拆桥、落井下石就是好人了。不管人们怎么做，即使整个社会价值观是唯钱的，趋利的，只要人们的良知没有泯灭，大家都希望秉持道义，尊崇道德，信守承诺，拥有良知，不改初心。从这方面来看，当年关羽的建树，真正成了人类道德进化史上的一座丰碑。

三是小说和民间传说中没有关羽的任何不良记录，如果说人无完人，那么关羽就是个例外，他是大英雄，大男人，大丈夫，是顶天立地的汉子，在这一点上，即便建立了丰功伟业的秦皇汉武、唐宗宋祖也是无法与之比肩的。

正如海明威说的，一个人只可以被毁灭，但不可以被打败。关羽辉煌一生，未曾战败过，却被无边的阴谋摧毁了。当年的无敌英雄，眼睁睁地走向了穷途末路，叫天天不应，叫地地不灵，何等悲壮，何等惨烈！不论看电视剧还是读小说，走麦城的片段，总会让人感受到内心强烈的震荡和疼痛。刘备听取军师诸葛亮意见，率主力西进入川，却将无险可守的荆州留给了关羽把守，让关羽陷入曹魏和孙吴南北夹击、背腹受敌的不利境地。何况当时孙吴索还荆州，矛盾已经激化。关羽运用了以攻为守的策略，开始还算顺利，最终遭人暗算而连连失利，走向了茫茫绝境。不管当时的刘备集团怎样谋划，是过分高估了关羽的能力，还是刘关之间结义的铁板有了裂缝，刘备有意陷关羽于危险境地，我们不得而知。摆在面前的事实是他们的决策并没有怜惜关羽的意思，而关羽始终一心一意，忠心耿耿。英雄关羽所拥有的是肝胆仗义，铁骨铮铮，却没有一个曲里拐弯的头脑。作为战神，他战无不胜，打过许多大仗、硬仗，切西瓜一样手起刀落，砍掉了许多名将的头颅，却将性命断送在无名鼠辈手里，真是世事无常，造化弄人。民间有句很粗很丑的俗语："出五关斩六将，喝米汤尿一炕。"话丑理端，人生如戏，出场精彩无比，退场却意想不到的丑陋和落寞。

不管社会发达到什么程度，也不管公德堕落到什么地步，人性的光辉永远不会泯灭，向真向善向美的心性永远不会改变。内心再阴暗的人也在标榜正义，张口闭口崇尚光明，行为再偏邪的人也在渴望美好前程。

把刘、关、张三人的聚合以结义的形式安排在桃园里进行，这只是文学作品普普通通的浪漫主义手法。一方面桃树在中国传统文化里有禳灾、庇邪的意义，阴阳师做法，常用桃枝作为法器，这在民间十分普遍。另一方面桃之夭夭、灼灼其华。桃树花开，繁密，鲜艳，烂漫，营造了红红火火、欣欣向荣的美妙意境，预示未来美好，前程光明，岁月吉庆，日子顺遂。

春寒料峭，草木仍在梦境之中。可是关帝庙下台阶的两侧，桃花如点点划燃的火柴头，即将点燃整个春天。站在暮色苍茫的关帝庙前，内心自然涌动着一股温暖。

百里行

百里，距灵台县城五十里，每年去几次。几个人开车或一个人骑车，说走就走，去看整齐、精致、漂亮的新村，看唐槐，看花木，看古迹，看绵延的山和自然流淌的河。来了外地朋友，也带去看山看水看树，还去酒厂看麦囤一样，黑沉沉浸满时光包浆的海子。痛饮自然不在话下。

新村

柏油路到了百里地界猛地拐向高处，一路被山势引导着，蜿蜒西进。站在路边遥望，达溪河在下面河滩里一扭腰，摆出"S"形的身姿。这里河道还没治理，一切都是自然形态，河水任性却被天然的河道约束着，弯弯拐拐，匆匆东去，广阔河滩上青草萋萋。对面的南山下一柱灰烟从青瓦房顶直直升起，在清晨冰冷的空气压迫下，很快分解成丝丝缕缕，缓缓四散而去。这些年村子里院门敞开的少了，许多人家把一院房子交给了大门上的一把铁锁，一家老小远走高飞。灰白的晨烟让一个村子有了人气，生动活泼起来，路人激动得停下来，拿手机拍照，短短两三分钟，烟柱就软下去，淡下去，被湛蓝的天空吞噬了。天空空阔而谦逊，默默容纳人间的一切，将其迅速化为乌有。显然这是一户常守在村子里的人家。清早出工前，往炕洞里填入细柴草和草沫子，一把麦草点燃，火焰以蓬勃之势迅速在炕洞里燃烧，烟囱一直有向天空表达的冲动，总算等到了机会。烟囱是烟火飞升到另一重境界的通道，烟火也是有雄心的，它们急于摆脱黑暗和促狭，冲向蓝天与风和云汇合，奔赴更加遥远的旅程。

做饭通常用较粗的柴棒，燃烧充分，炊烟是蓝色的，慢悠悠地飘在院子和房顶上。这些年因为人少，农村做饭也用上了电器，煲汤、蒸炖煮炒，摁一下开关锅就热了，省去了生火的麻烦，只有土炕还保留着。

过去的漫长岁月里，窑洞瓦房配热炕，是农村生活平常而可贵的小幸福。冬天严寒威猛，热炕让屋子持久地暖和。夏天早上起来烧炕，打打潮气，夜晚炕上余热尚在，那种微微的温暖会在被褥里保持到天亮。晚上洗漱过后，爬上炕，沉沉睡去，夜的清凉漫过村庄，温暖的被窝是对疲累的身子和灵魂十分妥帖的安慰，在土炕持久的温暖里，人会很快进入梦乡。清早起来趁着凉快，匆匆热馍烧水，简单吃些早餐，赶紧下地耕作，到中午烈日当空，炎热难当时再回家炒菜烧汤，吃饭休息。避过烈日的锋芒，等日头微微偏西再下地干活。说什么王权富贵，念什么善恶慈悲，贪恋的都是浮云，难得的是一夜酣睡。

这些年，村庄屋顶上很少冒烟了，难怪大家激动。

川道里，玉米地一块连着一块，一直延伸到一个又一个村庄。

我们来到一处新村。路北是石塘村，路南是搬迁来的梨园、曹家沟和上李三个村合成的一个新村。这里原来是石塘村的地盘，梨园、曹家沟和上李三个村原来在南边的深沟里。近年来，进行了整村搬迁，将远离公路散落在偏僻山沟里、房屋破旧、不符合安全要求的人家搬迁到新村，新村沿公路两边铺展开来，灰瓦白墙，小小庭院，门前有绿化带和花木，整齐美观。还新建了广场、花坛、小超市和卫生所等。

百里最大的新村在古密须国城池所在地，紧邻街道，位于街道向南的台地上。原古城村在东边，西边是新修水库，整村迁入的杨新庄村。新村吸纳了城市的一些理念，建筑融合了古密须历史文化元素，还建起了广场、风情街、村史馆，亭台阁廊和各种花木，让古城新村完全变成了可供休闲游览的风景区，周末或节假日，县城里的人开车来这里游玩度假，放飞心情。

黄土高原的窑居历史长达4000多年，窑庄好处很多，只是窑庄随地形散布在山崖之下，黄土具有疏松、湿陷及遇水崩解的特性，在安全方面很不可靠。近年来的移民新村，彻底消除了安全隐患，也从整体上改变了村庄面貌，改写了村庄历史，原来分散、以窑洞为主的村居历史已成过往。在公路主干道或者乡镇街道附近集中连片建设的新村，统一规划施工，钢筋混凝土结构的房和楼，更加坚固、安全、美观、出行便利。在农村人口急剧减少的当下，建设移民新村，让人安居，是振兴乡村很重要的一环。

新村植入了现代化的时尚元素，古老乡村焕发新面貌，人们的生活更加安适。

如今年轻人外出务工，村子里人烟稀如萤火，农村的建设维护和生产事务繁多，工作难度可想而知。乡村干部、驻村工作队员，他们为新农村的建设贡献了力量。每次去百里，在新村的广场和路边总能看到一伙人在打理花木，修剪、补栽、浇水，也常常见到维修广场和新建文化设施的工匠，他们一身泥土，挥汗劳作。近十年来，百里持续打造新村，密须古镇的文化内涵不断得到发掘和弘扬，古老村庄焕发了生机，村庄变得愈加美丽。

古城

百里是春秋五羖大夫百里奚的封地。商周时期这里曾是一个方国，一个方圆上百里，政治、经济、文化中心，先后称密须国和密国。国都就在这座背靠洞山的台地之上，也是今天百里镇街道所在地。三面临河，一面靠山，城池坚固，易守难攻。百里多有白姓，据说是秦名将白起后代。这里出土过许多青铜器物，其中古城村洞山西周墓出土的饕餮纹铜鼎属国家一级文物，见证了百里曾经的辉煌。

达溪河由西向东开辟的川道，绵延上百公里，这是主川道，向南有几条窄窄的沟壑，绵延几十里，这里有古王朝时代的牧马场。这些年，农村城镇化发展日新月异，古城池一变再变，变成了新农村的广场、楼房、街道。旧貌变新颜，古老的底色上呈现出了新气象。

二十年前的一个深秋，在这里出差一星期。那时候，古密须国的土城墙仍依稀可见。我们在某个黄昏登上了临近达溪河的一个土墩，据说那便是密须国时期黄土夯筑的城墙遗迹，古城墙周围七零八落簇拥着一些院落。夕阳在西边山脊上回眸一瞥，东西贯穿的一条街便沉浸在昏黄透亮的温暖之中。那时候，这条街上最大的饭馆是狗球食堂，另一个大企业是榨油旅社。

走进那家饭馆，一个光头老汉过来招呼，我们一位年长的同事与老汉闲扯起来，老汉十分豪爽。同事说，听说你们这个食堂还有个雅号呢，老汉嘿嘿笑着直率地说，我大名白狗球，小时候老人宠爱取了这么个名字，饭馆也就有了狗球食堂的雅号。陇东乡下，过去那些吃穿不愁的富人家生了男孩，实在金贵得不得了，就给取个很贱的名字，以示无限喜爱，这孩子便是谁也惹不起的宝贝疙瘩。对一个饭馆这样称呼分明带有很强的戏谑意味，老汉却毫不避讳，用近乎自虐的方式跟大家逗趣，引得一片笑声。老汉提来一瓶密须大曲，先自干三杯，然后给在座的六七人每人敬三杯，自己还陪饮一杯。已经七十岁了，老汉仍反应敏捷，谈笑风生，碰巧同行的几位年长者也擅长说笑逗趣，便和老汉你来我往斗嘴说笑，言语机智，妙趣横生，饭馆里笑声不断。老汉真是海量，连饮数杯仍面不改色。毫无疑问，老人的乐观风趣来自艰苦劳作与生活磨炼。他黝黑的面皮总是荡漾着笑的波澜，已经谢顶的头颅里储满了智慧。他反应灵敏，接话迅速，对答机智有趣。这个饭馆以面食著称，有炒面、烩面、生氽面、油泼面等，也做菜，有时令野菜和野味，过去运气好的话，还能碰巧赶上獾肉、野兔和野猪肉。这些年，野味没有了，饭菜还是那么可口。

西街有一家宽阔的双扇大门，左门扇写着榨油，右门扇写着旅社。两扇门时常关得严严实实，门框上榨油和旅社四个大字，赫然在目，连起来念，意思便复杂起来。推门进去，正对门是主家的厨房、客厅和两间住房；院内东边是磨坊，西边是旅社。一个家庭企业，既开来料加工的油坊，又经营旅馆，门上的招牌和大门内的布局，多少有点江湖气。严冬有一次出差，一行六人住在这个榨油旅社里。整个院子从早到晚笼罩在轰隆隆的声音里。旅馆的每个房子里都有很长的土炕。我们三人一间房子，就睡在土炕上，半夜里北风呼啸，房子里空气冰冷，炕却滚热烫人，被窝里是另一番天地。真是房子里数九，被窝里入伏。刚睡下不大习惯，烙饼子一样，辗转反侧，许久才勉强入睡。

如今街道整修一新。柏油街面，渗水砖铺就的人行道。花树隔三米一株，正在冒着壮硕的新芽。一条街是樱花，另一条街是国槐。十字街道，店铺一家挨着一家。

古槐

百里古槐，据说在唐代的某个春天落地生根，在那里足足站立了1500年，它是百里古老历史长卷里的一个疑惑重重的惊叹号，也是这块土地上年事最高的主人。无数次为了看一眼古槐而去百里，无数次路过百里都要去看一眼古槐。被无数目光打量过，如同被漫长时光的砂纸打磨过，古槐愈加坚定地站在那里，沉静地注视着山川和远道而来的一个个过客。

二十年前的某个深秋，第一次来到百里，古槐就在百里中学校园的台地上。百里中学的院子分上下两层，下面是教学区，上面一半是操场，一半是学生宿舍，古槐站在台地边上。校长是个挺拔的中年篮球健将，他领我在校园里转了一圈，每一栋房子和校园的角角落落在我们的眼里过了一遍。这既是工作也是游览，印象最深的是古槐树叶茂盛，郁郁葱葱。旁边一座年代久远的老校门依然巍峨挺立。

岁月过于苍老，作为密须古国的百里，那里的过往纷繁无比，一些细节我们已经无法说清，见于史书的记载也挂一漏万，在很大程度上只是粗线条的，后世的种种拉扯应用，往往在虚妄的深渊里辗转。那个从唐代一路走来的古槐，无疑是实实在在、明明白白的。它显然早已不仅仅是一棵树的样貌了：树高丈许，不知是自然的力量，还是人为的因素，主干只有一个剖面，连树心也不见了，年轮不在，年岁记在心里。剩下凹进去的部分灰黑色，坑坑洼洼，有玄武岩的质感。外面半圈树皮撑在地上，呈龙鳞状。树顶稀疏的枝干上，叶子鲜绿而蓬勃，像被装饰上去的一样。路从树前绕过，一路盯着看，景致在变换。从一侧看像一条龙，龙头、龙角和龙须栩栩如生，转到另一侧，树上的枝丫像凤凰展翅，活灵活现。沿那条小路绕树过去，一卷龙凤呈祥的图景徐徐展开，这无疑是一棵神树，一棵吉祥树。

绕过古槐，小路通向青砖砌成的老校门，门上边巍峨的高墙上镶嵌着几块石碑，正中间是"灵台县第五中学"门牌，还依次镶嵌着修建校门的时任县长和其他官员的题字，全是励志之词"业精于勤""尊师重道""敬业乐群"等。双扇木门的两侧是一副对联，"须认真讲求些名教事，莫等闲空白了少年头"。这个"灵台县第五中学"改建于1973年。我们穿过大门，进入第五中学院子，两排平房用作学生宿舍。正南边大礼堂是民国时期的建筑，砖墩土木结构，雕梁画栋，可以想见当年是怎样的富丽堂皇，只是在时光的重压下，房顶不再坚固，有坑洼，还坍塌了一个斗大的窟窿。人是房屋的柱子，没人居住，房子失去功用，长时间闭门关窗，屋瓦松动脱落，接不上茬，雨水渗漏，下面的椽、檩、梁，淋雨后腐朽，得不到及时修缮，腐蚀和坍塌不断扩大。每年到百里去，我都要去看看古槐，看看大礼堂，后来学生不断减少，学生宿舍彻底搬离了台上的老院落，蒿草便疯长起来，包围了大礼堂，只有石刻的"大礼堂"朱红大字仍十分清晰，这三个正书大字，由时任教育厅长郑通和题写，落款是民国三十一年十月。

十年前，在小城镇建设的风潮中，台上院子里的房子全被拆除，改建成了一个大广场，大门楼和古槐一直保留着，大礼堂的门牌被镶在了广场下边的长墙上，成了长墙的一部分。失去了大礼堂，这个题名石壁在岁月的丛林里逐渐迷失了自己。那道矮墙显然不是它的注脚。变成了广场的老校园，不断修缮，已经没有了校园的影子，广场的一角筑起了密须鼓，古密须的风采和文化内涵，得到了彰显，这里成了人们游览和膜拜密须古国的一个去处。

寒假的一天，带孩子去百里玩，落光了叶子的古槐更加苍老，树枝铁铸一般，真担心它会沉睡下去，一去不回。人活脸，树活皮。春夏之交，再去百里，在那半圈树皮支撑着的古树躯体上，又抽出了新枝。春暖融融，树叶愈加繁茂，入伏最炎热的时候，居然满树繁花，淡黄的槐花灿若繁星，古槐焕发了青春。它呈现给世人的从来都不是老态龙钟和岌岌可危，而是苍劲有力的躯干和葱绿的枝叶，它永远踏着四季的步子，坚定地走过一年又一年。

百里香

百里东街有个老酒坊，几十年来不断提升改造建成了百里香酒厂。在走向繁盛的时代，酒也成了社会的润滑剂，一年喝倒一个牌子。百里香却一直坚挺着，不跟风，不随波逐流，避免了大起大落，顾客相对稳定，喝过的人，过一段时间还会找回来，常客就是熟客，知根知底，喝着放心。

那年到百里，干完当天的工作，晚上几个人聚在一起，做几道下酒菜，推杯换盏，高谈阔论，热火朝天。酒是粮食精，越喝越精神。渐渐喝高了，有人推托说，没酒了还喝啥，不敢再喝了。有人说，酒通海子，你放开喝就是了。不知道海子是什么，旁边的一位拍拍我肩膀说，明天领你去看看。第二天下午，我们到了酒厂，许多人在那里忙碌，一大片酒糟晾在院子里，散发着略带酸味的酒香。烧酒坊刚刚蒸馏出来的白酒沿竹管汩汩流淌。在储酒间，排列了许多麦草垛一样两三米高的海子。海子是储酒的容器，跟过去农村储存小麦的粮囤一个样子，海子也是用山里的藤条编制而成，藤条之间存在缝隙，如何兜得住酒水？请教了一位师傅，他说酒海子的制作分三步走：首先是编制。在盛夏麦收结束的空当，从山上割下荆条或藤条，在日头下晒至水分消失大半，柔韧度达到极致，从圆形底部开始，跟织布一样分经纬编织，一圈圈扩大。再将经条收起竖立，编到足够高时向内收束，缩成小口。接下来是裱糊。先用豆腐等涂抹缝隙，再以猪血、石灰、鸡蛋清等混合成粘合剂，用白棉布裹糊内壁，干透后用麻纸多层裱糊，每一层晾干后再裱糊下一层。最后是涂封。用菜油、蜂蜡等按比例混合涂抹，使其平整光滑、密实无缝。涂封后的酒海子放置一段时间，让粘合剂中的腥味渐渐消散。酒海子储酒，能让酒经年发酵，有害的和影响口感的物质通过隐秘的气孔自然挥发，酒香更加醇厚。爬上梯子揭开盖子，顿时酒香扑鼻，如此好酒哪有不醉之理，站在海子旁连饮数杯，直喝得飘飘欲仙，晕晕乎乎。

许多人喝酒看牌子，一些酒的名气是花巨资宣传的结果，酒的品质只是一方面。在浮躁喧嚣的时代，好酒更怕巷子深，不断的广告煽动，让某个品牌的酒风行一时，大家都跟风购买。喝死人的假酒，多半都是宣传造势才风行一时的。百里香不跟风造势，而是稳妥而踏实地让粮食经历岁月的浸润，烈火的淬炼，成为最美的琼浆。你喝与不喝，它就在那里，永远不受潮流的裹挟。不紧不慢地酿造，长达数年地储存，等待寻找它的人。不冷不热，不温不火，反而远近闻名，越来越多的人慕名前来，许多人来了一次还再来。到酒厂看看，顺便买些酒，买了酒也顺便休闲娱乐，舒缓心情。酒厂有个菜园子，西红柿、地黄瓜、辣椒、萝卜、大葱、蒜苗等，就地取材做几盘菜，从海子里舀一瓢酒，在树荫下摆一张桌子喝起来，酒香菜鲜，划拳行令，那才叫痛快。

百里香是高粱酒。在海子里酝酿许多年的原浆酒，洒在地上或者淋在手上沾人手脚，喝进肚里也会把人的灵魂牢牢拴住。

历史风云，跟天际线一样辽远而缥缈，密须往事却始终在目光的尽头闪耀着光芒。绵长的酒香，跟深沉苍茫的林海一样历久弥新。这块古老的土地上，沟壑道道，密林袤袤。一代代人，用血汗谱写了不朽的传奇。

南下北上

稻香遍野

10 月 1 日　星期二　晴

我们乘 7 座车，长途奔驰，0 时出发，17 小时后到达湖南长沙县高桥镇。途中短暂休息 4 次，加油 2 次，实际行程大约 15 小时。

这里以山为主，一个山包连着一个山包，山不高，山上树木荒草密不透风，一片葱绿，搭眼望去也有了几分苍茫的秋色。我们跟着手机导航绕过一个山包又一个山包，稍稍开阔的川道里种了水稻，正值收割季节，夕阳从山边洒下金光，稻田绿中透黄，色彩深浅不一，如一幅幅油画。这便是南方的丰收景象，可是听说今年干旱，水稻减产已成定局。天大不由人，不论南方还是北方，庄稼种在露天田地里，还得看老天的脸色。今年气候反常，西北多雨，小麦收割时节，阴雨连绵二十多天，来不及收割，麦粒全部在褴褛里长出了新芽，收下来晒干，原来饱满的颗粒全蔫了，一场看似丰收的喜悦被雨浇灭了。农民种地的风险之大，无法估量，即使庄稼丰收了，一算账，赚不了钱，成本太高，遇上天灾，就彻底赔了。谁还会下气力种地，青年一代早就不种地了。地养人，天却不要人了！过去常常听到老人面对恶劣的天气，发出这样一声感叹。这是不是天与地的一个合谋，就不得而知了。可是庄稼人也不会有太多的抱怨，甚至不去报怨，种庄稼的大小悲剧年年上演，习以为常了，有什么好抱怨的？即使到了工业化时代，种地也还得看天，看天的脸色，适时下雨，适时出太阳，庄稼才能颗粒饱满，顺顺当当收进粮囤里，风调雨顺，靠的就是天，天时太重要了。

下了高速就是开慧村，我们绕过一个个山包，终于来到了开慧村纪念馆。那里已建成了一个小景点，有开慧纪念馆、开慧陵园、开慧故居等。杨开慧烈士就长眠在一个小山包的半坡上，山顶建有杨开慧烈士的巨大雕像，山上还有毛岸英的衣冠冢，2007 年毛岸青逝世，也埋在这座山上。来这里的人很多，一个穿红衣服的中年女人在杨开慧墓冢上伏地而哭，想必是杨开慧烈士的亲人吧。这块红土地上诞生了太多的革命战士，不少人为新政权的建立付出了年轻的生命，无名英雄也不在少数。祖父那一辈，许多年轻人当兵吃粮，走出了村子就再也没有回来，因为没有子嗣，后辈无人知道他们的名字，只是偶尔听老人压着指头算某一辈的老大是谁，老二是谁时，常常算不下去，叫不上名字，只含糊地说老几当兵没回来。战火纷飞的年代，一个农村小伙当兵吃粮，离开家门就像放飞了风筝，命运的线没有牵在家人手里，他去了哪里，经历了什么，无人知晓，几十年后还有谁知道呢？广场上很干净，没有尘土泥巴和果皮纸屑。停车场有保安值守，却不收费。

开慧村离高桥村十八公里，车转过一个山弯，我们看到了黄澄澄的稻田，有收割机在田地里吞吞吐吐，吞进去一片稻谷，吐出了稻粒，稻香如水，淡淡的，却势不可当，弥散在黄昏金灿灿的空气里，这是红土地上浓浓的乡土气息，也是弥足珍贵的乡愁。赶得早不如赶得巧，丰收的场景就是最浓郁的乡愁，我们闯进了别人的乡愁里，稻谷香里说丰年，只是听不见蛙声一片。

每一个不种稻子的山沟里都有水波荡漾，不知该叫湖，还是该叫池塘，偶尔有垂钓者在水边，太阳下山了，暮色渐渐铺展开来，他们开始收竿。山是石山，杂草和树木是山绿色的衣裳，在树丛里仔细看，地也是石头的，红色的石头，只有浅浅的一层石渣土壤，草却长得旺盛，高过了头顶，有些草茎长到了一丈开外。树也如巨伞一样茂盛，将红色的皮肤包裹得严严实实，空气里没有尘土，水塘里也没有淤泥，水清得黝黑，波光闪烁，就像布满了小小的镜片。

高桥镇锡公冲水库西侧的两栋房子，一座新建的二层小楼，旁边一排尖顶旧瓦房，围成了半开的小院落，没有围墙，一小块硬化院子外全是杂草簇拥的小路，下面是池塘，水黑黝黝的。楼的地基高，房的地基低，边上是一小块菜地，门边的草丛里三只鸡在寻寻觅觅找食吃，鸡总是一刻不停地找吃的，南方的和北方的鸡原来都一样啊，只是这几只鸡个头小巧，头更小，叨食的动作十分机灵。

我们在房台上坐下来，淡淡的夜色扩散开来，燕子飞了回来，叽叽叽地在房檐下歪着脑袋瞅我们，似曾相识啊，心里不禁涌起几分感动，这是不是千里之外西北老家檐下的燕子呢？自 2010 年秋季调到乡下工作，足足十个年头，挪了两个乡镇，换了两个房子，屋檐下始终少不了燕子的呢喃。每年春天，总有燕子飞回来，它们在房檐下用泥巴筑巢，每天清早不知是它们把我唤醒，还是一醒来就听到了它们的尖细悦耳的鸣叫，这样的清晨总是如诗如画，如沐春风的美好。它们每年都在不知不觉间悄悄离开，秋雨绵绵，寒冷渐起时，突然想起了这伙小邻居，才发现已有许多时日不见它们的踪影了。这些燕子已经飞越漫漫关山，来到了南方，它们哪一天起程，哪一天来到这里的呢？檐下泥巴做的窝也似曾相识，听不懂湖南话，燕子的呢喃却是熟悉的，也算在千里之外听到了乡音，他乡遇故人，真乃人生一大幸事！

10 月 2 日　星期三　晴

所有民居都依山而建。山是小山包，人家分布十分零散，院落东一个西一个。这里的民居多是二层楼房，面积比较大，隔成了许多室。大概因为地势的局限，仅有一小块平台地，房子外面便是路，应该是公共空间了，所以不修围墙，又是孤立的一户人家，上山的小路从私人空间通过，眼界十分开阔，站在房台上可以看见上山下山的人。垂钓者将车停在院前的草地上，也没有人觉得有什么不妥。他们停车、或离开时和主人打一声招呼，相互攀谈一番，语速快，婉转锐利、抑扬顿挫，一句也听不明白。鱼池外大坝下的西侧，也有一户人家，新建的二层楼房十分气派，他们是那个鱼池的主人，院子比较大，向外界敞开着，全部用水泥硬化了，十分宽阔。院子里站着个中年女人，看见孩子们在坝下面乱跑，厉声呵斥，手在空中不停地比画着，好像在叫骂，情绪十分激动。

清早起来，沿沟东侧的水泥路往上走，一直走进沟尽头，沟的尽头是山，山上有一片夹杂着绿树的竹林，小心地分开杂草向上走，就可以摸到高耸的竹子了。这里的竹子能长到碗口那么粗，青色的主干直直的，足有丈许乃至几丈开外。老夫聊发少年狂，抓住一握粗的一根竹子，纵身而起，爬到极高处，在空中晃荡，真是爽快。

午饭后我们再出发，专找景点，先扫荡村里村外的名胜之地。村子附近有座山，属罗霄山脉，山顶上有山尖林虚唐太子庙，相传唐代的一位状元隐居此山，教书育人，培养了不少人才，被唐朝的皇帝封为太子。为纪念此人，当地百娃在最高的峰顶修庙祭祀，纪念这位状元教书匠，后世人多领孩子上山焚香烧纸钱，祈求神明保佑，让孩子考试顺利，如今中考、高考，孩子必得上山求神祈福，听说非常灵验。这里香火十分旺盛，我们跨进庙门，见庙内与其他寺庙不同，这个庙处在山峰的最高点，是纯木结构房子，除防火之外，防虫蛀也是最为要紧的，房椽上吊了上小下大，一圈一圈环绕着的草香，香烟缭乱，烟雾腾腾，更增添了几分神秘色彩，这也是多少年来所不曾见到的盛景之一。

孩子们烧了香，放了鞭炮，我们沿陡峭的硬化路坐车下山，去另一座山腰里的佛寺。在那里看到七八个穿僧衣剃光头的和尚和四五个蓄发却也穿着僧衣的女人，正敲着木鱼诵经，哼哼昂昂，嘹亮而悠扬。领头的是一位年轻僧人，他们开始站直了，眼睛微合，树桩一样一动不动地诵经。最后由年轻僧人领头，缓缓地，一步一步挪动着步子在大殿里转圈，还反反复复吟诵南无阿弥陀佛，南无阿弥陀佛。每每吟诵一句，似清风从心底拂过，内心微微一颤。他们神情专注，目不斜视，完全沉浸在自己的内心世界里。曾经去过许多寺庙，大的、小的、古老的、新建的，都没有特别触动人心的，今天偶遇了诵经，内心一下子宁静了，也清澈了，云淡风轻了，一切荣辱得失都不那么令人焦灼了。

残阳如火，木鱼声声，竹林静默，岁月苍茫。

这里不管佛寺还是道观，虽然与以前见到的大同小异，我们却有前所未有的收获，山尖林虚唐太子庙是一个老百姓为教书先生建的庙，孔庙之外，这是第一个。

从半山腰念经的寺庙下来，看到了茂盛的竹林和夕阳下金灿灿的稻田，这是希望的田野，我们下车进入稻田，稻香扑鼻，这也是此行最美的遇见，遇见中最芬芳的田园，孩子们开心极了。茶园在街道边上，看得出是新兴产业，我们在路边的茶园里拍照，红彤彤的太阳已经搁在了远山之上。路边有柚子树，树很高大，海碗一样的柚子绿生生的。让人十分担心它随时会掉下来，吃过柚子，却未曾见过挂在树枝上的绿柚，孩子们高兴得嗷嗷叫。太阳在欢叫声中一寸寸沉没，万丈霞光映红了天空和天空下孩子们的笑脸。

湖南红色旅游资源十分丰富。高桥镇有维汉村，我们瞻仰了李维汉故居。高桥村，还有一个革命烈士柳直荀故居，我们未去，来来回回路过镇上的直荀中学和村上的直荀小学，外观都十分漂亮，院子也很开阔。

10 月 3 日　星期四　晴

去韶山。

清早出发，快到韶山时堵车，路变成了车的河流。一绕再绕，到了停车场，仍然车山车海。去购票，排很长的队，看到的全是人的后脑勺，在沉浮，在蠕动。买了门票，买了进入景区的车票，整整耽搁了两个多小时。再排队等景点的车，终于坐上了，七拐八拐地走了很长的路才到了终点，已经是正午十二点。景区很大，到处都是黑压压的人头。到了下午三点多，每一条路上依然拥满了人，行走变成了排队等待，最多也只能游两个景点。

纪念园可以说是一个全景式展现中国革命史的地方，不仅有毛主席革命活动的图片展，还复制了遵义会议的会址。一栋两层阁楼，二楼有一张方桌，围了一圈木椅。另外还有大渡河铁索桥、延安宝塔、西柏坡等，相距一二百米，几十分钟走南闯北，完成了当年革命者千辛万苦走过的二万五千里长征。

我们从东门进去，南门出来，又去了毛主席故居，通往毛主席故居的小道上，排队的人像插玉米棒子一样，绕了很长的距离，一直缠到了山那边，只好在远处人头的缝隙里眺望。毛主席故居位于一条沟的一侧，门前有荷塘，荷塘向上便是一台又一台的稻田，不见蛙鸣，稻香却是实实在在的，那么多人挤在一条小山沟里，稻谷的芳香如水一样弥漫山间。稻田与故居院落之间是一条小路，这条坡路一直斜伸进沟里，从标识来看，沿这条路向上走，走完稻田，便是山洼，山洼里是绿树和竹林，林下便是毛主席父母的坟茔。山路上全是人，摩肩接踵，再要进到沟里去，实在太困难了，天又热，一条沟，路成了人的河流，不禁丧失了斗志，拍几张照片了却心愿也就罢了。

如果这里不是景区，而是一个小山村，那么，这里将再普通不过了。韶山村，如果不是人山人海，而是回到一百年前的毛主席少年时代，这里肯定恬静、安适，如诗如画。

从毛主席故居的规模来看，当年也算得上殷实的人家，至少和这个村子里的大多数人家是一样的，这样的人家让孩子子承父业，是常规思维。只是毛主席从那个叫南岸的私塾起步，通过读书，走出了韶山冲，走出了湖南，走到了更加广阔的地方，那个地方叫北平，到北大当了图书管理员。人生从读书起步，一步一步坚定地走下去，走出了广阔天地。毛主席早年在南岸私塾的同窗共十七人，南岸的学堂里有一张表，上面一一列举了同窗姓名。是 20 世纪六七十年代，根据当地人的回忆抄写下来的。

毛主席在这里念了几年书，打算辍学，学些手艺养家糊口，这也是大多数人的人生轨迹，如果毛主席也这样走下去，真不知道会是什么情形。偏偏有长他九岁的表兄让他到外面的大学校去深造，这是决定他命运的一大步。当然，毛主席给予我们的人生启迪，远不止这些。人格的伟大是至关重要的。他年少时写过一首七绝《咏蛙》诗："独坐池塘如虎踞，绿荫树下养精神。春来我不先开口，哪个虫儿敢作声。"真是少年英才加伟人的气度，让人不得不服。

作为普通人，我们来到这里，并不希望在人山人海里看人的后脑勺，倘若在某个并无游人的日子，独自进村，沿池塘边走过，池塘里不管养鱼还是种莲，也不管有没有鱼，是不是满池塘的荷叶、荷花，只要有水，一切皆有可能，一切美好也就在那里孕育着。水田里不一定有金灿灿的稻子，稻香是一种乡愁，蹚水扶犁也是一幅如诗如画的美景。一头毛色光亮的水牛伸长了脖子，步履从容地拉着犁，在水田里来来回回，这景象会让人感动。毛主席故居下，一条小路向沟里延伸，路边是杜鹃花，倘若春天，小雨天气，杜鹃花开了，落霞般灿烂，一个人，或少许几个人撑一把油纸伞走着。这才是人间最美的风景。乡村是老乡的家园，成了景区的乡村再也不见了老乡。不见老乡，满路皆是操着异乡口音的游客，这样的村子，缺少了宁静，也失去了小山村曾经的精神和气质。

这么多人来到了韶山村，是怀着一种敬仰之情的，大家都想在领袖的诞生地走一走，看一看，大家的想法高度一致，领袖以他的人格魅力吸引了天南地北的人，这着实让人感动。望不到边的停车场上已经停满了车，路上，来来往往的车还是很多，到处拥堵，收费站变成了肠梗阻，导致从停车场到出口这段路要一寸一寸往前挪，从停车场出来足足用了三小时。

当然那些开酒店、餐馆或者卖纪念品的人一定希望人多，滚滚人流就是他们的滚滚财源。

10 月 4 日　星期五　晴

长沙的秋天，对于匆匆而来的北方人，依然是炎夏的火色。连日来，酷热丝毫不减，看天气预报，气象部门还在发布高温黄色预警。空气烫手，穿半袖仍汗流不止。我们去岳麓书院，听说那一带是单行道，无停车场，只好老远就下车，顶着日头走了过去。

想象中岳麓书院在一个小山的怀抱里，四下再无建筑，树木葱翠，清凉如注。原来岳麓书院是湖南大学的一部分，书院在大学里，大学也在书院里。正如这所大学与这个城市的关系一样，大学在城市里，城市也在大学里。传承一千多年的书院，多少古圣先贤到过这里，留下了许多墨迹，完全不用穿凿附会，迎面碰见的都是真迹。对于一所百年老校来说，书院是引领和统率这所大学的灵魂，书院比大学古老，大学却比书院更广阔。从担负的使命和责任来说，书院的意义更加深远。书院里，许多房子还在供教学使用，不对游人开放。如今有个名词叫大学城，大学从内容到形式都在急剧膨胀，城与大学的关系就有点含混不清，一路走过去，突然发现四周的建筑都是大学的某某学院。显然，岳麓书院作为文化遗存名满天下，再也不能只局限于一个学院教书讲学的简单功能了，就像佛祖如来，到了那个位置，只好忙着让人膜拜，到了形而上的境地，鸡零狗碎的事情已经与他无关了。这也许是佛祖不曾想到的，但神在江湖，也是身不由己。

岳麓书院正上方有爱晚亭，只知其名，不知方位，一路上由手机导航领路，外加不停地打听，终于找到了半山腰，一个深沟里的亭子，那个亭子始建于清乾隆时期，作为古迹，历史愈久远，名气愈大。亭下有池塘，池边有一株桃树，斜卧水上，树叶落尽，三五朵桃花开得正艳，在如此炎热的天气里，桃树也许搞不清季节了，投石问路，打探秋天几时到来，春天又要等待多久，或者用几朵粉色的花朵来展示自己的存在。古木太多，树冠庞大者更多，那些主干粗壮的树，枝丫如伞，撑开很大的盖子，努力把天和地隔离开来，让毒辣的日头和倾盆大雨落不到地面上。树下是路，路上有潮水一样的年轻学生。

那里的大学保留了许多巍峨的古建筑，有一处独立的院落，石头砌成，全是古物，房子十分高大，琉璃瓦屋顶，依然有绿茵茵温润细腻的质感，大门紧锁，从悬挂的某某学院的牌子看，房子依然使用，在这样的房子里读书学习，若不专心致志，有所成就，就对不住老祖宗了。只有皓首穷经者，或者神童、青年科研才俊和艺术狂狷，才配得上待在这里。腹内空空，鄙俚浅陋者难以与这里厚实凝重的气质相统一。从这里走出去的学子，完全有底气成为各个行业的翘楚。对于大学，向来高山仰止，特别是那种

"211""985"或者双一流的大学，更是神往。两次去了北京都想去北大、清华一转，但听说普通人根本不让进去，只好打消了前往游览的念头。这里却如此包容，让人不留意就走了进去。大学不光是一个人学历的制高点，也应该是天地良心、人类知识和创造力的制高点。我们在行走中看到的是一座座的房子和两个一伙、三四个一群的年轻人，他们是游客，还是学生，分辨不清。各个石凳和台子上都有坐着看手机的人，也许纸书的时代已成了历史，当下的阅读打开手机就能随时进行。正如我也用手机写下这几天的见闻一样，世界最大的变化是进入了电子时代，阅读也好，写作也罢，都不再是纸和笔的唯一组合。这样一想，便十分心安了，否则会为眼前不见手捧书本，奋力阅读的情景感到不适和遗憾。这里有传统观念中最为宝贵的东西，也有当下最为时尚的存在。用传统的旧思维去想问题的话，我们会固执地以为，大片大片的学子们手捧书卷的形象，与这里的精神气质更加契合一些。

10 月 5 日　星期六　晴

不出远门不知道天下之大，更不知南方何以为南方，北方又何以为北方。一直认为北方是高原，地势高，南方多平原地势低，从北向南是下坡路，而从南向北是上坡路。结果却并非如此。这一路走过来，时上时下，湘江由南向北奔流，那一段地势南高北低。山川相间，地势起伏不定，让人千里奔走，意兴盎然。山川广袤，局部的起伏，不一定局限于北高南低和西高东低的大势。一刀切只是人为的，天地之间形态万千，变幻莫测，这才是大自然的奇妙与美好。

一路向南，眼前的景致像翻书一样变换着。山越来越葱绿，天也越来越炎热。人文方面，南方与北方的差别，也是在农村方显现得更加突出。要了解一个地方的风物和人情，也必定要去那个地方的农村。如果没到过长沙的农村，就不能叫去过长沙。城市大多都有高度的相似性和雷同感。农村就不同了，地理特征、地形地貌、风物人情、生活方式、饮食风习等差异很大，让人不由得感叹：城市是人造的，村庄是神造的。

南方人生活更加精致，他们对待生活更加认真实在。做饭精细，对吃从不马虎，特别是男人，个个炒得一手好菜，餐桌上常常少不了几道肉菜。而西北的一些地方，穿衣比较讲究，房子必须装修，吃饭却潦草马虎，凑凑合合。

　　假期将满，奔波劳累也使人失去了继续远行的兴趣。清晨，在手机闹铃声里醒来，去街上吃早饭，每人一碗米粉，也就是大米磨的面，做成的面条。这里是高桥镇街道，从远处看学校十分漂亮。离高桥镇不远的村小，就是直荀小学，以烈士柳直荀的名字命名。学校规模不小，七百多学生，三十多个老师，早上七点到校，下午五点回家，中午在学校就餐，每学期餐费六百三十元，每顿饭也就五至六元，这个规模的学校在乡村算是很大的了，看来这里乡村人口密度还是比较大的。只是年轻人都进城务工，老年人在农村照管孩子上学。

　　早晨进沟里砍了竹子，碗口粗的一根，砍下来扛回家，用锯子断开，可以做什么倒没人去想，只觉得这东西太好了。

　　吃过饭去亲戚哑巴家里，他前几年来北方打工，见过好多次，这回到了长沙，哑巴很快就过来了，一边哼哼哈哈，一边比比画画，十分高兴的样子，经翻译方知他一再邀请我们去他家里。他是单身汉，五保户，遇上精准扶贫的好政策，政府出资修了一座房，足足有五六间房子套在一起，房后还搭建了厨房、卫生间、鸡舍、猪圈等。这样的扶贫实实在在，解决了孤寡老人的一切问题，哑巴有两个卧室，一个自己住，一个让在这里打工的亲戚孩子住，其他房子都空着。一间房里放着一张麻将桌，听说政府每月给他一千多元生活费，他就坐在桌前输个精光，这是他打发时光的唯一方式，只是这代价有点大，也辜负了许多人的好意。哑巴带我们看了他的房前屋后，还兴致勃勃地带我们去看他的鱼塘。向沟里走，大约五百米，我们看到了哑巴的鱼塘，哑巴比画说里面有二尺长的鱼，他又折回去拿来了鱼竿，跑到池塘边的菜地里挖蚯蚓，天又旱又热，地又硬又干，哪里会有蚯蚓呢，根本不可能，乱刨了一阵又跑到人家院子边上摘来拇指大小的小葫芦，钩在鱼钩上。过了一会儿，浮子动了，急忙收竿，鱼线却断了，浮子被鱼带着跑远了，哑巴兴奋地比画这鱼很大，足有二尺多长。他跑到池塘的另一边，上了竹筏，用小木板当桨在水里巡察，转了一大圈，没有找到。只好返回来，下了另一个竿子，只有十来分钟，浮子跑远了，赶紧收竿，一只一尺多长的鱼上了钩，鱼线却搅在了水里的树枝上，哑巴绾起裤腿，跳下水用手抓住了鱼，把鱼钩从鱼嘴里取下来，示意收起鱼线，孩子们为这个收获欢呼起来，哑巴却双手将鱼举过头顶比画了一下，又放到了水中，他的意思是鱼太小了，必须放生。其实他的那个细细的鱼竿根本就钓不了太大的鱼，一尺多长的鱼按理也是大鱼了，大家无法理解，遗憾地责怪哑巴不该放了鱼。

起风了，山沟里竹林喧闹起来，摇摆起来，酷热立马消退了，人也清爽了许多。

回来的路上，车拐进了另一条山沟里，在沟的尽头，有李淑一的丈夫——革命烈士柳直荀的故居。看样子是这几年修缮的，从外面看只是一栋房子，走进去才发现好多间套在一起，或者说盖了一栋很大的房子，隔成了许多小间，一间房往往有至少两道门。

10 月 6 日　星期日　阴

今天返程。

清早在亲戚家吃过早饭，收拾停当已经快九点了。千里之遥，得昼夜兼程，持续开车十几个小时。路上车又多，亲戚放心不下，说要到庙里去祈福，求个平安，儿女们都上班走了，只有老人带个上小学五年级的孩子在家里常住，于是也捎带上了一老一少。

上华山镇正在过庙会，街上人多，车也多，人与车的走和停都十分随意，进入街道走了不远，我们被一辆突然停在街上的车挡住了，车上没人，一时过不去，穿着警服的三胖两瘦年轻人正百无聊赖地待在街边闲聊，不时向街上看看，看见外地车，一个小胖子挺着大肚子过来，让出示行驶证和驾驶证，等将两证拿到手里便说你超载了，扣了证件继续到路边上和同事闲聊。本来就是七座面包车，一路过来拉了五个大人，三个小孩。早上还加了亲戚家的一老一小，超载三人已是事实。都是大意惹的祸。从家里出发时我就为超载这事犹豫过，可是他们一再说不怕。因为前几年的某个腊月过年时，他们开小货车走便道一路向南，走过一趟，穿越四省，并无交警计较。这几个交警衣冠不整，松松垮垮，根本不像交警，大家都以为是临时雇用的二杆子小打手，也没当一回事，谁能把他们当警察看？还有人说那一定是一伙油皮二流子治安协管员。

一时走不了，只好在街上溜达，仔细打量一下这条小街。

这是一条丁字街，几个饭馆蒸、煮、炒、烤，弄得热气腾腾，烟雾缭绕，街道上三五步就是一团别样的气味。许多店铺都不在店内做生意，而是把东西全搬出来摆在了门前，当街吆喝、招摇、劝告，苦口婆心，让我们这些不想买的人空手走过深感良心上过不去。各种小吃、瓜果蔬菜、农具、衣服鞋帽等在街两边铺展开来。小街向一边弯了过去，在尽头分开了岔，一边是一个砖砌的阁楼，里面大火熊熊。这是个焚香楼，烧香的人很多，火势特别大。南方人香烧得扎实，小的香有一尺长，手里拿着一把一把往里扔，大的碗口粗，橼一样扛过来，放进焚香楼里去，火焰就张扬起来，足足一丈多高。到这里来的人首要任务是烧香，烧完了香才到戏园里去。戏园就在庙院里，戏楼与庙堂相对，在路的另一个分岔处。庙建在十几层台阶之上，中间场子里坐满了人，对面戏楼大戏正在开演，戏台上一个着古装的女人正在伸手摸空，做着开门关门等一系列动作，一边还咿咿呀呀地唱着。庙宇的台阶上也坐满了人，黑压压一片，正十分专注地看戏，这样的场景如今很难见到了。这是花鼓戏，和西北的秦腔、东北的二人转一样热闹。

只看了几眼，就匆匆出来，今天的任务不是旅游而是赶路。找到那几个穿警服的人，他们执法很严，没有商量的余地，说了老半天好话，就像说给了石头，或者说给了电线杆。没办法，只好求他们赶紧开了单子：罚款200元，扣3分。全国一个标准。亲戚好心好意地跑来烧香祈福，却惹了麻烦，换来了一张令人沮丧的罚单，看来真神不光在庙里，街边上也有。也许这张罚单就是我们一路平安的护身符，这样一想，笼罩在心里的阴霾渐渐淡了，散了。

又上路了，车上不再有人说话，孩子们也不再吵闹了，气氛有点凝重。手机导航用刻板而坚定有力的话语，指挥着我们离开了上华山镇，七拐八拐半小时后上了高速。来之前，就打算在返回时顺便观赏岳阳楼和洞庭湖胜景，昨日没有出发，耽搁了一天，早上又在上华山镇滞留了两个小时，车到了岳阳出口，只好遗憾地望望路牌上岳阳二字，径直开了过去，不料遭遇了鬼打墙，两次走错了岔道，手机导航在最关键的时刻闭口不言，害得我们一小时后又折了回来，也许不去岳阳，就无法踏上北归的道路，与岳阳楼的一面之缘就在今日，神力就在冥冥之中，不见还真的不能散了。

手持门票一路过去，看到的都是古圣先贤的墨迹和塑像，寻见不如遇见，精神不由得一振，路途上的疲惫和沮丧也烟消云散了。当然一路走过去，少不了一些工艺品商店，都在必经之路上，往往穿堂而过才能继续这段行程。湖边高台之上就是诗文之中的岳阳楼，上了高台，过了两道门，三层阁楼赫然屹立眼前。灰蒙蒙的天底下，洞庭湖边的岳阳楼越发色彩明艳。随着人流排队，缓缓移步向楼上走去，一楼、二楼、三楼，后又随着队伍下来。范仲淹的《岳阳楼记》就刻写在楼上，还有许多木柱上的对联尽显才情和风流。随手录得四副：

其一：与佛借蒲团，坐看大江浮日月；有僧供笔砚，写将警句压鱼龙

其二：十五年旧地重游，云外神仙应识我；八百里长天一览，湖边风月最宜秋

其三：苍茫四顾，俯吴楚剩水残山，今古战争场，只合吹铁笛一声，唤醒沧桑世界；凭吊千古，问湖湘骚人词客，后先忧乐事，果谁抱布衣独任，担当日夜乾坤

其四：湖面镜磨，遥望君山凝碧色；城头波憾，快登杰阁听涛声

书法精妙，词句美好，每一副都意韵袅袅，令人回味无穷。读这些对联，岳阳楼的一切过往便一目了然。对联很多，楼上装不下，就散落在别处的亭榭阁楼上，它们都是一段非同寻常的历史，今天走过，我们的这段行程也成了我们的历史，不管是十年，百年，还是千年之后，谁还知道有

一伙西北人来过，看过，感叹过。人世的沧海桑田，正如八百里洞庭潮起潮落，千里奔波，也只是匆匆路过，历尽了千辛万苦，不留下一丝痕迹，人生真的也就那么回事。

据说岳阳楼初建于三国，当年东吴鲁肃在岳阳的洞庭湖边上建了一个调兵点将的阁楼，站在上面发布作战动员令。后来历经焚毁和重建，每一次重建和维修都少不了著文，题诗，写对联。累积下来的这些文字，让岳阳楼光芒一次次激增，最有名的当然数北宋的一次重修。公元1044年北宋官员滕宗谅被贬岳州，作为贬官，他并没有消沉下去，也没有混天度日，而是尽自己所能，做自己所能做的，最终干了一件千古流芳的事。两年后，岳阳楼面貌焕然一新，范仲淹受请写一篇文章。当年范仲淹并没有跑到岳阳登高览胜，而是凭他的想象，一挥而就，写下了《岳阳楼记》这篇千古雄文。他劝慰老友"不以物喜，不以己悲"，豪迈地抒发了"先天下之忧而忧，后天下之乐而乐"的家国情怀，表达了自己胸怀天下的济世思想。巨笔如椽，气盖山河。登上楼，面对这篇光华四射的雄文和一副副对联，唯感叹还是感叹，再也无话可说了。

阴山下的浩渺与空阔

1

2018年8月初。呼和浩特。

阴山下的一座城，夏天也那么热。因为是城市，街道上总会时时围堵起来。这样的情形让城市的面貌一年一个样子地变化着。晚饭后，我们沿街漫步，希望找到一个可以稍稍满足好奇心的地方。来到一个陌生的城市，眼前却是司空见惯的楼房、街道和潮水一样的车辆，多少有点不甘心，问了好几个人，他们都摇头说这里没有值得观赏的风景，城市嘛，哪儿都不是一样？我们只好信步慢走，完成这每天一万步的行走。拐进一条窄窄的巷道，几分钟后进入一个公园，公园里人很多，跳广场舞的，匆匆行走的，我们沿眼前的湖边走过去，一会儿眼前又出现了另外一个湖，湖边是一圈柳树，以同样翘首企盼的姿势向湖面匍匐而去。不知是湖离不了柳，还是柳离不了湖，有湖的地方必然有柳在堤岸上合围，湖偎依着柳，柳守望着湖，柳将自己的影子投到了湖里，湖便敞开胸膛，深情地拥抱着柳。柳与湖相偎相依，是城市风景的一种固定搭配。公园里有树木花草鸟鱼，是城市人触摸大自然最简易的方式，走进了公园，人便是穿了衣服的虫鱼，是行走的草木。人不管高贵到何种程度，自然属性也还是一副骨架，一个血肉之躯。在乡村待久了感觉自己处在闭塞和落后的心境之中，猛然到了大都市，面对潮水一样的人流和拥挤的高楼车辆，总有局促和心烦的感觉。这些年，城市的大街小巷满是从乡村走出来的人，乡村里的青年人更愿意寄身于城市，在城市的角角落落讨光阴。乡村在衰老，城市却越来越年轻。夜幕渐合，公园里的摩天轮上霓虹灯变幻着不同的图案和色彩，湖面上便倒挂着变幻莫测的彩色巨轮。湖水收纳了尘世的污秽，深深地埋藏在水下，不让它们暴露狰狞的面目，却将青青莲子托出水面。可载舟亦可覆舟的水，坚守着向善而崇高的心性，它也要我们拥有一颗追求善和美的心，不斤斤计较和蝇营狗苟，努力幻化成天光云影、飞瀑流泉。有两处荷塘，一处荷花叶子碧绿一片，完全遮蔽了湖面；一处绿叶上面高挑着粉红的荷花，许多人在这里拍照，天色已经很暗了，很难拍出称心的照片。我们经过了好几个小小的湖泊，举目望去，四周的高楼让我们明白这只是一个公园，并非广袤无垠，却一时找不到出口。打开手机导航，沿着导航指引的方向走出公园，进入街道，回头望去，公园周围的高楼上灯光亮起，那个有许多小小湖泊的公园并不大啊，可是在那里面转了两个多小时就是走不出去。与其说我们行走在公园里，倒不如说行走在一个圈子里，一时找不到自己内心的出口，走不出思维的定式。不管是在原野上，山沟里，还是在大都市的街道上、公园里，其实返回的道路有许多条，只是我们凭着自己的经验，划定了一个出口，可是当换了方向之后，怎么也找不到那个出口。第二天再去，那个公园果然有许多出口，有一个出口距离街道很近。在公园里面只能看到楼房却看不到外面的街道。高楼很高，在公园里，无论从哪个地方望去，它始终在那里，我们一味仰视，以高楼做参照，却找不到那个最近的出口。

2

这是一次以守望乡村为主题的教育培训，为期四天，早中晚三个时段安排得满满当当，每个人都像一个容器，必须灌满，方不虚此行。不光如此，据说这次培训以活动体验为主，时时都有任务和作业，人人都要参与，那就更令人头痛了，神经高度紧张，心头的那根弦绷得紧紧的。开篇就是一个作业，让观察大屏幕上的图画，然后写出画面上的人在想什么，答案通过扫码上传，几分钟之后，已经有眼疾手快的人将答案传了上去。说的都是如何管理学校，如何把教育工作搞好。不知道我们从事的职业本身只能用这样沉重的话语来诠释，还是我们总是钻在为自己编织的套子里，走不出来，总之，面对这个画面，大家的答案总是让人产生于心不忍的疼痛感。而我的答案是"准备好了再出发"，因为画面是这样的：一个中年男人站在高处一块突兀的巨石上向远方眺望，他左手还拎着砖头一样的书本，远处是挂在山边上的太阳，眼前有许多黑色精灵一样的鸟儿在盘飞，宽阔富态的背影不失沉稳，却无法掩饰落寞和沧桑。这并不是面向朝阳信心百倍，而是在操劳一天后踏着薄暮攀到高处看夕阳西沉，放松心情，可以大喝狂吼或者长啸，充分休整调适后迎接明天。因为以我的经验，清早太阳初升的天空里，鸟儿只在林间，或门前的树梢上呼朋引伴，而在黄昏时，才有大片的乌鸦驮着晚霞飞向巢穴。结合这次远道而来的培训，"准备好了再出发"应该是比较恰切的。教育应该是个朝气蓬勃的工作，可惜我们在这个行当里日复一日地打转转，人到中年，骨架松散，身形臃肿，就像一个撒气的旧轮胎。跑前跑后折腾了一天，早已疲累不堪，晚霞满天的时分，我们更需要精神和肉体两个层面一起静下来，休憩是不得已，也是求之不得的。

白天活动多，作业重，晚上实在累了，头一挨枕头就意识模糊，呼呼大睡了，可是到了结束的那天晚上，却意外地失眠了，也许是培训的内容在大脑里发酵，深深触动了人的神经。刚刚进入梦乡，却遭遇了蚊子的疯狂攻击，草原上的蚊子那样凶顽，脸手脚腿上起了许多疙瘩，打开灯，愤然跃起，刚好两只蚊子栖居床头的墙壁上虎视眈眈地伺机进攻，一掌一个，鲜血飞溅，立即在墙壁上印出了两朵盛开的梅花。

3

1000多公里的行走，按理风土人情早已发生了很大的变化，可是车窗外的世界千篇一律，这年月天下大同，似乎到哪儿都一样。城市化让农村的小县城也有了都市风貌，要想领略一个地方的独特文化就必须到最偏远的地方去。

不管怎么说，这都是一次难得的远行。对于一个没有机会走出去的人，一次培训最大的意义便在于行走，许多年后，专家的报告也许会全然忘记，可是脚印已经留在这片土地上，人的阅历和经见会变为日后的行动和作为。到了蒙古草原，却一头扎进了拥挤的高楼街巷。天苍苍、野茫茫的图景无论如何也不能错过啊，于是培训的间隙，走出房子，天气晴好时，看到了翅膀一样影影绰绰的山脉，那便是阴山了。阴山下，天不再似穹庐，天只是天，天下面是无边的高楼，见不到空旷的穹庐了。

返回的火车刚好在下午六点，一整天待在哪里呢？一位蒙古族大哥向我们提供了可以一日游的地方，他还打电话过去，用唱歌一样好听的话语说了半天，然后写了一个电话号码，让我们去了就打电话，有人为我们做向导。

早上6点50分，我们坐上了北上的班车，驶出城区，一会儿就穿行在大青山盘曲的山路上，路不好走，车总是小心翼翼，七十公里的路程走了两个多小时。过了大青山，从车窗向外望去，一绺金黄的向日葵，一绺青青的春小麦，一绺开着紫色小花的什么庄稼，十分好看。阴沉沉的天空和广袤的草原紧紧贴在一起。我们在半路上下了车，打电话过去，一个年轻人开车来接。他说草原上不许开车进去，要进去只能骑马或者坐马车，天气不好，最好的选择是坐马车，这时候进去，返回来也是差不多中午了，回来了打电话，到他这边来吃饭。原来沿公路的草原已经荒漠化，要想找到水草丰美的草原，必须进入草原的深处，我们坐上了马车，赶车的是一个粗壮结实的黑脸汉子，他总是笑呵呵的，他说他不是蒙古族，是附近的汉人，在这里打工，只会说一两句蒙语。天际线并不遥远，就在眼前，眼前是烟灰色汹涌的云朵，我们到了敖包，到了只有一个蒙古包的牧民家里，喝了奶茶，那里其实是一个土特产店，所有的热情都是为了推销奶糖、奶酪以及其他奶制品。最后一个景点是湿地。草原的景区是铁丝网围起来的，跟黄土高原封山禁牧的林区一样。我们从马车上下来，穿过铁丝网，下到一个沟壑处，草果然茂盛了许多，有些地方少说也有半人高，风吹草低见牛羊的景象就在这里，人为的封堵，草长起来了，牛羊却进不去了，远处有牛羊的地方却光秃秃的，并没有淹没牛羊的草。走下一道小沟，草丛里有溪水汩汩流淌，没有足迹的浅草地，就像铺了很厚的地毯，软绵绵的，空气里全是芳草的气息。起风了，云彩突然浓重而低沉，我们跨过小溪，向对面缓坡走去，坡上是稀疏的草和一丛丛各色各样的野花，坡那边三三两两的牛群在静静地啃着草。雨点密集起来，苍白的箭矢一样射向大地，衣服淋湿了，紧贴着身体，不由得打起寒战来。这是严冬的成色，是掉进冰窟窿里的感觉。我们冒着大雨向马车奔去。

　　马车走得很稳很慢，返回时刚好正午十二点钟，打电话过去，那个年轻人带我们进了一家比较大的酒店，原来他正是酒店的老板，我们点了菜，的确饿了，正当大快朵颐之际，一群青年男女来到我们桌前，说我们是他们草原上尊贵的客人，他们要隆重地接待我们，祝福我们，祝我们吉祥、安康。他们献了哈达，这哈达是深蓝色，是草原的颜色，是晴空的颜色。他们给我们敬酒，在我们面前载歌载舞，我们感动得不知所措。已经到了必须返回的时候了，得早点回去，赶上下午的火车。我们出了酒店，有点缓不过神来。当初坐上马车进入草原深处时非常纠结，很有上当的感觉，因为每人三百元的费用实在超出了我们的预想，这个价码压翻了我们内心的天平。坐在马车上跟一步一步地用脚步丈量也是一样的，马车甚至有点缓慢，景点开始也有点平平常常。赶马车的人向我们解释说马车费里包括了景点的门票。这些都是人家的规则，不花钱就得原路返回，进入不了这样的草原。在广袤的草原上，我们就像没头的苍蝇，向哪里去呢？在酒店里，我们得到了姑娘小伙们又跳又唱的祝福，还吃了人家送的一盘羊肉，这也只能说是昨天那个与我们一起参加培训的老师，那个蒙古壮汉的人情。这里是蒙古高原，不是黄土高原。在老家黄土塬的山岭上，这个季节也是芳草萋萋，绿波荡漾。马车费贵得惊人，我们还是咬咬牙忍了，也不能说挨了宰，因为人家是明码标价的，我们不好讲价，也不好返回。如果没有那位同行的指引，我们在蒙古高原的大城市里找不到草原。前后左右都是楼房，怎么走，往哪里去？真的不知所措。我们生活在一个受规则约束，又以人情作为润滑剂的社会里，一切的一切都带有无奈和遗憾，又时不时地让人内心涌动着感动和温暖。

　　来到内蒙古，其实来到的只是蒙古高原的一座城，要到草原去，还得跑很远的路。要见到想象中的草原还得花票子，买门票，才能找到入口，也才能进得去。时间是我们最为稀缺的东西，在我们有限的时间里，根本放不开手脚任由自己的意愿引领着走出去，走得更远。更多的时候我们生活在时间和金钱为我们设定的困境里，时间和金钱叠加起来形成的裹脚布束缚的不仅仅是我们的脚步，还有我们的想法和胆量，我们始终生活在一种放不开手脚的魔咒里。广袤的草原，何时才能任我驰骋？

静宁见春好

静宁见春，祉猷并茂。

一

这里是静宁。

东边被六盘山提携着，西边有华家岭远远托举着。沟谷、川道、山丘大起大落，大开大合。远远望去，苍穹下众山簇拥，勾肩搭背，麦草垛一样，层层叠叠，密密匝匝，苍苍茫茫。走近了看，山峦被沟壑推拒着，分隔开来，又被墚和峁勾连着，拉扯着，群情激昂地携手奔跑在岁月的长河里。

阴雨过后，大清早，山间白茫茫的河流缓缓流走，消散，山峦渐渐清晰起来。天空湛蓝，清新明朗，阳光投射在山峁上，一片金黄的杨树林，一片赤红的灌木丛，色彩艳丽，光芒闪耀，就像给山峦戴上了火焰一样的围巾。我们爬上一道道山坡，带子一样的田地里，苹果成熟了，一个个红果果挣脱了绿叶的阻拦，把火红的光芒和浓稠的芳香炫耀得满天满地，让人感觉到唇腔发甜。坡道上三轮车、大卡车，上上下下，来来往往，装满了红红的果子，出了村子。日子兜兜转转一圈，又回到了秋色和果香丰盈的季节。采摘、筛选、装箱、运输，只是一般流程，还有智能检测苹果的大小、成分和含糖量的流水线，所有苹果走完了流程，就各归其位，暂居不同标志的箱子里。这个季节，苹果成了大山里的主角和人们生活中的主题。这些年，苹果攻城拔寨，占据了有利地形，牢牢把控了局面，把小麦、玉米、谷子、荞麦等祖祖辈辈生长在这里的庄稼挤到各个角落。它用诱人的魔力和强大的价值，让几乎所有乡下人和城里人在瞬间失去了抵抗力，价格一直飙升，在这里，一个山里人家用三五年的积蓄就能在城里买一套楼房。

在我的想象里，苹果应该选择雨水充足、气候湿润的南方和地势平坦的平原，不料苹果的个性和气质别具一格，它们并不喜欢沉闷湿热的气候环境，也对一马平川的土地上，那种平铺直叙、呆板单调不感兴趣。山坡上四季都有风来风往，有极端的冷，也有极端的热，一切都是那么酣畅淋漓。风在山梁上驰骋，一小股开了小差，散淡地漫游下来，在繁枝密叶间拍拍打打，潮湿藏也藏不住，躲也躲不掉，很快就逃散了。那些在暑夏滋生的种种害虫和病毒，跟着狼狈逃窜。冬天的严寒从山顶上降落，以泰山压顶之势漫延下来，像刀子刮过一样，那些寄居在落叶和树皮上的虫卵被清洗得一干二净。第二年，春暖花开时，果树一身轻松地抽枝散叶，绽放花朵。山地里空气永远清新爽丽，阳光朗照，雨水适时，果树吃饱喝足后，精神爽朗，心情愉悦，枝叶自由畅快，骨骼强健，肌肤无比丰腴。山上，每一天阳光最先抵达，最迟撤离。相比低海拔的平原和川道，各种蓄意的遮挡少，抵达的光照更多，果树的叶片获得的能量也多。

苹果是不适合放养的孩子，必须宠着惯着，不精心打理就长不了那么大，那么圆，那么红，那么甜。这里是海拔 1500 至 1800 多米的山地，山上四季都有风的驰骋。北纬 35 度的半湿润半干旱大陆性气候，让这里白天和夜晚温差大，一年四季的温差更大，这些特征正好暗合了苹果的脾性。

更何况山里人朴实勤快，无论春夏秋冬都一身黄尘，一头汗珠，一脸虔诚地在园子里忙碌。这样的现实条件，让苹果这个外来户感动不已，它们以无比的热情喜欢上了这里的山地，它们应和着山里人的思想和力量，就像坚持某个颠扑不破的道理，将世间的酸酸甜甜，聚集在枝头上那一个个红果果里，让来自太阳和大地的能量达到了无与伦比的饱满。

相比低海拔的平原和川道，山地白天升温快，夜间降温也快。这让果子白天张大嘴巴积蓄能量，夜间冷得掩住衣襟，紧闭了嘴巴让白天里获得的气力、思想、精神好好地酝酿和沉淀。山地的自然条件减少了果树能量的损耗，让那些来自太阳的光明和从根茎一路爬升上来的水分和养料，更好地酝酿和沉淀，像蜜蜂一样酿造出沁人心脾的酸酸甜甜。山地的果子永远比川道平地里的糖分更足，口感更好。这样的山地，对于传统的庄稼来说并不友好。苹果千里迢迢跋涉至此，找到了更能激发热情，让它们安身立命的福地。作为来自外乡的新式庄稼，苹果带着异乡的风尘，很快扎下了根，把花的芬芳献给了蜜蜂和其他昆虫，把红果子的甜蜜献给了在这个土地上诚实劳作的庄稼人。

二

静和宁是两个大词，蕴含了某种沉实、安详、坚持和不屈不挠。

二十多年前，每年去几次兰州，坐班车过了六盘山，满眼是黄灿灿的土山。山体裸露，疲惫的阳光照射在黄土的皮肤上十分刺眼，沿路的山体，有流水划开的一道道口子，这是暴雨的劣迹，苍天把它的暴虐书写在土地上，变成了大山的肌理，山高水长，壕沟道道。一场暴雨过后便是漫长的干旱，许多匍匐在黄土地上的生命不得不就此打住，连地衣也收敛了葳蕤，只在地上留下一抹铁灰，就像炊烟漫过的印迹，看着心里隐隐作痛。浩瀚的黄土坡上，草木去了哪里？和一位在这块土地上长大的同事聊起来，他说有天灾，也有人祸。特别是春旱，春旱是最凶恶的罪魁，人祸也不可小觑。在他小时候，寒假里去山上拾掇柴火，背回家烧炕取暖，烧锅做饭。进入深冬，草茎和树叶被搜刮完了，唯一能做的就是解剖土地，扛着镢头到山上挖草根。吭哧着刨开黄土，将粗如筷子，或细如发丝的树根和草根剔出来，打掉泥土，背回家晒干，就是烧火熟食的柴火。那些年，掘地三尺地掠夺，让土地更加干涸，更加贫瘠。浩瀚的黄土，力尽汗干，再也难以哺育那些红花绿叶了。"剁开一粒黄土,一半喊渴,一半喊饿。"好在人永远是睿智的,也是明智的,人永远不乏反思和刀刃朝里的勇气,从思想的更高处俯视,人们发现了向土地索取的思路有问题,必须顺天时应地利聚人和,善待土地和土地上的一切生命。于是人们调整了用力的方向,整修梯田,收墒保湿;兴修水窖,集雨灌溉;封山禁牧,保护草木免遭践踏。实施村村通工程,通电、通水、通硬化路,用电熟食,用电取暖,让山上的野草、灌木和丛林在黄土里安身立命,蓬勃生长。人们开始上山育林,特别是将苹果请进了大山的梯田,这是人的智慧和创新,带有实验的性质,取得的成效是让人始料不及的。如今,苹果已经成了静宁的品牌产业。善于务作的农家,每年从苹果上获取的收益在六位数以上。我们看到,山顶上有小片的树林,金光闪闪。林子下面山湾里的一簇簇人家,全被枝叶繁茂的苹果包围着。从门前经过,院子里有拖拉机,也有小轿车、小越野、小面包车和小货车。

这里的土地历来都是精耕细作,每一个土坷垃都要捻成粉齑,每一棵杂草都必须露头就打,扫除干净。过去不这样收不了好庄稼,现在不这样同样收不了好果子。那些来自异域的庄稼,被这里的人们用沉稳的性情,不辞辛苦的劳作和顽强的毅力深深地打动了。然而,漫山遍野的苹果,怎样让山外的人知道它的甜、它的好,这里还有一段艰辛而漫长的路要走。果树走进了大山,在村子里安家落户之后,要让大量的果子走出去,为大山里勤劳的人们换来好光阴。苹果大量销往外地外域,得益于口碑,更得益于这些年快捷高效的网络。千里姻缘一线牵,生产和消费永远处在两个遥遥相对的山头上。在大山深处挥汗劳作,要想实现生产利润的最大化,道阻且长,山重水复。这些年,电商成为新的信息桥梁,让山里又红又大又甜的苹果走向了山外的广阔世界。

三

和我一起在山路上驾车奔跑的马前亮,就是成功的电商运营者。他一边开车，一边不停地接打电话。接单，派单，联系运输车辆，电话接二连三，说不了几句话就有电话或视频打过来。马前亮是个精干帅气的小伙子，他生于1986年，父亲是医生，妹妹也在城里的医院工作，按照父亲的意愿，他理应学习医术救死扶伤，悬壶济世，可是他大学修工科，毕业后去宁波一家外资企业当技术员，四五年下来已经奋斗到了管理层，前途一片光明。他却突然间辞职回到了家乡，他说不知自己当时怎么了，着了魔一般，说走就走，头也不回。在他的讲述中，我明显感觉到他那颗火热的心始终没有离开这片土地，回归故里，在田园里开疆拓土是深藏在心的志愿，特别是在苹果扎根山田，一切向好的关键时刻，他不能置身事外。在他看来，挣钱并不难，特别是在宁波的企业里，他驾轻就熟，从容不迫，事业蒸蒸日上，但是他的梦一直没有离开故乡干涸的土地，他的根和灵魂一直都在这块土地上。在山地里讨光阴，就是靠天吃饭，得看老天爷的脸色。要顺应天时，凭借地利，依靠人和。大山里天地之大、之稳固、之恒久、之平淡无奇，谁都知道要创造奇迹很难。用庄稼汉的话说就是天大不由人。天地间没有一劳永逸的事，也没有牢靠的事，田地里的事业风险大，投资大，耗费精力多，一切都飘忽不定，没有多少胜算。但是马前亮说，他在那个企业里学到了如何搞管理。面对某个结局必须逆向追索，向流程找原因。他认为我们田地里的事业如果借鉴那些成功企业的理念和方法，一定能产生意想不到的效果，他想为田地的事业插上腾飞的翅膀，带领乡亲破困境，闯新路。在马前亮的店里，我看到了那些出自农家的苹果，烧鸡，大饼，土蜂蜜，土豆粉，胡麻油，小杂粮和加工出来的农产品果汁、果干等。据马前亮说，果汁、果干这类加工品，附加值高，效益很好。这些果粮的加工业，才刚刚起步，进一步拓展和壮大的空间很大。

马前亮用一部手机完成了农家出产的果品、杂粮、油品、蜂蜜与销售市场的对接。他在果园里直播，让网友选择并下单订货。网络是新的生产力。马前亮这样的年轻人，敏锐地捕捉信息，在这片古老的土地上，为树上挂的果子，地里埋的洋芋，山田里的油料和小杂粮，以及在民间传承数代的烧鸡、大饼插上了飞翔的翅膀。金杯、银杯，不如老百姓的口碑，在他的店里，我看到了许多奖牌和奖杯，但他最为珍视的还是老百姓的口碑。

四

追溯历史，苹果、玉米、洋芋、胡麻来到这里都只是一眨眼的工夫。这块沉静安详的土地上，烙印着人类七八千年以前的足迹。成纪故城在一条川道里，城址压在距今六七千年的仰韶文化和距今三四千年齐家文化遗址之上。故城紧邻一个镇子，街道只有几个商店的门开着，街上不见一人。成纪故城的两段残墙散落在苹果园里。这里是战国秦长城北方防御线上的重要古城之一，在漫长的历史风尘里，成纪故城遭受河流冲击，不断坍塌损毁，又被镢头、犁铧旷日持久地蚕食，已经气息奄奄了。

几天阴雨后的田间小路上仍有积水，路面湿软，只好踩着路边的杂草前行，不小心一脚下去，泥泞泛起，漫过了脚面。路边高台之上山头一样的残墙，仍有当年的威仪，墙下一面石碑，碑文漫灭，领路的年轻人从车上拿来一瓶水，浇在石碑上，碑面上的点、横、竖、撇、捺清晰了一些，这是一块成纪故城遗址的立碑，我们不由得兴奋起来。在丈把高的城墙下行走，送走了果子的树木一身轻松地排列在松软的田地里，依然把余香宣扬得到处都是，甜丝丝的果香，是树木对于土地和人的致敬。园子里似乎不曾失去什么，让人分明感受到了果树的淡定、自信与自在，碧绿的树叶让整个园子生机勃勃，让人不由得坚信明年还有一个硕果累累的秋天。

园子边上有一座低矮的小瓦房，房前的果子依然红堂堂的，一位灰发黑脸、身体魁伟的老汉正在采摘果子。老人一边招呼我们摘果子解渴，一边叹息年初遭了霜冻，果子稀少，还长得不好。树上果子的确稀稀拉拉，而且个头稍小，但是每一个果子都有关公一样的大红脸庞。无论如何这都是成纪故城的苹果，边塞故城的坚毅就在那甜甜的气息里。我们沿城墙的拐角转过去，爬上一条地埂，西边城墙只有两三米高，我们在一个豁口处俯身爬上城墙。站在城墙上眺望，天空湛蓝，草色青青，脚下是一尺多高密密匝匝、软软绵绵的碧草。在这里我们看到的是几千年前的城，几千年前的草，还有不知多少万年前的天空。一切都那么沉静，一切都是理所当然的存在。城墙上的草有些见过，有些从来没有见过。一种结了红豆大小果实的草，十分独特，茎便是叶，叶也是茎，通身圆形，像一根根倔强的尼龙绳子，潜意识里我相信它是一种比这个城墙还要古老的植物。摘了几个小果子，捻开外壳，里面是黑色的三棱形种子。将几颗红果子放进衣兜里带了回来，明年惊蛰过后，种在花盆里，期待它生根、发芽、生长，开美丽的花，结圆圆的红果果，在窗台上焕发蓬勃生机。那可是秦汉古城里的植物，有眼界，有见识，有生命力。这是个美好的愿望，期待一切如我所愿。我们在古城墙上遥望，在城墙下的小路上行走，古老的阳光，金灿灿地照在身上，温暖的气息是新鲜的，有力的，没有丝毫的疲沓。相对于阳光，再伟大的朝代都只是一个瞬间。我们拖着长长的影子行走，感受到了来自太阳亘古的力量。几千年前的繁荣昌盛已然破碎成形形色色的瓦砾，被夯筑在城墙里，有些风蚀雨剥，散落在小路上、田地里。残墙的断面上除了大板瓦、筒瓦、瓦当、回纹铺地砖和陶器的碎片，还杂有唐宋时期的瓷片，七零八落，有的地方残片层层叠叠。曾经的亭堂轩榭，都化作了黄土，只有经历过烈火锻造的瓦和陶器，被一个偶然的事件击碎，至今仍以残片的形式迷失在这里。我们顺着残墙行走，拍照，在路边草丛里捡了几块绳纹板瓦的碎片。城墙的断面上镶嵌着许多瓦砾，偶尔还能看到白骨，他是怎样的一个汉子，他是谁的儿子，谁的丈夫，谁的父亲？是谁把他填埋在城墙的土层里？时间打败了一切，那些在楼堂里享受了荣华富贵的人，那些痛下黑手谋害了别人的人，那些还没有来得及弄明白自己做错了什么就被埋骨城墙里的人，他们之间的恩恩怨怨，都被时间淘洗得无影无踪了。雄伟的古城也只仅仅留下了两道残墙，以黄土的名义仍与时间抗衡。没有人在意它的不堪，也不再有人为世道的无情而叹惜，一切都已远去，远去的一切都对我们无关紧要了。

五

南北走向的六盘山就像一个楔子，插在大地的最要紧处，在一定程度上削弱了西北风的攻势，也让温润的东南季风很难向西推进。一条山脉和簇拥着它的众多马仔，构成了错落混杂的大山丘陵。以此为界，西边的陇右和东边的陇东，水土、民俗、方言，还有人的肤色和性情都有很大的不同，文化的差异显而易见。令人不解的是，在浩瀚的历史长河里，一个持久干旱，山大沟深坡陡的地方却衍生了那么辉煌的文明，承载了那么多的人口。而且时至今日，当山里人种果子发家后，他们的财富还在以为儿女在城里买房和周济城里儿孙生活的形式，源源不断地流向城市。再干燥的空气也能沁出露水，再贫瘠的土地也在不遗余力地孕育生命。人也一样，一旦心地纯正，心中有爱、有坚守、有信念、不畏艰难，吃苦耐劳和勇往直前这些优良品质汇聚一起，成为一个地方的文化和风习，那么这里的人，他们的两手就会爆发出撼天动地的力量。在街道和广场上，在山路和门前的树荫下，没有一个闲人，所有人都紧紧张张，忙忙碌碌。这里没有农忙和农闲之分，在山上，所有的白天都交给了果树和庄稼，精神却没有荒芜，反而更加饱满。耕读传家是实实在在的生活状态，而不是写在门楣上的装饰。曾经一位同事感叹说，他放了寒假回到老家，晚饭后，他的几位堂兄弟不是打麻将玩赌，而是开着三轮车去找圈子里的一伙人吹拉弹唱。村子里有些人没有什么学历，家里的笔墨纸砚却样样不缺，晚上在灯下阅读、练书法，享受余暇。他去村子里看一位老人，老人见了他赶紧洗手，焚香，在桌案上铺开毛毡和宣纸，打开笔砚，求他赐予墨宝。这实在让人头冒热汗，我们上过大学，至今还在教书育人的人，还有多少人仍然看重并且坚持读书习字呢？进了城的人整天为日子和营生焦头烂额，心神不安，琴棋书画早都在走出校门后彻底抛弃了，而在这样的山村里，对于文化的追求并没有因为几十万、上百万元的存款而淡化。许多老人文化程度不高，甚至识字不多，家里的房子也不宽敞，客厅的中堂却挂着当地书法家的字画，甚至左宗棠、于右任的书法真迹也会见到。

宁静致远。专注是一种品德，也是一种风气。作为生命群落的聚居地，村庄风习是每一个地方独有的文化。城市大同，而村庄各异，每一个地方的村庄都与别的地方不同，了解一个地方的文化必须到村庄里去，看那里的人在说什么，做什么，想什么。一个人不管他有什么学历背景，也不管他以什么手段谋生，只要他有独立的精神和人格，不随大流，不虚无浮躁，能沉下心来实实在在做事，能全身心地凝注于某样事业上，他的世界就会不同于周遭，他的眼界就不会局限于他所栖身的那个狭小空间。认准一个目标，坚持走下去，一座座隐秘的空间被次第打开，任何存在都具有了某种形而上的精神性，一种蓬勃的、向上的力量在不知不觉间升腾。推而广之，一个单位的风气、一个村庄的风习，也是这样形成的。某天在新华书店转悠，碰见一位衣着时尚光鲜的青年女子，她要为自己上小学四年级的儿子买一本《红楼梦》，是学校规定必须买的，她说要翻译的，不要古典的，怕孩子看不懂，扫了一眼，她选的书封面上有一行"新课标古典文学名著必读"的小字。《红楼梦》就是古人写的白话文学作品，它属古典，其语言却具有现代性，何谈翻译？可惜买书的女子不懂，卖书的人也解释不清。

社会在进步，社会的进步是一座座高楼拔地而起，是路上拥堵的汽车，是拥有两三套以上的房子。我们在把自己的富足定义为这些物质的拥有后，又以悠游来丰富精神，填充心灵。拼命地供孩子上学，为孩子补课，为人父母的成年人却很少读书。

站在地头，眼前是一片高粱地，秋日的暖阳泼洒下来，高粱齐整，像一面红色的镜子。矮矮的身材，举着罐罐一样巨大的头颅，那是高粱的脑袋，却是人需要的庄稼穗子，它饱满、赤红，火焰一样，却分明飘散着醉人的酒香。同行者纷纷钻进地里，搂着高粱穗子照相。阳光明媚，岁月静好，我们从这里走过，只能带走记忆和照片，以及记忆里的果香、成纪故城里岁月的残片、还有内心深处由衷的感叹。

塬上的张鳌坡

一

这里的土地背负着几千年的疼痛。宽阔或者并不宽阔的塬，狭窄或者并不狭窄的沟，都是疼痛的见证。

塬、沟、峁、墚交错混杂，是漫长岁月里旷日持久的溃烂留下的疤痕。塬与塬比肩牵手，沟与沟串连通达。由东向西，塬越来越小，却越来越高，最西边的冲天塬，凝聚成一个足球场大的山峁，海拔 1520 米，而东边的独店塬呈现了相对的开阔与广袤，海拔 1200 米左右。塬在山上，山在塬下。塬不是四方四正，规规矩矩，而是支离破碎，七长八短。一个个山嘴，夹持着一道道沟壑，或者说一道道沟壑把塬面撕扯得一绺一绺，破烂不堪。

张鳌坡是独店塬向南延展的一部分。在塬边上张望，塬下沟边弃置多年的窑庄，黑魆魆的窑洞，像一双双满含期待的眼睛。

窑洞作为居所，在黄土高原上已经存在了 4000 多年。起初塬面上不住人，塬边也不住人，人大多居住在半山腰里，在半山坡的一个个台地或者山湾处，掘崖挖窑，形成了一簇簇村落。窑庄临近山泉，便于取水，避风向阳，容易躲避土匪。山坡上没有秘密，联通川塬的那条坡路，虽迂回曲折，却一览无余。站在门前，山上山下的情形尽在掌握之中，上上下下的行者商队，老远就能看见。山湾的沟边上夯筑的土堡子，就是用来防御匪患的。这样的古堡遗址，在许多山坡上都有，跟遗存的窑洞村落一样至今清晰可见，有些仍然保存完整。进入工业时代，车辆成了主要交通工具，交通在经济发展中起到了决定性作用，为了出行方便，离川道近的人家向川道里靠拢，簇拥在一个个山峁下，开挖窑洞，形成了一个个村落，他们就成了川里人。离塬边近的人家，向塬上移动，在塬边上切削崖壁，开掘窑庄，形成一个又一个院落，他们成了塬上人。20 世纪 80 年代以来，机械渐渐替代了畜力，农村通电通水修路，出门乘车越来越方便，所有人开始向公路边聚集。窑庄被遗弃了，瓦顶砖碹土坯房在公路边上建起来。进入新世纪，农村兴起了砖混结构的四合院和两三层的小洋楼，而且再一次向新修的国道、省道柏油路靠拢。近两年，一条高速公路正穿过塬面，将农村引上了日新月异的快车道。

凭借记忆和遗落在山湾里的窑洞村落，我们可以肯定，陇东塬上人和川道里的人陆续弃置窑居从 20 世纪 80 年代开始，近年来脱贫攻坚，最后一批人彻底告别了窑洞，搬进了统一规划建设的新农村。安居才能乐业，塬上塬下的人们，居住和生活方式变化的节奏越来越快。如今农村大多数人都在城镇买了楼房，精壮劳力去遥远的大城市打工，还房贷，供留守在老家或者县城里的儿女上学。

当然，位于独店镇南塬边上的张鳌坡村也不例外，眼前是一排排白墙青瓦的四合院组成棋盘一样的村落。统一的房屋结构，规整的大门围墙。门前窄窄的菜畦里，一雪松，一牡丹；一柿树，一芍药；一堆竹，一簇菊。葱、韭、蒜、西红柿等时令菜蔬各一小方。简约却不单调，美丽却不浮夸。这是近年统一规划兴建的村落，无论建筑的质量还是外观，都呈现出一个村庄前所未有的精神气质。规整和庄重让当下的张鳌坡脱胎换骨，完全摆脱了过去村居建筑随意搭建造成的拥堵和零乱。一个院落紧连一个院落，门前有笔直的硬化路。一个村子，路的质地和好坏也非常重要，雨天的一路泥泞，就是晴天的滚滚尘烟。原来绊人脚步、污人头脸衣服、令人不堪的村道如今变成了宽阔平整的硬化路。新村子安全，舒适，静美，出行方便。

在人口稀若萤火的村庄里，将现有人丁移出荒凉破落的旧居，集中建设的新型村庄，紧凑，方便，节约了土地，便于水电的供应、道路维修和休闲娱乐设施的配备，村民的安全也更好地得到了保障。张鳌坡新村正中央的十字路口，建起了一个凉亭。盛夏的黄昏，透过车窗，看见亭子里聚集的老人谈兴正浓，聊着俄乌战争和台海局势，看着夕阳落下，路灯亮起。孤独是暮年最可怕的敌人。凉亭下的聚会，充满了人间情味，村庄养老，老年人相互陪伴，减轻了儿女的负担，让他们安心在外打拼。有些老年人还领着小孙子，含饴弄孙，也是人间小幸福。他们聚居在一处，紧跟时令栽种点菜蔬、瓜果，务作一点庄稼作为口粮，吹吹风，晒晒太阳，活动活动筋骨，味口好，睡得香。亭子的东北角有个小广场，围着闹嚷嚷的花卉树木，广场上安装了适合老年人的健身器材。张鳌坡的嬗变显而易见。单从居住和日常生活看，这些年，村庄已经蜕变，打破了几千年农耕文明的窠臼，向一种全新的范式演进。

二

独店南塬边上的张鳌坡有西晋名医皇甫谧的陵园。妻子娘家在景村，与张鳌坡毗连，那年妻子带我向西穿过田间小路，大约一里路，就到了麦地相连的张鳌坡。阳光温和地照在大地上，平如镜面的麦田里，氤氲着淡淡的绿意，刚破土不久的麦苗一根根缝衣针一样历历可数。吃饱仍是那个年代的硬道理，所以不管山地还是塬地都是小麦的天下。塬边上的皇甫谧陵被麦田簇拥着，在满眼的碧绿与金黄里，享受着岁稔年丰。四面低矮的土墙，一副农家双扇大门，门上挂着一把颇有了些成色的铁锁，门楣上面"皇甫谧陵"的行书匾额，书法苍劲有力。坟冢高出院墙很多，一圈一米多高的青砖墙，上面饱满的黄土被杂草覆盖，这个圆而高耸的墓冢显然与塬上其他坟墓不同。我清晰地记得墓冢上有一种样子与水蒿相似，叶子略瘦，背面有白色绒毛的艾草，长得并不茂密，在草丛里混杂着有点蔫，但我依然能分辨出它。我的辨认全凭了直觉。艾与蒿形似神异，艾草柔弱温和，水蒿更显强势；艾草味浓，苦中隐有绵长的醇香，而水蒿只有淡淡的清苦。老家西塬的山地里野生的艾草比较普遍，记得我家菜园边上那棵大核桃树下就有一片稀疏的艾草，每年端午节前母亲收割艾草，晒干，捋下叶子揉成白絮状，装在布袋里挂在墙上。伏天灸治关节或者小孩的肚脐，除湿祛风，舒经通络。

在孤独等待了一千多年后，2006年，皇甫谧陵扩建成了皇甫谧陵园，首届皇甫谧文化艺术节盛大开幕，仪式现场的菊花一片金黄，我和妻子与大女儿一起拍下了一张合影，八岁的大女儿正在换牙，咧嘴一笑，暴露了门牙上的豁口，照片上的笑便陡增了几分稚气。如今以皇甫谧陵为主体的皇甫谧文化园，成了旅游和朝圣的地方。阁楼亭台廊轩，还有伫立着皇甫谧雕像的纪念馆，安托了一个克己利人，简朴崇高，在文学、史学、医学方面建树颇丰的灵魂。不同季节，来到这里，都能找到那个季节的美与好。这个安置了名医皇甫谧灵魂的园子，也接纳了众多心无所依的生灵，特别是那些花草虫鸟，它们大多在立冬后逐渐隐退。隐身于洞穴之中，酣然入睡。第二年清明时节，东南风悠悠然把它们一个个吹醒，园子里渐渐热闹起来。那些拜谒先贤的人，一脚踏进园子，便来到了一个百草园。这个园子里像众星捧月一样，聚集了繁多的草木，有外来的，也有本地的，有三层楼高的松柏槐和皂角树，也有高不过头顶的一簇簇灌木。来这里的人，有穿越千里风尘专程赶来拜谒的，也有领了家小亲朋消闲赏景玩乐的；有人匆匆而过，有人逗留一个早晨或者一个下午。冬天也好，夏天也罢，疲惫不堪时，一个人来到这里，缓缓行走，一个建筑一个建筑地看，看灰色屋顶上的瓦松，看门楣上的牌匾和门两侧大红柱子上的对联。看正在绽开的花蕾，或者在风里战栗着即将从枝头滑落的秋叶。在园子里缓步走着，深深地吸气，痛快地呼出，不由得心头轻松，一切沉重和阴郁都淡了远了，一切压迫都散了，一切耿耿于怀的也可以放下了。走出园子，眼前是高原上广阔的天空和土地。不管谁，为生存和事业打拼的间隙，都需要找一个放牧灵魂的地方，这里既封闭又广阔，既繁华又清静，有树木花草的汪洋恣肆，有风的轻语、喜鹊的鸣叫和杜鹃在湛蓝天空里划出的一道优美弧线。

不管是千里迢迢的奔赴，还是漫无目的的游逛，都能在这里让内心或轻或重的疼痛得到治愈，让虚空的灵魂找到实实在在的依附。

<h1 style="text-align:center">三</h1>

"修身笃学立传著书五车竹简鉴文史，闻道攻医研经探穴一柄银针度世人。"这是皇甫谧陵园的一副对联，比较直观地概括了皇甫谧的作为和贡献。《晋书·皇甫谧传》记载：

皇甫谧，字士安，幼名静，安定朝那人，汉太尉皇甫嵩之曾孙也。出后叔父，徙居新安。年二十，不好学，游荡无度，或以为痴。尝得瓜果，辄进所后叔母任氏。任氏曰："《孝经》云：'三牲之养，犹为不孝。'汝今年余二十，目不存教，心不入道，无以慰我。"因叹曰："昔孟母三徙以成仁，曾父烹豕以存教，岂我居不卜邻，教有所阙，何尔鲁钝之甚也！修身笃学，自汝得之，于我何有！"因对之流涕。谧乃感激，就乡人席坦受书，勤力不怠。居贫，躬自稼穑，带经而农，遂博综典籍百家之言。沉静寡欲，始有高尚之志，以著述为务，自号玄晏先生。著《礼乐》《圣真》之论。

皇甫谧幼年家贫，过继给叔父。受叔婶宠爱，整天游玩，后受婶母教诲，幡然悔悟，闭门苦读，拜同乡学问家席坦为师，学习经史，树立了著书立说、立德立言的雄心。精研《史记》《汉书》，以及诸子百家典籍，重新考证、梳理、归纳历代帝王世系，摸清了那些渐行渐远的帝王故事，仔细考证，厘清了他们执政时间和顺序，撰写了《帝王世纪》，对当时的都市城邑、农田、人口等均有记述。还编撰了《高士》《年历》《逸士》《列女》等传及《玄晏春秋》。在医学、史学和文学史上都负有盛名。被誉为"针灸鼻祖。"

在灵台，皇甫谧是家喻户晓的名医，在西塬朝那镇三里村，塬下的皇甫湾，据说是皇甫谧出生的地方，那里还发掘出了汉晋时代人们生活的遗迹。在独店塬下半山山湾处，今川道里中台镇下河村的崾岘社，前面有一个浑圆的山丘，人称皇甫谧读书台，那里避风向阳，一侧的沟里有山泉汨汩流淌，至今仍有十几户人家。无论朝那的皇甫湾，还是距离县城和独店都不远的皇甫谧读书台，如果不考虑乘车出行，这两个地方都是土地肥沃，物产丰饶，能让人安身立命，耕读传家的好地方。时隔 1742 年，皇甫谧在这块土地上的足迹依然十分清晰。他活在历史的风尘里，历史的风尘没有淹没他，反而将他的足迹擦拭得愈加光亮。皇甫谧出身名门世族，从祖父起家道衰落，但信念、眼界、定力的基因通过血脉传承下来，造就了一个不凡的传奇。祖上许多代的修行，让一个天资聪颖的人一旦下了决心，就一定能成就一番事业。他下决心读书立说，却不幸得了风湿之症，痛苦不堪。过去贫苦年代，人的保暖条件十分有限，身体遭受风寒，落下了病根。其时普通人得了病，想的是怎样求医问药，摆脱病魔。皇甫谧却自己行动，研究人体经脉，在自己身上试针。

四

因为有皇甫谧这样一个伟大的灵魂，张鳌坡一直备受世人关注。近年来，以张鳌坡为中心的针灸小镇迅速兴起，延及相邻的景村和中庆村。这里的人来人往，熙熙攘攘，带动了餐饮、工艺品加工出售、休闲娱乐等行业。正如这些年在全国各地兴建起来的古镇，到来的都是闲人，或者是身闲心不闲的人，是想让自己身心得到愉悦，得到安慰、治愈和救赎的人。还有一部分人，是本着摆脱疼痛来的，他们从头到脚，某个部位或者几个部位被不适和疼痛纠缠着，心里时时挂念着皇甫谧的名字，想来这里拜谒针灸鼻祖，顺便碰碰运气治愈自己身体上的疼痛。皇甫谧文化园建起了针灸和按摩体验服务中心，许多人来了一次就会经常来，接受针灸治疗，让疲惫的身心得到救赎。

针疗历史悠久，传说神农尝百草、伏羲制九针。无论从哪个方面讲，针疗都是极具想象力的一种医疗方法，是用一种疼痛对抗另一种疼痛，用破的手段解决人体血脉的塞堵，让人体山川开阔，河流奔涌。《山海经》和《内经》中有用"石𬬱"刺破痛肿的记载，看来治愈疼痛是大地上非常古老的难题，是伴随肉体和灵魂的产生而出现的传统命题，我们先祖为了解决来自躯体疼痛的折磨，很早就在自己的肉身上动刀，这不是简单的头痛医头，脚痛医脚，而是厘清人体各部位经脉，找准点位，摸索四肢、躯体以及五脏六腑之间的隐秘关系。正如中医里关于手足的理论：手足是人体十二经脉必经之地，手指端和足趾端是人体阴阳脉交汇之处，手足最能反映人体阴阳协调与否，望四肢可以诊察五脏和经脉的病变。

针灸就是刺激穴位，通过人体经络的传导，调整人体气血和脏腑功能，剔除病根，填平疼痛的沟壑。针灸是针刺穴位和艾灸疗法的总称，是一套组合拳，两种疗法同时上阵，因而被世人总称为针灸。天人合一的哲学观和辨证论治的思想，让中医既是医术也是哲学。通常除汤药之外，另一重要疗法就是针灸。针灸是非常神奇的中医疗法，是在阴阳、天地人、精气神等岐黄之术的理论下发展起来的，既独特、玄远、深奥，又有广泛的群众基础，在民间被广泛应用于康复治疗中，对于颈椎、腰椎和关节疼痛等病症，疗效十分突出。

"针"是用特制的细而长的银针或钢针，刺入穴位，手指捻动，以适度的力道，达到适当的深浅，基本理念是运用补、泻等手法刺激穴位，让人体免疫系统起到调节反应。这样的治疗理念，源头可以这样推断：当人体某个部位不适时，不由自主地拍打、按压、摩挲，或用尖锐的石头钉刺，便能感到些微的轻松，经过不断的试验，最终发展到用针刺穴位。最早使用的针是砭石，逐渐发展成铜针、铁针、金针和银针，直至现在人们使用的不锈钢针。

"灸"是点燃艾草叶绒，熏灼人体穴位，将药力通过热透入肌肤，以温通气血。艾草叶绒熏灸祛病，由来已久。《孟子》中有"七年之病，用三年之艾"的说法。《史记·扁鹊仓公列传》里有"齐太医先诊山跗病，灸其足少阳脉口。"成书于战国时期，现存最早的中医理论书《素问·气血形志》中记载："形乐志苦，病生于脉，治之以灸刺。"

张仲景曾经明确了阳症宜针，阴症宜灸的治疗原则。随着不断探索和演进，这两种疗法在临床上逐渐有机地统一起来，形成了完整的理论体系，成为一门重要学科。针灸因其低成本高疗效，被广泛应用于各种疾病的治疗。《黄帝内经》记载穴位160个，皇甫谧以自己肉体作靶子，反复试验，发现了189个人体穴位，让人身穴位的发现达到了349个。他在研究探索中疗治了困扰他的风痹症，身体渐渐恢复，他下决心回到了阔别二十多年的故乡。定居故乡的那些年里，他种粮糊口，一边行医治病，一边读书立著，过着清贫的耕读生活。

晋武帝太康三年，即公元282年，"针灸鼻祖"皇甫谧，永远闭上了眼睛，享年六十八岁。

五

作为在这个黄土塬上生息的人，我们对皇甫谧的态度，除了景仰和自豪，还得有反躬自省和踏踏实实的践行，而不是沉浸在某种虚妄的自豪和自大之中。在灵台，针灸一直是疗治中老年病痛的主要手段，民间的村医大多都有针灸的绝活，县城有皇甫谧中医医院和皇甫谧康养中心。皇甫谧很久以来就不是一个人名，一种符号，而是作为对抗各种疼痛的一种神性的存在。

在张鳌坡针灸小镇，旅游休闲和康养产业正在扩展，针灸研究和治疗中心正在发展壮大。塬上，以往平展展的麦地和玉米地，已经让位于经济效益更好的药材和苹果。皇甫谧陵园东边的一块园子，叫百草园，专门种植药材，有一块艾草种植园，分成了十几个区域，引进了全国各地许多品种，施以牛粪、羊粪、鸡粪等，这样分区种植，采摘后提纯化验，分析有效成分含量，优选品种，优化种植方法，扩大种植生产，取得更好的收益。

艾草的种植面积还在扩大，相应的新产品也在不断研发，目前已有的艾条、艾枕、艾绒肚兜等，销路逐渐打开。

在为吃发愁的年代，塬上地少人稠，生活艰难，张鳌坡也不例外。这些年科技和机械的介入，粮食急剧增产，塬上的土地特别能养人，可是年轻人大多进城务工，几乎每一个家庭都至少在县城以上的城市买了房，打工还房贷是所有青年人的人生课题。"80""90"和"00"后的农村孩子都上了大学，哪怕是高职或者三本那样的低分高学费的学校，他们毕业后，宁愿在城里送外卖，上工地，也不再回到庄稼地里去，乡土社会的根基已经动摇，人均一亩左右的承包地，靠种庄稼，只能满足口粮，买不起城市里的楼房，也供不起城里上学的娃。更何况当下种子、化肥、农药年年都在涨价，机耕、机播、机收，投入也不小，种小块地成本实在太高，入不敷出。所以人口从农村流出，也是自然规律。费孝通在《乡土中国》中说："我们的民族确是和泥土分不开的了。从土里长出过光荣的历史，自然也会受到土的束缚，现在很有些飞不上天的样子。"其实，那是近乎一百年前的农耕时代，如今当社会发展到工业文明、信息化时代，乃至人工智能时代，土地已经不像过去几千年那样黏人了，两脚插进泥土里，下再大的气力，依靠种植小麦、玉米、谷子、糜子和荞麦，鸡犬之声相闻的自然经济，已经无法满足新的需要了。农村家族式聚村而居的熟人社会必将被打破，人口流动，职业混杂，天南地北已经成了常态。许多陌生人为了一个项目或者工程，根据各人专长，临时组成小团体，共同完成一个庞大的工程，谋取更多的经济收益已经成了趋势。要让青年人返乡，农村也要跟城市一样有便捷的设施，能为青年人发挥专长提供岗位，所以说，土地上种什么，长什么，怎样种，是我们要思考的一个方向性的问题。塬上的张鳌坡，有平坦肥沃的土地和皇甫谧丰厚灿烂的医学和文化遗产，旅游和针灸康养无疑是两副好牌。在这片土地上，从来都不缺少智慧。站在张鳌坡新村的十字路口，眼望整齐的屋舍，碧绿的百草园，热火朝天的建设工地，以针灸产业为引擎的新经济正在兴起，一大批年轻人必将重返故土，缠绵在这块土地上几千年的疼痛，必将得到治愈。

假日笔记

1 月 21 日　背河

大雪过后，天很冷，我们沿川东行，到达一个开阔平展的沟口，向南有条小河，河滩上白茫茫一片，没有河水奔流的影子，只有小河不辞辛苦开辟出的那条仄而深的峡谷向南伸展，就像光滑的肌肤上，一道深深的曾经溃烂过再也无法完全愈合的伤口。我们沿河滩向南一路跋涉，转过小小的山湾，突然眼前一亮，峡谷西边的石崖上，一道道冰凌从山上一丈开外的高空沿断崖垂落下来，在阳光照射下镜子一样亮闪闪的，光芒四射。走上前去，一道道冰柱就像银河倒流，跌落人间。为了看冰川雪山，千里迢迢去西藏，下甘南，不承想这遥远的美景竟在身边，几里之内便能欣赏到，只可惜多少年来我们却浑然不觉。生活中不乏美景，只是我们缺乏行走的双腿和探索与发现的眼睛。大清早已经有人来这里拍照，他们抱着冰柱，或从冰柱间探出身子，将 2018 年深冬的自己定格下来，成为人生长河中永远的精彩。一会儿又来了一拨人，西北旱原上，人们很少见到这样的奇观，特别是近年来气候变暖，冬季干旱少雪，这样的冰雪奇观让大家兴奋不已。

我们沿着山谷继续逆流而上，西边是绝壁陡崖，片石参差婆娑，东边是浅滩斜洼，枯草凄凄，河滩时宽时窄，宽阔处有白刷刷的狗尾巴草一簇簇、一片片招摇晃荡。上行十多分钟还不见峡谷的尽头和溪流的源头，我们又原路返回。没有一丝风，天空湛蓝如镜，阳光照射下来，河谷里暖烘烘的，冰柱上细水汩汩流淌，这是半崖上断裂的岩层里不断沁出的流水，在低温下，形成了或长或短，或庞大或纤细的冰柱。纤细的如利剑，高悬在头顶上，巨大的如瀑布，从几丈开外的山崖上坠落凝成了冰柱直抵河滩。它们都无一例外地显现出或雄壮或纤弱的生动形态。山上的积雪已经消融，干巴巴的山崖呈现岁月的憔悴与沧桑，山洼里枯草焦黄，一条羊肠小道在那里缠绕，路面上有逗号一样深深浅浅的羊蹄印，还遗落了黑色的羊粪豆，却不见羊群，它们混入了雪地，还是化作了云朵？东边向阳的山洼里，积雪早已融化，不见一点白，头顶那一线天，明净清澈，不留一丝云，山谷一片寂静。

突然想起小时候在老家西部高原的峡谷里，这样的冰挂奇景也很寻常，特别是夏天水草茂盛的宽阔河滩，冬天就白茫茫一片成了冰川，有些地方平整如湖面，我们在上面溜冰。陡峭处形成了冰柱或者小小的冰山，有的形如蜡象，或奔驰或静卧，有的地方如山峦如狭谷，形态万千，场面极其宏大，只是它们和我的童年我的青春一起遗失在遥远的天那边，很难再见了。

我们原路返回，出了峡谷，沟口是小溪流与达溪河汇合的地方，或者说是小溪向达溪河投诚的一个入口，河川开阔，有树木，有麦田，有村庄，有人家，还有广场和新修的一排排整齐的小康屋，只是个个大门紧闭，一片沉寂。

这里叫背河。

1月26日　于家河滩

大雪洋洋洒洒，又一次埋没了这个纷乱的世界。早九点，天空时而透亮，露出了太阳的轮廓，时而阴沉沉，灰蒙蒙，雪花飘扬。路上雪很厚，一脚一个坑，我们深一脚浅一脚地上路了。出了小城，进了村子，手端相机，探头探脑，寻寻觅觅，一派鬼子进村的模样。远处有树，树林纷乱，路两边时而出现一个个院落，却很少见到人，一个个大门上吊一把生锈的铁将军，人去屋空，家园荒芜，他们去了哪里，离开家园，流落他乡，日子过得还好吧？

到了一处路面高于村落的地方，看见院子里有人穿梭，好像为某一件盛典而忙碌，同行的一位老兄高声呼喊，你们要过事吗？连喊几声，终于有人回应说杀猪过年。我们顺着斜坡下去，进了院子，有十多人进进出出，他们好像没有看见我们，或者忙于他们的事，对我们这样闲转的人有着天然的排斥，不愿说什么。看得出这个院落兴建于 20 世纪 80 年代，土筑的院墙依然完好，土木结构的灰瓦房虽然低矮却还坚固。院里院外都是柿子树，已经有了些年头，树干粗壮而高大。落了雪，稀疏的树枝变得更加硬朗有形。终于，一个六七十岁的老汉出来了，我们上前搭讪，他热情地让我们进去坐坐，原来他才是这个院落里唯一的主人。从对柿子树的赞叹开始，我们和老汉接上了话茬。老汉说今年柿子结得繁密，可是太忙了，没来得及摘下来卖掉，大多在树上让野雀吃掉了。门前树上果然有许多喜鹊一样大小，红嘴红爪蓝翎灰身子的野雀，在高高的树枝上嬉闹。许多柿子把上还带着一小块橘红的柿子皮，柿子早已被叼得精光。我们进了屋子，破旧的厚门帘一合上，屋里便伸手不见五指了。开了灯，过了一会儿，各种家具陈设才从昏暗中浮现出来。老式木柜、简单的生活用具，这些都还呈现着几十年前的生活状态。报纸裱糊过的墙壁，被烟尘浸染得灰暗而温暖，土炕上面的墙壁上贴了一张三个胖娃娃的油纸画，这也是几十年前农村人家墙壁上比较常见的装饰。

人渐渐多了起来。屋子里先后进来了几个中青年男女和一个小女孩，他们用普通话交流，只有与老人说话时前半句是普通话，后半句就改说土话了，孩子说一口流利的普通话，但她显然能听懂本地方言，他们也在屋里进进出出忙作一团，跟没看见我们一样，或者把我们看作与他们无关的人。除了我们，这个院子里一共有三类人，一类是一群老汉，他们是这个村子里的留守者和常住户。这个村子原来一共三十多户一百六十多口人，现在多数人外出打工，已经在外地买房居住了，很少回来，留在村子里的只有不足二十个走不出去的老年人。院子里的第二类人是老汉的亲戚，他们已经在县城买房定居，开车跑运输或者做小本生意，捎带着在村子里种几亩口粮田。第三类就是老汉的儿女和小孙女。老汉的儿女们都在新疆打工，还在那边买了房子，那个戴着棉帽子的洋娃娃就是他的小孙女。老汉一人在家里种地养猪，忙了整整一年，年关时节儿孙千里迢迢赶回来过年，才有了杀猪置办年事的热闹场面，虽然一片忙碌，却让老人沉浸在幸福之中。年关忙碌的场景已经很少见到了。

院子里支起一口大锅，水烧开后才正式启动了杀猪程序。那头大肥猪被老汉从圈里牵着一摇一摆走了出来，形势不同寻常，院子里一下子聚集了那么多人都是针对它来的，可它并没有意识到已经死到临头了。长期吃了睡，睡了吃的日子让它的身体臃肿，走也走不稳当，它的未来在哪里，它压根儿没想过，也想不明白，谁让它长了猪脑子。其实想明白了它就不再是一头好猪，被人好吃好喝地伺候着，每一天走的都是不归路，这便是宿命，一切都已注定，在劫难逃。一群人一起扑上去，抢着抓那四条腿，互相搅绊着乱作一团，一边不遗余力地排除着别人的干扰，又不可避免地干扰着别人。那头猪被扑倒在地，除了声嘶力竭地干号，并没有垂死挣扎和反抗，更没有疯狂的奔逃。他们原先的计划将猪抬到用两个长条板凳支起的门扇上，这个计划实施起来困难重重。这头猪太大太重，青年人团团转，却无处下手，老年人毕竟人老力衰，好一阵拼搏后，猪总算被勉强抬了上去。白刀子进，红刀子出，几个回合，凄厉的嚎叫渐渐变成了无奈的哼哼哈哈。走过了春夏秋冬，坐吃等死的日子终于混到了头，早死早超生，希望在来生。门前的柿树林里挖了大坑，埋了一口口径超过了二米的大锅，锅里倒满了滚烫的开水，将猪投入大锅里，翻腾了几下，又抬上旁边支好的门板上，拔毛，刷洗，刀剃，他们收拾得十分仔细。有人过来说，把氧气插上！给每个人嘴上插了一根香烟，点燃了，边吸烟边干活边聊天。这是县城边上的一个村子，县城里有农贸市场，可是没有猪市，去年春天里老汉从三十多里外的塬上乡镇，买来了小猪仔，猪仔650元，整整饲养了十个月，纯粮食喂养的，消耗了七八袋小麦，三四袋玉米，少说也得1000元，如果卖掉猪肉，按150斤精肉算，最多也就1950元，大家一路算下来，不由得感叹说，喂头年猪亏了本，不划算啊！可是老汉并不灰心丧气，反而精神抖擞，神采奕奕。这个账他早已算过了，他的心思全在儿孙身上，这样辛苦一年，就是为了让孩子们过年吃上好肉。市场上的肉是饲料喂的，不好吃。有人就说，娃娃们都回来了，你看老汉心劲多大。戴棉帽的小女孩跟着看热闹，老汉爱怜地看她一眼，心头的欢喜在打着褶皱的脸上开了花。年关时节，青年人千里迢迢赶回来，为了看望老人，和老人团聚，而老人一年的辛苦也是为了能过个好年，一家老小聚少离多，短短几天里花多大代价都应该的。青年人的未来在远方，他们必须走出去，老年人的日子就在眼前，过一天算一天。看得出再过十多年，随着这一茬老人下世，这里的村庄仅有的几个开门户也就不存在了，村庄和老人一样越来越老，越来越沧桑，越来越萧条。而萦绕在人们心头的村庄记忆也会随之消亡，乡愁终将不复存在，也终将不被后人理解。人生就是一场有去无回的旅行，我们终将变成古人，不知到了那一天，乡村情结会被新新人类怎样理解，也许他们根本无法理解。因为他们不是乡下人，也不是城市人，更不是前十几年在乡村，后几十年在城市的人，他们是地球人，或者宇宙人。

雪停了，天空像罩了一层亮闪闪的薄纱。公路上开过来一辆面包车，车上下来四个人，他们拉着箱子，扛着大包，背着小包，要向山上步行而去。铺满了雪的山路，面包车上不去。女人、孩子都一口京腔，只有一个中年男子还说着土话，他们的老家在四五里外的半山上。女人、孩子在路边磨蹭着，满是情绪地抱怨着，嘟囔着，男人背着包，扛着箱走上去老远，又转过身大喊她们快走。已经过了午后，饥肠辘辘，几千里的辗转，到最后还得步行爬山，这样的旅行真是千辛万苦，回家的信念还能再坚持多久？

这村子叫于家河滩。

1月28日　成家庄

老天爷甩掉了大雪飘飘时的温文尔雅，不再温良恭俭让了，而是露出了青面獠牙的凶恶面目。没有风，空气里似乎有无形的刀子在挥舞，开口说冷，牙齿就刹不住地打架，一连蹦出冷冷冷。

我们清早上山，朝一个村子走去，路边有野鸡踩出的一绺"个"字，路中间有小狗或者什么动物蹚出一道线，雪后的这些天，再也没有人走出过村子。这里离县城很近，春夏秋冬时时上山，却没有向前延伸，从这个沙石路进去，以前根本没有发现里边还有一个村子。这仍然是个不小的村子，足足三十多户人家，坐落在向北延伸的一条沟西侧的洼地里，早上第一缕阳光就可以直截了当地照射到每一个院子里。这些院落大小不一，最大的超过了一亩，小的院子很浅，占地不足四分。这里的院子多的都是黄土夯筑的围墙，足足超过了三十年依然棱角分明，那架势若无人为破坏足可百年不朽。有两三家是木橼围的栅栏，木头粗细一致，长短相齐，一根根间隙匀称，这样精致的做工说明他们倒也不是凑合过日子的人家，还有两家只有土木房子，没有围墙，不聚气，给人的是破败衰朽的感觉，十分丧气。缺少了围墙，院子就成了开放空间，进了房子才是家，安全感十分有限。一家是新盖的房子，房子很粗糙，门前就地放个电视信号接收锅。另一家房子很破旧，门前几棵歪七扭八的老枣树之间挂着几件深色的破衣服。房台上一只小得可怜的白狗十分轻蔑地看了我们一眼转身走了。村子里听不见鸡鸣，偶尔遇见一只体格很小的狗，它们懒得叫一声。抬头看见人家门前的柴垛旁闪出一个穿碎花上衣的女人，还有一个穿大红上衣的小孩子，她们张望了一会儿，看见我们从小路上来，便悄然离开，关了大门进屋去了。

这是一片架板状的村庄，院落参差不齐地排列着，足足六七层，每一层少则三四家，多则五六家，院落随地势分布，各个院子都有自己的样子，大门尤其各不相同，许多面朝东的院落，大门口却拧向东北，躲开了沟口。这是酉山卯向，看来也是比较讲究的人家，也是老宅院，如今不兴那一套了。看得出凡认真过日子的人家，尽管土墙土院，却收拾得干净利落，院墙高，院子大，有气势。

从树木的样子可以断定一个村子的年岁和历史。很显然，这是个古老的村庄，人家门前有十分粗大的枣树、杏树、梨树和杜梨树，路口的土堰上还有几个人方可合抱的柳树，已经脱了皮，枯了。站在门前的碌碡上放声大吼"他大舅他二舅都是他舅/高桌子低板凳都是木头/金疙瘩银疙瘩还嫌不够/天在上地在下你娃要牛/为王的坐椅子脊背朝后/没料想把肚皮挺在前头……"吼声在山沟里乱撞，终于有了回应，沟两边铁塔上耷拉下来的电线，琴弦般铮铮作响。

这里是成家庄。

1月31日　看月亮

今日月全食。几天前就看到了网络报道，冷静、理性而科学地预测了这次月全食的全过程，几时几分几秒开始出现月缺，几时几分几秒月牙彻底消失，几时几分几秒月亮又恢复光芒。

第一次经历月食时，幼小的我们都看傻眼了，母亲说，月亮被天上的一只大黑狗慢慢吞进了肚子里，又慢慢拉了出来。当时听了很担心，也很忧伤。万一太阳和月亮被吞进黑狗的肚子里拉不下来怎么办，母亲说，太阳是座火焰山，吞进去必须很快拉出来，否则黑狗也会被熔化的，我相信太阳依旧还是太阳，好吃难消化啊。月亮是玉石做的，细腻、光滑而坚硬，黑狗只能囫囵吞，囫囵咽，又囫囵拉下来，有惊无险，那过程真是惊心动魄。本来月食距离我们很遥远，可是它却直接影响到遥远的我们，整个过程又那么令人胆战心惊，过后的很长时间里，一想起来心里就不是滋味。

前些年见过一次日全食，那是一个晴朗的下午，太阳已经偏西，我站在楼下向西仰望，天色渐渐昏暗，太阳越来越失去了光芒，越来越变得惨白，十分痛苦的样子，真像被黑狗吞掉一样，一点点消失，剩下了一弯银钩，直到最后连银钩也消失不见，天一下子黑暗了，一会儿另一端又出现了银钩，慢慢扩大，走向圆满，到最后完全恢复了，西天上太阳依然光芒四射，光辉灿烂。

今晚的月全食事先已经有了确切的预报，网上也贴出了如何拍摄月食有关技巧的详细文章，还有一连串的图片，标题还说这个月全食百年不遇，还有的说一百五十年不遇，而那么一大堆图片又在分明向我们展示事情的寻常，既然百年不遇，那么多的预告图片又是怎么得来的。恰逢晴朗天气，从乡下的单位回到县城已经黄昏时分，华灯初上，在十字路口等待绿灯的几十秒钟，注意观赏了今晚的明月，它的确与以往不同，它就在眼前稍稍偏东的楼顶上，特别大，特别明亮，特别清晰，嫦娥和玉兔也历历在目。在外面草草吃过晚饭回到家里，楼下的滨河大道上已经有许多人吵嚷着看月亮，可是自己心里早已经没有了看月亮的心情。大家都在一起看月亮，突然想起了那首看月亮的歌。歌曲很抒情："我希望一辈子都陪你看月亮/让洁白的月光做我们梦的衣裳/牵着你的手和你地老天荒/幸福的歌儿我们一起唱/我希望一辈子都陪你看月亮……"听着那首歌，不禁有些好笑，这世界还有谁能陪你一起看月亮？这不是傻瓜的臆想吧！半夜醒来，看到许多人还在展示自己拍的红月亮、蓝月亮。这一夜，是一些人的狂欢和一些人的孤独。

月亮是圣洁的，月食就算是一次劫后重生，也许月亮经历了月食才被打磨得那么明亮而冰清玉洁，一尘不染。还是搬一段报道，记录下这古老的月亮又一次的浴火重生事件："本次月全食开始于北京时间 18 时 51 分，此时我国大部分地区月亮已经升起；偏食阶段，也就是初亏开始于 19 时 48 分；最精彩的全食阶段将从 20 时 52 分持续至 22 时 08 分，共约 1 小时 16 分钟，在此期间能欣赏到壮观的红月亮；月亮的复圆时刻大约在 23 时 11 分。"

科学是强大的，它向人们揭示了某些真相，同时又在一厢情愿地掩盖真相。科学历来就是为揭示大自然而存在的，正如同日食和月食的真相一旦被揭穿，人世间就丧失了更多的神秘和更多的神话。没有了神话，生活就缺失了浪漫。道法自然，人只能顺应自然，永远不要想着征服自然，或者用科学的皮鞭驯服自然，大自然也许会暂时变得温顺，可是没有了大自然的冷酷，没有了需要许多人一起围猎，一起劳作的艰苦卓绝，人情也不再温暖。活着只为自己，活着也只有自己，人就容易走向偏执和狭隘，走向灭亡。

2月2日 季节里的反季节

冬至过后的一个周末。太阳明晃晃地照着，远山的树木仍僵立在白皑皑的雪地里。寒气凛冽，季节正向着季节的最深处驶去，大有义无反顾，一往无前，一去不回的架势。

我们走向一片白花花的塑料菜棚，转了好一会儿，一个中年女人从菜棚边的半间小屋里走了出来，我们上前搭讪，她不紧不慢地介绍说，这是个西红柿棚。我们进了小屋，又从屋里一侧的小门里辗转进了菜棚。棚内是另外一片天，空气温热而潮湿，只是枝叶已经枯黄，挂在枝头上的西红柿着色也偏黄，有点寡淡和萎靡，一副病态或者营养不良的样子，并没有果子成熟时的那种色泽和蓬勃气势。她说前几天最冷的时候，因为电路出了问题，没法抽水灌溉，就枯死了，再加上品种也有问题，并不是适宜冬季棚栽的品种，而是夏种西红柿。是的，屋漏偏逢连阴雨，当诸多不利因素都凑齐了，失败就变成了必然，这里面的道道很多，技术和经验十分关键。不过女人并不沮丧，这个棚里的地力还是比较好的，准备整顿一下，种植螺丝椒，效益一定不错，她们家种的几棚草莓开园了，这段时间收益挺好的。只要努力就有成效，意想不到的灾难也算不了什么，女人一脸的云淡风轻。

我们出了女人的大棚，一位中年男子正在路那边一绺大棚的一头揭开门帘，乳白的蒸气升腾起来，整个菜棚像是一个蒸笼，我们上前去看，只见里面全种了草莓，长得一片茂盛，大棚正中间一侧的架子上有个箱子，中年男子介绍说，那是蜂箱。是的，没有蜜蜂的辛勤劳作，花开得再繁密也跟谎花一样，结不了果子。这大冬天种点瓜果讲究还真不少，当年老家养过蜂，前几年也和那个世代养土蜂的老王聊过，深知养蜂可不比养孩子那么简单，禁忌很多，不敢见农药化肥，谁家养土蜂，家里连洗衣粉、香皂都不能用。如今本地土蜂，由于环境污染，它们的领地一再收缩，已经退隐关山深处了。大棚里热浪滚滚，手里的相机上立即蒙上了一层水珠。

阳光穿透白色塑料，热气聚集到这个小小的穹庐里，里面的草莓精神焕发，花蕾花朵、小果子大果子、绿果子红果子依次儿排列，这样的生长状态，即使在露天野地里也很少看见过。蜜蜂嗡嗡嘤嘤，闹闹嚷嚷。这里是盛夏，人间的另一个人间，天地间的另一重天地，季节里的反季节。要让果子在冬天里生长成熟，并不是简单地保证热量和光照，提高温度，灌水施肥，而是要做大文章，从大处着手，塑造一个鸟语花香，山青水碧，万物蓬勃生长的季节。当然，并不是想怎么做，就怎么做，想怎么样，就能怎么样。听那人说，如果遇上连续的阴雪天气，没有光照，温度上不去，就瞎实了。他说得轻淡，看样子灾害常常遇到，已经见怪不怪，日常的得与失不停变换，大得和小失轮番上演，人的承受力也是经得起打击的。这里离县城只有三四分钟的车程，他的草莓并不用拿到市场上去卖，而是供城里人采摘，价钱很高，可是进了采摘园的人从来都不计较。他说这里有他的十五个大棚，别处还有一些，一个棚一年下来纯利润也就一万多元，这些话从他嘴里溜出来，是那样的轻描淡写，他的脸上也不见波澜，好像根本就不是什么大事，可算下来却是几十万元的数目，收入不菲啊。

一命二运三风水。有些事，一时半会儿也扯不清。特别是这些年，一片田地里，往往会呈现两种景象，一个惨遭年馑，一个喜获丰收。那边收成明显不好，败局已定。而这边，一层塑料纸隔出了两重天地，外面冰天雪地，里面却热气蒸腾，蜂飞蝶舞，花朵重重，果实飘香。人法地，地法天，天法道，道法自然。冰天雪地里的一派绿意盎然，也是遵循了天道，生产和生活都要遵循这个季节的道。我们所要做的就是塑造一个适宜生长的季节，在冬天里划出一片春夏的天地，才能长出花朵和瓜果蔬菜。百倍的努力加上百分之百的运气，才可以造就一个丰收的景象。那个中年男人身上沾满了泥土，脸庞也带了土色，可他这几个月下来就有几十万元的纯收入，真是想不到，也看不出来。不由得想起闲聊时有人说的话，这年月满眼芸芸众生，却不能从衣着和相貌上分辨出一个人到底有多少钱，也看不出一个人到底有什么来路，什么前景。就像你不知道冬天里还有夏天，季节里还有反季节。

致海子

——某年春夜祭奠海子

你是诗歌里的海子，你是现实中的查海生。你说，远方，除了遥远一无所有。这话就像记忆里，老年人凌晨早起，花费半晌工夫熬出的酽茶，那淡淡的苦一直萦绕在我心里，我无法清晰地表达它的好，只能当诗一回回地品读。那年 3 月 26 日，是你，也是中国诗坛永远的分水岭，你卧轨自杀，独自去了远方，将痛苦和遗憾留在了人间。二十八年前，我们差不多是同龄人，你还大我几岁，如今，你还年轻，我却整整大你二十二岁，这个差距还在一年一个台阶地越拉越大。你永远活在二十五岁的青春年华里，而我已经年近半百，发苍苍而视茫茫。你一头扎下去，那么断然，我却不敢学你，我还要继续活下去，即使苟延残喘，也要努力活到比你年长许多许多。

网络上有一段话，味儿很足，我一字不差地搬过来，丝毫没有调侃的意思，只想惹你笑笑，让你心里紧绷的弦彻底放松下来。"什么是成功男人？3 岁，不尿裤子；5 岁，能自己吃饭；18 岁，能自己开车；20 岁，有女朋友；30 岁，有钱；40 岁，有钱；50 岁，还有钱；60 岁，还有女朋友；70 岁，还能自己开车；80 岁，还能自己吃饭；90 岁，还不尿裤子；100 岁，还没有挂在墙上；300 岁，还在墙上挂着。"照着这个看，我们在渴望钱的年龄都一贫如洗。可是离开将近三十年之后，在你的祭日和生日叠加让人百感交集的日子里，网络上却出现了许多悼念你的文字。

今天，在这个特定的日子，思潮泛滥，怀念一位诗人并不奇怪，奇怪的是在这个只有写诗的人才读诗的年代，怎么就有那么多人还能想起你，为你兴奋，为你慷慨陈词。你也别傻激动，出现如此状况，并不是因为你，而是有那么多人为了他们自己。在今年的 3 月 26 日，要不是一个年轻人，刺死拘禁并侮辱他母亲的黑社会恶棍，被判无期徒刑引发热议，你就是这几天最热烈的网络话题。与其说大家在祭奠你，不如说是在祭奠渐行渐远的 20 世纪 80 年代，那个以文学为时尚的时代，你活得辉煌而辛酸，那么多人活得平淡、艰难却傻傻的幸福。那年月文学光芒四射，阅读就是沐浴阳光。以文字篇章娱乐精神，口体之奉虽然贫乏，却人人精神焕发。

不得不说，人类的进化史，是一个越来越注重功利和物质的历程。作为农村孩子，你十五岁就考上了北大，头上的光环已经足以光宗耀祖了，毕业后就当了大学教师，这个职业也是许多人挣破头也无法企及的。你七年创作了 200 多万字的作品，在文学世界里，已经取得了不俗的业绩。不用那么辛苦，熬到油干灯枯，你就此搁笔，拉拉关系，请评论家吹捧一番，在搞笑的电视节目里耍耍嘴皮子，或者搞搞讲座，造造声势，把自己打造成文化明星，名利双收，何乐而不为呢？历史不可假设，你是属于 20 世纪 80 年代的人，那个时代一结束，你的时代也就终结了，除非你成功转型，像韩寒一样玩赛车，像郭敬明一样办杂志、拍电影，像刘心武一样上央视《百家讲坛》高谈阔论《红楼梦》。以你的智商，完全能比韩寒玩得更开心，比郭敬明更加有钱，比刘心武讲得更清楚更层次分明。

青春年少时，我们完全可以活在艺术的理想王国里。七年，读书教书之余，你挥笔斩获了那么多的作品，读一遍都需要很长时间，何况要一个字一个字写出来。你的才情可以用泉涌井喷来形容，只是写作不光靠才情，那还是个消磨体力的活，意志、毅力，还有时间，都是问题，你一定倾注了全力，花费了自己本可以休息和消遣的时间。你对文学的全力以赴，成就了你，也将你逼上了绝路，让你与社会主流格格不入。其实，在我们这样的凡人看来，文学也好，诗歌也罢，你可以像现在的年轻人玩游戏一样，玩玩而已，成败得失大可不必较真。你可知道我们许多人曾经对文学也达到了痴迷的程度。你在世时只发表过五十多首（篇）作品，有人说你是寂寞的，其实寂寞只是一种自我感受，与别人无关，别人怎么知道？你在世时有那么多追捧者，我们普通人却连追捧别人的勇气都没有，甚至不敢让人知道我们也爱好着文学。这不是耻辱，但对于我们整日为生计奔波的人来说，日子过得紧巴巴的，这样的爱好类似于耻辱，不敢让人知道。只是我们偷偷地爱着书本上那些精致的文字，用阅读默默地填充空洞的内心。在读和写中，我们找到了乐趣，没有人理会反倒是件大好事。你活得太累，因为你太在乎别人对你诗歌的看法，那次针对你的研讨会，有人对你的作品做了直截了当的批评，据说不久你就走上了不归路，批评者在你灵前痛哭流涕。在大片美好而广阔的天地里，总有阴暗的角落。文学圈子也是圈子，有人喜欢就有人不喜欢，你要享受和消费别人的喜欢，也要宽容和接纳别人的不喜欢。也许别人的批评并没有恶意，而是一己之见，批评者既然后悔和自责，说明他的批评并没有恶意，一个写了那么多诗，被那么多人喜欢的诗人，你应该明白你的作品并不是一无是处，作为那个时代精神世界的一面旗帜，你应该有足够的自信。

不光是赶在当口上的那个批评，压折你脊梁的最后一根稻草也及时赶来了，那便是爱情。你记挂在心的女友要出国了，她要彻底弃你而去。看完来自深圳的信，你的心一下子碎了。从别人的记述中，我知道了事情的大致经过。你是著名诗人，你的学生崇拜你的诗，要求你在每堂课的最后十分钟朗读你的诗作，这无疑是一件幸福的事。某天，你朗读完后问学生，你们喜欢哪位诗人，有个女生脱口而出：海子！声音洪亮，斩钉截铁，震撼了你，也震撼了你的课堂。此后，你和这个女孩在课余一起谈诗歌，谈生活，你似乎成了她的偶像，她也的确成了你的精神依靠。可惜，女孩大学毕业后要去深圳工作，她的离去让你无法释然。你想到了下海去深圳，其实你的想法是对的，这样可以离爱情近一点，更重要的是可以从此改变你的经济窘境。依你的智商，说不定去了深圳，转换一下思维，走下大学讲坛的你会成为马云那样的有钱人。让今天的我们看那时的你们，也许她喜欢的只是作为诗人的海子，而不是庸常生活中的查海生。

作为男人，应该忠于爱情，但不能在那个叫着爱情的树上吊死。你是精神栖于天堂的诗人，但你也是有着平凡体貌的没钱人，灵魂飞得太高，痛苦就是必然的。因为文学而崇拜，因为崇拜而陷入爱情，短暂的相爱之后，对方也许觉得这样的爱情再也不适合深入下去，甩手离去在她是理所当然的事情，不料却成了你生命中的一个死结。而曾经信誓旦旦的女孩，用她移居海外的决绝浇灭了你在这个世界上最后的温暖。

爱情是婚姻的花季，婚姻即便硕果累累也只是与一个人合伙过日子，把一个人的世界演化成了两个人、三个人甚至更庞大的群体。生活中并不需要时时清醒，适当的麻木，才是过日子。你显然过不了那个坎，相对于诗歌，组成家庭的过程是不需要过多天分的，只要有一颗平常心就可以。可惜你是天才，你要把一个只有糊涂才能过得去的事情，弄得明白，你不具备庸人的健忘和随意，这是你的欠缺。

从爱情到婚姻就是由明白变糊涂的过程。这只是一个推手，让你用极端的方式终结自己的根本原因，其实是你的出身和才情的不匹配而导致的失衡。你出生于安徽的一个小山村，那是个山林大于农田、水流遍布沟谷的村庄，风景的美好远远超越了生活的美好。那个年代，尽管逐渐摆脱了饥饿，却无法挣脱缺钱的窘境。作为查海生的你考上了北大，当了大学的老师，又是出名的诗人，这为你的家人挣足了面子，可是人们对一个人价值和身份的认定，似乎更看重有钱还是没钱，当官还是没当官。许多人搞不清诗人是什么，但是他们明白什么是官，哪怕只是一个村支书。只要没有当官，那就看不到未来，只要挣不来太多的钱，同样算不上成功的人生，至于艺术上的成就有什么用？作为大学老师，你每月一百多元的工资，却无法支撑你作为诗人和名人，跻身上流社会。更为可悲的是，你行走在大街小巷，上流社会给予你的压力肯定让你无法轻松地混下去，否则，你也不用拼命写那么多的诗求得心理上的平衡。你完全可以进歌舞厅、夜总会，歌之舞之，再加上自己那么大的才情，何愁留不住那个普通姑娘的芳心？读书有什么用？在你离去之后，最受打击的是你的家人，你曾经创造的天才的荣耀瞬间崩塌，你的父亲悲痛之中终止了你弟弟们的学业，终结了他们通过读书进入上层社会的路径。我不知道他们现在过得怎么样，但我十分清楚地看到你对他们的影响之大。你的离去彻底改变了他们的人生走向，也彻底掐断了家人因你而起的种种希望。前几天，我在网上看到了电视台对你家人的采访，面对镜头，你年迈的母亲还在朗诵你的《面朝大海，春暖花开》和《亚洲铜》，一个字一个字的朗诵让人心里不由得战栗。据说你的母亲识字不多，她把你的诗句记得烂熟，也许在这个世界上，真正了解你的也只有她老人家。屏幕里，老人虽然没有流泪，我却看到了她流血的内心。

你离去的那个时代，社会急剧变革，一小部分人走上了先富的道路，社会由原来的吃得饱和吃不饱的差距，迅速扩大到天壤之别。财富急剧集中，钱几乎成了区别是非美丑的标准，缺少钱，你就是天才又能怎么样。那样的处境，让你十分尴尬，这我是能理解的。

就在我们身体成长和发育最为关键的那十年里，土地分到了农户，为自家劳动的巨大动力，让农村年年丰收，几乎所有人解决了温饱。城市的开放，让西方自由民主思潮流入，大学历来是新思想的高地，许多人在种种思潮的冲击下摸不清东南西北。那是一个让哲人和思想者绝望的年代，敏感的你一定在迷茫中经历了万般的痛苦和煎熬。

二十岁前，你是学霸，是北大校园里的明星，有北大三才子之一的美称。作为人，你能不骄傲吗？你的清高是刻进骨子里，并且溢于言表的。那时候的大学，还可以称之为象牙塔，才华出众的你必然备受少男少女的青睐。天才都是天生的，可是天生的天才，依靠俗世的土壤才能生长，世事唯艰，你就得苟同于芸芸众生，把一切磨难和屈辱看得云淡风轻。你有天才的禀赋，又特别较真，根本不愿向现实妥协，也不愿与俗世握手言和，这样的结果只能将自己逼上绝路。

你的离去像一块巨石，砸向那个纷乱而迷茫的湖面，激起了不小的浪花，举国为之愕然。惊骇之后，大家开始反思，开始关注你的作品，你在中国文坛掀起了狂澜，如果在你生前出现这样的波澜，你就肯定不忍离去。几年前，我在西安图书大厦买了一大捆打了七折的书，有你和顾城的诗集、贾平凹的散文集，还有几位诺贝尔文学奖得主的小说集，书已经旧了，也许是放在书店里被人翻旧的，可是终于没有以原价卖出去。我是个不善于动脑筋的人，所以不爱读诗，可是你的诗我读了不少，有的地方开始不甚理解，只是读起来很有味，一遍两遍，几遍读过之后，便会顿悟，灵光一闪，眼前豁然开朗。你是北大才子，是象牙塔里的天之骄子，可你毕竟出身农家，你仍然关注着村庄、河流、麦地、桃花、果园、黄土地（亚洲铜）和山楂树。骨子里你还有着很深的农民情结。

你的精神和你的现实是严重分裂的。收到女友与你绝交而出国定居的信，你写了《面朝大海，春暖花开》，祝福的同时你似乎要彻底放下，从明天起，做一个幸福的人，关心粮食和蔬菜，走自己的路，过自己的日子，可是用诗句送上祝福后，你又回到了孤独悲怆的现实，无法面朝大海，春暖花开。

灵魂在天堂，双脚却站在地狱里，这就是 1989 年 3 月的你。

我本愚钝，混到了这把年纪，远方除了遥远还有什么，我不敢多想，只是找一切机会走出家门，在不远处走走，闲暇时看看闲书。对于我这样资质平平的人，没有成就是正常的，我有自知之明，也有平常之心，要想在文学天地里找到立锥之地，那简直就是白日做梦，可是我还那样活着，尽量活出快乐的样子。

今天，在人海茫茫的俗世间遥望天堂里诗意的你，海子，我也要送给你祝福，陌生人，愿你面朝大海，春暖花开！

加利福尼亚旋风

一

那年因为一场公开竞聘，不经意间拔得头筹，不得不熄灯拔蜡，从最东边山沟里的县城机关，流落到百里之外的黑河川里。远离了熟悉的人群与灯火，周末才能风尘仆仆摸黑赶回家。忙碌让人深感时光匆促，根本没有意识到背井离乡的寂寥。那里与邻县县城宽阔的街巷只隔了一道山梁。一条时常坑坑洼洼的柏油路，从塬边蜿蜒下山，穿过黑河川的街道，向西一直通往盛产煤和瓷器的安口。到底是大川，颇有四通八达的意思。沿川村庄密集，人烟浩穰，虽然离县城远，却并不是久在机关里的人想象的偏远落后。相反，黑河川不乏大地方的繁华与旷达。特别在逢集和学生放学走出校门时，街上便有了人山人海的恢宏气势。穿戴方面，电视上，深圳、上海人的时尚在这里比比皆是。几个年轻老师下午放学后相约到邻近的县城转悠一圈，走走看看，吃一顿火锅，再回来备课写教案，批阅作业也不迟。当然，实施这样的消费计划，必须以便捷的交通工具作为保障。在年轻人的群体里，他们已经每人手执一本驾照，早就酝酿着或远或近的购车计划。

那些年，小县城里的私家车还只限于那些经商暴富的大小老板，到了黑河川一看，许多面孔陌生的新同事已经购了车。新的有，二手的也有，面包车，小汽车各色各样，只是款式和档次都一般，价钱在三万至八万元之间。它们共同的特点是排量小，耗油少，拉得多，跑得快。大家对于车的认识和要求也只限于这些。作为代步工具，没有人会想太多，也没有品牌意识。车已经成了大家日常谈论的主要话题，许多暂未购车的人心里涌动着拥有一辆车的渴望。周末下午放学，最后一趟路过的班车开进了街道，喇叭一声声长鸣，许多人拎着大包小包打仗一样冲向街口的班车停靠点。有了私家车就不用着急，放学后从容收拾好东西再走，说走就走，早早回家。有了车，人的思维方式也跟着变化了，思路决定出路，车给了人无限的主动权，扩大了人行走的范围，也让人的思维更为广阔。班车走走停停，大把时间消耗在大大小小的站点上。班车也是个公众场所，免不了吵嚷，也免不了磕磕碰碰。班车上总有说不清的气味，令人恶心、头晕。夏天里的脚臭，浩浩汤汤，像闷棍一样迎头痛击刚上车的人。有人就不免要晕车，呕吐，司机又不停车，乘务员从行李架上撕下一个塑料袋递过去，不让污染了车厢，这样的情状让人很是不爽。坐在班车上，个人的一大部分自主权暂时交由司机掌管，或走或停，或快或慢都由不了自己，更不能停下来仔细涉猎眼前的风景，出行就只是出行而已，行程变得苦闷无聊。

拥有一辆车，就等于为自己的生活安装了四个飞奔的轮子，表面上是为出行提速，本质上却让人的自由得到了延伸，满足了一个小人物征服者的野心。天气晴好的日子，再遇上好的路段，抓住机会狂飙一阵，痛快淋漓地过把飞翔的瘾。这显然为规则所不容，但只要不过分出格，瞅准时机放任一下，享受飞翔般的感觉，也未尝不可。

二

小时候，见得最多的汽车是那种一身绿装的解放牌货车，全乡也仅有这样一位司机，他是专为新窑煤矿开车的，每当黄龙一样的尘土，在并不宽阔的马路上，滚滚升腾而来时，孩子们就从四面八方蜂拥过来，将那个瘦高的司机团团围住，大人们也会停下正在挥舞的镰刀或锄头，十分稀奇地想看个究竟，司机就有了鹤立鸡群的自豪和自得。显然，给一个铁皮围就的小房子安装上高速驱动的轮子，就变成了一个神奇的小庙宇，掌控方向的司机，就像那个小小庙宇里无所不能的神，一车人的命就在他手里。

那时候，掌控一辆汽车是神奇而刺激的事情，我甚至不敢想象如果我能成为汽车司机，呼啦啦纵横天下，该有多少荣耀和自由。做梦也不会想到二十年后，汽车成了大地上仅次于蚂蚁的普通又普遍的东西。

单位上最早的公务车是那种被戏称为黄胶鞋的北京吉普，车前有房梁一样结实的保险杠，上面长着一对犄角。这给人造成了错觉，让人一直固执地认为，所谓保险杠，就是在飞驰失控时，能够确保汽车无损的一个坚固的保障。只是后来见到的小轿车，它们的保险杠无一例外的都是塑料制品，在行驶出现偏差后，自身难保，呈现出焦头烂额，甚至支离破碎的态势，以十分夸张的惨状向世人展示驾驶的失败。

三

驾车的念头一旦建立起来，就像抽大烟上了瘾，见车就想开，只是用别人车练手未免胆子小，放不开手脚。那天在乡间道路上，一位年轻的同事将他的车停在路边，自己坐上了副驾驶位让我尝试初驾，他说别怕，万一开出了路边他会拉手刹把车控制住，他还神气十足地教导说：加油，加油，大胆开！第一次驾车，最困难的是起步，要让车真正运动起来，两脚得配合默契。两次熄火之后，汽车终于抖动着起步，缓缓前进了，一个车盲就这样被启蒙了。那是一条每年都要大修好几次的砂石路，基本算得上宽阔，老半天不见一辆车，一个人，这无疑是练手艺的好时机，只是大雨过后，三轮车的碾压深深嵌入路面，道路遍体鳞伤，泥泞和坑洼让车子就像颠簸在风浪里。那天惴惴不安，以毛毛虫蠕动的样式将车开出了大约一公里，在一个小山沟边上，一脚踩下去，车像生了根似的稳稳停了下来。那是一个小排量汽车，车身轻巧，起步快。那位年轻同事平时开在路上跑，很有脚不挨地的飘摇之感。

那几年，总是行走在一道塬接一道塬，一条沟湾连一条沟湾的山路上。上坡，下坡；左拐，右拐。山势错落无序，造就了道路突如其来的曲折迂回，驾驶的过程就有了突然的惊险和措手不及的乐趣，更加让人过瘾的是，手握方向盘，生死考验时时就在面前。唯一一条柏油路从塬边上下来，也经常坑坑洼洼。一再补修的柏油路其实是十分脆弱的，根本承受不起几十吨载重的碾压。中国农村修筑的公路，无法承载中国城市制造的载重卡车，所以公路上不得不建起限行的石墩，将那些钻不过去的载重卡车过滤下来。更可憎的是路上呈品字排布的三个石墩，一个在路中间，两个在相距不远的路两边，车要开过去必须经过两重关卡。先从路两边的石墩中间小心翼翼地钻过去，车尾即将过去时，猛打方向盘让车头绕过路中间的石墩，这时候，既要看车头，又要顾车尾，让首尾不要蹭在石墩上，胆量和技术缺一不可。从对面开过来时则要经历全然相反的过程，先绕过路中央的石墩，再紧打方向盘，让车头从路中间钻过两边的石墩。这很能考验一个人驾车的手艺，特别是对自己车子的长宽要有精准的把握。左转或者右转，分寸要拿捏得很准。许多车不得不把身上的皮毛留在了石墩上，石墩上有壕沟也有黑的红的车漆。不光是县道，这样尴尬的肠梗阻在乡村公路上随处可见。

对于那些没有时间、没有耐心上驾校的人，使了银子，如愿以偿拿到了驾照，路上时不时出现的肠梗阻，并不完全是坏事，至少帮助他们练习了驾驶的手艺。说实话我那点可怜的驾驶技艺就是在这样的乡间公路上练就的，一切困难，战胜了都会成为人生的经验和财富。多年后回头想想，有些看起来很坏很坏的事，却能无意间变成一件好事。那些石墩子，以狰狞的面目，死死地卡在道路上，为我们补了一堂不可或缺的驾驶课，让草率的我们，对车的性能更加稔熟，对车与人和路的关系有了更深入的理解。

四

那年正月，朋友为我在市上驾校报了名，和许多人一样，交了费，却没时间赶往百公里之外的市上去练车。某个深夜，接到了考试的紧急通知，第二天早上八点参加市上的科目一考试。清早夜色还未退去就出发，天刚亮到达，交管所院子里已经人山人海。科目一理论考试，只须坐在电脑前点击鼠标答题。听已经拿到驾照的人说，进了考场，往电脑桌上拍一张百元大钞，就有人过来帮忙答题。那天看到人潮如海的架势，我想连进考场都十分困难，过了老半天，终于找到了门道，挤过汹涌如潮的人群，找到了一个精瘦的老头，递一根烟过去，再三央求，如此这般，老头眨巴着眼睛冷冷地说，等着！等待是漫长的，两小时后，从电喇叭粗暴的吼叫里听到了自己的名字。感觉非常怪异，一个默默无闻的小人物，突然被高音喇叭喊了一嗓子，就像风暴里挟了鸡蛋大的石头砸进了耳朵。片刻迟疑之后，我笨拙地挤过人群，上了二楼的考试室，院子里还有一片焦急等待的面孔，齐唰唰地朝向考试室门口张望。坐在电脑前，从并不饱满的钱包里掏出一张红票子放在桌子左上角，前后左右打量一番，却不见人过来。十多分钟过去了，还是无人接这单小生意，两位监考官始终站在门口，并没有过来的意思，多年的考场经验告诉我，再等下去只能交白卷了。抓不到救命稻草，看来只能孤注一掷亲自下手了。开始快速读题，快速思索，把四个选项放在一起权衡比较。一番苦苦挣扎后，题目基本做完，只留了三四道道路标志类的题目。再仔细琢磨，细细分辨，刚做完，点击提交，显示屏上一个什么东西像河里的漩涡一样旋转着，上百秒钟过去后，变成了94分的成绩，监考员过来说，考试合格，赶紧走人！经历就是财富，考试的经历也不例外，一生中能记得住的就是让人苦苦挣扎的一次次考试。考试通过了，但这次考试的经历让我认识到一名合格的司机不光会让车前进和后退，在交通知识一片空白的状况下，驾车上路是十分危险的，于是在暑假来临后，十多天躺在床上认真阅读了驾驶员必须掌握的交规书籍。无知最容易使人自大和草率，这是驾驶者最大的敌人。于是在一个个失眠的夜晚，在手机百度上搜了许多驾驶的视频，看得一愣一愣的。许多年后，眼前大大小小的肇事，让人意识到了投机取巧何等危险。路走错了可以掉头重走，只是费点工夫而已。驾车与步行最大的不同在于失败的驾驶具有一次性和毁灭性，驾驶往往没有回头路，一两秒的错误就足以酿成万劫不复的灾难。

剩下的几次考试都是实践性的，因为没有足够的时间和耐心，只去了两次练车场，就再没去过。练车场在城市的荒郊野外，紧临一片公墓，站在高出练车场许多的公路上，能清楚地看到参差不齐的黑色墓碑。练车场入口处的路边，树立了巨大的交通事故宣传版面，个个惨不忍睹。庄严惊悚的环境给人一种前所未有的威压，站在这里不由得头皮发麻，头发直立，呼吸都有点急迫。沙石铺就的练车场，荒草稀疏，一个个在公路上很少见到的破吉普在笨拙地蠕动着，这一切最能让人体味驾驶的感觉。精瘦的老头子教练不停地挥动着手臂，指挥着一辆破吉普倒车。车子犹犹豫豫，战战兢兢，教练跺脚大喊："打死，打死倒，给油，加速！哎呀，轻点，你要把脚蹬进油箱里吗？刹车，踩死，踩死！换挡，踩离合，松刹车，给油，慢点，你要直接开进墓地里去吗？换人！"车停下了，一个胖小伙从车上下来，满头大汗，急忙跑到教练跟前递烟，满脸愧疚地说着什么。我们走到跟前，教练转过身，从衣兜里掏出一挂珠子，快速地捻着说，老弟，你看我这珠子盘得咋样？同行的朋友嘿嘿嘿地笑着说，不咋样，不过还差不多，得让珠眼像流血一样红才叫好。接着朋友说，这珠子你先玩着，过段时间弄到了好木料，再给你做大点的。说着看了我一眼，又转向他说，人我带来了，你看咋办，他没时间练车，你想办法吧。教练说，今天来了就上车练练，他挥手示意，一辆车开了过来。北京吉普的方向杆像压了磨扇，打方向得使很大的力气。小心地打火起步，在教练场上绕了两圈，靠边停下。朋友给教练安烟，教练伸出了一只手，手里已经捏了好几支烟，两个耳朵上也各夹了一支，他掏出一个空烟盒，将手里的烟全装进去说，全是社会烟，没档次，抽着呛的不行，又不好意思扔掉。

三个月后，一个陌生电话以十分生硬的口气通知我领取驾照。

五

我终于拥有了自己的小轿车。二手的，桑塔纳。

那是一个午后，一位驾车多年，阅车无数的同事开回来一辆桑塔纳2000，许多人围观谈论，大家一致的看法是皮实稳当，动力足。修不好的切诺基，开不烂的桑塔纳。这是社会上流行的说法，桑塔纳这个以美国西部加利福尼亚峡谷的旋风命名的小汽车，最初作为官车在黄土塬的坡路上奔驰，还真带着旋风般的强劲，后来失宠退出了官场，沦落民间。大街小巷的私家车多起来了，而且样子从扁平逐渐发展成了鼓圆，那些样子过时的桑塔纳，仍然不依不饶地穿梭在坎坎坷坷的道路上，就像八旬老人仍然劈柴挑水，健步如飞，却无法掩饰容颜的苍老。

开车的人越来越多，司机就不再叫司机，叫车主了。本质上车是为人服务的，人与车的关系却不是单纯的主仆关系，许多驾车多年的人都有这样的感觉，一旦有了车，大半心思就摊在了车上，老婆可以不管，车却在心上，车若不在身边就心急火燎，这种心理上的依赖还真有点可笑。开惯了车，若再倒退回去坐班车，漫长等待中如坐针毡，坐上了班车也不习惯杂七杂八的气味和怪模怪样的高谈阔论。所以大凡开过几天私家车的人，卖了车寥寥数日又会咬牙买回一辆。原来开二手车的，后来换成了新的，车的档次往往还要上台阶，越换越高档。这也是没办法的事，就像住惯了宫殿，便不会再修个草堂。穿惯了绫罗绸缎，粗布破衫就再很难上身了。当过了县长再让退下去当乡长，那人还能心平气和，气定神闲吗？处于基本舒适境况中的人总会想着法子寻找更舒适，人性最可贵的一面是积极入世，向上，天天向上。这也是世间常态，绝不能简单归结为爱慕虚荣，或者贪图享受。

驾车的最高境界就是让行走不再是行走，路途不再寂寞孤单，而是期待着，向往着，内心就格外地欢喜起来，在枯燥的驾驶中找到旅行的快感，心灵就会飞翔起来，越过山川，越过长河，坐行千百里，遥看一天河。

六

在离家较远的乡下讨光阴，每周一个来回的路途也有许多奇趣。阴雨天，每一个崾岘处往往盘踞着弥天大雾，浓得化不开。车子一头扎了进去，眼前茫茫一片，迷途不知归路，人心紧收，悬了起来。夜间，特别是那种没有月亮的夜晚，驾车的感觉便是"倚风飘四海，仗剑走天涯"，好像手握一把长剑，用明晃晃的锋刃洞穿黑夜，在夜的肌肤上硬生生划开一道口子，不过这道口子会在瞬间愈合，夜就黑得更加结实了。

这些年，最大的自由就是出行不再为撵班车处心积虑了。去年五一，去了西海固，一路飞驰，到达银南的沙坡头，已经下午四点，所有停车场爆满，两三里外的六车道公路上满满当当全是车子，在阳光下，就像星光闪烁的银河。在一代天骄成吉思汗打马走过的地方，我们一路驰骋，不禁感叹英雄纵横天下的豪迈。眼前广袤平原河流般闪着亮光，远山熊熊燃烧，赤红一片。须弥山的摩崖石窟，火石寨的丹霞地貌，直至彭阳的朝那古镇，驰骋千里，完整领略了这块土地上丰富的历史遗存。朝那古镇，一条公路贯穿，穿梭而过的车辆腾起一条白茫茫的长龙，口腔里全是呛人的土味。无边的岁月将古城冲撞得支离破碎，仅存几个厚实的土墩，孤零零守候在那里。残破的土墙下堆积了牲畜的粪便，上千年前夯筑的黄土被人硬生生挖下来，一层层盖在粪堆上面沤肥，千古传奇变成了粪土，庞大的古城墙就像某种仇怨，一日一日冰释雪融，历史的风尘就此消散得踪影全无。

某个周日，驾车经万宝川到达千阳，一路沿乡间小道东行至凤翔，最后返回，一路画上了圆满的一个圈。这样的行程，随时都可以完成。去年10月1日，清晨出发，出东川，经邵寨、亭口、彬县、永寿、乾县，游铁佛寺，上高速，到达礼泉，向东经袁家村，盘山而上，到达昭陵，晚上返回，又直抵平凉，一天下来走走停停，足足五百公里。

昭陵以山为陵，山北黄土高坡绵延舒展，南面是石崖断面，崖壁陡峻，站立山顶，蓝天白云伸手可触，天在这里特别低矮，一架架飞机从头顶飞过，也似伸手可及。草丛间一撮撮葱绿的野韭菜，已经结了绣球一样的籽种。这是一座原生态的山峰，没有大兴土木和刻意粉饰的任何痕迹。以山为陵，远看，山不见高耸，到了这里才发觉上接天宇。看似平平常常，普普通通，站在山顶，眼前空阔辽远，震慑人心。不看史志的评价，眼前的景象正是对于一代君王李世民至为深刻和简约的表述。这个镇守西部秦地的王爷一反往日的平和淡定，在玄武门挥刀斩断了权力传承的主干，将自己茁壮的枝干嫁接上去，中国历史就此改写了。然而，玄武门之变就像悬在他头顶上的警钟，一直嗡嗡作响，时时警醒，不敢懈怠。看似普通的小山，却掩藏着中国历史上一段不同凡响的过往。

人生如同驾驶，不见得驾驭宝马、奔驰阵势豪华就能享受快乐，也不见得风驰电掣就能显示英雄本色。适当的快和适当的慢都能品味驾驶的乐趣，这全然取决于自我，取决于心境。行走的方式决定行走的速度，也能决定行走的格调和情怀。这些年，驾驶黑色旋风，走了许多地方，看了许多风景。一台车改变了生活，也改变了见识、胸怀和境界。

七

一个能够疾速奔跑的物件，它的不同凡响在于能把人体某些部件的功能放大了。车灯不能看路，却能刺破黑夜，为人的双眼打开光亮的通道。车有四个轮子，轮子是圆的，人有两条腿，人腿是竖立的两条棍子。人腿架在轮子上，便有了贴地飞行的感觉，车子的速度并没有辜负人的想象力，帮助人实现了超越自我，飞向远方的梦想。交通规则往大里讲也是做人的基本规则。控制速度、礼让行人、红灯停绿灯行都是人生应该具备的理性，倒车时瞻前还必须顾后。按驾车的一般规矩，上车前要绕车一周，前后左右、车上车下仔细察看。车子启动后，眼向前，一边观察前方路径，一边通过后视镜监视车后状况，眼观六路，耳听八方，小心驶得万年船。有位刚刚拿到驾照的仁兄迫不及待买了新车，第二天在小区里倒车，只顾将眼光转动180度向后看，一边猛打方向，车尾出了车位，车头却斜插进一辆底盘比较高的面包车下，感觉不对劲，回头看时，车头已经破烂不堪，旁边的面包车也挂了彩。

这些年车多了，车的配置也高了。倒车有雷达提示，有影像监控显示车后的画面，这些对于安全是好事，却削弱了驾驶的神性。一个好车手，坐上驾驶座，整个车的外壳就像穿在身上的衣服，戴在头上的帽子，蹬在脚上的靴子。他的触觉会自然延伸到车外，车子的长宽高都在掌控之中，正如人的高矮胖瘦自己心里有底。车子滴一滴油，某个轮子瘪了一点点，驾车的人都有感觉。车人合一，始终是驾驶的最高境界，如果没有找到这样的感觉，说明驾驶者还是个门外汉，距离一名纵横天涯的车手还有很远的距离。

八

一帆风顺的驾驶给人以极大的愉悦，然而并不是所有的驾驶都一帆风顺，正应了那句老掉牙的话：常在河边走，哪能不湿鞋。正当你感觉到驾驶的愉悦，内心逐渐轻飘起来，总会有或大或小的意外绊你一跤，甚至会一下子将你沦陷到是非之中。所以成熟的驾驶者，小心谨慎的电光时时在脑际闪烁。驾驶靠的是技术和经验，却不能完全依赖经验，更不能依凭经验轻狂地耍技术。小心、细心和耐心才是法宝，把每一次出行都当作历险，时时警惕，才能永远立于不败。一般而言，一个人驾驶的第二年，或者驾车里程达到两万公里的时候，最容易发生事故。往往在这个时候，觉得自己技术纯熟，自大、轻率、急躁，容易被速度魅惑。冲动是魔鬼，快了还想更快，十次事故九次快，飞起来的快感往往酿成追悔莫及的事故。

那年暑假搭朋友的顺车去西安，这位老弟大货车、大客车、小汽车和面包车一个换一个开过好些年，可以说年纪不大，阅车无数。我们一路上高谈阔论，兴致高涨，突然车子抖动了几下熄火了，这位老弟拍了一巴掌方向盘，大呼没油了，高速路上去哪儿找油啊，我们将车子推到靠路边的紧急停车道上，向后面飞驰而来的各类车辆招手，却没有一辆能停下来，大约一个小时后，终于有一辆五菱宏光小面包紧急刹车停在了前方。车上是两个三十岁出头的年轻人，穿戴整齐，车里面也很干净，一曲悠扬的女声歌曲在车内回旋。到了高速路的出口处下车找油，幸好不远处有一个加油站，跑过去说明了要买十公斤汽油，不料工作人员说什么都不肯向来路不明的人兜售这等危险品。几经周折之后总算弄到了汽油，刚要返回时，朋友打来电话说车被一辆超车的大货车剐了一下。在高速的半道上想要拦住一辆车，真是不容易，总算有一辆班车停了下来，前提是收取从起点长武到西安的车费，花钱并不是最要紧的，要紧的是很难找到带我一程的车子，给人便捷的高速公路此时也那么欺侮人。车子的损伤并不严重，只是前后保险杠已经粉碎性骨折，许多残片散落在路面上，车左侧剐了几道长痕。一会儿交警赶到了，严厉地收缴了驾照和行驶证，前后左右拍照后让双方签字画押。一辆闪着警灯的卡车随之而来，强行将那辆小轿车拖上车厢。第二天一番苦苦寻找之后，好不容易在百里之外找到了高速交警队。被那个谢了顶的年轻交警数落一番后，他让我们双方协商。货车装载的是西瓜，这样的时令东西经不起耽搁，好在双方都好说话，三两下签了协议，交警为大货车放行。我们找到停车场，两三公里的拖车费就要一千多元，一夜的停车费也一百多元，颇有乘人之危、趁火打劫的意思。将车推出停车场，在隔壁加了油，一拧钥匙，又启动了。开到西安，这个表面惨不忍睹的小轿车在两天之后，改头换面，恢复了原来的样子，不留一丝头破血流的痕迹。原来每一个有了些年头的车，也跟阅历丰富的人一样，身上的伤痕很快就会愈合，只是记忆里写满了事故的伤痕，内心堆满了难以言说的沧桑。这些年，手持驾照成为绝大多数中青年的标配，司机职业无形中受到了挑战，网上拼车方便了出行，许多年轻人开车出行，通过网络发布了信息，就有人搭顺车，挣点小费补贴油费。对于驾驶者，不出意外的话，我们的每一天都在续写故事，出了意外，故事就变成了事故。无人驾驶汽车已经在杭州街头亮相，再过若干年，路上全成了无人驾驶汽车，不知道交通事故还会不会发生。

2021年10月的历史罕见暴雨，让那辆已经十七年车龄，行驶三十三万多公里的加利福尼亚旋风，因为车内进水，电脑受损，处于半瘫痪状态，若要维修，还得几千元，只好低价卖给了一个自称为报废公司老板的车贩子。它已伴我十年，十年，足以让一个人和一辆车同时走向了衰老和疲惫。它也算寿终正寝了。

后　记

　　老家那个塬，地图标注石家塬。塬小而高，像个孤岛。东西邻沟壑与牛宅塬、冲天塬相对，向南隔枣子川是连绵起伏的珍珠山，向北翻过岭墚扭结、沟谷蜿蜒的寺峪川，上长坡是母亲娘家张家塬。塬地少，大面积耕地散落在塬边峁下山岭扭曲形成的褶皱里。吃水要到沟下人挑驴驮。折成之字的山路极陡处仍然顶着额头。去东塬朝那镇赶集或者上学，得翻六个嵝岘，走二三十里。

　　这些年，修了硬化路，吃上了自来水，黄土塬上栖居了几千年的窑洞彻底被人遗弃。树木和庄稼依然茂盛的村庄静得像没了人烟。我依然关注着老家塬上的一切。每天从房后的监控看塬上的天空和大地，塬边上一起站着一棵杜梨树和一棵槐树，仿佛遥远的召唤，感动着我，吸引着我。白花花的地膜上历历可数的玉米苗渐渐长大，铺展成一片绿海。看着庄稼几天一个样子地生长，等于看见了时间的脚步，内心震颤而怅惘。

　　读书与写作也是一种生活，就像老家塬上人周而复始的耕耘与收割。我赞同原浆散文的理论，喜欢现实枝叶上凝结的雨露。那种来自生活现场的甘霖，经过漫长的沉淀和发酵，形成闪耀光芒的、令人迷醉的文字。阅读和写作，都得把自己摆进去，调动自己的阅历，融入自己的感情，让自己在文章里生活，让身心抵达每一个细致入微的角落。世上的事，哪有轻松得来的？一切都得用心用力。一个人工作、生活、读书、写文章样样都得尽心竭力。阅读给人的最大快乐，就是在别人的文章里照见自己，引起

296

共鸣，受到指引和鼓舞，特别是那种在困境里经受煎熬却锲而不舍的人，那些自己一直想说却不能准确说出的话，那些亲眼目睹、司空见惯却没有转化为文字的事，机缘巧合下，闪电一样，直击人心。那种书写在苦难中奋勇挣扎的文字，让我们明白了每个人都有自己的困境，艰难跋涉是必须面对的。有人在三四十摄氏度高温的工地上打捞光阴，烈日、扬尘和劳累是他们的苦难；有人坐在凉房里，干着动动嘴动动手指的工作，身体日渐发福，内心日渐干瘪，他们同样面临困境。尘世有多喧嚣，内心就有多孤独。阅读即救赎。在物质丰富的今天，人们却不得不努力突破精神的困境。周围尚有几位热爱读书的朋友，我们偶尔一聚，吃小菜、喝小酒，聊所读的书和书里书外的人和事，十分快乐。

在诸事纷扰中偷空看书，这是固有的生活方式。偶尔写些文字，真情记录流逝的时光，也是对过往的祭奠。几年下来，积存了二十多篇。文章也自有命运，运气好的偶遇贵人，在纯文学期刊获得一块地盘，将高原上的天高水长和风霜雪雨带到天涯海角，运气不好的总是找不到出路。写作能是一条寄寓梦想的路径吗？过去也许是，现在这条路越走越艰难。写文章不单单是力气活，天赋、勤奋、运气一样都不能少。文章没有出路，写作就等于钻入暗夜，谁还有信心继续下去？这样的窘境十分令人沮丧。心一松，手下就慢了，甚至停歇了。嘴上说着不写了，不写就不写，大半年过去，一个字也不再写。这是一时的气馁。耕耘是一种信念。文章跟庄稼一样，年年歉收却还年年耕种，不能随意撂荒。得沉下去，更深地体验大地上的艰辛、苦难、欢乐和坚守，让日子充满意义。读和写的意义就是在渐渐变老的日子里，读了也写了，穷尽了自己的思想和力量，愉悦了自己，为活着找到意义。

电脑文件夹里那些文章就像关在屋子里的一片丛林，必须找到广阔天空，让它们遇见星辰和阳光。这些篇目绝大多数是对村庄的叙述。回忆总是那么美好，尽管为了吃饱穿暖，不得不每天顶着日头或寒风，在山路上，在田地里蹒跚，但把辛勤劳作当作一种追求，本身就是无上的崇高。在吃得饱穿得暖的当下，那些生命力旺盛的人却大量离开了村子，离开了土地，认贼作父般地漂泊他乡，永不回头。他们是否像我一样时时想起塬上的树和拍打着树叶的风？我对故乡的情结太深，所以在逃离土地后并没有走远，至今仍时时回塬上转转，还在楼房里不厌其烦地栽种一盆盆花木，下班进门先巡视一番，从那些枝条和叶子上看到生机与力量，或者感受一段欣欣向荣之后的疲惫。也不管它们欢天喜地，还是垂头丧气。我深知自己潜意识里，永远追寻着在塬下的青草岭上与深沟的丛林里穿梭的感觉。在这一点上，我深信自己比深陷在手机里的下一代更加幸福。在故乡行将消散的年代，我仍有可以追寻的故乡，这是我的幸福。将过去与现在写进以故乡为主题的田地里，这让我十分快乐。我不时开车回到大柳树下的村庄，和亲人们一起去塬下的田地耕种和收割，哪怕走走看看，也十分舒畅。在田间地头，我感受到与生长相随的光鲜和趋向衰老的成熟，一切自然而然，顺应着人的企盼，又满是太多缺憾，令人无可奈何。

当然，我的主业是教育工作，读书和写作只是闲暇时的消遣。读得少，写得更少。读与写是兴趣所至，又与主业息息相关。曾经为教育报刊写过几年稿子，关于教育的长短论文也写了不少。又从教育工作的困惑出发搞过十多项研究课题。而当下，这些已经十分困难，又简单得不可思议。每一项课题都要论文印证它的成果，发表论文的版面费逐年水涨船高。职称、课题、教研成果评奖，都得以真金白银作驱动力发表论文，头脑灵活的人掏钱就有人代写轻松发表，完全不用自己操刀。我们基于教学实践的探索，反而难以立项，难以结题，不能作为教研成果，在职称评定中发挥作用。千里路上去做官，只为吃和穿。许多人因此取得了高职称和高工资，许多人也因为这些坎坷望而兴叹，精神倦怠。两相比较，读书和在文学期刊上发一篇文章，就单纯多了。在与纯文学刊物打交道的这些年，深感文学仍纯粹、纯洁，清澈见底，文学仍可爱而美好。在日渐式微的当下，我们不得不爱着它。周围仍有几位老师、朋友和爱读书的同事，无论工作还是工作之外的阅读与写作，他们都给予了我很大的帮助和鼓励。还有来自亲人的温暖。这一切让我充满了信心和感恩。

2024 年 7 月 5 日